幸田露伴論

Sekiya Hiroshi
関谷 博

翰林書房

幸田露伴論◎目次

II

III

序章　〈政治小説〉と露伴

1

「小説」が「文学」概念の範疇に組み込まれ、やがてその中心に位置づけられてゆく過程――明治十年代から二十年代にかけての日本近代文学の状況において、翻訳小説と、それに続く〈政治小説〉の果たした意義については、すでによく知られている。儒学中心の学問および漢詩文を核とした、それまでの「文学」の担い手（ないしはその予備軍・またはその享受者）の中から、民衆への政治的啓蒙を目的として戯作・小説に手を染める者が出現する。彼らは、西洋では紳士でも識者でも、例えば堂々たる大政治家（ディズレリーの如き）でも、小説を手にし、小説を書く、と主張して、「小説」を「戯作から文学（初歩ながら）という真面目な概念にまで向上させ、『童幼婦女』の玩具ではなく、立派に男子一生の仕事とするにふさわしいものたらしめ、男子をして安心して文学に従事することを得せしめた」（柳田泉[1]）。

右の柳田泉の口吻から、「文章経国大業、不朽盛事」（魏文帝、典論）といった士大夫的イメージと、「小説」が接合したことを窺わせるが、ただ、われわれとしてはすんなりこの出来事を納得する前に、それが〈政治小説〉によって実現した、ということの歴史的一回性について、考慮しておく必要がある。

一般に〈政治小説〉は、「明治十年代の中期から二十年代の初頭までの時期に盛行した、自由民権系の一群の政治的宣伝文学に限定して用いられるところの、特定の文学史的概念の一つ」と説明される。(2) つまり第一義的には、〈政治小説〉とは明治十四年十月に発せられた、明治二十三年を期して国会開設する旨の詔勅に応えて、自由民権派が民衆に向けて行なった、政治的啓蒙運動の所産なのである。来たるべき国会開設の日に備えて、民衆を「国民」の名にふさわしい政治主体に育てること――その為には、偏狭なムラ意識や身分意識を越えた「国民」的一体感を持たせ、また討論による「公論」形成を可能にするような高い政治的技術をも身につけさせたい――これが、〈政治小説〉の課題であろう。

このように、十年という年限で区切られ、或る意味では卑俗とも言いうる程(?)明白な目的に奉仕するものが〈政治小説〉だったとすれば、「小説」が「文学」概念に正式加入するに当たって、この〈政治小説〉の手を借りたという事実は、文学史にどのような波紋を残しただろうか。第一、有効期限の十年を過ぎた後、〈政治小説〉は存在理由を喪失し、次第にその権威を低下させていった。第二、その間「小説」は自前の自己正統化理論を整備してゆき(『小説神髄』成立)、「文学」概念の裡に、確固とした安住の場を見出しえた。そして第三に、「小説」は、用済みとなった〈政治小説〉に「傾向文学」・「宣伝文学」というレッテルをはり、社会的諸価値から自立した真正の「文学」なる領域から追放、ないしは「大衆文学」と改名させた上で、その下位に存続することを許した――。これが、両者のその後の、おおまかな経緯といっていいだろう。

明治二十二年二月、大日本帝国憲法公布と共に、衆議院議員選挙法および貴族院令が公布された。このきわめて厳しい制限選挙の規定を前にして、「公論」形成の必要と意義に対する政治的評価は、大いに減じたのではないだろうか。これは同時に、〈政治小説〉の存在理由の低下である。そうなれば、〈政治小説〉に残された使命は、「国民」、否「臣民」的一体感の創造に寄与することくらいであろう。事実、この時期から、多くの〈政治小説〉が国権主義の色合いを強めてゆくのである。

そして、この瀕死の〈政治小説〉に、『小説神髄』で理論武装された〈人情世態小説〉派の若き評論家がぶつかったのが、「文学極衰論争」および「浮城物語論争」だった（明22～23）。両論争の詳細は諸書に譲るが、[3]ただこの交替劇における、内容のあまりの不毛さについてだけは、一言触れざるをえない。なにしろ、〈人情世態小説〉派も〈政治小説〉派も、一方が「人情の極微を巧写したるにあらずんば」（内田魯庵「小説は游戯文字にあらず」。『女学雑誌』明22・12／28）小説とはいえぬ、「最も進歩したる小説は現代の人情を写すものにして、此以外に小説なし」（内田「『浮城物語』を読む」。『国民新聞』明23・5／8～23）と繰り返せば、他方もまた今日の小説には「絶えて雄厚絶大の象なし」（「雑録○文学極衰」。『女学雑誌』明22・12／14）、「豪宕抔落を主とし」、「快闊壮大なる娯楽」（矢野龍渓「浮城物語立案の始末」。『国民新聞』明23・6／28～7／2）を与える小説を、と繰り返すばかりなのである。十川信介も指摘するように「両者はその信念を吐露しあったにすぎず、その主張は平行して交らない。二つの流れをそこまで断絶させた原因は、はたして何だったのであろうか[4]」。

この問いを考えるに当たって、まず〈政治小説〉の明確な目的性（宣伝文学性）と、「文学」としての「小説」が主張する、「小説」＝美術（芸術）・社会的諸価値からの自立性、という対照的な性格に着目しよう。その上で、両派のかたくなさは、実は彼らの「信念」が大きく隔たっていたから、というよりも、むしろ両派が共通して或る〝欠落〟を抱えていたところに、その原因があったのではないか、という仮説を示したいと思う。共に西欧的文学観の影響下にあったといっていい彼らが、なお互いの主張を繰り返すしかなかったのは、両者が真に問題とすべき〝欠落〟を自覚し損ねていたからである……。この〝欠落〟は、近代文学の本質に関わる重要性を、恐らく持つと考えられる。

2

先の〈政治小説〉の定義――十年後の国会に向けての、自由民権家による、民衆の政治主体化教育――に、もう一度こだわることから論を始めたい。というのも、この明確な目的性（宣伝文学性）として現在認識されている〈政治小説〉の属性は、本来ならばB・アンダーソンのいう、新しい共同体の「想像」という問題系に繋がるはずだからである。

アンダーソンは、新しい共同体の「想像」の仕方について、三つの条件を挙げている。一、「限られたもの」――国境によって他国民と隔てられたものとして。二、「主権的なもの」――国際的に対等かつ自由な存在として。三、「一つの共同体」――水平的な深い同志愛で結ばれたものとして。新聞メディアを通じて〈政治小説〉が果さねばならなかったはずの役割が、この新しい共同体の「想像」＝創造という試みに、ほぼ重なり合っているのは明らかであろう。(5) これから早足で、〈政治小説〉を再検討してゆくが、その際、まずはそれが定義通りに書かれているかどうか、という一点のみに評価の規準をしぼるよう心掛けたい。〈政治小説〉の真価はまさにその宣伝文学性において問わるべきであって、しかもそれは、われわれのナショナリズムの形成に関わる重要問題だからである。

ところが、柳田泉の研究以降の〈政治小説〉評価をふり返ると、こうした観点から読まれることが実に少なかったように思われる。その典型的な例が、飛鳥井雅道・前田愛らによる、宮崎夢柳『鬼啾々』（『自由燈』明17・12／10〜18・4／3）と東海散士『佳人之奇遇』（明18〜30）に対する、異常なまでの高い評価である。(6) 彼らは、『鬼啾々』からは、権力に弾圧された自由党過激派に捧げた、鎮魂の暗い感情を、『佳人之奇遇』からは作者の会津亡国の屈辱的体験と薩長への怨念を読みとり、そうした個人の内面性を担保にして、それらが単なる宣伝・傾向文学に留まらぬ、高い文学性を持つと説く。しかしこれはまぎれもなく、〈政治小説〉自体のあずかり知らぬ、近代文学という制度に適う仕方でそれらを勝手に承認し、みずからの裡に囲い込もうとするふるまいでしかない。

今少し具体的に言えば、『佳人之奇遇』について飛鳥井はまず「東海散士とは名前が象徴するように亡国の人であり、日本人の代表者であることを、存在として背負っている。」と述べる。[7]そして散士が、アメリカ独立をインデペンデント・ホール（独立閣）で偲ぶ一節「当時英王ノ昌披ナル、漫ニ国憲ヲ蔑如シ、擅ニ賦斂ヲ重クシ、米人ノ自由ハ全ク地ニ委シ、哀願途絶へ、愁訴術尽キ、人心激昂、干戈ノ禍殆ド将ニ潰裂セントス。」（巻一。傍点引用者。以下同じ）と、みずからの亡国体験を紅蓮・幽蘭に語る一節「朝廷我ヲ罪スルニ禍心ヲ包蔵シテ帝命ニ抗スルモノトナシ、哀願途絶へ愁訴計究リ、錦旗東征大軍我境ヲ圧ス」（巻二）の、記述の一致（傍点部分）を根拠に「（東海散士は）『理念』そのものが仮りに肉体化されたと記してもよい。紅蓮、幽蘭等々も、この小説の人物はすべて例外なく、独立運動、改革運動の『代表者』またはその理念の体現者として登場する」と主張するのだが、しかし、会津亡国とアメリカ独立を同一レベルでとらえる政治的鈍感さに、われわれは断じて目をつぶるわけにはゆかない。ここにある亡国の怨念は、あくまで会津藩士としてのそれであって、「日本人の代表者」としてのそれでもなければ、ましてや宗主国に抵抗する植民地民たちの自由を求める同志感情とも、全く異なるものである。己れの士族アイデンティティへの何らの疑念も反省もなく、逆にそれに居直るかのように、その一部を抽象化・理念化し、それを際限なく肥大させたのが、散士ら「独立運動、改革運動の『代表者』」という表象なのである。

後述するように、この自己の裡なる士族意識との対決の契機の有無は、〈政治小説〉の抱える最大の難問である。会津落城に際して、東海散士・柴四郎とは逆の立場だった、官軍参謀として指揮をとった板垣退助の、次の有名な一節をここに引いておこう。[8]

会津は天下屈指の雄藩なり、若し上下心を一にし、戮力以て藩国に尽さば、僅かに五千未満の我が官兵豈容易く之を降すを得んや。而かも斯の如く庶民難を避けて遁散し、毫も累世の君恩に酬ゆるの概なく、君国の滅亡を見て風馬牛の感を為す所以のものは、果して何の故ぞ。蓋し上下隔離、互に其楽を俱にせざるが為なり。

右の「君国の滅亡を見て風馬牛の感を為す」民衆の法意識が、当時の明治政府の地租改正政策などと抵触しただけでなく、自由民権運動家たちの近代主義的な法意識との間にも、同様の対立関係があったことについては、つとに鶴巻孝雄が詳細に論じている。[9] では、時の自由民権運動家たちは、どのようにして彼ら民衆をひきつけ、運動の活性化をはかっていたのか。この問題にとり組んでいるのが牧原憲夫『客分と国民のあいだ』[10]であった。

牧原に拠れば、江戸時代以来、民衆は高い自治意識を確立しており、権力に対しては〈仁政〉以外を期待しない〈客分〉として自己を規定していたという（先の「風馬牛の感」）。〈一揆〉は、そうした〈仁政〉要求ではあっても、決して権力の在り方そのものへの異議申し立てではなく、それとは区別されねばならない。ゆえに自由民権家たちにとっては、まさにこうした〈客分―仁政〉意識にメスを入れることこそが、近代政治の主体確立に不可欠なはずだった。だが、運動上層部のエリート民権家による〈客分―仁政〉意識批判をよそに、下層運動家・民権壮士は、民衆に対して人権思想・国会を説かず、ひたすら激しい政府批判に力を入れ、彼らとの一体化をはかったという。彼らは民衆の〈一揆〉の伝統に訴え、演説会等の「演劇的興奮」の中で、本来ならば「国家権力（警察）―民権派（演説者・主催者）―民衆（聴衆）の三つの極」であるはずのものが、「民権派と民衆の極が共振をはじめ、やがて強い一体感がうまれ、権力との二極対立の構図が出現する」のを、狙った。

桜田百華園の『西の洋血潮の暴風』（『自由新聞』明15・6／25～11／16）、夢柳の『自由の凱歌』（同紙。明15・8／12～明16・2／8）、そして『鬼啾々』といった作品が、暴力行為を含んだ直接行動を一面的に讃美し、またその失敗をパセティックに美化してしまうのは、運動のこのような次元に恐らく対応すると考えてまちがいあるまい。[11] 小室案外堂『東洋民権百家伝』(明16・8〜明17・6)も同様である。百姓一揆の英雄を自由民権家の先駆ととらえる彼の仕事が、一方で、歴史のもうひとつのあり方を示し、革命的エネルギーを発掘しうる点で貴重であるのは言うまでもない。しかし、もう一方でそれは、民衆の〈客分―仁政〉意識を丸ごと、無傷のままに温存させてしまう危険性を孕んでいることを忘れてはならない。〈客分―仁政〉意識は、封建社会においてはみごとな民衆の政治意識であったとしても、民衆が政治の主体であるような近代国家を目指そうとする時、それは強固な政治的無関心・無責任、或いは政治不信の温床となるからである。

運動は人を集め威勢さえよくなればいい、という次元でならば、これらの作品も宣伝文学として成功しているといえるかも知れない。しかし〈政治小説〉は、民衆を新しい共同体の政治主体にするための教育としてある、という立場に立てば、やはり問題である。そして教育性ということをないがしろにすればどうなるか。

牧原は、演説会と並んで、民衆と民権家が接触する、もうひとつの重要な「場」として、運動会を挙げている。運動会で人々は、軍隊を模倣し、国旗(日の丸)を掲げ、天皇万歳を唱えた、という。

警官に反抗しながら敢行される軍隊風行進の格好よさ、「自由万歳」とともに掲げられた「国旗」や「帝国万歳」「天皇万歳」のメッセージ、さらには、はげしい政府・対立党派批判とむすびつき、野次ひとつ飛ばない異様な雰囲気のなかで感取される天皇の権威性……。本来、国旗・軍隊・天皇は明治政府の正統性を支える装置だった。この時期、精力的につづけられた天皇の全国巡行でも沿道の家々に「日の丸」が配られた。ところが、いまやそれは政府と対立するシンボルともなったのだ。だが何のシンボルか? 政府から分離した「国家」以外にありえまい。こうして、政府のみならず地域の有力者や教導職の者が天子様のありがたさや徴兵の栄誉を大上段に説教してもほとんど効果のなかった一八八〇年代に、「反上抗官」の気分を民衆と共有した自由民権運動は、天皇・軍隊・国旗等を、つまりは「国家」を、民衆の身体感覚に浸透させていくことができたのである。

牧原は、こうした運動の成果として、甲申事件（明17）に対する民衆の、まさに国民的興奮の在り様（「国旗上ノ汚辱ヲ雪ギ、我不幸ナル被害者ノ為メニ……力ヲ尽クシ、彼（中国）十八省ヲ蹂躙」せよ、という『自由新聞』記事（明18・1／9）が引用されている）を位置づけている。ろくに人権思想も学ばず、〈客分—仁政〉意識も払拭されぬままに、〈国民〉が生まれてしまったというわけだ。

一方に己れの士族意識をやすやすと国家意識にすりかえて悲憤慷慨する民権家がおり、他方に〈客分—仁政〉意識に閉じこもりがちな民衆がいる。その両者が旨く「共振」した時、そこから他国（特に中国・朝鮮）への軽蔑に裏打ちされたとんでもない好戦的愛国心がとび出す——『佳人之奇遇』と『鬼啾々』が、こうした状況に棹さす、とまでは言わないが、少なくとも、この状況に待ったをかけ、方向を変えさせるような内容を持っていなかったのは、確かである。共同体「想像」の、最悪の例。

他の〈政治小説〉に目を転じよう。

〈政治小説〉の第一作とされるのは、普通戸田欽堂『情海波瀾』（明13・6）である。安手の寓話といわれ、まともな関心が払われたことがないようだが、同じ寓話小説である坪内逍遙『京わらんべ』（明19・6）と共に、民衆・士族の意識変革の困難さを明確に主題化している点を注意すべきである。『情海波瀾』では、和国屋民次（日本人・その国民性）が魁屋阿権（自由民権）にひかれつつも、比久津屋やつこ（旧来の奴隷根性）とも別れかね、「嗚呼彼ノ阿権ガ清楚快達(イキナフウ)ハ以テ梅花ニ優ルベク、奴ガ濃艶妍媚(アデヤカ)ナル又夭桃(モヽ)ニ劣ラザルベシ。」（第四齣）というていたらくのまま、民次は退場する。なるほど第五齣では阿権が、国府正文（政府）の肝煎で、民次と両国の会席にて祝宴、というシーンがあるが、しかしそれは阿権の夢であり、しかも作者は「めでたし〳〵トナルベキニ、却テ余蘊(アマリ)ヲ遺セシハ、情史氏聊意見(ミコミ)アリテ、須臾筆ヲ爰ニ擱キ、早晩説出スヿアラントス。」と注記さえしているのである。『京わらんべ』となると、その痛烈さは一層増す。軽薄児・中津国彦（日本国民）は色気付いてから突然、許嫁の豊原利子（国政権）の存在を思い出し、結婚を迫る。しかし萩野隼人（薩長藩閥政府）の入知恵で、十九歳（明治十九年）の国彦が、二十三歳（明治二十三年）になるまでに一人前になれば結婚を許可するという条件がつけられ、国彦は結局、与えられた時日を浪費し尽くし、口先だけの人間に堕す。最後は、萩野の居候となって利子とは口を利くことも許されない名ばかりの夫婦生活――はっきり書かれてはいないが、利子は萩野の妾となった、ということだろう。深刻畏るべし。四年後の帝国憲法に基づく議会体制を予言して、正確この上ないではないか。〈政治小説〉に与えられた時間の半分が過ぎ、残る時間をどう使うか、という切実な訴えを、われわれはここに読み込むべきである。

右の要約でも明らかなように、これは明治十八年以降急増する、「未来記」の一種といえる。一体、〈政治小説〉は、与えられた時間をいかに有効に用いるか、国会開設までにどれだけ国民に必要な議会政治の訓練を修得させうるか、というものだとすれば、〝今これこれをしておけば（或いは逆に、しなければ）、未来はこうなるだろう〟というユートピア（逆ユートピア）的想像力が不可欠であるはずだし、「未来記」という形式が要請されるのも当然だといえる。『京わらんべ』同様に暗い未来を『二十三年未来記』（『朝野新聞』明18・11／3〜11／28）に書き、逆に、かくあれかしという明るい未来を『雪中梅』（明19・8、11）『花間鶯』（明20・4〜明21・3）の連作に書いた末広鉄腸は、まさに〈政治小説〉のユートピア的性格をよく理解していた。それを、「政治小説から歴史意識が脱落して行く過程」(12)（前田愛）の例証などとする解釈が、全くの見当違いなのはいうまでもない。

最後に、作品冒頭、のちの英雄たちがまだ少年であった頃、教室で国家の歴史を学ぶシーンをおいて、〈政治小説〉の本質のあざやかな象徴とした矢野龍渓『経国美談』（明16・3、明17・2）に、若干触れておこう。この作品の特徴の第一は、演説の重要性とその実際が、作品中に具体化されている点である。公論・国論の形成は、民衆へ訴えかける弁士と、それに応ずる多数の公民の、政治的情熱・関心の深さ・知的判断力の上において成され、またそれらの存在のみが、公論・国論を正統化するという主張が、そこにはある（矢野龍渓は、早くも明治九年に「演説略法緒言」〔『報知付録』〕を書いており、また『経国美談』完結の明治十七年には、より本格的な『演説文章組立法』を刊行している）[13]。第二、言葉の力を強く訴える以上、当然のことだが、「凡例」に「毫モ正史ノ実事ニ悖ラザルヲ勉メタリ。唯残忍ニ過グルガ如キ箇條ハ、一、二ノ実事ヲ没シタルコトナキニアラズ」とある通り、この作品は暴力——直接行動を強く戒めようとする作者自身の姿勢を、ところどころにさしはさんでいる（勿論、国家間の暴力—戦争は、この限りではない）。これは恐らく、政治と暴力をめぐる作者の思想に由来する、というよりは、当時蔓延していた壮士的政治行動パターンに対する嫌悪・批判と解すべきだろう。

3

以上、ごく簡略に〈政治小説〉を見てきたが、そこには、民衆と行動を共にした壮士・下層民権家の運動の次元に対応する〈政治小説〉と、そうした直接行動的姿勢に反対し、仮令民衆にソッポを向かれても国会運営への訓練を重視するエリート民権家の運動の次元に対応する〈政治小説〉とがあったことに気づく。次に問題にしたいのは、自由民権運動と呼ばれる政治・思想運動のうち、右の二つの運動の次元のいずれとも異なる、もう一つの次元である。従ってその次元は、それに対応する固有の〈政治小説〉は持たなかった——少なくとも従来の文学史においてはそうである――、そうした次元の思想運動である。

　スペンサー流社会進化論と功利主義が、自由民権運動の推進派にも、またその反対派にも、双方から利用されたことはよく知られている。天賦人権思想を、日本にはじめて紹介した加藤弘之が、『人権新説』（明15・10）でみずからこれを斬って棄て、その際、社会進化論を援用したというところまでならば、容易に納得がゆくが、これに鋭く対立した自由民権運動家たちの、少なからぬ人々も同じ社会進化論を、自説の支えとしていたのである。米原謙に拠れば[14]、小野梓・馬場辰猪・大井憲太郎・植木枝盛といったエリート民権家たちには皆、その影響が窺われるという。言うまでもなく社会進化論と功利主義は、人は生まれながらにして自由かつ平等である、とする人権思想を、不必要な形而上学として排除する思想である。これは、どういうことだろうか。

　君主中心の社会から、個人中心の社会へと移り変わることを、適者生存の原理に則った、自然進化にもなぞらえられる歴史的必然ととらえる社会進化論にとって、そもそも社会とは、快と苦に反応する原子的諸個人の集まりにすぎない。従って政治もまた、そうした原子的諸個人を、「最大幸福」に向けて、数学的な計算と操作によって効率的に組織化する、単なる技術とされることになるだろう。だとすれば、良き政治指導者の資格とは、そうした技術にどれだけ長じているかに関わり、他の諸々には関わらない――彼が士族意識というような旧弊な身分意識、或いはその他奇態な特権意識などにとらわれていようがいまいが[15]――、そういうことになるはずである。彼らエリート自由民権派のほとんどが、政府側知識人並み、或いはそれ以上に高い西洋型学問を身につけた知識人であったことは周知の通りである。だが、天賦人権思想はそうはいかない。自己の内面の変革、内なる身分意識との対決とその完全な清算なしに、天賦人権思想を真に我がものとなしえないのは明らかである。恐らくこれが、彼ら自由民権派が、社会進化論を受け入れ、功利主義の立場に立った事情である。彼らは、近代的自由の歴史的背景や哲学的位置づけに関する考察は、素通り、ないしは軽視した、といわれる。[16]

そして、同じ陣営に属する同志でありながら、右のような功利主義的政治観に対しては、断固として反発し続けたのが、中江兆民だった。何故なら彼にとって、人間の自由とは決して快楽を求めて活動するといったものではなく、道徳的な、より心的な自由――〈リベルテー・モラル〉だったからである。

第一　リベルテーモラルトハ我ガ精神心思ノ絶ヱテ他物ノ束縛ヲ受ケズ完然発達シテ余力無キヲ得ルヲ謂フ是レナリ古人所謂義ト道トニ配スル浩然ノ一気ハ即チ此物ナリ内ニ省ミテ疚シカラズ自ラ反シテ縮キモ亦此物ニシテ乃チ天地ニ俯仰シテ愧怍スル無ク之ヲ外ニシテハ政府教門ノ箝制スル所トナラズ之ヲ内ニシテハ五慾六悪ノ妨碍スル所トナラズ（中略）故ニ心思ノ自由ハ我ガ本有ノ根基ナルヲ以テ第二目行為ノ自由ヨリ始メ其他百般自由ノ類ハ皆此ヨリ出デ凡ソ人生ノ行為、福祉、学芸皆此ヨリ出ヅ

（『東洋自由新聞』一号。明14・3／18。〔吾儕ノ此新聞紙ヲ発兌スルヤ……〕より）

この〈リベルテーモラル〉は、人間は道徳的に自由であるがゆえにこそ、自己の行為に対して責任を免れえない、むしろすすんで責任を果たすことを望む存在である、という人間観に立つ。このような思想が、民権家の選んだ功利主義的政治観を許さないのは、当然であろう。[17] すなわち、自由民権運動の、第三の次元である。

しかし、既に述べておいたように、この第三の次元に対応する〈政治小説〉は、さしあたって存在しない。徳富蘇峰から、その自由論も平和主義も一皮剝けば「士族根性」（「隠密なる政治上の変遷（第一）士族の最後」。『国民之友』明21・2／3）と揶揄された民権家・〈政治小説〉作者に、この兆民の問題意識を共有せよといっても、土台、無理な話である。かくして、『京わらんべ』が予言した通りに内容空疎な帝国議会開設の後、政治的訓練という役割を失

ってしまった〈政治小説〉作家に、もはやろくな仕事は残されていない。あの矢野龍渓ですらが、「快闊壮大なる娯楽」などという馬鹿なことをいい、それ以上につまらぬ『浮城物語』（明23・4）を書いたのである。

だが、この〈政治小説〉のていたらくは、日本近代文学にとって、痛恨事というべきである。兆民の訴えた〈リベルテーモラル〉を受けとめた自由民権運動の次元——これは、政治的にして、同時に、否応なしに文学的、とはいえないだろうか。政治主体が己れの内なる世界を吟味し、それまで外の世界と自分を繋いできた身分意識や虚栄心や偏見を克服してゆくこと。それはまた、自明なはずだった〈われ〉—〈われわれ〉に疑問が付され、その同一性の危機の中から次第に新しい自己と新しい共同体とを創造してゆくことが促される運動でもあるはずである。〈人情世態小説〉派がさかんに唱えた「内なる大」も、こうした運動と別のことであったとは思えない。ただ彼らは、そうした次元の文学化を、〈政治小説〉がやろうともしてくれなかったばかりに（ゆえに彼らからの〈政治小説〉派に対する批判——奴らには人間の内面のドラマが描けない——が生ずる）、「内なる大」の探究が含意する政治的意義を明らかにすることがうまく出来なかったのである。「内なる大」云々は、『小説神髄』のテーゼの鸚鵡返しにすぎなかった疑いが強い（ゆえに〈政治小説〉派からの彼らに対する批判——瑣々たることに拘泥するのみで没社会的である——が生ずる）。

ただ何人かの若者が、兆民の問題圏に、意図的にか偶然にか、接近し、その幾らかをみずからの問題にした、という可能性は考えられる。そうした有為の若者——彼らは、近代的学校教育制度のバラまいた競争イデオロギーによって身分意識が無効化されつつある世界に生を享けたゆえに、自前で〈われ〉—〈われわれ〉ヴィジョンを創造せねばならなかった、ないしはそのチャンスを与えられた世代である——の仕事のひとつとして、幸田露伴（慶応三年・一八六七〜昭和二十二年・一九四七）の初期小説を考えてみたい、というのが本書第Ⅰ部の目論見である。

＊

露伴は、明治二十三年十一月二十五日の第一回帝国議会開院の当日に創刊された新聞『国会』に、同月入社するのだが、ここでは、その前後に分けて、彼の初期小説と〈政治小説〉の関わりをまとめる。

『国会』入社前の露伴の小説は、確かに〈政治小説〉の形式・内容を意識したと覚しいものが明らかにある。北海道突貫直前（明20・夏）に、『佳人之奇遇』中の漢詩に次韻したもの二首を書いているのはよく知られているが、[18]『露団々』（『都の花』明22・2〜8）が『情海波瀾』や『雪中梅』のようなアレゴリー性を持つこと、またここでニューヨークを舞台に中国ネタ（『醒世恒言』）をつかった奇抜さは『経国美談』を模したものとも考えられる（古代ギリシャと『水滸伝』！）。『大珍話』（『読売新聞』明23・8／31〜10／27）は『京わらんべ』風の諷刺の効いた未来記、『混世魔風』（同紙。明23・11／13〜25）は福地桜痴『もしや草紙』（『東京日日新聞』明21・9／2〜11／9）同様の政財界暴露物である。そして前後するが、『雪紛々』（『読売新聞』明22・11／25〜12／25。中絶）こそは、『佳人之奇遇』の北海道版ともいうべき、極付の悲憤慷慨式〈政治小説〉だった。[19]だが、この時期の露伴は、その一方で、逍遙の〝ロマンスからノベルへ〟という小説観および『浮雲』（明20・6〜明22・8）に対しては『風流仏』（明22・9）、紅葉『色懺悔』（明22・4）に対しては『対髑髏』（明23・1〜2）というように、あれもこれも使えるものは使う、といった調子であることを留意しておく必要がある。

これに変化の兆しがみえてくるのが、『封じ文』（『都の花』明23・11、12）である。その主人公は「……何故我は恋をするか、何故我は人を殺したいか、何故我は焚火が好きか、何故我は小児が好きか女が好きか、何故我は名誉を憎むか、何故我は奸譎な奴が嫌ひで梟悪のものが好きか、なんで我が身を愛するか、なんで此様な事を考ふる乎。笑ふに堪へたり、一応は理屈があつて畢竟は無理屈。」と自省する一方で、「饑の身に来る如く悲痛の心に来ることありて、偶然らしく又自然らしき其悲痛の本を考ふれば、人は元来大法中の一物。」とも観ずる男として設定されている。これは、中江兆民の『理学沿革史』（明19・2、4）にみられるカテゴリーに従えば、「無差別ノ自由」／「道徳ノ自由」（第四編・第四章）に対応するだろう。勿論この男はまだ、何故「人は元来大法中の一物」と自分が観じてしまったのか、その理由を知らない。しかし、知らない、ということをすでに知ってしまった存在である、という意味で、彼の迷い・煩悶は〈リベルテーモラル〉に関わるものだ。

この作品の連載中に、露伴は末広鉄腸が主筆を務める新聞『国会』記者となる。[20] 明治二十四年から翌年にかけて、同紙にたて続けに発表されていった『辻浄瑠璃』『寝耳鉄砲』の連作（明24・2／1〜4／26）、『いさなとり』（同・5／19〜11／6）、『五重塔』（同・11／7〜明25・4／19）は、〈リベルテーモラル〉を本性とする人間という在り方に確かな文学的形象を与え、さらに〈リベルテーモラル〉の上に立脚した社会変革の可能性を模索した作品群だった。そして、それこそ〈政治小説〉にも、〈人情世態小説〉にも、〝欠落〟していた主題に他ならなかったのである。

以上が第I部で論じられる、おおよそのあらましであり、本書の背骨に当たる部分である。第II・III部はこれに対し、明治三十年代および大正期以降の露伴作品の若干に触れ、その文学世界の深々とした広がりに、わずかでも光を当てようとした試み、として受けとめていただければ幸いである。

注

（1）柳田泉『政治小説研究　上巻』（春秋社。昭42・8。六頁）。
（2）『日本近代文学大事典　第四巻』（講談社。昭52・11。小田切秀雄執筆）。
（3）越智治雄『近代文学成立期の研究』（岩波書店。昭59・6）。
平岡敏夫『日本近代文学の出発』（紀伊国屋書店。昭48・9。新版・塙新書。平4・9）。
十川信介『「ドラマ」・「他界」―明治二十年代の文学状況』（筑摩書房。昭62・11）など。
（4）注（3）の十川・前掲書（二一頁）。
（5）B・アンダーソン『増補　想像の共同体』（NTT出版。平9・5）。この書を国民国家批判の論客が引照する時、その多くはアンダーソンを、「国民国家」を「発明」―「捏造」の文脈でとらえるアーネスト・ゲルナー流の歴史家と、区別していないのではないだろうか。例えば姜尚中は「今ではナショナリズムに関する古典となった『想像の共同体』のなかでベネディクト・アンダーソンはナショナリズムを『社会小児病』と呼んだが」(姜・森巣博『ナショナリズムの克服』集英社新書。平14・11。「あとがき」)と述べるが、文中「社会小児病」の語は、トム・ネアンの発言であり、アンダーソンはナショナリズムをそのように呼んでしまう浅見を戒める目的で、ネアンの言葉を引用しているのである(より正確には、ネアンの発言に訳者が付した補足の言葉――二三頁。また併せて二五一頁の原注[1]、および二六七～八頁にかけての二つの引用も参照されたい。そこでアンダーソンは、「マルクス主義者それ自体はナショナリストではない」[二五一頁・原注に見えるホブズボームの言葉]や「ナショナリズムは近代発展史の病理である」[二三頁に見えるトム・ネアンの言葉]といった見解を再び引用した上で、それらを「フィクション」と断じ、このような「フィクションを捨て去らないかぎり、そしてそのかわりに、遅ればせながらも、過去の本当の、そして想像の経験を学ぶよう、最善をつくすのでないかぎり」、社会主義国家間の紛争を「制限したり予防したりするために、なんら有効なことはできないだろう。」と述べている)。単なる引用ミスでは済まされないだろう。

(6) 飛鳥井雅道「宮崎夢柳の幻想――政治小説と〈近代〉文学・再論――」(飛鳥井編『国民文化の形成』昭59・6。所収)。前田愛「明治歴史文学の原像――政治小説の場合――」(『展望』昭51・9)。

(7) 注(6)の飛鳥井・前掲論文。

(8) 『自由党史』(明43・3。岩波文庫・上巻。昭32・3。二九頁)。

(9) 鶴巻孝雄『近代化と伝統的民衆世界』(東京大学出版会。平4・5)。

(10) 牧原憲夫『客分と国民のあいだ』(吉川弘文館。平10・7。その第II、III章)。

(11) 宮村治雄は、桜田『西の洋血潮の暴風』の先行作品として、中江兆民主宰の雑誌『政理叢談』に連載された渭松晩翠訳『西海血汐の灘』(明15・2～明16・8)があることを指摘した飛鳥井雅道を受け、しかし、桜田『西の洋血潮の暴風』が「読者の情動喚起」を目的としているのに対し、渭松『西海血汐の灘』は、「逆に一貫して事柄の単純化と近視眼的な視野による裁断とを警戒し、むしろ西洋『理学者』の継続的な思想的営みへの関心を抱く必要のあることを、可能な限り平易な文体で表現することに努めていた」と述べ、両作品の「思想的乖離の大きさ」を強調している(『開国経験の思想史』東京大学出版会。平8・5。七五～七八頁)。

(12) 注(6)の前田・前掲論文。この論文は鉄腸への無理解とは対照的に、『佳人之奇遇』に甘い。例えば前田は、スペイン・カルリスタ運動に対する東海散士の偏向的解釈の原因を、散士がみずからの「士族的実感」を相対化しえなかった点に、正しく繋げるのだが、しかしこの問題は何故かすぐに「敗者にとって正義とは何か」といった一般論（めかした散士のレトリック）にすりかえられてしまう。

（13）稲田雅洋『自由民権の文化史』（筑摩書房。平12・4。二七六〜二七七頁）。

（14）米原謙「自由民権の思想」（西田毅編『近代日本政治思想史』ナカニシヤ出版。平10・3。所収）。

（15）米原謙『近代日本のアイデンティティと政治』（ミネルヴァ書房。平14・4）に拠れば（第二章）、小野梓は武士であった父との強力な自己同一化によって、自我を確立した。これに対し、神主で性格的にも影の薄い父を持った植木枝盛の場合は、天皇との自己同一化によって、強靭な自我の確立を果たしたという。

（16）宮村治雄は注（11）の前掲書（一六〇〜一六三頁）で、自由民権派が『民撰議院設立建白』を提出した明治七年以降から、『五箇条御誓文』を国会開設要求の根拠の一つに引用することが多くなり、それと共に、「『国会設立』という事業を可能な限り普遍的な問題の位相において捉えていこうとする態度」が後退していった、と指摘している。当然のことながら、それは「『御誓文』の普及と流布とを通じての『天皇』シンボルの社会的浸透という役割」を、自由民権運動自体が担うことをも、意味した。

（17）米原謙『日本近代思想と中江兆民』（新評論。昭61・10。第四章）、および宮村治雄『理学者　兆民』（みすず書房。昭63・12）を参照。例えば後者（九二頁）には、次の一節がある。

「……『リベルテー・モラル』の端的な否定として登場し流行したのは、何も加藤弘之流の粗野な『社会進化論』に限られてはいなかった。既に『理学沿革史』において指摘されていたように、ベンタムからJ・S・ミルに至る『功利主義』哲学全体もまた『真ノ道徳ノ自由』に対する重大な挑戦としてとらえられていたのであった。そしてこの『功利主義』哲学が、その根底にある『快楽主義』的道徳理論と共に近代日本の『自由』観を支える者として『流行』していく現実は、やはりそれ自体兆民にとって『リベルテー・モラル』の地点から批判されなければならないものとして映じたであろう」。

（18）栗田香子「露伴の出発と政治小説」（『日本の文学』第二集。昭63・1）。

（19）平岡敏夫「『雪紛々』の問題」（『文学』昭53・11）。この論文から、露伴と文学極衰論争との関わり等多くの示唆を得たが、『雪紛々』の作品評価については、筆者と見解が異なる。この点については『新日本古典文学大系　明治編22　幸田露伴集』解説（岩波書店。平14・7。その関谷担当部分）を参照。

（20）この年の十一月十八日、露伴は中江兆民と酒宴を共にした。「腐腸の競争場なる、頑脳の博覧開（ママ）なる、天下古今の最俗なる、血性男子の墓場なる、十数年来待ちに待ちて而して今将さに此くの如く失望的の物ならんとする衆議院の蓋明を厭ひ、悲み、憤ふり、笑ふよりは寧ろ鉄橋を南に向ふて渡りて徹夜の飲を為すに如かず」(「国粋の宴の記」『自由新聞』明23・11/20)と不満をぶちまけた兆民に応えた、露伴の文章は「国粋宴の続き　一分半」(『自由新聞』明23・11/22)。それぞれ『中江兆民全集』12巻(岩波書店。昭59・9)および別巻(昭61・4)に載っている。露伴はその文章では何も語っていないが、しかし『大珍話』『混世魔風』の作者(本書・第六章を参照)で、またこれから『国会』という名の新聞社員になろうという人間が、どうして兆民の憤怒を聞きのがすことがあろうか。

I

第一章　生誕地・その他

慶応三年（一八六七）〜

1

今日流布している、各種の『幸田露伴集』と銘打たれた文学全集の類いや文庫本に付された露伴年譜・解説、或いは文学事典などの露伴関係項目の説明を読むと、それらは皆等しく、露伴の生まれた場所を、「江戸下谷三枚橋横町、俗称新屋敷」としている。現在の、上野「アメ横商店街」のほぼ中央付近である。しかし、実は筆者はこれに、いささか疑問を感じている。理由は簡単で、自分の生誕地について、露伴自身が次のように語っているからである（「少年時代」明33・10）。

私は慶応三年七月、父は二十七歳、母は二十五歳の時に神田の新屋敷といふところに生れたさうです。其頃は家もまだ盛んに暮して居た時分で、畳敷の七十余畳もあつたさうです。

露伴は、「神田」といい、「下谷」とはいっていない。そこで例えば、柳田泉は『幸田露伴』（中央公論社刊。昭17・2）で、彼の証言に沿うように「江戸城下、神田の、俗称新屋敷といふところにあつた幕府お坊主衆の組屋敷に生れた」といい、また雑誌「文学」露伴追悼号（昭22・10）に載った土橋利彦（＝塩谷賛）作製の年譜でも、「慶応三年（丁卯）陰暦の七月、月まつる日の夕、江戸神田の地に幸田成延の第四子として先生は生れたまひぬ。」としているのである。

ところが、管見による限りでは、昭和二十九年五月刊行の筑摩『現代日本文学全集　第三巻　幸田露伴集』に付された年譜が、〝俗に「新屋敷」と呼ばれていた〟という露伴生誕の地に対して、はじめて、「神田」ではなく「下谷三枚橋横町」を指定した。この年譜の作製者も、やはり土橋利彦。彼にこの内容変更を促したのは、恐らく、昭和二十三年四月に共立書房から刊行された幸田成友の自伝『凡人の半生』である。露伴の実弟で高名な歴史家でもあった成友の明らかにした事実が、土橋に、従来の「神田」説を捨てさせ、「下谷」説をとらせたのであろう。筆者の疑問は、従ってまず幸田成友の自伝の内容に関わり、次いでそれを承認した土橋の判断、更に土橋の判断をそのまま継承したと覚しいその後の年譜作製者たちに及ぶことになる。

次節で、右の疑問をめぐって検討してゆくつもりだが、その前に、土橋の判断に対してひとつ付言しておきたいことがある。

言うまでもなく筆者は、彼が成友の証言に従ったことは速断に過ぎたのではないか、と疑っている。だが、彼がそう判断した裏には、当事者のひとり（幸田家の一員）の証言であることの重みや、プロの歴史家に対する信頼などと共に、そもそも露伴のいう「神田の新屋敷といふところ」が一体どこなのか、今ひとつはっきりしない、という事情があったのではないか、と思うのである。もしそうであったのなら、なるほど成友の次の一節は、強い説得力を持つはずだ。

不忍池の水は上野の正面の三橋の下を東に流れ、本立寺の前で南に折れ、三枚橋横町で再び東に折れる。その川筋の南側二軒目が幸田邸で、『武鑑』を見ると「下谷三枚はし」幸田利貞とある。母はこの家を単に新屋敷と称した。新屋敷とは新に家屋建築を許された土地の意味であらう。（傍点引用者。以下同じ）

こうした証言を聞くことができれば、「俗称新屋敷」という、いささか落ち着きの悪い説明もすんなり飲み込むことができそうである（引用文中、「幸田邸」には「嘉永四年新鐫文久二年改正の江戸切絵図下谷の部による」、「『武鑑』」には「文久二年出版の『文久武鑑』御役人衆の部による」と、それぞれ注が付されている。「嘉永四年」は一八五一年、「文久二年」は一八六二年である）。一方、「神田の新屋敷といふところ」の方はというと、そうと認めた柳田泉も確たる裏付けはどうやら欠いていた気配である。――このような状況の中で、土橋の決断は下されたのであろう。

ところが最近、平凡社から『東京都の地名　日本歴史地名大系　13』（平14・7）が出版され、「神田の新屋敷」を簡単に特定できるようになった。それは、外神田の永福町三丁目代地・松下町三丁目北側代地・松下町二丁目北側代地である。同書の説明に拠れば、享保六年（一七二一）、永福町二丁目からの出火で同町一丁目から四丁目、および松下町一丁目から三丁目まですべてが類焼した。その後町内全域は火除地とされた為、翌年御成道東裏の旗本岩城但馬守邸跡地が代地として与えられた。それが前記三町で、こうした経緯からそれらが俚俗に「新屋敷」と称された、とのことである。明治二年に入り、それら三町は合併して神田松富町となった（現在の千代田区外神田四丁目六～九）。柳田泉は『幸田露伴』の増補版（真善美社刊。昭22・11）で、先に引用した一節を含む段落の末尾に「新屋敷といふのは、後の山本町、練塀町のあたりであつた」と追記しているが、正確には山本町の北隣り、練塀町の西隣りが松富町すなわち「新屋敷」である。柳田泉の説明が後に黙殺されるようになったのは、こうした不明瞭さ以上に、「新屋敷」と俚称される理由を記さなかったところに原因があるようだ（ついでに言うと、山本町には、かの奥坊主・河内山宗春――歌舞伎では宗俊――の拝領屋敷があった）。

『東京都の地名』索引に拠れば、「新屋敷」の俗称を持つ土地は他に、麻布東町、青山六軒町、同じく青山南町一丁目があるそうである。しかし、角川書店の『日本地名大辞典13　東京都』（昭53・10）には、内藤宿六軒町を説明する項に「俚俗に新屋敷とも称した」の一例があるのみで他にこの語を載せていないようである（同書の索引から）。俗称を載せるかどうかは、辞書項目執筆者の考え方によるところが大きいのかも知れない。だから、仮令辞書に載っていないからといって、「下谷三枚橋横町」に「新屋敷」の俗称なし、などと主張できるわけでないことは筆者も承知している。だが、疑問の生ずる余地は、やはりあるだろう。本当に「下谷三枚橋横町」は「新屋敷」と、〝一般に〟呼ばれていたのだろうか？――今一度、成友の文章を読み返してゆくと、幾つかの疑問と、否、それ以上に、幕末から維新にかけて旺盛に生き抜いた、幸田家のしたたかさが、そこから浮かび上がってくるように思われるのである。

2

『凡人の半生』で成友は、幸田家が二百余年連続して江戸に居たことを指摘しつつも、自分達の祖父母、つまり利貞と芳の夫婦が、「俗にいふ夫婦養子」であったことを述べて、「幸田家の旧い血は絶え、新しい血は利貞夫婦からはじまつたものといふべきだ。」と主張している。彼ら（成行すなわち露伴や成友ら）にとって祖父母が大きな存在であったらしいことは、露伴『少年時代』が二人をそれぞれ種善院様・観行院様と呼び、又『凡人の半生』でも二人のエピソードが、両親のそれ以上に精彩あることから、想像がつこう。例えば――。

祖父母が一家を持つた当初、幸田家は諸事不如意で、祖母の所持する帷子はただ一枚であつた。そこで祖母は毎夜就寝前に昼間着通してよれよれになつた帷子に霧を吹き、折り目正しく畳直し、その上に座つて水気を去り、翌朝またそれを着る。近所の人々はそんな魂胆があるとは知らず、幸田の奥様は御物持と見え、毎日帷子を御着替へになると評判したといふ。自分の身体を火熨斗がはりとした祖母が、いかに活気に満ちた人であり、又折目正しき人であつたかが窺はれる。

夫婦養子の新幸田家の出発点は、このようにいたって質素な暮らしぶりであったようである。二人がいつ、結婚・養子縁組をしたかは明らかでないが、一人娘（露伴らの母となる）猷の生まれたのが天保十四年（一八四三）とされているから、恐らくそれに先立つ天保の十年代といったところであろう。これが、露伴の言葉によれば、冒頭に引用した『少年時代』の「其頃は家もまだ盛んに暮らして居た時分で、畳敷の七十余畳もあつたさうです。」という暮らしぶりにまで、拡大・発展した、というのであれば、祖父母の存在が重んぜられるのも当然、といえよう（但し、この拡大・発展に何年を要したかは、露伴と成友とでは捉え方が違ってくる）。

更に二、三のエピソード紹介の後、成友は言う。

祖父の表向きの収入は一年僅かに四十俵三人扶持と沽券金二百両に相当する拝領町屋敷から上る僅少の地代とで、盆暮二季に大名その他から受ける心附は一季百両に上らなかつたといふ。祖母はこの乏しい家政を繰廻すに極めて格好な主婦であつたと思ふ。第一に健康に恵まれ活気に富んでゐたから掃除、雑巾掛、洗濯、煮焚それらは一向苦にならなかつたらう。我精に働く人は得て粗野散漫に流れ易いが、祖母は我精であると同時に細心丹念であり、また断じて奢を知らなかつたから、幸田家の家政は微を積み細を積んで漸く寛ぎを生じ、下谷三枚橋横町に居宅を構へ、夫は安じて公務に従事し、独娘の猷は父母鐘愛の下に、一人前の女として恥づかしからぬ教養を受けた。

この一節に続いて、先に引用した「下谷三枚橋横町」の位置その他、また、「母はこの家を単に新屋敷と称した」の語が、来るのである。

成友はこの新居の位置を、嘉永四年（一八五一）版の江戸切絵図によって確認したのだが、現在容易に見られる、ちくま学芸文庫版『江戸切絵図集』（平9・4）所収の嘉永二年「上野・下谷・外神田辺絵図」も、成友の指摘通りの場所――徳大寺裏、「川筋の南側二軒目」に「幸田」の名を記しているから、結婚後十年を経るかどうかという内に、利貞、芳夫婦は新居を入手したことになる、ひとり娘の猷は六、七歳の頃である。

そこで筆者の脳裏をかすめる第一の疑いは、猷が「この家を単に新屋敷と称した」のは、自分たちの才覚で手に入れた若い夫婦がひとり娘に向って、「この家は私たちの〝新屋敷〟なのだよ」と、何かにつけて誇らし気に言ってきたことの結果であって、一般にこの土地がそう呼ばれていたことを意味するわけではないのではないか、というものである。露伴年譜の多くの作製者、文学事典の露伴項目担当者の御意見を伺いたいと思う。

第二の疑問は、最近出た松本哉『幸田露伴と明治の東京』（PHP新書。平16・1）で知ったことがきっかけで生じたものだ。松本も従来の説に従い、露伴生誕地を「下谷三枚橋横町」と前提の上で、その地が現在のどこに当たるかを調査したのが右の著書なのだが、その過程で松本は、嘉永六年（一八五三）版「上野下谷辺絵図」を用い、幸田の家が、成友の言い方に倣えば「川筋の南側一軒目」になっていることを明らかにしている（彼自身が絵図を模写した「露伴生誕地付近図」がついている）。これは絵図の、単なる誤記だろうか？　その可能性も高そうだが、しかし、入手したばかりの屋敷「川筋の南川二軒目」を、契約条件が整うと共に、すぐにまた、より良い屋敷「川筋南側一軒目」と取り替えた、という事も考えられないわけではあるまい。次々と、より良い屋敷に移り住む可能性――。

いったん、この問題に悩み始めるや、ようやく筆者は、成友の主張の不備に気づいた。成友は、幸田家が維新の時までずっと「下谷三枚橋横町」に住んでいたということを、何ら裏付けていないのである。成友は切絵図の他に、文久二年版の『文久武鑑』を示しているが、それとて一八六二年である。結婚後わずか十年足らずで新しい屋敷を手に入れたなかなかのやり手である二人が、更にその十数年後、もはやどこにも移り住むことなく、その地にへばりついていた、と想像しなくてはならぬ理由はどこにも無いだろう。或いは、ここはそのまま所有し、別にまた新しい地所を購入した可能性もある。現に、兄の露伴は一八六七年時点の幸田家の所在地を、「神田の新屋敷」と、証言しているのだ。この兄の言葉を黙殺するだけの根拠を、弟は呈示していない。

ここで、柳田泉の先の書から、次の一節をも、引用しておくのが適切だろう。

……権勢相応に財富も集るといふわけで、お坊主の生活はなかなか立派なものであつた。露伴の生れたころの幸田家の生活の如きもその例にもれず、なかなか盛んなもので、新屋敷の邸宅は畳数七十余もある上、銅の金具を打つた堂々たる門までついてゐた。そのほか、浅草、麻布などにも地所やら控家やらを十カ所ほどももつてゐたと聞いてゐる。

「十カ所ほどももつてゐた」とは、いささか信じ難い気がするが、この点は、この種の情報が風聞の形をとって残ったことの意味も含めて考える必要がありそうで（後述）、そう簡単に「割り引いて受けとろう」で済ますわけにはゆかない。もしも、これが本当だとすれば、祖父母の結婚から幕末・維新に至る二十数年間は、新幸田家の誕生と、誠にめざましいその大躍進の時代であったことになるということ――これを明記しておきたい。

新幸田家の大躍進時代は、言うまでもなく徳川政権の倒壊によって、一頓挫する。「神田の新屋敷」は大躍進のストップしたところで、裏を返せば、彼らにとって大躍進時代を象徴する場となったとも考えられよう。もしそうだとすれば――という言葉を繰り返さざるをえないのだが――、この大躍進時代に生を享け、利貞・芳のひとり娘として大切に育てられた猷（彼女は家付き娘として成延を婿に取った）が、「新屋敷」の語を口にする時、それは何を指していたのだろうか。話は再び、成友の伝える「母はこの家を単に新屋敷と称した。」に戻る。

先に筆者は「下谷三枚橋横町」を「新屋敷」と称するのは、一般的なものではなく、新幸田家の内だけの習慣だったのではないかという仮説を述べた。しかし今や、「下谷三枚橋横町」などそもそも最初から、さして問題にすべきではなかったのではないか、という考えが浮かんでくる。

江戸時代を知らない息子たちに向って、母が「新屋敷の頃の幸田家は……」と語りかける場面を想像してみよう。「今と違って、あの頃は……」。慶応三年生れの露伴は、それが「神田の新屋敷」であることを聞き覚え、七十余畳の広さを持っていることを知らされた。しかし明治六年生れの成友は「家屋の大小や間取等について聞覚えた点は無いが、その拭掃除が女中相手とはいへ、母にとつての一大日課であつたといへば、相応の建築物であつたと推量せられる。」というに留まり、また「新屋敷」についても、「新屋敷とは新に家屋建築を許された土地の意味であらう。」と、いかにも歴史家らしくはあるが、それが幸田家にとってのみ「許された」なのか、その土地区画全体として御公儀から「許された」のか、どちらともとれるようなあいまいな説明を加えるだけである。彼は「新屋敷」について、直に母から何も聞いていなかったのではないだろうか？　そして後に（この自叙伝を書くにあたって？）調べた切絵図から「下谷三枚橋横町」をみつけ出し、「この家」＝明治以前の幸田家を、すべて「下谷三枚橋横町」と見做したのではないか……。

成友が、いわば〝新幸田家の可変性ないし流動性〟とでもいうべきものの可能性をほとんど全く考慮していないことは、次の記述によっていっそう明らかである。

自分の姉延は明治三年に自分は同六年に生れた。姉の履歴に下谷区仲御徒町出生と記したものがあるが、これは新屋敷の一区画が明治になつて仲御徒町に編入されたので、出生地は矢張新屋敷であらう。さうして自分のそれが神田山本町であることは戸籍面によつて明白である。但し山本町に居ること数年にしてわが家は再び同区末広町に移つたが、新屋敷山本町引払の年月は二つとも明白でない。

「新屋敷」を「三枚橋横町」とすれば、そこは上野町二丁目と仲御徒町との境にあたる為、確かにそういうことがありうるか、と思うばかりで筆者には何とも判断の下しようがない。ただ、例の地名辞典の類いにあたって、「仲御徒町は、明治五年に起立」とあるのを眺めるだけである。しかし、右の記述を、次の露伴のそれと対照させてみると、ぼんやりなどしているわけにはゆかなくなるのである。

御維新の大変動で家が追々微禄する、倹約せねばならぬといふので、私が三歳の時中徒士町に移つたさうだが、其時に前の大きな家へ帰りたい帰りたいといふて泣いて困つたから、母が止むを得ず連れて戻つたさうです。すると外の人が住んで居て大層様子が変わつて居たものだから、漸く其後は帰りたいとはいはないやうになつたさうです。それから其後また山本町に移つたが、其頃のことで幼心にもうすうす覚えがあるのは、仲徒士町に居た時に祖父さんが御没なりになつたこと位のものです。

露伴三歳は明治二年で、妹延が同三年に「仲御徒町」に生れる、とあるのと符合する。しかしそれを何故か、成友は、区画変更に伴う名称の問題にすぎないとして、幸田家の転居そのものを否定するのである。だがそうなると、右の露伴幼少期のエピソードは宙に浮いてしまう。右のエピソードは、三歳なればこその、微笑ましく、またいかにもありそうなことであろう。だからこそ、それは、幸田家・公認の〝伝説〟として、露伴に語り伝えられたのだ（「お前は小さい時にね……」と、繰り返し子供が親から聞かされる、あれである）。筆者は、この信憑性は高く、容易に疑いえないものであると考える。しかも露伴は、「仲御士町に居た時に祖父さんが御没なりになつた」ことを記憶している、と述べている（祖父利貞の没年は明治四年で露伴五歳）。もし「下谷三枚橋横町」＝「新屋敷」（七十余畳）＝「仲御徒町」を主張する成友の説を鵜呑みにするならば、露伴は「七十余畳もあつた」と聞かされているばかりで本人は少しも記憶がないはずの家で、祖父が死んだことは覚えている、ということになってしまう。そしてその後、山本町に引っ越した時に「前の大きな家へ帰りたい帰りたいといふて泣いた」（!?）ことは、もう五、六歳に達している計算なのだが、これまた全く覚えなし……。露伴の記憶回路がほとんどまったくナンセンスであったと認めない限り、成友の主張はどうにも受け入れがたいのである。更につけ加えれば成友説は、貧乏暮らしから十年余で一挙に「七十余畳」の屋敷を手に入れ、その後はそのまま幕府倒壊まで全く変化なし、という不自然なシナリオを要請せざるをえないのに対し、露伴証言ならば、貧乏暮らし→三枚橋横町（さらに三枚橋横町内で一軒隣に転居？）→神田新屋敷（「七十余畳」）という漸進的成長を想定することが可能になる。この点でも、兄の証言の方が現実的である、というべきだろう。

だが、土橋利彦の年譜（昭和二十九年版）は、先の成友の証言を、すべてそのまま、採用した。

雑誌「文学」所収年譜（昭和二十二年版）では、「明治二年（己巳）、三歳。中御徒町に移る。」とあったのが、筑摩『現代日本文学全集　第三巻　幸田露伴集』版年譜（昭和二十九年版）では、「明治二年（一八六九）己巳、三歳。」のみとなり、仲御徒町への転居の記事が削られた。それに代わって、「明治四年（一八七一）辛未、五歳。祖父利貞死す。後神田山本町に移り、又末広町十番地に移る。ともに年時を知らず。」という、なんとも不可思議な項目が出来上がったのである（山本町に移った年時も、末広町に移った年時も、ともに「知らず」というなら、そもそも何故この説明が「明治四年」の項に置かれているのかが、わからない。これは先に引用した成友の「新屋敷山本町引払の年月は二つとも明白でない」を、そのまま機械的に敷写した結果である）。

「下谷三枚橋横町」を露伴生誕地としたことについては、いまだ同情の余地があるが、しかし、露伴その人の発言をあまりにもないがしろにしているという意味で、筆者は、「明治二年」の仲御徒町転居記事の削除、及び「明治四年」の項に押し込められたいいかげんな記述に対して、寛容にはなれない。土橋＝塩谷賛の判断を、速断に過ぎる、と批判する所以である。

この土橋年譜（昭和二十九年版）は、わずかな改訂・増補を経て、角川『近代文学鑑賞講座　第二巻　幸田露伴・尾崎紅葉』（昭34・8）所収の年譜として用いられた。これを、筑摩『明治文学全集　25　幸田露伴集』（昭43・11）所収年譜（榎本隆司作製）、及び角川『日本近代文学大系　6　幸田露伴集』（昭49・6）所収年譜（岡保生作製）が踏襲したことによって、定説化したと考えられる。露伴生誕地、「明治二年」の項、「明治四年」の項、いずれも全く同じ扱いになっている。しかし、それらはおおよそ次のように書き改められるべきだろう（関連事項のみ記す）。

慶応三年（一八六七）　神田の、俗称新屋敷（後の松富町。現在の千代田区外神田四丁目六～九）に生まれる。
明治二年（一八六九）　下谷仲御徒町に移る。
明治四年（一八七一）　この頃、神田山本町に移るか。
明治十年（一八七七）　この頃、神田末広町に移るか。

末広町転居を、だいたい右の頃だろうとしたのは、成友の証言の中に、「山本町の家については大きな土蔵と梅の老木数株があつたことを微かに覚えてゐるだけ」とあったので、彼の生まれた明治六年から数年を隔てていないだろうと想像したのである。露伴の幼少年期は、ほぼ山本町時代と重なっていることがわかる（五、六歳から十一、二歳）。

3

成友が、明治二年の仲御徒町への転居を消そうとし、また土橋とそれ以降の年譜作者たちも、これをすんなりと受け入れた背景として、明治二年では、あまりに幸田家の没落が早すぎる、という判断が、あったのかも知れない。そこには、定住は安定の、転居は没落の徴し、といった先入観のようなものが窺える気がする。だが、先に述べたように、祖父母の結婚に始まり、幕府倒壊に至るまでの二十数年間にわたる新幸田家が、蓄財の才に富み、土地建物に投資して十カ所ほどもの地所等を手に入れて、またみずからもより良質の屋敷に移り住んでゆく、といった積極的な経済活動主体であったとするならば、明治に入ってからの相次ぐ転居も、簡単に〝没落士族〟の一言で片付けると大きな誤解を招くことになりかねないのではないか。以下、もし、新幸田家が右の如き旺盛な積極型経営主体であったとしたら、という仮定の下で、明治維新前後の、考えられうる幸田家のふるまいを、残された聞き書等の資料から、再構成してみたい。

柳田泉が「……と聞いてゐる」として伝えた、十カ所ほどもの地所等を、幸田家が有していたとするなら、それは一体どのような〝空気〟の中においてか。この漠然とした問いの手掛りとして、うってつけと思われるのが、水谷三公『江戸は夢か』（ちくまライブラリー、平4・10。ちくま学芸文庫、平16・2）である。
この書で水谷はまず、天保十二年（一八四一）に起こった幕臣の処罰事件を紹介する。当時御側役の五島修理亮と、元・奥右筆組頭の大沢弥三郎の二人が、町人名義で町の土地建物（町屋敷）を所有し、町人に貸し付けていたことを「不束（ふつつか）」とされ、免職・謹慎のうえ、所有地は全面没収された、というものである（うち、五島が没収された不動産は三十八カ所に及んだという）。続いて、水谷はいう。

多分、この処罰をめぐる幕閣での議論が引き金になったのでしょう、幕府はこの年の暮れ十二月二七日、有名な布告を老中水野越前守の名で発します。万石以下の武士は、「軍備のために身分相応の範囲で」町屋敷の所有が許されるから、所有者は自分の名義で幕府の屋敷改めに届け出るようにという内容でした（間もなく同じ布告が万石以上にも出されます）。

この布告の注目すべき点は、幕府は未だかつて幕臣の町屋敷所持を禁じたことはないとわざわざ断りを入れていたことでしょう。つまり、町屋敷の所有を禁じているわけでもないのに、町人など他人の名義にしたのがいけない、それが五島や大沢の処分理由だったと言いたかったのだと思われます。

確かに町屋敷所有を正面から禁止した幕令がなかったというのは本当かもしれません――なかったという証明は、あったという証明より難しいので、確定的なことはいえないのですが。しかし町屋敷にしろ農地にしろ、幕府や藩から与えられた土地・建物（拝領地・拝領屋敷）以外、所有しないというのは、当時の武士の間で、強固な常識だったことは争えない事実です。

それが証拠に幕府自身、問題の布告発令から三カ月余り後、未だ届け出るものがないが、届け出たからといって何の不利益もないから、心配せず届け出るようにと、念押しの布告を出さざるをえませんでした。つまり幕臣たちは、土地の所持・運用を表沙汰にしたくなかったということです。

長い引用になったが、幕臣の資産運用に関する、幕府の〝空気〟はよく伝わってくると思う。ここから思い当たることを、二、三述べる。第一に、新たに入手した地所等を、幸田家はいちいち御公儀に報告したものかどうか。所有許可に課せられた「身分相応の範囲で」という条件は、解釈次第でどのようにでも変化しうるだろう。表沙汰にしたくない、という心情から、幸田家が自由であった、と考える理由はなさそうである。つまり、地所等の所有に関する事柄は、風聞のような形でしか伝わらない性格を、あらかじめ持っていた可能性がある、ということである。そこで、柳田泉の伝える噂が本当らしいとすれば、第二に、それらの土地屋敷は、幕府倒壊後も、無傷で幸田家に残った可能性が高い。家禄、拝領屋敷等はもちろん失っただろうが、これらの（秘匿された？）個人資産は維持しえた……だからこそ、幸田家は維新後も東京に居続けることにためらいがなかったのではないか、というのが筆者の想像である。

周知の通り、維新後、駿河移封を命じられた徳川家は、旧幕臣に対し、朝臣となるか、士籍を去って農商その他の生業に従事するよう勧奨し、駿河移封に同行することを極力制限しようとした。それでも、廃藩置県時点での静岡藩士族の数は一万人を超えていたという（落合弘樹『秩禄処分』中公新書。平11・12）。この間について、成友は次のように述べている。

旧幕臣中主家と進退を共にする意味で静岡に移住する者甚だ多く、移住せざる者に対しては君臣の情誼に背くといふ悪評さへ加へられた。然しこの際祖父や父が断然として江戸改め東京に踏留つたは、我等子孫をして容易に明治の新文化に浴するを得せしめた。

彼らの決断には、何らかの物質的支えがあったと考えるのが自然であろう。また、右の文章中にみえる「君臣の情誼に背くといふ悪評」は、或いは明治二年の仲御徒町転居と関わりがあるのかも知れない。幸田家が「新屋敷」を離れたのは、それだけの大邸宅を維持できなくなった、もしくは維持する必要がなくなった（大邸宅の取得とその維持は、柳田泉のいうところの「権勢相応に財富も集る」という経済効果を目的としたものであったに違いない）等の経済的理由に因るものと思われるが、加えて、従前通りの大邸宅に住み続けるのを〝憚る〟といった意味合いもあったのではないだろうか。維持していても何の得もなく、しかもかつての幕臣連からはいたずらにねたみ・そねみの類いを抱かれかねないような大きな家は、さっさと処分すべし――。

その後の相次ぐ転居については、それが、持ち家から持ち家へ、の転居であった可能性を考慮する必要があると思う。

明治十八年、大蔵省の下級属官であった成延が非職になったのを機に、彼ら一家は既に独立していた成忠一家と「神田区錦町に相応大きな門構の家」を借りて「共同生活」に入ったという。その二年程後のこととして、『凡人の半生』にこうある。

錦町における幸田一家の共同生活も、以上と前後して解消し、自分等は父母と共に末広町の旧巣へ帰つた。後半世を紡績事業に没頭した長兄が、最初入社した鐘淵紡績会社に通勤の便宜上、向島寺島村に移つたためか、（中略）委しいことは知らぬ。但し、長兄の寺島の家が幕末の名士某の別墅で、建物は大したものでは無かつたが、敷地五百坪余、庭に大きな汐入の池あり又梨子畑あり、今とは違ひ、二階に上れば青田や畦道の立木が遠望せられたことを記憶する。

「末広町の旧巣へ帰つた」とは、単に又新たに借家を探して末広町に住むことになった、ということだろうか。それとも明治十年ころより八年余り住んだ末広町十番の同じ家に舞い戻った、という意味だろうか。どうもその口ぶりは後者のようであり、それが可能なのは自分の持ち家だったから、という気がする。錦町の家も、成友の言うように借家だとすると、その節約効果はおぼつかないだろう。時々の家族構成や家計状況に応じて、広い家に所帯を一つにして住んだり、狭い家におのおの独立して住んだりした、と考えれば、彼らの行動も経済的合理性に適うものとして理解が可能になるように思われる。とりわけ右の文章で、長兄が「通勤の便宜上」移ったという「向島寺島村」の家の説明を読むと、一体なぜこんな家をわざわざ（よりによって「通勤の便宜上」という理由で？）借りたのか、という疑問を誰もが抱くに違いない。しかし、借りたわけではないとしたら、すんなりと納得がゆくのである。この家はこれから更に六年後の、明治二十六年冬、長兄に代わって、まだ独身の露伴が移り住み、一年余りそこで暮らすことになる。

維新後の幸田家を〝没落士族〟の家と呼ぶのは、一面では確かに正しい。しかし彼らは、子供達の将来を見越した周到な計画の下、できる限り合理的に、時間をかせぐようにゆっくりと、〝没落〟してゆく道を選んだようにみえる。時間をかせぐ？

言うまでもなく、子供が成長してゆくのに必要な時間をかせぐためである。

幸田家は、長兄・成常を実業界へ、次兄・成忠を海軍兵学校へ、そして次の成行＝露伴は電信修技学校へと、進めた。金がかからず、たとえ世の中がまた変わって誰かが失敗しても影響が親兄弟に波及せぬような職種の多様性と、そして手っ取り早く一人前になれそうな確実性を求めて選ばれた道であろう。そして社会が落着きをみせ、教育制度もほぼ整った段階で、彼らは、延、成友、幸といった下の子供たちに、進学コースを歩ませるのである。この資産投下が、みごとに成功したことは、既にあまねく知られている。先にも引用した一節と並んで、成友が次のように親たちを称えるのは、こうした幸田家の、断固とした〝方法的没落〟とでもいうべきものだ。

自分は小学の振出しから大学の大詰まで、学校運の強かつたことを確信し、それが徳川宗家静岡移封の際、祖父母及び父母が時流に阿らず、断乎として東京に踏留つたことに基くと思惟して感謝に堪へぬものがある。若しわが一家が仮に静岡附近の新開墾地に土着したとせば、どうして以下に記載するやうな設備完全の小学教育を受け得たであらうか。早く中学の予備教育を受けて高等中学校や大学に進むを得たであらうか。仮令高等教育を受けたい希望は烈火の如く強くとも、貧乏士族の子弟として東都に遊学せんことは思も寄らず、不平煩悶の中に空しく年老いたであらう。わが一家の東京在住は実に自分に大きな幸福を与へたのであつた。

静岡移封に同行することを、「無禄移住」と称した。無禄承知で移住した幕臣を、福地桜痴は「扨又駿河へ御供の連中は真に君家の御先途を見届け奉らんと思ひ込たるは、是亦十中の一二にて、其余は大抵一身前途の方向も定まらざれば、駿河に赴きたらば何とか仕法の附べきかと空恃（そらだのみ）を目的にしたる輩のみぞ多かりける。」と揶揄したが（『懐往事談』明27）、確かに東京に居残るためには或る程度の資産に加えて、確固たる方針が必要であったはずで、幸田家は恐らくその両方を、備えていたのである。

してみれば、幸田家を単に〝没落士族〟と呼ぶのは一面的である。幕末期に何らかの仕方で急成長した幸田家は、今度は維新以後の新時代を新たな成長のチャンスととらえ、最も適切な資産運用と人材育成をはかり、見事な成果を挙げた。身分制社会の中では決して得られなかった類いの成功、すなわち子供達の多方面への進出と立身出世を手に入れたのが幸田家なのである。彼らは〝没落〟などしていない、士族という殻をいち早く脱し、新しい民として〝上昇〟したのだ、という言い方のほうが、いっそう真実に近いのではないだろうか。

ただ、さすがの幸田家も、たった一人であったとはいえ、家の成長計画を狂わせるかのような〝馬鹿息子〟の出現するのを、防ぐことができなかった。せっかくの電信技師の職を擲って北海道を突如とび出してしまった、成行である。

我々は、成行＝露伴のしでかした愚挙の重さを、まだそう確とは理解していない。そこで、次章では彼の北海道〈突貫〉の構造に関する考察を行うこととしよう。

［付記］

右の文章は、幕末期に新幸田家が経済的急成長を遂げたと仮定したならば、諸々の回想等に窺われる不自然さも、自然なものとして説明しうることを明らかにしようとしたものである。では、その仮定は正しいだろうか。それを祖母の節約と「我精」だけで説明することは到底できまい。幕府・表お坊主衆という存在が、幕末の政治的動乱期に、何か特別な経済チャンスにめぐまれる、ということがあったのか、どうか。この点について、識者の御教示を切に乞いたいと思う。

第二章　〈突貫〉まで

〜明治二十年（一八八七）

1

幸田露伴がお茶の水東京師範学校の下等小学に入学したのは明治八年、数え年九歳の時である。この年、東京府は全十四条からなる小学試験規則をつくった。

当時小学校は、上等・下等に二分され、それぞれ八つの級に分かれていた。生徒は通常下等第八級から始め第一級へと六ヶ月ごとに進級し、四年かけて下等を修了すると上等第八級に上がり、同様に四年で第一級まで進級、そして卒業、となるしくみであった。十四条の規則は、こうした進学の折り目ごとに行うべき試験方法等を定めたものである。

それによれば、まずあるのが「月末小試験」で、毎月生徒の学業の進度を確認し、その成績によって教室内の席順・名札の順番を決めるというものである。次に、第八級から第一級へ進級するごとにパスしなければならないのが「定期大試験」である。ただその際、学業優秀な生徒があれば特に「臨時試験」を行って昇級させる、いわゆる「飛び級」があった。下等から上等への進級試験が「大試業」、そして最後の卒業時に行われるのが「卒業大試験」で、参観は自由、府庁の役人・学区取締・師範学校教員・区長立会いのもとで、口頭試問と筆記試験が行われた。

露伴は、少年時代を回想する文章の中で、こうした煩瑣な試験とのつき合いについて、次のように語っている。

私は試験をされた訳では無いが最初に下等七級へ編入された。ところが同級の生徒と比べて非常に何も彼も出来ないので、とう〳〵八級へ落されて仕舞つた。下等八級には九つだの十だのといふ大きい小供は居なかつたので、大きい体で小さい小供の中に交ぜられたのは小供心にも大に恥しく思つて、家へ帰つても知らせずに居た。然し此不出来であつたのが全く学校なれざるためであつて、程なく出来るやうになつて来た。で、此頃はまた頻りに学校で抜擢といふことが流行つて、少し他の生徒より出来がよければ抜擢してずん〳〵進級せしめたのです。私もそれで幸にどし〳〵他の生徒を乗越して抜擢されて、十三の年に小学校だけは卒業して仕舞つた。(1)

七級から八級に落とされたのは恐らく「月末小試験」にひっかかったのだろう。「抜擢」とはいうまでもなく「飛び級」のことである。露伴は、四年間つまり正規の年限の半分で小学校課程を修了したことになる。彼と試験とのつき合いは、総じて良好だったといえる。

露伴の経験した試験規則は、明治五年に制定施行された「学制」の方針に沿ってつくられたものだった。この「学制」は、ちょうど露伴が小学校を卒業した明治十二年に出された「教育令」に取って代えられるまで、日本の近代教育制度を決定づけていた。仮りに「学制」の世代というものがあるとすれば、露伴はもっともそれにふさわしい一人といえるのである。そこでまず、「学制」およびその下での試験制度が、当時初等教育の学齢期にあった露伴らの世代に、及ぼしたと考えられる影響について触れておきたい。

「学制」の基本的精神は、その公布一日前に発表された太政官布告二一四号（いわゆる「被仰出書」）に知ることができる。天野郁夫は、この「其身を脩め知を開き才芸を長ずるは学にあらざれば能はず是れ学校あるゆゑんにして」以下を要約して次のように述べる。

> 「学問」の有無が将来の社会的な地位の上下を決める。それは学校が、人材の社会的な選抜と配分の中心的な機構であり、またそうあらねばならないことを公然と主張するものであった。(2)

学問は、個人の自由と可能性を拡張するだけでなく、〈新しい社会〉の秩序への統合原理をも提供する、とされる。そのような意味での学問を与えてくれるのは、学校だけである。従って〈新しい社会〉の公正さは、学校が万人に等しく開かれているかどうかにかかっている。「自今以後一般の人民（華士族農工商及婦女子）必ず邑に不学の戸なく家に不学の人なからしめん事を期す」のは、「学制」の主張する意味での平等な社会の実現にとって、それが不可欠の要件だからである。

ところで、こうした「学制」の基本的精神は、福沢諭吉の『学問のすゝめ』初編（明5・2）のそれとして、人々が知るところとなっていたものと同じであった。勿論それは偶然ではない。というのも「学制」制定に深い関係のあった文部少輔田中不二麿は福沢に師事している間柄だったから、福沢は当時文部行政の陰の最高指導者と目されており、『学問のすゝめ』は「学制」の理論的解説書と見なされていたのである。(3) この書について、前田愛は読者論的立場からその受けとめ方の特徴を世代別におよそ次のようにまとめた。(4)『学問のすゝめ』の読者層のうち、露伴らの世代を仮りに「弟達の世代」と呼んだ時、それより一まわり上の植木枝盛や徳富蘇峰らの世代（「兄達の世代」と呼ばれる）の場合は、『学問のすゝめ』冒頭の「天は人の上に人を造らず人の下に人を造らず」を「立身出世の合理化ないしは動機づけの意味を越えて、民権拡張の原理として確認することができた」。ところが、これに対して「弟達の世代」は、「教科書に採用された『学問のすゝめ』から影響を受け、」これを「立身出世の合理化ないしは動機づけとして受け取った世代であった。」とするのである。

「兄達の世代」の受けとめ方は、個人の学問の修得を民権拡張という国家レヴェルの地平で意義づけている点で、福沢諭吉の有名なテーゼ「一身独立して一国独立する事」に対応する精神を、彼らが分かち持っていたことを示すだろう。幕末の政治的緊張状態にあって「西洋芸術」の吸収・消化は日本の自立にとって必須の過程だったから、この要請を自覚した時のエリート達は、国家（或いは幕府・藩）の為と自己の立身出世の為との区別を意識せずに、洋学の修得に熱中しえた。福沢はそうしたエリートの代表格だったわけだが、その姿勢は「兄達の世代」にも受けつがれていたことが、『学問のすゝめ』の受容の仕方から確認できるというのである。だとすれば、福沢と彼らとの間のズレは、明治政府の選んだナショナリズムの方向に対する距離のとり方の違いであって、政治的ナショナリズムと不可分なその学問の在り方には明らかな連続性がみられることになろう。だが、この『学問のすゝめ』が「学制」という制度の形をとって、しかも初等教育の分野に適用される時、その意味は全く別のものに変わる。

2

「弟達の世代」すなわち露伴ら「学制」の世代が直面したのは、次の三つの事態である。第一、教育が、実用的で生活に密着した共同体主導の寺子屋的なものから[5]、中央集権的な国家主導の事業としてとらえられた。第二、学問は難易度に応じて等級化され、分割された断片としてその中に組み込まれた。そして第三に、この教科書化された学問の達成度を学力として抽出し、個人を選別する手段として、試験制度が学校教育制度の中軸におかれた。まさに「学制」の世代とは、「人材の社会的な選抜と配分」を目的とした試験を、万人に与えられた機会という名の下に、先の露伴の回想でみた通り幼いうちから繰り返し、経験させられたはじめての世代なのである。この世代が、前田愛のいうように『学問のすゝめ』を個人の「立身出世の合理化ないしは動機づけ」という面でとらえ、広い社会的眺望を失っていたとすれば、それは、教科書化した知識の在り方や、勉学の成果を席順や進級といった徹底的に個人的な出来事に還元し尽くしてしまう試験の機能を考慮しなければならないのだ。

「学制」が、「被仰出書」の主張するように、個人の封建遺制からの解放と〈新しい社会〉の統合原理の確立とを学問によって成し遂げようとするものであったことは確かだとしても、他方でこの制度は、諸個人から社会性を奪い、生活を支える生きた知恵を失わせる面を持つことを強調しておく必要がある。関曠野は、この点に関して、「実をいえば明治の学制が義務教育による〈学〉の普及の名の下に求めたことは、『邑に不学の戸なく、家に不学の人なからしめん』こと、すなわちムラとイエ、地域社会と家庭から両者が伝統的に保持していた児童教育の権利を奪うことであった。」と主張し、明治国家がムラとイエの教育権を否定しなければならなかった理由を、伝統的な社会と近代社会とにおける「法と慣習」の違いに求め、次のように説く。(6) 関によれば、江戸時代のような身分の掟に支配される伝統的社会において、〈法〉とは「社会が前もって定めた身分の掟に従って各人がその役割を演技すること」である。それは「各人の立居振舞い、言葉遣いから服装や住居のデザインにまで及」び、「たとえ身分制社会においてであれ、ある程度までは他者への奉仕と相互扶助の精神なしには存立しえない」ものだという（この「他者への奉仕」について、関は別のところで、一つの身分が他の身分に対して持つ切り札のようなものだと述べている(7)）。しかし近代社会は、この伝統的な〈法〉の概念を破壊して、「国家が承認する権利と義務と罰則以外の内容をもたない抽象的で個人主義的」な近代国家の〈法〉に置きかえる。

急速な経済発展を身上とするこの社会は、その妨げとなる社会の固定した役割構造をぶち壊しにすると同時に、万人にこの流動化した社会の中でひたすら貨幣収入の増大と公的な地位の上昇をめざして他人と競争しながら生きることを強要し、諸個人のライフスタイルをひどく画一的なものにしたのである。

　ここでは社会は国家と市場によってのみ組織され、人間と人間を結ぶのは役割演技の関係ではなく、信用取引の関係となる。そして制度としての学校は、与えられた職務に忠実であると同時に、より良い収入と地位を求めて他人と争う「自由な」個人をつくりだす。しかし収入や地位といったものは、自己満足や安堵の念を生み出すことはあれ、どんな役割演技にもつながらない。

露伴が経験した試験のうち、「定期大試験」「卒業大試験」、また東京では明治十年に導入された学区・郡単位に城内の学校から優秀生を選ばせその学力を競い合う「比較試験」が、皆父兄の参観を許す一種の学校行事であった(8)ことを、ここで想起してよい。自分の持てる学力を発揮し、それにふさわしい順位を獲得しようとする緊張した少年達の姿は、貨幣や地位を求めて自分の為だけに生きる自由な生き方の格好のモデルを大人達に提供したに違いない。その意味で「学制」下の学校は、いわばメリトクラシーと競争のイデオロギーを社会に普及させる為の、最も重要な戦略的拠点であったといえるのである。だがこうして生み出され普及していった自由な生き方は、関曠野もいうように「自己満足や安堵の念」をもたらすに過ぎない。つまり「人材の社会的な選択と配分の中心的な機構」としての学校が君臨する〈新しい社会〉は、決して真の諸個人間の統合と連帯を創造しない、根本的な欠陥をかかえた社会なのである。

　実はその欠陥を最も早く憂慮し、対策を練ったのは、他ならぬ支配者層の側だった。「輓近専ラ智識才芸ノミヲ尚トヒ文明開化ノ末ニ馳セ品行ヲ破リ風俗ヲ傷フ者少ナカラス」と批判した「教学聖旨」(明12・8)がそれである。

これが出された直接的な契機は、確かに続く伊藤博文の「教育議」（同年・9）、元田永孚の「教育議附議」（同年）に明らかなように、自由民権運動の昂揚に対する危機感にある。しかし「改正教育令」（明13・12）以後の動向と結びつけてみると、それにとどまらぬ意味を持っていたと考えられるのである。知育偏重から徳育重視への掛け声の下で進められた教育の国家主義化は、「教育勅語」（明23・10）によって一応の完成をみたが、自由民権運動はその時すでに息の根を止められている。一方これに続いて、初等教育における試験緩和が行われるのである。「教育勅語」にもとづく徳性涵養を最重視したといわれる「小学校教則大綱」（明24・11）では、試験の意味を「専ラ学業ノ進歩及習熟ノ度ヲ検定シテ教授上ノ参考ニ供シ又ハ卒業ヲ認定スル」ことに限定し、従来試験にかせられていた学校行事的側面が否定された。「小学校ニ於ケル体育及衛生ニ関スル訓令」（明27・9）では、試験によって席順の上下を決めることが廃止され、そしてついに明治三十三年八月、「改正小学校令施行規則」がだされ、小学校における進級・卒業試験制度は廃止された。

　これは、初等教育においては天皇の臣民としての徳育を、高等教育においては有能なエリート養成のための知育を、という教育の二重構造化の完成を示すものだった。メリトクラシーと競争原理を要所では貫徹させつつも、全体を忠君愛国の道徳のヴェールでつつみこむことで、社会の解体を防ごうとしたのである。露伴らの世代よりも一まわり以上下の世代は、この偽善的な教育体制の中で自己の精神形成を行ってゆくわけであって、この点に彼らを「学制」の世代から区別する根拠を求めることができるだろう。つまり「学制」の世代は、その前後の世代に比べて、学問による立身出世という生き方を、より純粋な形で提示されただけでなく、試験を通じて身体にたたき込まれた。その際、立身出世を国家的価値によって正当化する傾向（先のいわゆる「兄達の世代」）は比較的少なく、また逆に、国家的価値への反逆や蔑視を通じて個人としてのくっきりとした自己像を誇示しようとする傾向（例えば白樺派や耽美派の作家たちの世代）も顕著ではない。「学制」は偽善的な制度ではなかったゆえに、その世代は行動を決定する内面的原理としての道徳観を、社会道徳から切り離し、私事の領域で確立する可能性ないしは必要性を課せられたのである。これは広い視野からみれば、伝統的社会の〈法〉から近代社会の〈法〉への転換を、個人がどう受けとめたかという問題といえ、最も鋭くこの問題をとらえうる立場に、彼らはあったといえるかも知れない。

伝統的社会の〈法〉ということにつけ加えるなら、露伴には、前章で指摘したような、積極的経営主体としての幸田家の流儀とはまた別に、幸田文の随筆でよく知られた、代々行儀作法を司るお茶坊主の家の文化の、確固とした基盤があった。その意味で露伴は、「廊下のふき掃除から天体にいたるまで、すべてをひとつのまなざしで収斂できるという、そういう意味では自然主義的な生活人というのとはまったく違った意味での生活人」[9]だった。そしてこの文化を身につけたのも小学校時代が主であり、その様子が『少年時代』には生き生きと語られている。この事実は、二つの〈法〉の転換をより明確に露伴に自覚させる意義をもったと考えられる。

3

明治十二年、小学校を卒業した露伴は、続いて同年東京府第一中学校正則に入学する。この時、同じ学校のやはり正則に、夏目漱石も入学している。ところがこの正則には、次の進学に必要な英語の授業がなかった為、二人とも翌年（一説に漱石は翌々年つまり明治十四年）には同校を中退してしまうのである。漱石も露伴とほぼ同様に「飛び級」を繰り返して小学校を修了してきたのだが[10]、その進学ペースがそろってストップしてしまった。その後漱石は、漢学塾・二松学舎に入学し、一旦進学コースからはずれる。しかし明治十六年九月には英語予備校の成立学舎に入って再び進学を目指し、翌十七年大学予備門への入学を果たすのである。露伴の場合は順序が逆で、中学中退後まず英語予備校の東京英学校に入るのだが、翌十五年にこれと並行して夜学の漢学塾・迎曦塾に通いだし、英学校の方はこの年のうちに中退してしまうのである。[11] 英語学習の中絶は、進学コースへの復帰の断念を意味する。もちろんこれと露伴の向学心とは別で、既に中学を中退した頃から彼は湯島聖堂の東京図書館に通い始めており、後の露伴の学問の基礎はこの時期につくられたといってよい（淡島寒月を知るのもこの頃である）。だが漢学塾や図書館で学ぶ露伴に対し、父成延は「教養的学問などは止めさせ、何でも構はないが、実業家か職人かに仕立てようと」[12]望んでいた。漱石が進学コースに戻った明治十六年、露伴の方は給費生として芝汐留の電信修技学校への入学を決める。一年間の経費は学校側から支給されるが、その条件として卒業後築地（より詳しくは木挽町十丁目）の電信中央局で一年間の実務見習、それが済むと地方分局に三年間勤務しなければならなかった。

このように漱石・露伴が相似通った迂回路をたどった原因は（露伴の場合は結局迂回にもならなかったのだが）、或る程度「学制」という制度自体にあった。「学制」下では、学校イデオロギーの普及の役割を担った小学校に関心が向けられる一方、中学校教育には緊急に整備せねばならぬ程の社会からの要求がなかったのである。[13] その為、「学制」下の小学校を「飛び級」で駆け抜けてきた少年達にとって、文部省の中学校整備計画は後手々々にまわった。文部省が「中学則大綱」を定めて、その教育基準を明確にしたのが明治十四年、教育資格や施設設備等の基準は明治十七年の「中学校通則」がでてようやく定まるという在り様だった。しかしこの基準を満たすだけの教員は「通則」のでた段階でもほとんどいない状態で、結局、中学校教育が軌道にのるのは、明治十九年以降であり、それまでに露伴たちの世代は、既に歴史の篩にかけられていたのである。

この制度的不備は、人材の社会的な選抜と配分機能を独占すると自称する学校が、みずからその幻想性を露呈したものであった。だが、試験を通じてたえずその幻想を身にたたき込まれてきた少年にとって、学校制度の中心コースからの逸脱は、漠然とした、いわれなき不安をはらむものであったに違いない。露伴の文学的表現行為は、こうした不安の感覚を出発点とするのである。『幽玄洞雑筆』[14]から、明治十七年初夏の作をみる。

春花去了夏緑来
天地元来一回々
熱風難避彷火宅
冷雨欲得索蓬萊
捜道朝々聳尖耳
哀死夜々叩頑歯
煩悶入夢俗事実
生憎障眼禅真滓
観月啣月似呉牛
望日恨日如楚囚
恁麼断々一切累
一個霊光長悠々

春花は去了し夏緑来たり
天地は元来一回々
熱風避け難くして火宅を彷(さまよ)ひ
冷雨得んと欲して蓬萊を索(もと)む
道を捜ねては朝々尖耳を聳(そばだ)て
死を哀んでは夜々頑歯を叩く
煩悶す夢に入る俗事実
生憎し眼を障(ふせ)ぐ禅真滓
月を観ては月を啣(かこ)つ呉牛に似たり
日を望んでは日を恨む楚囚の如し
恁麼(いか)に断々せん一切の累を
一個の霊光長く悠々たり

一年間の修技課程が終りに近づいたので、築地での実務見習に備えて次兄・郡司成忠の家から独居生活に入ろうとする直前の作である。やってくる夏の酷暑を避けがたい現世の苦しみととらえる詩的飛躍を支えるのは、見習とはいえ、いよいよ実社会に生きようとする不安であると同時に、みずから選んだ電信修技学校入学の事実がこれからの人生にもたらすであろう様々な束縛の、憂鬱な予感なのである。内なる闇の中に彼がみるのは、「呉牛」のように月を嘆き「楚囚」のように日を恨む、ままならぬ己の姿である。彼は「一切累」を截ち切りたいと望む（「断々」

「累」は仏語としては、それぞれ「すでに起こった悪の事柄を断ち、修行につとめること」「障碍または煩悩」の意）。だが「累」の何たるかを凝視しようとする気配はなく、そこから逃れる方途も見出しかねているようだ。末句に「一個霊光」がたゆとうているところに、これら暗いイメージを、超越すべき否定性として封じ込めてしまおうとする姿勢が感じられる。

こうした暗いイメージ・不安が、進学コースからの逸脱から生じたものだとすれば、その原因はまさに立身出世コースを上昇しようと望む〈欲望〉そのものの存在にあるはずである。なぜ自分は不安なのか、という問いは、実はなぜ我々は立身出世を望むのか、という問いのネガティブな表現にすぎない。ここでいう立身出世への情熱は、仮令それに「故郷へ錦を飾る」といった類いの伝統的装飾が施されようとも、究極的には国家を頂点とする近代システムへの参加と自発的服従に至る。従ってこの問いは、つきつめてゆけば近代社会の成立と維持に関わる、倫理的、或いはむしろ政治的ともいうべき根本問題なのである。しかしこの時点の露伴に、内面の不安からこうした倫理的・政治的問題をひきだし構成する用意はまだなかった。不安は出来合いの観念によって一方的に意味づけられ、抑圧される。

同年秋になったと思われる「激友」の、後半の一節を引く。

勧君莫遂嗔恚愚痴情　　君に勧む遂（と）ぐるなかれ嗔恚愚痴の情
唯遂堂々丈夫行　　唯遂げよ堂々丈夫の行
励君勿屈饑渇寒暑苦　　君に励（すす）む屈するなかれ饑渇寒暑の苦
須屈正々君子貞　　すべからく屈すべし正々君子の貞
盤根錯節露器利　　盤根錯節は器利を露はし

狼居虎穴逞人鋭
辛酸嘗期不須驚
痛楚前定何流涕

狼居虎穴は人鋭を逞うす
辛酸は嘗（かつ）て期す驚くを須（もちひ）ず
痛楚は前（さき）に定まる何ぞ流涕せん

ここにいう「君」が誰なのかと問う必要はあるまい。既に「嗔恚愚痴情」が露伴その人のものであることは明らかである以上、友への励ましは自己への配慮の仕方を表現したものにすぎないからである。鬱屈した感情とそれをもたらす自己の置かれている状況は、「盤根錯節」「狼居虎穴」と、人を磨き向上させる為の契機ととらえられ、「丈夫行」「君子貞」へと導くように仕組まれている。こうした方向性は、「丈夫」「君子」に明らかなように儒教的な克己の精神を土台に据えたものである。ただ、この儒教には本来それが秘めていたはずのコスモロジー的な拡がりがなく、丸山真男もいうように「個別的な日常徳目の形でだけ生きのびてい[15]」（傍点原文）るというべきだろう。

4

こうした一年間の見習生活を過ごした露伴が、給費生に付帯する義務項目に従って三年間の地方勤務に就くのは、明治十八年七月、行先は北海道余市だった。東京を立つ心境を露伴はこう記す。「将赴北海道汽車発新橋」。

放翁入蜀退之潮
豪傑難辞山水招
遮莫悩殫年少客

放翁は蜀に入り退之は潮
豪傑辞し難し山水の招くを
遮莫（さもあらばあれ）悩み殫（つく）す年少の客

一声汽笛故郷遼　　一声の汽笛故郷遼(はる)かなり

陸游・韓愈を想い、また秘かに豪傑に自身を擬することで、なんとか出発の不安に耐え、自分を保とうとしている（「遥望鋸山」の起句にも「豪気自招遊北溟」とある）。しかしまた悩みつくす内面をもて余し、ほうり出してしまった気配でもある。続く漢詩と俳句を併せみよう。まず「駕薩摩丸発横浜。」

東西流転皆天然　　東西に流転す皆天然
風流少年学謫仙　　風流少年謫仙に学ぶ
蹴水車輪嘯浪笛　　水を蹴る車輪浪笛嘯(うそぶ)く
自茲滄海路三千　　茲(ここ)より滄海路三千

次に横浜を出航し、観音崎にさしかかる間の船上、「内海にて」と題する二句。

舟旅や何か忘れた夢こゝろ
ふなたひや身は浮萍の浮心

自恃と痩我慢のないまぜになったような「風流少年学謫仙」と、手ごたえを失った内面を表す「何か忘れた夢こゝろ」「浮萍の浮心」の対照は鮮やかである。一方は、自己のエネルギーを外に発散させようと必死の努力を続ける行動的な主体、他方は、行動の場から排除される為に外界の事象との関係で自己を定義できなくなった（言い換えれば、自分で自分を定義する以外には自分を正当化できないような）主体。彼の内面が、この二つの方向に引き裂かれてしまったのだ。以後、行動的な主体は、立身出世主義的上昇欲求の君臨する世界を伸び伸びと、或いは黙々と逆境に耐えつつ生きる為に、「丈夫行」「君子貞」「豪傑」等の伝統的観念を動員して自己を形成・強化してゆくだろう。他方、その結果ますます外界から隔絶されてゆくもう一つの主体は、いっそうとらえどころのない塊に肥大してゆくに違いない。

しかし、こうした内面の分裂とその拡大をはらみつつも、露伴は北海道行きをみずからに促したばかりでなく、北海道時代の生活を旺盛この上ない生の燃焼の機会、伝説めいた活動の場にした。後年、露伴自身が語り、柳田泉・小林勇が伝えた、彼の様々な逸話(16)は、内面の分裂を代償にして得たエネルギーが広い北海道の大地にとび散った軌跡に他ならない。間もなく徳富蘇峰はこのような生き方を、「力作型青年」のそれとして定式化するが(17)、露伴の場合、この延長線上にくるのは、文化的ナショナリズムである。北海道突貫の直前および直後に作った「傷世詞」と「日本歌」がそれである。例えば「傷世詞」では近代化をつき進む日本社会の「道徳之頽乱」を嘆き、「学成千歳護帝都」とその志を述べる。個人の身の振り方から実業の振興、そして国家の命運までを、ともかくも視野におさめうるような生のスタイルが、北海道の足掛け三年の生活を通して、露伴の裡に醸成ないしは捏造された自己像である。

ただし、それは彼の引き裂かれた自我の半面に過ぎない。そのもう一方「何か忘れた夢こゝろ」「浮萍の浮心」はどうなっていただろうか。

『幽玄洞雑筆』中、北海道生活に終止符をうつ直前の頃、「傷世詞」と突貫時の心境を詠じた数篇の詩の間にはさまって、「偶成」と題する三つの詩がある。そのうちの一つをみたい。

曾出東都遊北溟　曾（かつ）て東都を出でて北溟に遊ぶ
独悲三歳徒加齢　独り悲しむ三歳徒（いたづ）らに齢を加ふるを
有操有節意如竹　操有り節有り意竹の如く
無定無根身似萍　定無く根無く身　萍（うきくさ）に似たり
暗鈍賤軽才与学　暗鈍賤軽才と学と
槁枯焦悴影兼形　槁枯焦悴影と形と
何時智水滅情火　何（いつ）れの時か智水情火を滅せん
二十年来酔始醒　二十年来酔始めて醒む

露伴は北海道の生活を総括していう、全く無駄であった、と。だが、節操備わった竹のような「意」を、「傷世詞」の志に至るようなあの生の確立に繋げ読めば、北海道生活は決して無駄とはいえぬはずである。だとすればこれは「屈折反覆し[18]」た頷連のもう一方、根無しの浮草のような「身」から見ての評定なのである。東京を出航した二年一ケ月前の、東京湾上での心境を示す「浮萍の浮心」が、北海道生活の中で、何らの変化も成長もなかった事実を、この「身似萍」は証言する。露伴は突貫直前のこの詩において、はっきりと自己の内にある分裂に目を向け、ここに問題として提示したといえる。「二十年来酔始醒」は、その問題が今までの自分の生き方の全体をも変えかねないと予感していることを示しているようである。

　明治二十年八月、露伴は給費生としての義務年限を一年近く残して、北海道脱出行を企てる。『突貫紀行』周知の冒頭。

身には疾あり、胸には愁あり、悪因縁は逐へども去らず、未来に楽しき到着点の認めらるゝなく、目前に痛き刺激物あり、慾あれども銭なく、望みあれども縁遠し、よし突貫して此逆境を出でむと決したり。

川村二郎は、ここに「近代の矛盾に悩む若い心の呻き」を発見するが、その一方で「よし突貫」云々の一句の強さに疑問を抱き、「むしろ惑うことを知らない軍人か壮士の、雄叫びの声にふさわしいひびきではないか」と問いを投げ掛けた。[19]重要な問題提起である。もしこの調子の強さに、「傷世詞」や「日本歌」ばりの憂国の情でも加わっていたならば、露伴の自己正当化の論理を推察することはたやすい。電信学校入学から北海道での生活態度までに繋がる一貫性を、脱出行にも適用して、逆境をはねのけた強靭なわが「意」は、今や日本を背負って退廃した道徳を立て直さずにはおれなくなった……、とでも主張すればよかったはずだからである。

ところがここでは、全く異なるもう一つの文脈「疾」「愁」が支配的である。「疾」「愁」としかいいようのない混沌としたもの[20]が、彼を突貫に駆りたて、強い調子で彼に語らせている。調子の強さとその内容の曖昧さとの、こうしたギャップは、まさに彼の内部で生じた「意」と「身」の分裂に対する危機感の大きさに照応している。

露伴は、行動の場から隔離された不定形な自我の一面を、「身」「浮萍」「疾」「愁」といった符丁のようなもので指し示すだけでなく、広い表現の場に解放する必要に迫られていたのだ。〈法〉転換期における私道徳の確立という世代的課題に、社会から逸脱した主体の表現による再生という露伴固有の課題が、ここで重なる。帰京後、当然免官となった彼は、「面白く無くて面白く無くて、痼癪が起つて痼癪が起つて、何とも彼とも仕方の無い」(『酔興記』)一年有半の居候生活に入る。行動の場は閉ざされた。書く以外に、居候生活者になすべきことは残されていない。

注

（1）『少年時代』（『今世少年』明33・10。談話筆記）。
（2）天野郁夫『試験の社会史』（東京大学出版会。昭58・10）「3　教育と試験の制度化」。
（3）遠山茂樹『福沢諭吉』（東京大学出版会。昭45・11）「III『学問のすゝめ』と『文明論之概略』」参照。
（4）前田愛「明治立身出世主義の系譜―『西国立志編』から『帰省』まで」（『文学』昭40・4）。
（5）江戸時代の民衆における、生活と教育の関わりについては『講座日本教育史・第二巻・近世I／近世II・近代I』（第一法規社。昭59・4）の「第二章　近世社会の家族と教育」（田嶋一執筆）がきわめて示唆に富む。
（6）関曠野「いじめ」（『教員養成セミナー』昭61・5）『野蛮としてのイエ社会』（お茶の水書房。昭62・3）所収。
（7）関曠野『資本主義―その過去・現在・未来―』（影書房。昭60・11）参照。
（8）山本信良・今野敏彦『近代教育の天皇制イデオロギー』（新泉社。新装版・昭62・4）「第五章　明治期『試験』の実態―競争の論理の展開過程」参照。
（9）対談「紅葉・露伴・鏡花―近代文学史のもう一つの基軸―」篠田一士・三好行雄（『国文学』昭49・3）。その篠田の発言部分。
（10）漱石は露伴より一年早い明治七年に浅草寿町・戸田学校の下等小学八級に入学し、二度の転校の後、明治十一年十二月、神田猿楽町・錦華小学校を卒業している。
（11）この年末弟の修造が生まれているのを考えれば、そこに家計の負担を軽減しようとの慮りがあったのはまちがいあるまい。
（12）柳田泉『幸田露伴』（中央公論社。昭17・2）「少年のころ　下」参照。
（13）天野前掲書（注2）「4　小学校から中学校へ」参照。
（14）市販の和本式ノートに書きつけられた、漢詩を中心に和歌・俳句・連句と若干の戯文を含む詩集。明治十六年から明治二十年に及ぶ。
（15）丸山真男『日本の思想』（岩波書店。昭36・11）。
（16）『座談会明治文学史』（岩波書店。昭36・6）における柳田泉の発言。および小林勇『蝸牛庵訪問記』（岩波書店。昭31・3）。サケの沖とり、金掘り、製氷、養蚕、色丹竹売り……、これら伝説めいた逸話をどこまで信じてよいかは疑問もあろうが、ここから晩年の露伴が北海道時代を自己の精神史の上にどう位置づけたがっていたかは明らかになるだろう。
（17）前田愛「露伴における立身出世主義―『力作型』の人間像―」（『国語と国文学』昭43・4）参照。

(18) 二瓶愛蔵『若き日の露伴』(明善堂書店。昭53・10)「第一章　露伴誕生まで」参照。
(19) 川村二郎「幸田露伴」(『近代小説の読み方・1』有斐閣。昭54・8) 参照。
(20) 「疾」「愁」の具体的内容はわからない。二瓶は「疾」と「愁」のうちに、遊廓での放蕩にまつわるトラブルを想定しているが(注18)、ここでは、それまで露伴を律してきた行動原理との対比において、それらが純粋に個人的な問題として限定されている点に注目し、内容の詮議には立ち入らない。

第三章　『露団々』　明治二十二年（一八八九）

1

『突貫紀行』に拠ると、露伴が余市を立ったのは明治二十年八月二十五日である。その三日後の二十八日、ひとまず彼は函館に落着く。露伴はそこで「我がせし狼藉の行為のため、憚る筋の人に捕へられてさまざまに説諭を加へられ」るが、「聊か思ひ定むるよし心中にあれば頑として屈せず」、「罪あらば罪を得ん、人間の加へ得る罪は何かあらん。事を決する元来癰を截るが如し」と、〈突貫〉の意志のかたいことを吐露している。函館には九月十日まで滞在している。

その月の、

十日、東京に帰らんと欲すること急なり。されど船にて直航せんには嚢中足らずして興薄く、陸にて行かば苦み多からんが興はあるべし。嚢中不足は同じ事なれど、仙台には其人無くば已まむ在らば我が金を得べき理ある筋あり、且はいさゝかにても見聞を広くし経験を得んには陸行に如くなし。遂に決断して青森行きの船出づるに投じ、突然此地を後になしぬ。別を訣げなば妨げ多からむを慮り、たゞわづかに一書を友人に遣せるのみ。

以下に綴られる、徒歩旅行中の愉快なエピソード――キノコにあたったり、くされ玉子を買わされたりなど――は、省略にまかせよう。仙台着は九月十九日である。期待していた（期待を大きく下まわったと覚しい）金と福島までの馬車券を得るのに十日近くかかった。その馬車券を使って二十八日福島に到着するが、もし彼の地で宿に一泊すると、郡山から東京までの汽車賃に持金が不足してしまうことが判明する。そこでそのまま夜を徹して郡山まで歩き通すことに決めた。その折りの一句、

里遠しいざ露と寝ん草まくら

が、露伴の号の由来とされる。(1)

二十九日、汽車の中に困悶して僅かに睡り、午後東京に辛くも着きぬ。久しく見ざれば停車場より我が家までの間の景色さへ変りて、愴然たる感いと深く、父上母上の我が思ひ倣しにやいたく老い玉ひたる、祖母上の此四五日前より中風とやらに罹り玉へりとて、身動きも得仕給はず病蓐の上に苦しみ居玉へるには、いよ〳〵心も心ならず驚き悲しみ、弟妹等の生長せるばかりにはや〻嬉しき心地すれど、いたづらに齢のみ長じてよからぬことのみ仕出したる我が、今も猶往時ながらの阿蒙なるに慚愧の情身を責むれば、他を見るにつけ是にすら悲しさ増して言葉も出でず。

「罪あらば罪を得ん、人間の加へ得る罪は何かあらん」という主張と、この「いたづらに齢のみ長じてよからぬこ

とのみ仕出したる我」という感慨との間には、矛盾はない。彼の〈突貫〉は、既成の社会の価値秩序に従っている限り決して肯定されることのない「身」を、救い出そうとする試みだったはずだからである。仮令それが「癰を截るが如」き重大かつ緊急の必要事であったにしても、そのような「身」に行動原理の照準をあわせた以上は、社会的には無価値な存在としての「我」を全面的にひきうけることを覚悟しなくてはならないのである。

こうして、世間に対する弁明の言葉を失ってしまった露伴は、免官後、すでに触れたように一年有半の居候生活に入る。父が御成道にひらいた紙屋の店番などをし、時折妹の延から煙草銭を恵まれるという暮らしぶりであったという。

そんな毎日が続く中で、枕元に筆硯と帳面一冊を持ち込んで、密かに書き継がれていたのが、『露団々』（「都の花」明22・2〜8）であった。

舞台はニューヨークおよびその郊外ゼネラス村、主人公はその村に悠悠自適の隠居生活をおくる大富豪ブンセイム。物語の第一回は、彼ブンセイムが世界に向けて発した、婿探しの奇態な広告文の紹介に充てられる。広告文はまず、この婿探しゲームの勝敗を決定する全権の所有者が誰であるか、を宣言する。

「余に最愛の女子あり。之れが為に幸福なる婚姻を結ばんと欲す。有意の諸彦は左記の件々御承知にて御申込ありたし。但し之を謝絶すると承諾するとの全権は全く余にありて、諸彦は少しも之れを強ふること能はざるべし。

次に、「求婚者」すなわちブンセイムのひとり娘ルビナの「資格」が列挙され（高等教育を受け、多才多芸、性質温順良貞、「某詩人は嘗て暁天の白薔薇と評せしことあり」といわれる美貌、結婚と同時にブンセイムより譲与される一億九千万円の持参金、年齢は十九歳)、続いて、この娘にふさわしい男性として要求される「被求者の資格」を掲げて、広告文は終る。


第一。教育職業等は全く無きもよろし。

第二。性質は人の敬愛を受るにたらざるもよろし。

第三。容貌は畸形者にあらざれば、非常の醜陋なるもよし。

第四。財産は皆無にてもよろし。多少の負債あるも妨げず。

第五。系統は清潔ならざるべからず、人種は猶太(ジュデア)人にても支那人にてもよろし。

第六。宗教は何にてもよろし、無宗教にても宜し。

第七。年齢は二十歳以上三十五歳までの間たるべし。

第八。家族の多少に関せず。

第九。特に望む所あり、即ち決して不愉快の感覚を抱かずして、常に愉快なる生活をなし得る者なることを要す。


合格と自認せらるゝ有意の諸彦は、早速当家の求婚事務員まで申込るべし。

にうよるく府　ぶんせいむ」

第一から第八まで、条件なき条件を述べる条りが、かえって時代の偏見と差別意識を露呈させてしまっている点については、ここでは問わないでおく。いずれにしても、このように精一杯西洋的な雰囲気を盛り立てつつ幕を開けたこの物語は、しかしその一方で、各回の見出しにかならず芭蕉の句が引かれ、かつその物語内容は中国明代の白話小説選集『今古奇観』所収の短篇「銭秀才錯占鳳凰儔」に基づいているというのである。[2] 和漢洋ごった煮のこの小説は、作者自身その「例言」で「実は種子のある手品なり。慧眼の読者は早くも観破されつらん」と挑発的に述べるように、ことさら読者の意表をつこうとした、一見キッチュとしかいいようのない作品である。

紙屋の店番をしながら、数え年二十二歳の居候は、その片手間に創り出した小説世界の中にいったいどのような、思惑をつめ込んだのだろうか。

2

まず前章からの流れでいうと、この作品には、近代教育制度に直接関わると思われる点が二つある。一つは、ブンセイムの婿選びが、新聞というマス・メディアを利用して集めた求婚者の群れをふるい分ける為に、論文・面接など三次にわたる試験を採用している点である。これは露伴が小学校で経験した試験制度の一種のパロディとみていいだろう。二つめは、第二回で登場するジョンとレオナードなる落語的人物の「何処も同じやくざものの雑談」である。一見他愛のない彼らが、語り手に次のように評されている点に注意したい。

> 忽ち肩を聳（そび）やかして政治を語り、忽ち眼を冷（ひやゝか）にして哲学を評し、或は日蝕皆既の時のころなの形状を得たり顔に説き、或は北極氷海の辺の抹香鯨（スパアム）の巣窟を知り気に述る。真に言の葉に葉をかさね、話の枝に枝を生じていつ果べくも無し。

これは単に一知半解というのではない。政治・哲学の価値を絶対視し、それらしい話題をしゃべり散らすことが近代的知に参与することであるかのように錯覚して優越感に浸っている者たちなのである。彼らは実は民衆の世間知の価値に盲目であり、己れの無知をさらけ出している。「忽ち肩を聳やかし」また「忽ち眼を冷にして」と、話題に応じて身ぶり・しぐさまで変わる彼らは、文字通り身も心も世間の常識的知から切り離されて、己れに何の関わりもない事柄にも熱中できる連中だ。それを彼らの知的関心の広さと勘違いしてはならない。彼らは自分達の生活に必要な事物の学び方を知らないだけである。ここに、教科書化されてしまった思考や感受性の型のパロディをみることができると思われるが、むしろそれ以上に、発端部分にこうした人物が配されたのは、この作品の主題が、身分の掟としての伝統的社会の〈法〉から近代国家の〈法〉への転換期における、新しい生き方の模索にあることを示唆するのではないか。新しい生き方の第一として、なんらの自覚も矛盾もなく伝統的〈法〉社会を捨て、近代のそれへ適応してゆく無節操な彼らが提示された。以下、〈法〉の転換期における生き方（私的道徳の確立）という観点から、ブンセイムら主要人物について考察してみたい。

ジョンとレオナードはあらぬ雑談を続けるうち、公園の片隅で独り思いに沈む「警醒演説会」世話人・ジャクソンに出会う。二人は彼の指し出す新聞に載った広告を読みながら一喜一憂するが、常識の人ジャクソンはこれと反対に「此のやうな広告をして其令嬢の配偶を得むとするは、ぶんせいむ君が発狂しての所為でしやうか」と問うのである。広告とは、既に第一回で示されていた、大富豪ブンセイムによる、あの婿探しの広告である。「決して不愉快の感覚を抱かずして、常に愉快なる生活をなし得る者なることを要す」を唯一の条件として、他には求婚者の出身・門地・国籍等を一切問わない、この奇妙な広告は、ジョンやレオナードのような連中にとっては、ともかくも金と美人を手に入れるうまい機会を告げるものにすぎない。と同時に、試験に応じ見事一次でふるい落とされた多くの人々も、この種の人間であった。これに対してジャクソンは、ブンセイムの婿探しの試みを狂気の沙汰かと疑い、以後ほぼ一貫して批判的である。ただ、この旧き良識の持ち主・ジャクソンの場合、ブンセイムの行為を否定はしても、それを分析し意味を明らかにすることができるわけではない。その点で、ジャクソンより冷静で考え深い、ブンセイムの家の「良宰相ともいふべき」（第二回）シンプルも、広告に対する態度はジャクソンと大差ない。「……一体私の最初考へましたには何事にも果断のぶんせいむ様ですから、広告をなすツた処へお諫申しても無益だし、又たお諫め申さなくても不愉快の感覚のない人なぞは到底ある筈も有りませんから、つまりあの広告も無功になつてお父上お自身に断然とお考へ直しになつて、自然貴嬢のお思ひ通りになるであらうと存じましてお諫めも仕なかつたのですが」（第十七回）と主人の娘ルビナに言い訳する通り、シンプルは広告を適当にあしらう平衡感覚の持ち主であると同時に、主人の奇矯な行為を理解しようなどとは全く思っていないのである。だから結局彼らはブンセイムの広告に振り回される。ジャクソンが慌てて「千歳一遇の好機会」（第五回）といってシンジアに応募をすすめたり、シンプルが最後にブンセイムを諫めようとして怒りをかったりしたのは、彼らにブンセイムの広告に託した真意がわかっていないからである。良きにつけ悪しきにつけ、彼らは作品世界の平均的常識人といえる。〈法〉転換期による社会の変化をいぶかしみ、不満や疑問を抱きつつも、結局は時流に従ってゆくのが、彼らの役回りである。

その彼らが最も愛し、「天上の戸籍帳には既に一対の夫婦と注文になつてゐる」（第五回）と、その仲をなかば公認しているのが、警醒演説会の主催者シンジアと、ブンセイムの愛嬢ルビナだった。とりわけシンジアは、ブンセイムがジャクソンに向かって「君が一言でも二言でも饒舌するのは皆しんじあから学んだのだ。……おれの行為を誤謬だなどと喩すなら、本家本元のしんじあを連れて来い。」（第十八回）といったことからも明らかなように、ジャクソンら常識人的立場を最も高いところで代表する役割を担っている。

第四回冒頭の地の文で、シンジアは、「そめいろの山は那処（いづく）にあると、地球儀左において嘲る少年」や「唐虞の世は何がよきと、進化論懐にいれた書生」が我が物顔をするような「聞けば聞く程学問は進みたれど、見れば見る程人情はあさまし」といわれる世の中、「凄じき東亜西欧の空合ひ」の世界にあって、「さりとては殊勝の志し、法(のり)の花ふる亜米利加の紐育府に一人の男ありて、其名をもるん・しんじあと呼べり。」と紹介されている。彼は「逆捲く浪のおそろしき世に、人を救ひの法(のり)の船長(ふなをさ)」(第四回の小見出し)なのである。彼の主張は、或る日の演説会の中に述べられている。その説くところは、人間はすべて「一は肉の利害、一は心の利害」の二つから成る利害の観念によって生活を保っている。「然るに世界に此の愧を忍び此の恐れを掩ふて罪悪をなすものの絶えざるは、蓋し肉の利害にのみ注意して心の利害に注意せぬから」である。そこでこの「心の利害」を鋭くして「悪魔の蠱惑を叱退して古来の汚辱を洗ひ、清浄の新天地を作り出すべき」だ、というものである。このシンジアの教説について、笹淵友一は次のように述べている。

> このやうにシンジアは肉と心とが根源的に矛盾対立すべきものではなく両立調和しうべきものと考へてゐる。かうして彼は肉か心かの二者択一の道をとらうとせず、肉のために忘れられてゐる心に妥当な位置を与へ、両者のバランスを取つて、霊肉両つながらに実現しうる世界を求めてゐるのである。(3)

シンジアは、確かに現実の様々な愚かしい問題を、肉と心の利害論で説明してみせるだろう。例えば彼にとってブンセイムの広告は「人生の欲にあき足りるより起つた迷ひ」(第七回)と説明される(ジャクソンやシンプルとの違い)。だが、社会の中に彼がみるのは、所詮現象的なレヴェルの問題にすぎず、人間と社会の間の根本的な矛盾を、そこから引き出すわけではない。まさに彼は「人間性について楽天的であって(4)」、肉と心の利害が本来的には調和しうると信じて疑わない世界に住む人といっていいのである。現存の社会と自己に根本的疑いを抱かぬという点で、シンジアもまた常識の人であり、ジャクソン、シンプルと等しい生き方を選んでいる。

3

では、不可解な婿探しの広告文を全世界に掲げた、あのブンセイムとは一体何者だろうか。

彼の半生の中には、シンジアらの調和的人生観ではどうにも処理できぬものが含まれていた。彼が十二歳の春、港に碇泊している大船が皆ビヱー会社の所有であると貧しき父に教えられた、いわばブンセイムの立志の一瞬である。

此時この十二歳の貧童子は、大船三艘共に其所有主を一つにするを聞き、茫然として顧みるにその父は蓬頭垢面、眼の光は溷むが如く、肩は綻ろび膝は抜たる服を着し、嚢中にも手中にも一物の所有なきを見て、如何なる感情をや起したりけむ熱き涙さしぐみたる両眼を瞬(みは)りて、檣頭に翩翻たるびゑー会社の徽旗(フラフ)を睨み、左右の拳を握り固め下唇を噛み締て、低くして太き呻り声を発したり。嗚呼此一つの呻りこそ、二億に余る金銀貨の母とは後にぞ知られける。（第三回）

この虐げられた者の「低くして太き呻り声」を肉と心の利害論で弁別することはできまい。シンジアが想定していなかった、個人と社会の矛盾から発せられているからである。ブンセイムはここから、身一つで父のもとを去り、冒険主義的商売を繰り返して莫大な金銀と鉄道・造船所等の所有者への道を歩む。それと同時に「学校、病院、養育院等に対して驚くべき金員を義捐す」るという、市民社会の理想像的外観を備えたブンセイムの生涯は、シンジアの信仰と決して対立するわけではないが、その原点においてシンジアの理解を超えるのだ。
広告文による婿探しの一件とともに、ブンセイムの半生は、語り手によって次のように評されている。

鳴呼ぶんせいむの小伝と此度の事（婿探しの公募をいう……引用者）とを照らし考ふるに、既に命を軽じ法を侮り、今又慾を賤み財を抛つ者の如し、さまざまの世や

（第三回）

ボロ船を改良してベーリング海峡に向かう冒険的船長は「命を軽じ法を侮」る者とされる。これは既にみたようにシンジアが「人を救ひの法の船長」と呼ばれていたのと、明らかに対応するだろう。シンジアが「法の花ふる亜米利加」の代表格だとすれば、ブンセイムは彼自身が吟蜩子とシンプルを前にしてつぶやいたように「成程おれも法外の仲間」（第十六回）なのである。

ここで、なぜブンセイムはあの奇妙な広告を出したのかを考えてみよう。第二十一回で、ブンセイムはみずからその真意を語って、ひとり娘を深く愛する父として娘の恋人シンジアを「試験外の試験」で試すとともに、自身の老後の良友を「計画なき計画」で得ようとした、とする。しかしこれでは、なぜそうまでしてシンジアに試練を与えなければならなかったのか、またなぜ、自身の孤独を癒してくれるような老後の友を得るという、本来娘の結婚とは別の望みをそこに託したのか、謎は依然として解けない。

まず前者についてだが、恐らくブンセイムは、娘の恋人がシンジアであったからこそ、試練を課したのである。不条理な「呻り声」一つを契機に、自分の置かれた境遇をとび出したブンセイムにとって、肉と心の利害の調和を説くシンジアの信仰は一度は疑われていいものだった。調和的と思われていた世界が抑圧と専制の世に変わり、かつそこから自分以外に拠り所を持たない強烈な情熱によって突き抜けてゆかねばならぬことの意味に、シンジアは

思い至らなければならない。シンジアやジャクソンが個人の自由を云々するところをみてみよう。「此あめりかに住で居ながらぶんせいむ程人の自由を尊ばない妖物は有やしない」（第十八回）とジャクソンは怒り、「奇怪なぶんせいむめ。自由の天地の合衆国の人民の癖に憎い程強情な頑固の親父め」（第十五回）とシンジアは恨む。彼らにとって自由の権利はアメリカ市民として自明の前提だった。しかしブンセイムは違う。彼にとって自由とは苦心の末にようやく獲得したものである。ブンセイムはシンジアに向かって、個人と社会の矛盾をはねかえすような個人の自由の根拠―情熱―を明らかにせよ、と迫っていたのだ。

「頑固の親父め」と愚痴をこぼしたシンジアは、心落着いてからルビナの手紙の一節を読む。「妾は彼人と遠ざかりたるを真に悲む、されど憂へず。彼人と合ひ難きをいたむ、されど恐れず。たゞ自れの愛と信の深く堅からざるを憂ひ恐る」（第十五回）。シンジアの心境は一変し「かへす〴〵も無益の想像を繰り返すのをやめて正当に働かう。（中略）しんじあはしんじあの道を歩まう。」と決心する。シンジアの道とは何か。

> るびな嬢が他人と婚姻するだらうかと疑ふ念があれば、既に恋慕は絶る筈です。恋慕を破るものは金銀威権ではなく、唯疑ひですが、僕は少しも疑ひを持つて居ません、決してるびな嬢を疑ひません。恋は信用の地にさく花です。（第十九回）

ここにあるのはルビナの手紙の一節と等しく、愛と信とによる自己規律である。肉と心の利害論は影をひそめ、自己と他者の心のつながりにのみ絶対的な価値を置く態度が、こうして新たに表明された。

シンジアとブンセイム両者の対立は、〈法〉の転換期に際して、〈新しい社会〉を自然なもの自明なものと見做して、それをより良い方向に改造しようとする立場と、〈新しい社会〉の価値的根拠を問う立場の違いに由来する。

ブンセイムの生き方は、その『西国立志編』的性格からいっても決して〈新しい社会〉に反するものではないどころか、作者の空想力の限りを尽した理想的な〈新しい社会〉の人物像といえるだろう。その意味で両者はともに近代化を追認するものである。

しかし、それにしてもブンセイムが自分を「法外の仲間」と呼んだのは、意味深長である。ブンセイムの部屋は、四方の壁を各地の地理の模型で飾り、天井には宝石の星座がうめこまれている。「是は主のぶんせいむが若き時の船の上の生活、或時は厳氷の中に波を切り、或時は熱風の間に帆を張りて苦みし昔を忘れぬ為の異常の装飾」(第十二回)だというが、ここには自分の過去を社会から隔離し、固定化している趣きがある。「事を為し業を起すに会社組織を用ひたることなく、又他人の忠告を聴し事なし」(第三回)というブンセイムには、企業家の精神に不可欠な貨幣を媒介として他者を組織化してゆく積極性と開放性が不足しているのである。恐らくここに、広告文の奇妙さのもう一面、すなわち老後の友を得る為にいわゆる愉快論が導入される必要があった。「呻り声」から〈新しい社会〉の理想像に近づいたブンセイムは、にもかかわらず自分の半生を倫理的な生き方として一般化するすべを知らなかった。彼は自信に満ち満ちつつも、なおやはり「法外の仲間」と自己規定せざるをえないのである。特殊・一回的な個人の「呻り声」に端を発する立身出世の生き方を、いかに普遍的な生き方に昇華するか。「常に愉快なる生活をなし得る者」とは、「愉快」という個人的・一回的な感情を「常」すなわち普遍に向けて拡張するという秘技の持ち主に他ならず、そういう人間こそブンセイムの要求に応えてくれるはずである。こうして、何ごとにもとらわれぬ東洋的風流人・吟蜩子が登場する。

4

「疾」と「愁」を楯に北海道を〈突貫〉して行動の場から締め出されてしまった露伴の精神は、逆境を「呻り声」一つできりひらいたブンセイムの物語として表現の場に再生した。その物語が、ブンセイムの人生の普遍化への希求を軸に展開していたとすれば、その背景には〈新しい社会〉に生きることを余儀なくされた露伴とその世代の、倫理的根拠の薄弱さに対する自覚と不安があったはずである。広告の需めに深いところで応じた（と、されるところの）シンジアと吟蜩子は、さらにこの世代的要求に明確に応えるべく、次のように徹底されてゆく。

シンジアはブンセイムの課した試練に応えて、自己と他者の心のつながりにのみ絶対的価値を置く態度を表明した。だが、それならばこの態度の絶対性が証明される為に、シンジアからルビナの身体が完全に奪われること、つまり彼女が他人と結婚し（ないしはそうした噂が彼を襲い）、シンジアの内なるルビナ像にゆさぶりをかけられる、といった手続きが必要だろう。ところがシンジアは、ジャクソンの熱心な説得にあって行動の人となり、生身のルビナのもとに走ってめでたく結ばれてしまうのだ。この省かれた手続き――愛する男女の別れ、男の女に対する疑いとその克服、愛と信の勝利――という物語は、次作『風流仏』（『新著百種』第五号・明22・9）において実現する。

吟蜩子がブンセイムの試験に合格したのは、その才知とものにこだわらぬ性格のゆえに他ならないにしても、彼が押しつけがましい恩人・田亢龍の身代りとして試験に参加したという条件が常に有利に働いたこともまた確かである。ブンセイムは彼を怒らせようと、さかんに中国人・田亢龍を罵倒するが、吟蜩子にとってそれは自分をくだらぬ結婚試験に強いて参加させた男の悪口にすぎないから、むしろ痛快でたまらない。この姿が、ブンセイムには、何ものにもこだわらぬ自由な精神と映ったのである。国籍と名を詐称する者・吟蜩子が、真に国籍と名前を笑いとばして捨て去る覚悟を持っているかどうか、作品からは判断がつかない。すべてを笑いとばし捨て去る境地は、『対髑髏』(『日本之文華』明23・1〜2)で、すべて可愛いとする「髑髏の超越性」[5]に高められるだろう。

『風流仏』『対髑髏』という初期露伴文学における二傑作は、『露団々』の不完全な部分がそれぞれ徹底されてゆくことで成った、と考えられる。本章は、〈法〉転換期における露伴らの世代の生き方の問題、つまり「学制」期にうえつけられた立身出世主義的主体を正当化する私的道徳の確立の問題という観点から『露団々』をみてきたが、『風流仏』『対髑髏』も同様の問題との関わりで考える必要がある。

注

(1) この句は小説『縁外縁』(『日本之文華』明23・1〜2。後に『対髑髏』と改題)に見え、『突貫紀行』にはない。そこで塩谷賛は「あの俳句は帰宅の後当時を追懐して作ったものではないか」(『幸田露伴　上巻』昭40・7)と述べているのだが、執筆時期を問題にするなら、この句のみならず、実は『突貫紀行』全体が、続く『酔興記』と共に、いつ書かれたのかという疑問がある。両紀行文は、明治二十六年九月刊行の紀行文集『枕頭山水』が初出だからである。ノート・メモの類いは〈突貫〉時、或いはその直後からすでにあったとしても、〈突貫〉直後(明20)から明治二十六年までの間の、いつ現行の形にまとめられたかは不明であり、また、それがなぜ明治二十六年——彼の初期代表作『五重塔』などが執筆された後——に公表されたか(それまで公表されなかったのは、なぜか)という問いも、或いは意味のある問いかも知れない。

(2) より詳しくいえば、「銭秀才錯占鳳凰儔」はまず小説集『醒世恒言』に収められたもので、そこからさらにより大きな小説アンソロジー『今古奇観』に収録された作品である。『露団々』の「例言」の一に「素より遊戯三昧の業なれば、談道徳に渉るも世を醒すの力もなく、意卑劣を憎めども人を励ますの勢もなし。唯々あはれと見給へかしと云ふも、作者の恒言かや。」とあるが、この文中に、醒・世・恒言の語がこめられていることを、二瓶愛蔵『若き日の露伴』(昭53・10)が指摘している。

(3) 笹淵友一『浪漫主義文学の誕生』(昭33・1)「第六章　幸田露伴」

(4) 同右。

(5) 登尾豊「『対髑髏』論」(『文学』昭51・8)

第四章　『風流仏』　明治二十二年（一八八九）

1

明治二十一年の大晦日、処女作『露団々』[1]が売れて原稿料として五十円を手に入れた露伴は、その足で信州から京阪地方へ向けて丸一ヶ月間の旅に出た。紀行『酔興記』[2]に生き生きと記されたこの旅が、彼の初期代表作『風流仏』[3]成立の契機ともなった事は、広く知られている。『酔興記』に拠れば、明くる一月八日洗馬宿に入った露伴は、「額のびやかにして鼻筋通り、菩薩眉、菩薩眼したる少女」に出会い、その二日後に須原の宿で名物の花漬を「さても風流なる商売かなと賞して二箱三箱購ひ求め」たが、この二つの体験から『風流仏』のヒロインお辰は生まれ出たのである。

『酔興記』の旅は、露伴が電信技師の職を擲って北海道脱出を決行して以来、一年有半にわたって甘んじてきた居候的生活に終止符を打つものであった。「面白く無くて面白く無くて、癇癪が起つて癇癪が起つて、何とも彼とも仕方の無い」という苦々しい思いは、この痛快な「酔興」の旅によって払拭される。しかし再び元の境遇に逆戻りしない為には、是非とも『露団々』に勝る作品を書いて小説家としての地位を確実にする必要がある——という意味で、この旅は同時に小説家としての新生活の開始を告げるものでもなければならなかったのである。旅中、露伴自らそれと承知で「徒らに気を恃み情に任ずる」姿勢をとり続け、また後に語られた言葉に拠れば「小説気で満ちて、ぼく〳〵歩いて[4]」旅したという、その胸中には、逆境をはねのけた自信と解放感の他に、この旅を機に職業作家として自己を確立しようという覚悟があったに違いない。

本章では、こうした状況の下で『風流仏』が作られたとする立場から、その構成等にみられる対文壇意識の明確化と、それらが作品読解にいかに関わるかを、まずは探ることとする。

例えば、冒頭の、珠運紹介の一節――

爰日本美術国に生れながら今の世に飛騨の工匠なしと云はせん事残念なり、珠運命の有らん限りは及ばぬ力の及ぶ丈ヶを尽してせめては我が好の心に満足さすべく、且は石膏細工の鼻高き唐人めに下目で見られし鬱憤の幾分を晴らすべしと、可愛や一向専念の誓を嵯峨の釈迦に立し男、齢は何歳ぞ二十一の春。

〈発端　如是我聞・上〉

ここに、鹿鳴館に代表される浅薄な欧化主義の反動として勃興してきた、国粋主義的風潮への目配りが利いているのは明らかだろう。同時代評にも「今の世の中大に偏頗にして西洋主義の益々盛んなる」時に、「主人公珠運は仏師、女主人公お辰は花漬売。いづれ尋常立案の外に出でたり。[5]」と西洋対東洋の対立図式の中で珠運とお辰の人物設定の意義をとらえたものが多い。しかし、だからといって露伴がこの作品によって『露団々』風の西欧趣味からの転換を図った、とするのは当らない。何故なら『風流仏』と同時期に書かれた『あやしやな[6]』などは、『露団々』同様にバタ臭い、イギリスを舞台とした推理小説だからである。要するに露伴は紅葉系の「新著百種」には国粋主義風、美妙系の「都の花」には西欧風と書き分けているに過ぎず、西洋対東洋という『風流仏』研究史上かならずといっていい程言及されるトピックは、露伴の対文壇戦略には関わっても作品を読み解く鍵にはならないのである。

ここで目を向けるべきなのは、国粋主義そのものの内実云々よりも、そうした風潮に同調する形で設定されたナショナルな価値に関わる領域と、密接不可分な仕方で主人公の「好の心」が提示されている点である。

珠運の彫刻への情熱は、「唐人めに下目で見られし鬱憤」を晴らしたいとする公的な義憤と矛盾なく結びつき、或いは結びつくべく彼自身の私的領域を規制する。彼はその規制を規制とすら感ぜず、自らの個人的欲求を「好の心」に奉仕させる事になる。その結果、珠運にとってはどんな美女も彫刻のお手本以上の存在でなくなってしまうのだ。〈第六　如是縁・中〉にあるように、仮令「勢州四日市にて見たる美人三日眼前にちらつきたる」といっても、それは単に「額に黒痣ありてその位置に白毫を付なばと考へ」たからに過ぎず、また「東京天王寺にて菊の花片手に墓参りせし艶女」を一週間思いつめたのも、ただ「其指つきを吉祥菓持せ玉ふ鬼子母神に写してはと工夫」する為だったのである。そしてこの態度は、ヒロインお辰に対しても、基本的には変わらない。お辰も結局は珠運の作った風流仏の、モデルの役割を担ったに過ぎないからである。だが後述するように、ナショナリズムと結びついたそれまでの仏像修行と、風流仏の創作との間には、本質的な差異がある。その風流仏創造の契機に、お辰の存在が不可欠だったとすれば、彼のこうした野暮な態度にも拘わらず、お辰だけには他の女性とは異なる特権性を与えるような、何か特別なしかけが必要なはずである。お辰の生いたち・境遇として語られる、一つの物語が、それに他ならない。

修行の旅で立ち寄った須原の宿・吉兵衛の旅籠で、珠運は花漬売の美女お辰に出会い、彼女がたまたま忘れていった櫛をきっかけに、吉兵衛よりお辰の身の上話を聞く。京の芸者・室香と中国浪人で勤皇の志士・梅岡（後に出世して岩沼子爵）との恋、戊辰戦争による二人の別れからお辰の誕生とその後の不幸な境遇まで、吉兵衛の話を「我事のやうに鼻詰らせながら」〈第四　如是因・上〉聞いた珠運は、その夜、お辰から買った花漬を枕元に置いて、床に就く。

梅の花の香は箱を洩れてする〳〵と枕に通へば、何となくときめく心を種として咲も咲たり、桃の媚桜の色、さては薄荷菊の花まで今真盛りなるに、蜜を吸はんと飛び来る蜂の羽音もどこやらに聞ゆる如く、耳さへいらぬ事に迷つては愚なりと瞼堅く閉ぢ、掻巻頭を蔽ふに、さりとては怪しからず麗しき幻の花輪の中に愛嬌を湛へたるお辰、気高き計りか後光朦朧とさして白衣の観音、古人にも是程の彫なしと好な道に恍惚（うつとり）となる時、物の響は冴ゆる冬の夜、台所に荒れ鼠の騒ぎ、憎し、寝られぬ。〈同〉

お辰の姿から受けた美的快楽が「古人にも是程の彫なしと好な道」に収斂されてしまっている点では、他の美女一般に対するのと同様珠運の態度は変わらない。ただここでは、女体の一部分や一時的なしぐさを彫刻のモデルとして感嘆するのとは異なり、お辰のイメージ全体が後光さす観音像と重なっている。こうした差異が生まれたのは、寝る前に吉兵衛から聞かされた梅岡と室香の悲しい物語が、花漬の梅の香に媒介されて、珠運の脳裏に浮かぶお辰のイメージを、豊かにふくらませているからなのである。

先に述べたように、珠運の「好の心」はナショナリズムと分かち難く結びついていた。従って、勤皇の志士を父に持ったがゆえにつらい人生を送るお辰に対する珠運の同情の念と、お辰の美しい姿を喜ぶ彼の「好の心」は、容易に共振作用を起こし、共にお辰の崇高化に寄与したのである。同じ〈第四〉の下で、「唯何となくお辰可愛く、おれが神仏なら七蔵頓死させて行衛（ゆくへ）しれぬ親にはめぐりあはせ、宮内省よりは貞順善行の緑綬紅綬紫綬、あり丈の褒章頂かせ」などと珠運は夢想するのだが、これは彼のお辰への同情の在り方が、明治国家の公的価値秩序にそのまま準拠している事を示している。

以上作品の前半は珠運のお辰に対する〈恋情〉が形成されるまでを描くが、その同情とも愛とも区別し難い彼の〈恋情〉の成立に、お辰に付与されていた不幸な物語が大きな役割を果していた点を、まず確認しておきたい。

2

お辰が背負っていた戊辰戦争にまつわる父子別れの悲劇について、伊藤整は「明治二十年代の初めには、社会階級の激変の中でお辰のような経歴を持つ人間も突飛なことでなかった。作者は当時の現実にあった話題に取材したのである。」と述べた。(7) しかし、『風流仏』とこうした「当時の現実」とをストレートに結びつけるのは、より慎重を期すべきである。すでに高畠藍泉が『巷説児手柏』（明12・9）で、上野の戦争の際に別れた父娘とその再会の物語を書いており、また周知の通り逍遙の『当世書生気質』（明18・6〜明19・1）にも、上野の戦争に起因する兄妹の別離と再会の「趣向」が用いられていたからである。吉兵衛を通じてお辰に添えられた、アウラとしての父子別れの悲話は、実際に取材したかどうかはともかく、当時すでになかば常套的な趣向であった点を留意しておく必要がある。

逍遙は『当世書生気質』の第二十回末尾で、この趣向を「兄妹再会」と呼んでいた。しかしその兄、守山友芳は、妹との再会の可能性を「俗に所謂心の迷ひで。アイデヤリズム〔架空癖〕の頂上」（作者自身の頭注に「架空癖とハ昔の小説や草冊子にあるやうなる世の中にありそうにない事を実際に行ふて見たく思ふ癖をいふなり」とある。）と、むしろ否定する立場にある。再会を強く期待するのは、その父・友定の方であって、この点を考慮すれば、『当世書生気質』も『巷説児手柏』同様の「父娘再会」物語を趣向として取り込んでいる、としてもさしつかえないだろう（娘が花柳界にある点も共通する）。そしてこの再会に対する父と息子の態度の違いは、そのまま草双紙風の趣向に対する逍遙の両義的態度に通じる。

逍遙は、その新文学の理念に従って、友芳に「アイデヤリズム」批判を行わせる。しかしその一方で彼は、あたかも藍泉に対抗するかのように、『巷説児手柏』と同じ守山家の「父娘再会」の趣向を設定し、さらにこれにお秀・お新（見鳥）母娘の別離と再会という、全く同趣の物語を並置させて、両者を複雑かつ巧みにからみ合わせたのである。いわば藍泉に代表されるような旧文学と同じ土俵の上で、得意気に技を競おうともしたわけだ。その結果、作品結末に「イヤ兎に角に小説めいた話さ。ハ、、、、（倉）しかし何にしろ目出たい事件だ。目出たし目出たしといはざるを得ずだネ」とある通り、作品全体との関わりにおいて友芳の「アイデヤリズム」批判の観点が活かされないままに終わった事は、既に多くの指摘がある。

戊辰戦争にまつわる父娘の別れと再会の物語を、今仮りに「児手柏」的物語とすれば、それが『風流仏』の中に繰り込まれている位相は、一見この『当世書生気質』に類似する。

つまり、お辰が実父と再会し、岩沼子爵令嬢と成り変わった時、語り手は「扨こそ珠運が望み通り、此女菩薩果報めでたくなり玉ひしが、さりとては結構づくめ、是は何とした者。」〈第七　如是報〉と皮肉っぽく驚いてみせ、さらにその「結構づくめ」の筋書きを「古風作者の書そうな話し」〈第八　如是力・上〉という。これはちょうど守山友芳による「アイデヤリズム」批判に対応する。だが、『当世書生気質』の全体が「アイデヤリズム」批判を遂に許容しなかったように、語り手の「古風作者の書そうな話し」という作品前半への揶揄も、作品の全体の中にすんなり収まるとは思えないのだ。何故ならこの「児手柏」的物語は、前半まで、お辰に勤皇の志士の娘にして孝女というアウラを与える事で、ナショナリストの朴念仁・珠運と彼女を結びつける絶好の場となっていたはずだからである。語り手の揶揄を受け入れる事は、同時にこうした条件の下で育まれてきた珠運のお辰に対する同情入り混じった〈恋情〉をも、揶揄の対象として否定する事になりかねない。『当世書生気質』結末は友芳の視点を無効にしてしまったが、では『風流仏』の場合、この語り手の揶揄は、どう位置づけられるのか。

少し戻って、珠運が性悪の叔父・七蔵から百両の大金を出してお辰を助けた後、吉兵衛が引き止めるのもきかず須原の宿を立ってしまう場面を見たい。

> 四里あるき、五里六里行き、段々と遠くなるに連れて迷ふ事多く、遂には其顔見たくなりて寧(いつそ)帰ろうかと一ト足後へ、ドツコイと一二町進む内、むか〳〵と其声聞き度なつて身体の向(むき)を思はずくるりと易(かゆ)る途端、道傍の石地蔵を見て、奈良よ〳〵、誤つたりと一町たらずあるく向(むかふ)より来る夫婦連の、何事か面白相に語らひ行くに、我もお辰と会話(はなし)仕度なつて心なく一間許り戻りしを、愚なりと悟つて半町歩めば、我しらず迷に三間もどり、十足あるけば四足戻りて、果は片足進みて片足戻る程のおかしさ、自分ながら訳も分らず、名物栗の強飯売家の床几に腰打掛てまづ〳〵と案じ始めけるが、箒木は山の中にも胸の中にも有無分明に定まらず、此処は言文一致家に頼みたし。
> 〈第六　如是縁・中〉（傍点引用者。以下同じ）

この挙句、彼は気を失ってお辰らの手で再び須原に戻され、そのまま病いに臥す。回復後珠運とお辰はめでたく婚約となるが（その直後、お辰は珠運の前から姿を消し、父との再会が適う）、ここで指摘したいのは、傍点部分に明らかなように「児手柏」的物語の枠内にある限り、珠運は自らの〈恋情〉に無頓着であってよい、少なくともそれに積極的に目を向け、その内実を自覚する契機は持たない、という事である（そうせねばならぬ時、彼は気絶した）。吉兵衛からお辰の身の上話を聞いた翌朝「唯何となくお辰可愛く」思ったという一筋は既に引いたが、これは百両という大金をお辰の為に出してからも同じで、「強ゐて云はば唯何となく愛(めで)し勢」〈第六　如是縁・中〉としか自分の行為の動機を説明しようとしない横着さなのである。物語の枠組自体が、珠運の同情心と「好の心」を曖昧に融合させたまま、お辰への思いを助長してきた以上、こうした彼の横着さも当然であろう。珠運の〈恋情〉を育んできた「児手柏」的物語は、同時に〈恋情〉の内実に関する記述を排除する。

同じ事はお辰についてもいえる。必死の看病の末、二人が結婚の口約束を交わす場面、

> 初めてお辰は我身の為にあらゆる神々に色々の禁物（たちもの）までして、平愈せしめ玉へと祈りし事まで知りて涙湧く程嬉しく、一ト月あまりに衰こそしたれ床を離れて其祝義済みし後、珠運思ひ切つてお辰の手を取り一間の中（うち）に入り、何事をか長らく語らひけん、出る時女の耳の根紅かりし。
>
> 〈第六　如是縁・下〉

後に触れるように、この時お辰は自分の身を救ってくれた嬉しさや看護の折りの切実な思いを、珠運の前で包み隠さず語っているのである。これに続いて「其翌日男真面目に媒妁を頼めば」とあるので、我々は引用文末尾の「女の耳の根紅かりし」の一節を、単にプロポーズを受けたお辰の〝はじらい〟として読んでしまいかねないのだが、実はそれは、珠運を前にして自分の思いのたけを精一杯吐き出したお辰の、興奮いまだ冷めやらぬ姿だったのだ。しかし、この「児手柏」的物語には、そうした真率な言葉を載せる場は無く、それらの言葉は別の枠組において、その枠組に奉仕するような条件が整った上で、はじめて明らかにされる。この場面では、お辰は悲運の孝女として珠運の同情と崇敬の念をかりたてる役回りを与えられているに過ぎないのであって、積極的に心中を吐露する事はその役回りにふさわしくない以上、彼女の思いは「一間」の裡にもうしばらく封じ込められなければならないのである。

「児手柏」的物語は、自らの創出した二人の〈恋情〉が、各々その内実を孕んで表出しはじめようとする直前で立ち止まり、口をつぐむ。ここでもう一度、お辰から離れようとする珠運の内面に焦点が絞られた時、語り手がこ

ういっていた事を見ておかねばならない。

此処は言文一致家に頼みたし。

この意味は、恐らく両義的である。語り手はまず、珠運の千々に乱れる〈恋情〉が「児手柏」的物語では扱いかねるものである事を宣告する。そしてそれは、むしろ明治の新文学の描くべき対象である、というのだ。「片足進みて片足戻る程」ぶざまなしぐさを、珠運が延々と演じなければならなかったのは、彼の心情をそのようにしか描けない「児手柏」的物語の限界を、戯画的に示す為なのである。限界を明示する事によって、語り手はそれを廃棄する必然性を主張する。だとすれば、「児手柏」的物語の次に始まるはずの新たな物語は、明治の新文学にふさわしい、個々の人物の内面を克明に描写するものに向かいそうである。ところが「言文一致家に頼みたし」は、他方で明らかに反語的である。[8] ここに、言文一致体などで何が描けるものか、という語り手の皮肉がこめられているのも、また、紛れもない事実なのだ。

越智治雄に拠れば、『小説神髄』（明18・9〜明19・4）の主張の前提には、「荒唐なる趣向」から成る「羅マンス（奇異譚）」から「真の小説稗史（那ベル）」への推移を、小説進化の自然とみる論理があったという。[9]「言文一致家に頼みたし」に窺えるこうした両義性を、逍遙の敷いたこの小説進化の道筋に置いてみると、ここで語り手は、一方で「児手柏」的物語という一種のロマンスを捨て、珠運の「人情」の表出に向かおうとするかに見える点で逍遙の主張に沿いつつ、他方でロマンスからノベルという逍遙の進化論には皮肉を浴びせ、そこからの逸脱をほのめかしている、といえるのである。

ではどうするか。露伴が選んだ方法は、旧いロマンスを一旦捨て去った上で、別の新しいロマンスを創出することである。新しいといっても、それは見様によっては一層古めかしい仏像縁起譚という枠組であり、この意想外の選択によって、個人の内面を描くという明治の新文学の課題に応えようと、露伴は目論んだのだ。「言文一致体にあらざれば真状実景の機微を穿つ能はずと言ふ者あらば吾人はさしづめ風流仏の近例を取つて其妄を駁せんと欲す」と、この異様な近代小説に驚嘆した同時代評は、(10)露伴の選択が新風として喜ばれた事を証していよう。

ハッピィ・エンドであるはずの親子再会を定石通り迎え、「児手柏」的物語は終わりを告げる。しかしこの終りはハッピイどころか、愛する者の喪失であり、それが恋愛仏建立の契機となって、新しい物語を始動させるのである。旧いロマンスは、それに色目をつかった逍遥とは対照的に、「古風作者の書そうな話し」として未練なく捨てられながら、かつ新しいロマンスの為の肥しとして、作品中に組み込まれる。(11)仏像縁起譚という〈奇異譚(ロマンス)〉を、個人の内面を記述する強固な文学的場として選択した作者は、作品前半を揶揄したあの語り手と、矛盾なく、重なり合うのである。

3

一切は逆転する。七蔵からお辰を救ったはずの百両義捐は「七蔵といふ悪者よりそなた〈=お辰。引用者〉を貰ひ受けん」〈第七　如是報〉とした父の計画の「邪魔」〈同〉立てとされ、それをした珠運は「詰らぬ男」〈同〉、吉兵衛の善意は「圧制」〈同〉と、従来の枠組の中で与えられていた意味は、新しい枠組にふさわしいように塗り変えられるのだ。

お辰失踪後、彼女の父岩沼の部下・田原がやって来て、珠運の前に「礼の餽(おく)り物数々、金子二百円、代筆ならぬ謝状、お辰が手紙を置列べてひたすら低頭平身」〈第八　如是力・上〉、お辰を諦めるよう頼むが、勿論珠運は納得しない。「まざ〳〵と夫婦約束までしたあの花漬売は、心さへ変らねばどうしても女房に持つ覚悟（中略）ア、否なのは岩沼令嬢、恋しいは花漬売」〈同〉と、事態の変化を受け入れようとしないのである。だが、二人を自ずと結びつけてきた物語は既に終っている以上、この先二人が互いの思いを遂げる為には、珠運のいう「心」とは別に、行動が必要なはずである。それなのにこの肝心な時に、珠運はひたすら嘆息して、何者かへの恨みとお辰への断ち切れぬ〈恋情〉を深く内向させてゆくだけだった。彼は、お辰本人の口からその真意を糺すべく、木曽路を逆戻りして東京に向かってもよかったのではないだろうか。

　これは、恐らく作品中、最も不自然なところである。この時独り者でこれといった予定があったわけでもない彼には、上京する際の不都合は全く無かったし、しかも先に触れた「一間」における会話で、自分へのひたむきな思いをお辰本人の口から聞かされていた珠運が、田原の説得などに安々と屈するとは考え難いからである。さらに、田原の届けた金品の中にあった手紙によると、お辰は父との再会に有頂天になっていたのでは決してなく、かならずや一緒になりましょうと、切に願っていたのだ。お辰から向けられた愛の言葉に応えて、珠運は何か然るべき行動を起こすべきだったのではないだろうか？——無論、これは愚問に違いない。正確には、これまでのところお辰の愛の言葉など何処にも書かれてはいないからである。

　まだ書かれていない「一間」での会話が、田原から渡された右の手紙の内容と共に明らかにされるのは、珠運がお辰と業平侯爵との婚約を新聞で知り、完全に裏切られたという思いにとりつかれた後、つまりせっかくの切実な愛の言葉も最早彼を騙すための言葉として以外には受け止められないような状況に至った時である。生身のお辰から発せられた言葉に珠運が反応し、各々の関係を変えながら互いに変容してゆく、というのは逍遥のいうノベルへの方向に進む事であって、これは露伴が選ばなかった道である。だからこの時点では、お辰に実際にあったはずの働きかけは書かれてはならず、さらにまた珠運の側からの応答（お辰の手紙に返事を出していた事が〈第十　如是本末究竟等・下〉にある）も消されているのである。こうした操作が施された上ではじめて、身軽な旅人であったはずの珠運は、どっかりと須原の宿に腰を落ち着かせる事が出来、風流仏来迎の物語（ロマンス）成立の条件が整うのである。

　この頃から珠運にかつてあった、あのナショナリズムとの幸福な一体感が奪われてゆく事に注目したい。「あり丈の褒章頂かせ」などと夢想していた珠運は「四民同等の今日とても地下と雲上の等差（ちがひ）口惜し」〈第八　如是力・上〉と歎く事になる。

> 正四位何の某とあつて仏師彫刻師を聟には為たがらぬも、無理ならぬ人情是非もなけれど、抑々仏師は光孝天皇是忠の親王等の系に出て定朝初めて綱位を受け、中々賤まるべき者にあらず、西洋にては声なき詩の色あるを絵と云ひ、景なき絵の魂魄凝れるを彫像と云ふ程尊む技を為す吾、心ばかりはミケランジェロにもやはか劣るべき、仮令令嬢の夫たるとも何の不都合あるべき、とは云へ今爰に角立て何の益なし、残念や無念や〈同〉

彼は古代的権威や西欧の芸術理念（傍点部分はレッシングの『ラオコーン』に拠る言葉である）(12)を動員して、自己のプライドを必死で保とうとする。しかし、結局そこから導かれるのは、今更何をやっても無駄だ、という無力感だけである。権威的なものの後ろ楯のすべてから見離され、己れの情念以外の何物も無くなった時、珠運は風流仏創造の資格を手にする。腑抜けになった珠運を持て余した吉兵衛がお辰の像を刻む事を暗示し、これを受けて「果敢（はか）なや幻の空に消えて遺るは恨計り、爰にせめては其面影現（うつゝ）に止めん」〈同・下〉と、いよいよ面影のお辰像＝風流仏の創作が始まるのだ。

　〈団円〉はしばらく措き、残る二章のうち〈第九　如是果〉は、花衣をまとった仏像から裸身のそれへと、風流仏が完成してゆく過程を、〈第十　如是本末究竟等〉は、その風流仏が遂に動き出すまでを描く。先行研究の多くは、こうした風流仏来迎までの過程を、珠運の心的成長・解脱の過程とパラレルにとらえてきた。例えば登尾豊[13]は、珠運が花衣を削り落とした時に、彼の「芸術家的発心があった」といい、「自分一個の〈妄想〉を捨てて普遍なるものの表現に向う意志の獲得である。」（傍点原文）とする。さらに風流仏来迎については「仏像の微笑の前にお辰への愛憎を超えた一瞬、珠運の恋情は質的に変化を遂げた。地上的な生身の女にまつわる恋から天上の愛への帰依である。エロスからアガペへの変化と言いかえてもよい。」と主張して、精神的階梯を昇ってゆく珠運の心的位相をみようとするのである。しかし風流仏来迎に至る過程が、果してこうした珠運の解脱を意味するものなのかどうか、芸術家＝普遍性をめざす者という前提も含め、再検討の必要がある。

確かに風流仏創作の目的は、世俗的な意図とは無縁である。「元より誰に頼まれしにもあらねば細工料取らんとにもあらず、唯恋しさが余りての業」〈第九　如是果・上〉。しかしこれは同時に宗教的意図すらも剝脱され、ただ腑抜けとなった自分を救済する事にのみ、行為の目的が置かれた事を意味する。像を刻む目的は、自分の為というしかない。この仏像製作の自己目的性は、仏像のモデルの内面的性格に、完全に見合う。「一刀削ては暫く茫然と眼を瞑げば、花漬めせと嬌音を洩す口元の愛らしき工合、オ、それ〳〵と影を捉へて再一ト刀」〈同〉或いは「恋をば恨む恋の愚痴、吾から吾を弁へ難く、恍惚とする所へ現るゝお辰の姿、眉付媚かしく生々として睛、何の情を含みてか吾与へし櫛にヂッと見とれ居る美しさ、ア、此処なりと幻像を写して再一鑿」〈同〉――仏像のモデルは他に無い、あくまでもそれは珠運の心の中の「影」または「幻像」、即ち彼の理想とするお辰との楽しかった思い出なのである。珠運の自己救済の為に、自らの思い出の表現として削り出されたものこそ、風流仏に他ならない。

こうして「漸く二十日を越えて最初の意匠誤らず、花漬売の時の襤褸をも着せねば子爵令嬢の錦をも着せず、梅桃桜菊色々の花綴衣麗しく引纏せたる全身像」〈同〉が出来るが、続く珠運の夢に見たお辰のイメージによって、これは更に修正され、一糸まとわぬ全身像に代えられる（ここの引用文で、花衣が花漬売や子爵令嬢にふさわしい衣装の代用とされている点に注意されたい)。登尾豊はこの夢を風流仏の成せるわざとみ、その弁才天女イメージを指摘したが、しかし、この事実は作品への鍵を提供するものではない。露伴自ら序文(「風流仏縁起」)で、この作品が不忍の弁天の加護によって成ったとしている点からも明らかなように、仏教的イメージは露伴の駆使している小道具に過ぎないのである。[14] このエピソードは、仏像があくまでも珠運の内面のみに起源を持ち、従って彼の創作行為は自己表現としての芸術という近代的ロマンティシズムから生み出された観念に合致するという事を確認しておく為に置かれた、と考えたい。そしてこの裏に隠されているのが、あの〈裸蝴蝶〉への対抗意識である、と。

『風流仏』発表に先立つ事八ヶ月、明治二十二年一月の「国民之友」に載った山田美妙の『蝴蝶』が、女主人公蝴蝶の裸体の挿絵を載せて物議をかもした事は周知の通りだが、実は『風流仏』もまた、花衣を削り取った風流仏が板から抜け出る場面を挿絵にして入れており、それはまさに裸体の美人像なのである(絵自体は〈裸蝴蝶〉に較べてもはるかに稚拙である)。この事は、すぐに同時代の人の目をひいたようで、間もなく露伴と親しく交わる事になる饗庭篁村が「裸体美人の挿絵俗を驚かして売らんとする者に似て作者の為に惜むべし奇を求むるはいまだ全くの奇にはあらず[15]」といい、文壇の一スキャンダルに便乗して評判を高めようとするが如き姿勢をやんわりと窘めている。しかし、この裸体美人画挿入の裡には、恐らく単なる便乗以上の意図が、露伴の側にあった。

前田愛は〈裸蝴蝶〉をめぐるスキャンダルを、「『小説神髄』の小説=美術の主張と模写理論との辛辣なパロディー」と位置づける。[16] 前田に拠れば、逍遙が『小説神髄』で主張した個人の内面生活へと大胆に踏み込んでゆく近代的ノベルは、その端的な手法としてそれ以前のロマンスから〈覗き〉や〈立聞き〉の趣向を要請せざるを得なかった。しかしこれは、他方で戯作を「大人・学士」の鑑賞に堪える高尚な「美術」にたかめようとする『小説神髄』のもう一つの意図に矛盾する。個人の秘密を重んずる近代市民倫理は、〈覗き〉や〈立聞き〉を許容しないのである。この矛盾が、彼の実作『妹と背かゞみ』(明18・12〜明19・9)で、立聞きを悪徳ときめつける倫理家逍遙の声を響きわたらせる結果を招いたというのだ。ところが美妙には、この逍遙の抱えた矛盾が、無い。それどころか蝴蝶の裸身をその情人・二郎春風に覗かせておきながら、それを「美術」の名の下に粧飾してはばからないのである。以上を総括して前田はいう。

要するに、『妹と背かゞみ』の〈立聞き〉の境位を倫理的に否定してみせた逍遙とはうらはらに、〈覗き〉の趣向を「美術」の名のもとに肯定しようとした美妙のやや偽善的な姿勢が、読者の心を苛立たせることになったのである。

この頃作家達は、近代文学の内実たる個人の内面描写に向かう試みを始めたわけだが、その為の手法を模索する過程で、或る種の後ろめたさ、倫理的な障害に直面していたことになる。これは、本書の主張に従えば、「内なる大」を目指しながらその政治的含意を自覚し損なっていたという彼らの限界が、まさに具体的な形で露呈した事態なのである。しかしそれでも彼らは、この事態を技術的にどうやって乗り切るか、という程度でしか理解しようとはしなかった。そして、理解という点では、この時の露伴もまだ彼らとそう大した差はない。彼が、わざわざ〈裸蝴蝶〉に対抗するかのように裸美人の挿絵を入れた理由の一つは、この課題を彼が明確に受け止めた事と、更にそれに対する最も近代主義的な、教科書的なまでに凡庸な、とでもいうべき対応策――すなわち今自分達のやろうとしている個人の内面描写の試みが含意するはずの政治的・倫理的意義について、本気で考える手間を省いて済ます口実――をちゃんと用意してある事とを、得意気に表明する為に違いない。裸体に代表されるプライベートなものへの関心を、芸術の名の下に正当化するという、山田美妙のやり損ねた事業を、自己表現それ自体を芸術上の大義名分に仕立て上げることによって実行してみせよう、というのがそれだ。

思い出を辿りつつ作り上げた花衣の仏像には、いまだその起源に生身のお辰――「児手柏」的物語を生きていた孝女お辰の実在がちらついている。真のモデルは、夢にまで食い入った珠運だけのお辰の姿でなければならない。「彫像のお辰夢中の人には遙劣りて身を掩ふ数々の花うるさく、何処の唐草の精霊（ばけもの）かと嫌になつた」〈同〉とは、俗世間から逸脱させられた珠運の心が、花漬売や子爵令嬢といったお辰の外在性を意味する衣装の代替物にすぎない花衣を邪魔な装飾とした上で、あくまでも心中にある理想のお辰像を純粋に抽出しようとする在り方を示しているのである。一ト鑿〳〵飾りを削り落として仏像を素っ裸にしてゆく行為に、珠運の物語を同情的に読んできた読者が、道徳的不快感抜きに必然性を感じ、共感を覚えたとすれば、その時読者は、社会から疎外された男の、どんな社会的有用性とも無縁なプライベートな領域を、自己表現＝芸術化という名目で表現対象に繰り込む、新たな正当化の観念を我知らず受け入れているのである。

しかしこれは決して「一個の〈妄想〉を捨てて普遍なるものの表現に向う意志の獲得」（登尾）などというものではない。何故なら裸身の風流仏の完成は、この章〈第九〉の〈下〉の副題にある通り、「堅く妄想を捏して自覚妙諦」だからである。「捏して」について、岡保生は「ぬりつぶして」と注しているが、[17]ここはごく常識的に、これる、捏造（土などをこねて物の形をなす）の意にとるべきだ。仏像はまぎれもなく珠運の全くプライベートな妄想を練り上げこねかためて、作り出されたものである。そこにこそ、この作品の時代的革新性、美妙の目指して成し得なかった事業を、この作品が達成しているという意義がある。[18]

確かにその完成を伝える文には「爰に仮相の花衣、幻翳空華解脱して深入無際成就一切、荘厳端麗あり難き実相、美妙の風流仏」〈第九　如是果・下〉とあり、この「仮相」「実相」は、それぞれ「妄想」および普遍性といった観念に、一見対応するかにみえる。しかしこれは「むつちりとして愛らしき乳首、是を隠す菊の花、香も無き癖に小癪なりきと刀急（せは）しく是も取つて払ひ」〈同〉といった一節に呼応し、それを仏教的語彙で巧みに粉飾したものなのである。「愛らしき乳首」は「実相」、そしてそれを「隠す菊の花」が「仮相」であり、前者の純粋な妄想の産物から、後者の花衣という世俗性の痕跡を「取つて払」う事が、即ち「解脱」の内容のすべてである。そうとならなければ、次の一節は理解出来ぬだろう。

> 可笑(をかし)や珠運自ら為たる業をお辰の仇が為たる事の様に憎み、今刻み出す裸体も想像の一塊なるを実在の様に思へば、愈々昨日は愚なり、玉の上に泥絵具彩りしと何が何やら独り後悔慚愧して、聖書の中へ山水天狗楽書(らくがき)したる児童が日曜の朝字消護謨(ゴム)に気をあせる如く、周章狼狽一生懸命　〈同〉

語り手は、裸像も妄想の産物である事をはっきりと認め、想像と実在との区別のつかなくなった珠運を笑ってさえいるのだ。仏像完成に露伴の思想を重ね合わせてゆく作業は、従って余程慎重でなければ、珠運と共に笑われる結果に終るだろう。われわれは風流仏があくまでも妄想の塊りである、という事実を忘れないで、論を進めてゆかなければならない。

風流仏は出来た。後はこれを如何に動かすか、である。

〈第十　如是本末究竟等・上〉で、岩沼令嬢と業平侯爵との婚約を新聞記事で知った珠運は、その〈下〉に至って、お辰イメージの徹底的な分裂に直面する。「お辰を女菩薩と思ひしは第一の過(あやま)り、折疵を隠して刀には樋を彫るものあり、根性が腐つて虚言美しく」〈同〉と悪態をつきながらも、己れの彫った像にふと目をやると忽ち疑惑を抱いた自分が恥ずかしくなり、「ホッと息吐(つ)き、ア、誤てり、是程に麗はしきお辰、何とてさもしき心もつべき」〈同〉と、心は定まらない。亀屋の「一間」で結婚の約束をした会話、また田原の届けてきた手紙にある、珠運への情愛に満ちたお辰の言葉が明らかにされるのは、このように新聞記事を見てしまった後の、珠運の千々に乱れる胸中においてである。そこでは、どんなに深切な言葉も、最早なんらお辰の珠運への愛を伝えるものではなく、それどころか逆に、珠運を惑わし、いよいよお辰自身のイメージを不確かで曖昧なものにしてゆく。(19)「児手柏」的物語の枠内に置き忘れられた生身のお辰が、疑わしい言葉の根源として顧みられる以外のものでなくなった時、風流仏は次第にその実在性を主張し始めるだろう。

愛すべきお辰と、裏切り者お辰。この全く相反したイメージに生身のお辰が分裂すればする程、風流仏はそれに反比例して生気を増し、珠運の眼前に君臨し始める。外在する女への関心が丸ごと仏像に移譲され、あり余ったその思慕の情のすべて——恋情と裏切られた恨み——を、遂に風流仏が引き受けるようになるのだ。その時こそ、「情なき仰せ、此辰が。」〈同〉と仏像の口が開く必然性が生まれる。お辰への恨み憎しみが、彫像に向かって、まるで罵声を浴びせる事が風流仏来迎をもたらす呪術的儀式でもあるかのように、弥増しに投げ掛けられるのは、今や珠運の声に応え救済できる者が、お辰ではなく、風流仏以外に無い事を確認する為なのである。木像ははっきりと口をきく。「それまでに疑はれ疎まれたる身の生甲斐なし、とても の事方様の手に惜からぬ命捨たし」〈同〉と。

あゝら怪しや、扨は一念の思を凝して、作り出せしお辰の像に、我魂の入たるか、よしや我身の妄執の憑り移りたる者にもせよ、今は恩愛切つて捨、迷はぬ初に立帰る珠運に妨なす妖怪、いでいで仏師が腕の冴、恋も未練も段々に切捨くれんと突立て、右の手高く振上し鉈には鉄をも砕くべきが、気高く仁(やさ)しき情溢るゝ計に湛ゆる姿、さても水々として柔かそうな裸身、斬らば熱き血も迸りなんを、どうまあ邪見に鬼々しく刃の酷くあてらるべき。恨も憎も火上の氷、思はず珠運は鉈取落して、恋の叶はず思の切れぬを流石男の男泣き〈同〉

生身のお辰に由来する「恨も憎も」、仏像の「水々として柔かそうな裸身」の肉感性によって「火上の氷」となる。

だが、「恋の叶はず思の切れぬ」未練が、〈第八　如是力〉で田原を前に「ア、否なのは岩沼令嬢、恋しいは花漬売」と取乱した時の心境と、毫も変わっていない事を、強調しておきたい。明らかにここに珠運の恋情の質的変化は認められない。違うのは珠運の心境の質ではなく、彫像が、生身の男の生身の女への愛の一切を、独占してしまった事である。

4

〈団円　諸法実相〉で、風流仏は珠運ばかりか縁なき衆生をも済度する。一人のみじめな男の妄想が、このように万人を救う力を得るというのは、一体どういう事なのか。

前章で触れたように、『風流仏』は前作、『露団々』に対して、その内容の不完全さを補う関係にある。共同体倫理から自らの行動原理を切り離し、冒険的遠隔地貿易で巨万の富を得た男ブンセイムが、婿探しにかこつけて伝道者シンジアに要求した事は、伝統的ないしは宗教的価値の裏づけを必要とせぬような、強烈な個人的熱情だった。成り上がり者ブンセイムにとって、自分の人生を成功に導いた裡なる情熱は、単なる金銭欲や出世欲に還元されえない、全人格的な何かであるはずだった。彼はそれ自体を不可解なものとし、既成の価値観によって説明しようとしなかった（彼は自分を「法外の仲間」とする）。彼がおかしな婿探しゲームを行ったのは、この自分にも不可解な情熱に匹敵するものを見つけ出し、その正当化の方便を求めていたからである。

こうしたブンセイムの要求に対し、確かにシンジアは、相手を信じる心の強さにのみ立脚する、精神の在り様を口にし、それに応えた格好になったが、そのプラトニックな恋の情熱の絶対性が、本当に額面通りのものであるかどうかを確証する手続きは、『露団々』に欠けていた。またそうした恋の観念自体、決して彼の信仰に矛盾するものではなく、他の人々の期待に沿ってもいた、という点でシンジアの回答は、従来の宗教的社会的価値観の中に曖昧に包含されていたといえる。要するに彼の情熱は、ブンセイムの立身出世欲求に匹敵するものとして、余りにきれい事に過ぎたのである。

珠運もシンジア同様、恋する女からひき離されたところから情熱の在り様を自らに問う事になるのだが、しかし彼はシンジアとは全く対照的に、社会的絆を奪われ、世俗的価値観に鋭く対立しながら、自らの情念を燃えたたせてゆかざるを得ない状況に追い込まれてゆくのである。その内容も、プラトニックなものなどとは到底いえず、自分を捨てた女（正確には、その形代）の「水々として柔かそうな裸身」に対する恋々たる未練なのだ。珠運の情熱は、どうみても価値としては肯定しかねる種類のものとして描かれている（ゆえに「妄想」である）。だが、露伴はこの情熱を、仏像縁起譚という古めかしい枠組の中で、自己救済としての芸術という理念を捏造しながら、絶対的な存在にまで高めたのである。来迎した風流仏が、珠運以上に救うべき者がいるとすれば、それはブンセイムを措いて他には考えられない。現世的欲望以外の何物でもないにも拘わらず、現世的原理の説き明かし得ない正当性と超越性を備えた欲望のイメージ、これこそブンセイムが求めていたはずのものだからである。

しかし同じ事は、恐らく『風流仏』を読んだ同時代の読者に対してもいえるだろう。伝統的〈法〉概念を破壊し、貨幣収入の増大と公的地位の上昇をめざして、他人と不断に競争する事を強要する近代社会は、個人の可能性の実現を謳い文句としながら、資本の増殖に合致しない人間の能力は尽く否定する。この社会に投げ出された人間は、自らの可能性を、立身出世主義に合わせて切りきざみ、その一部を誇張して、人生の原理として絶対化しなければならないのだ。珠運が「地下と雲上の等差（ちがひ）口惜し」といって反感を抱きつつも、社会秩序に対して結局全く無抵抗だった事を思い出してよい。打ちひしがれた彼が自己救済の名目で、単なる妄想から超越的イメージを捏造した事と、こうした近代人の運命とは、或る相似形を成している（その意味で、珠運の妄想の急所は、それが現世的だった点にあり、〈恋愛〉性は二次的問題なのである）。

　なにより露伴その人が、この近代社会で自由な生き方を強いられた、ほとんど最初の青年だった。生活の為に北海道に行き、やがてそこを脱出して社会的には無にも等しい立場に落ち込んだ経験を持つ彼は、そこから文学によって――『露団々』が売れた事で――這い上がった。冒頭で触れたように、続く『風流仏』が、この出世をより確実なものにする為に、是非とも当たらねばならぬ作品として書かれた、という面を否定するのはなんとしても難しい。裸体挿絵の一件が示すように、篁村のいわゆる「俗を驚かして売らんとする」姿勢があったとしても、むしろ当然といえる。そして文学による抜け駆け的出世を果たしつつある自己を正当化しようという欲求は、『風流仏』に以上のような現世的にしてかつ超越的な欲望のイメージを定着させ、これが近代社会の始動期といえる明治二十年代の倫理的要請と幸福にも合致して、『風流仏』の類い稀な成功をもたらしたのである。その意味で、従来の文学史がこの時期の露伴文学を〈紅露時代〉として特筆大書するのは、確かに正しい。

　しかし同じ文学史が、その後の露伴文学を自らの裡に位置づけ、トータルな露伴像を提出する事に失敗しているという事実は、より重要である。ここにこそ、露伴の今日的意義はあるだろう。明治二十三年夏、有名な「地獄谷書簡」において、彼はそれまでの自己の作品を全否定する。『風流仏』を認める今日の文学史を、明治二十三年の露伴が拒否しているのだ。われわれは次章において、この断層・不連続に目を向けることとなる。

注

（1）「都の花」（明22・2～8）。

（2）『枕頭山水』（博文館　明26・9）所収。

（3）「新著百種」第五号（明22・9）。

（4）『唾玉集』（春陽堂　明39・9）。露伴の談話「自作の由来」の初出は「新著月刊」（明30・8）。
（5）其川子「露伴子の『風流仏』」（「女学雑誌」一八三号　明22・10）。
（6）「都の花」（明22・10）。
（7）伊藤整『日本の文学　1　坪内逍遙・二葉亭四迷・幸田露伴』解説（中央公論社　昭45・1）。
（8）この時期露伴は言文一致体に決して好意を抱いていなかった。十川信介「地質の断面図―『浮雲』の心理描写」（「国文学」昭55・8）参照。
（9）越智治雄「小説の自覚」（『岩波講座・文学』第七巻　昭51・5）。『近代文学成立期の研究』（岩波書店　昭59・6）所収。
（10）肉食頭陀「新著百種第五号風流仏」（「国民之友」六五号　明22・10）。
（11）越智治雄は明治二十年前後の文学状況を要約して「内部への凝視に近代小説の内容があったとすれば、その小説の外枠はロマンスやアレゴリイにとられていた。」とする（前掲論文）。
（12）『日本近代文学大系6・幸田露伴集』（角川書店　昭49・6）の岡保生による頭注および補注を参照。
（13）登尾豊「『風流仏』論―愛の逆説弁証法―」（「日本文学」昭48・6）。同じ立場にある論文としては、他に、瀬里広明「露伴の名人ものと禅―『一口剣』『五重塔』『風流仏』―」（『文明批評家としての露伴』未来社　昭46・9に所収）、二瓶愛蔵「露伴と西鶴―『風流仏』を中心として―」（「文学・語学」昭48・10）、杉崎俊夫「『風流仏』試論」（「大正大学研究紀要」昭50・11）、米山敬子「『風流仏』について―明治二十二年における露伴の芸術観をめぐって―」（「甲南大学紀要」昭60・3）等がある。
（14）お辰婚約を報じる新聞を読んで逆情した珠運を鎮める木曽の手鞠歌なども、妙音を奏でる弁才天の成せるわざにふさわしい、といえるかも知れない。
（15）「新著百種第五号風流仏批評」（「読売新聞」附録　明22・10）。
（16）前田愛「ノベルへの模索―明治二十年前後をめぐって―」（「国文学」昭53・12）『前田愛著作集　第二巻』（筑摩書房　平1・5）所収。なお、〈裸蝴蝶〉と『風流仏』の関連については、前田愛『日本の文学3・五重塔・運命』解説（ほるぷ出版　昭60・2）に言及がある。
（17）注（12）に同じ。
（18）先行研究中、珠運の恋があくまでエロスでしかないと主張する論文として、重松泰雄「作品論・風流仏―恋愛観をめぐって」（「国文学」昭49・3）がある。ただ重松はこの〈第九〉の〈下〉の副題を無視し、その〈上〉の副題「既に仏体を作りて未得安心」のみを根拠に「とうてい芸術の勝利などというわけにはいくまい」（傍点原文）とする点で、本稿と見解を異にする。

（19）しかし、こうして手紙や「一間」でのお辰の言葉が明らかにされた事は、珠運の受け止め方とは無関係に、読者にお辰の誠心を印象づけ、結末のどんでん返し（例えばお辰の来訪）を期待させるだろう。『風流仏』成功の一因は、「妄想」の芸術による肯定というラディカルな姿勢を貫きつつも、凡庸な読者のハッピィ・エンドへの期待も否定しない、といった点に求める事も出来る。

第五章 『対髑髏』 明治二十三年（一八九〇）

1

今日『対髑髏』[1]の最もオーソドックスな読みは、登尾豊に代表されるように、女主人公お妙の解脱と髑髏の超越性、またお妙の聞き手として作品中に登場する〈露伴〉（以下、作家と区別する為に〈 〉を付す）による、その境地の了解の物語とするものであろう。[2]しかし、こうした読解は、『対髑髏』を明治二十三年のテクストとして、或いはこの作品を通して明治二十三年の作家露伴に迫ろうとする時、たちまち疑わしいものとなる。

お妙の解脱についてはしばらく措き、「すべてを超越してすべてを可愛く思う」（登尾）という髑髏の超越性を保証するものとして、登尾が引用するのは「縁外縁の後に書す」の次の一節（全文の約三分の一に相当する）である。

それ造物の不仁なるや、人を労するに形を以てし、人を苦むるに生を以てす。こゝを以て人の造物に対するや、賢も不肖も不平怨嗟の声を発せざる無し。身に疾（やまひ）あるものの如きに至つて特に然りとなす。唯髑髏に至つては即然らず。既に超然として造物の樊籠を脱して其の労苦するところとならざるのみならず、却てまた莞爾として、造物の不智にして自ら労し自ら苦み、営々汲々として人をして怨嗟せしむるを笑ふに似たり。

確かにここには、病いを負った者の苦しみへの配慮と、怨嗟に満ちた生そのものを脱した境地＝髑髏の視座が定立されている。だが、この一節は、『露伴叢書』に『対髑髏』が収録された際に全面的に書き替えられた「後書」の一部であり、その刊行は明治三十五年六月、初出から十二年後なのである。これに対して、初出および『葉末集』に付されていた「後書」は、分量でその三分の一、内容も大いに異なる。全文を引こう。

荘子が記せし髑髏は太平楽をぬかせば韓湘が歎ぜし骷髏は端唄に歌はれけるそれは可笑きに、小町のしやれかうべは眼の療治を公家様に頼み天狗の骸骨は鼻で奇人の鑑定に逢ひたる是も洒落たり、我一夜の伽にせし髑髏はおかしからず洒落ず、無理におかしく洒落させて不幸者を相手に独り茶番、とにもかくにも枯骨に向つて剣欛を撫する嘲りはまぬかれさるべし。(3)

ここに髑髏の超越性を読み取る余地はない。それどころか、髑髏を「無理におかしく洒落させ」た「我」の、「不幸者を相手に独り茶番」に過ぎぬと、作品に悪態をつくのである。荘重な前者の「後書」と、この戯作風の後者の「後書」の、どちらを過大に重視するのも危険ではあろうが、前者が『露伴叢書』に登場した他には全く現れていないという事実はやはり重要で、『対髑髏』の「後書」といえば、後者を指すと考えるのが順当である。

次に、作中人物〈露伴〉と髑髏の超越性との関連だが、登尾は、〈露伴〉が髑髏の一夜の語りを「魂魄定まらぬ自分に対する教化と素直に受けとめ、厳粛な気持に」なった、とし、その証しとして次の一節を引く。

見て知らざるの事、聞きて知るべし。聞いて知らざるの事、思ひて得べし。思ひて得ざるの事、感じて得べし。我彼を憐めば、彼我を愛す、相憐み相愛すれば、彼の中に我あり、我の中に彼あり。彼我間隔（へだて）無ければ、情意悟るべく、境界会すべし。

〈露伴〉が髑髏の境地に対して「間隔無」き位置にいる事は明らかであるかに見える。そこで登尾は、ここを発条として、一気に次のような断案を下す。

「対髑髏」は、最終的には、浮ついた生きかたをしてきた〈我〉が浮世の向うの真如の世界をのぞき見、現世がついに仮象の世界であることを知ることを描く作品である。一夜の経験で彼は仏教の空観に目覚めるのである。（中略）

そういう認識に達した〈我〉に作者は自分と同じ〈露伴〉という名を与えた。この事実は、この作品が作者の内的体験を〈我〉のうえに再現する意図で書かれたということを意味する。だとすれば、〈我〉の空観への覚醒が作者のそれの影であることは自明であろう。「対髑髏」は露伴の仏教的世界観選択を表明する作品である。

しかしここでも、こうした主張に同意する事をためらわせるのは、その根拠となった本文の異同問題である。登尾の引用箇所は、実は『対髑髏』が大正五年五月刊行[4]の『白露紅露』に収録される際に、新たに書き改められたものなのである。これに対して、初出誌以来、該当箇所は以下のように簡素な文章であった。

さても昨夜（ゆふべ）は法外の想像を野宿の伽として面白かりし、仮令言葉は無くとも吾伽を為せし髑髏是故にこそ淋しからざりし、是も亦有縁の亡者、形ちの小さきは必らず女なるべし、女の身にて此処にのたれ死弔ふ人さへ無きはあはれ深しと其髑髏を埋め納め、[5]

〈露伴〉の心境にかかる語は「面白かりし」「淋しからざりし」のみであり、ここから彼の何らかの覚醒を読み取ることは無理である。髑髏に対する態度も、その形状から性別を判断し、野ざらしの運命を哀れむといった、現世的な水準に限られており、改稿後の「情意悟るべく、境界会すべし」という彼我融合の気配を窺うことはできない。

今一つ確認しておきたいのは、髑髏の超越性と〈露伴〉によるその了解・覚醒という読みを支える、問題の改稿後本文と「後書」とが、同一テクストとして提示された事は、露伴の生前ただの一度もなかった、という事実である。繰り返しになるが、「後書」が書き替えられたのは明治三十五年『露伴叢書』においてのみであって、本文の問題の部分に手が加えられた大正五年『白露紅露』版の「後書」は、若干わかりやすく書き直されてはあるが初出の形に戻っている。[6]両者が同一テクストとして提示されたのは、昭和二十七年十月刊『露伴全集第一巻』においてであり、勿論これは露伴のあずかり知らぬ事なのである。彼は昭和二十二年に死んでいる。

以上より、『対髑髏』を明治二十三年の作品として読もうとする限り、従来の解釈はすべて一旦白紙に返されねばならぬ事は明らかであろう。そこで本章は、明治二十三年の時点での決定版と考えられる『葉末集』版に拠り、そこからその時代の露伴の精神状況および文学状況を、後に大幅な改稿が行われた原因も含めて、考えてみたい。

2

露伴の作品にはどれにも、その中に露伴の笑ひがあり、笑つてゐる露伴がゐる。

と、寺田透はいっている。[7] 確かに従来の読みにこだわらずに『対髑髏』（特に明治二十三年版のテクスト）を読めば、そこにあふれているのが笑いの要素であることは誰しもすぐに気づくだろう。「明治二十二年四月」、つまり作品発表のわずか半年前という、読者にとっても作者にとっても近しい日付を持つこの作品において、作者と同じ体験を分かち持つことから同じ号を称するに至った〈露伴〉なる主人公は、「是れ無分別なる妄想の置所」と、発端から戯画化された作者自身、笑われる役廻りとして、設定されているといってよいのである。

この〈露伴〉は、冒頭そしてお妙との会話において、どこまでもありきたりで、世俗的・凡庸な発想と思考回路しか持たぬ人物とされる。無理に雪中の木叢（魂精）峠を越えると我がままを言い、山中ひどい目に遭って苦しむばかりではない。ようやくお妙の家にたどり着いて、彼女の心細やかなもてなしを受けても、その一々を「狐にでも誑（ばか）さるゝではないか」と危ぶむていたらくなのである。風呂を勧められれば、糞壺に入れられるのを案じてか「底まで見え透く清き湯槽大事なからう」と思惟し、与えられた「緋縮緬のしごき」も「ハイ〳〵と帯にして是も大方藤蔓か知れぬと観念」する――これは、まぎれもなく落語『王子の狐』であろう。勿論この場面そのものには、一方で『江口』『山姥』、或いは後で「女は鉈取り出して立上るに我又々ビクリ」とあるところなどを考慮すれば『安達原』といった謡曲の、妖しく不気味なイメージも孕まれている。しかし見落してはならぬのは、そうした面妖な雰囲気に満たされた場で、湯上がりに女物の「フラネルの浴衣」を着せられて袖から両手を「ぬつと出」した男が「どうした運命だろう」[8] と言文一致体でつぶやく、ちぐはぐな可笑しさである。

名乗りの場面で、「我は何とも知らず山に浮れ水に浮るゝだけの気軽」という〈露伴〉に対し、お妙は「浮世を厭ふだけの気軽」と応える。しかし、その少々間の抜けた格好にふさわしく、〈露伴〉は、「浮世を厭ふ」お妙の心中を邪推して「世を疎み玉ふとは詐（いつは）り深く云ひ替せし殿御を恨むる筋の有るかなどにて口舌の余り強玉（すね）ふての山籠り、思はせぶりの初紅葉あきくちから濃ふなるといふ色手管」と「図に乗て饒舌り」ちらすのである。これは、お妙に対して〈露伴〉が抱く好奇心の水準を示す。彼は、あくまでもお妙が「世を厭ふ」現世的理由に関心を向けている。その現世的水準での彼女への関心の持ち様が、お妙の語りを聞き終えた時まで何一つ変わらない点は、後に見る通りである。

続いて、二人は一組しかない寝具を互いに譲り合う。痴話喧嘩めいたやりとりの末に、とうとうお妙が「サア此方へござれ御一緒に臥みませう」と言い、これを受けて〈露伴〉は「うろ覚えの文帝遏慾文」を唱えるのだが、その長い引用は、お妙の言葉に動揺する〈露伴〉の姿を髣髴させるだけでなく、彼女の言葉の誘惑的効果を先へひき延ばし、読者にあらぬ想像を喚起させるのである。以上が（一）。（二）では、それを見越したように〈露伴〉の次のような妄想が据えられている。

> 玉の腕何処にか置きなん乳首何処にか去らん、扨は愈々大事なり、女猫抱て寝しと同じ心にて我眠らるべきか。叱。若しや夜着の内人の見ぬ所身動きに衣引まくれて肉置程良き女の足先腿後など我毛臑に触らば是こそ。喝。

凡庸な〈露伴〉と蠱惑的なお妙――この対比を通じて、女体への秘やかな欲望は、否定されるべきものとして描写を許されつつ、否定のあまりの無力さゆえに、逆にほとんど肯定に転化してしまっている。これは『風流仏』以来の裸体讃美の姿勢であり、伝統的語彙を駆使して同時代が劣情と規定するような内面をも小説の表現対象に繰り入れる試みである。〈露伴〉が持ち出す一休・芭蕉・九想観は所詮彼の生悟りと無力を示すにすぎない。

しかし無力を笑われる本人は真面目である。彼は真剣に考える――正確には、考えているつもりになる。例えば、此女真実に人間か狐狸か、先程よりの処置一々合点ゆかず。よしや狐狸にもせよ妖怪にもせよ、人間の形をなし、人間の言葉を交ゆる上は人間と見るは至当、其人間と共に眠らん事人間の道理にあるまじき事なり。人間普通の道理にあるまじき事を恥らう様子もなく我に逼る女め、妖怪と見るも又至当なり、妖怪に向つて我何をか言はん

と一応の結論を下して、芭蕉に倣っただんまり戦術を決めこむこの一節。実はここは、お妙に「扨は妾を妖怪変化の者かと思はれて」と心底見透かされ、「其むかし乳母があなたを抱て寝かして進(あげ)た時の様に」してあげたかったまでという彼女の本心を聞いた後の、〈露伴〉の以下の思惟と照応していた。

女の癖に男めきたる憎さよ。女の女らしからざる男の男らしからざる、共に天然の道に背きて醜き事の頂上なり、さりながら女の女らしからずして神らしき、男の男らしからずして神らしきは共に尊き頂上ぞかし

「醜き事の頂上」「尊き頂上」という反対命題の並列は、明らかに「人間と見るは至当」「妖怪と見るも又至当」と言を左右させた、あの思考パターンの繰り返しにすぎない。[9] らしさ＝社会規範に疑問を持たない〈露伴〉の思考は、熟慮と見えてその実、たえず同じレールの上を堂々めぐりする反覆運動に他ならないのである。反覆としての熟慮は、一度は「此女は女の男めきたるならで神らしき方に近づきたる方外の女なり」と納得するにも拘らず、「然し我凡夫の眼より見れば此女の斯く尊と気ならんより、良き配偶(つれあひ)を得て市井の間に美しき一家を為したらんこそ望ましけれ」と再三世間的な心遣いの次元に逆戻りし、「不思議不思議」を繰り返す。結局このような〈露伴〉の凡庸

さが、女体の妄想を許したばかりでなく、お妙にみずからの境地に至るまでの現世的成りゆきを述懐させる（三）の必然性を用意するのである。

3

縁外の縁に引されて或は泣き或は笑ひし夫も昔の夢の跡、懺悔は恋の終りと悟りて今何をか慝し申すべき
（傍マル点原文）

この言葉によって、お妙の述懐は始まる。しかし、山中の美女による一夜の恋にまつわる懺悔話という設定ならば、その名の示す通り『二人比丘尼色懺悔』（明22・4）に既に程近い先蹤がある。「此小説は涙を主眼とす」という宣言の下に書かれたこの紅葉の出世作は、角書に明らかなように鈴木正三の『二人比丘尼』[10]より、戦さで夫を失った若妻が、菩提を弔う旅の途中、これまた夫に先立たれた「あるじの女ぼうとおぼしき、いというなるかたちにて、年のよはひは、はたちあまり」の女と出会うという趣向を借り、それを錦絵のような華麗な世界に変成させた作品である。正三の『二人比丘尼』には、この後女主人が病いで死に野ざらしとなって枯ち果ててゆく様や、一老尼と出会い悟りを開く部分、或いはそれ以前に骸骨踊りの一節などがあるのだが、紅葉の作品は言うまでもなくそれらを割愛している。紅葉の描きたかったのは、世の無常でも仏教的悟りでもなく、ただ若武者の美しい死とその同じ男を夫とする妙齢の美女二人が山中の庵室でそれとは知らずに己が運命を語り合うという奇縁にあったからである。

今試みに、この二作品と、『対髑髏』とを比較してみよう。すると、およそ次の三点を指摘しうる。

第一、艶なる二人の未亡人の出会い（『色懺悔』『二人比丘尼』）は、『対髑髏』で美女と武骨な軽薄児との出会いに

代えられた。特に二人の落語的掛け合いは「涙を主眼とす」という『色懺悔』に対して、対照的性格をきわだたせている。第二、『二人比丘尼』における女主人の野ざらしの姿から導かれる九想観（＝不浄観・白骨観）は、『対髑髏』のお妙の癩の描写が、これに対応していると考えることが可能である。第三、骸骨踊りまたは老尼の言葉を通して語られる『二人比丘尼』の無常観は、『対髑髏』でお妙＝髑髏による万物皆可愛しの積極的な悟りに転化している。第一の点は、〈涙〉の『色懺悔』に対する〈笑い〉の強調、第二・第三の点は、『二人比丘尼』のうち、『色懺悔』が切り棄てた部分の、露伴による応用と、まとめる事ができるだろう。

既に1でみたように、お妙の解脱と〈露伴〉によるその了解という、（三）に関わる解釈は、その後の二度にわたる大幅な改稿の結果として浮かび上がってくるものであり、裏を返していえば、それだけ（三）には後の改稿を促すような不安定さ、或いは脆弱さがあったと考えられるのだが、そうした不安定さ・脆弱さの意味を明らかにする上で、恐らく以上のような『二人比丘尼』『色懺悔』との比較は重要である。

『対髑髏』（三）にみられる髑髏の超越的視座や癩の悽惨な描写は、かならずしも作者の仏教的空観や不浄観の実践を意味するものではなく、それらは『二人比丘尼』を典拠とした『色懺悔』への対抗として、同じ作品の異なる部分を、紅葉とは全く異なる仕方で活かしてやろうという、いわば趣向優先の意図に基づいて、導入されたものだったのではないだろうか。つまり、紅葉を競争相手に想定してのゲーム的・遊戯的要素が、それらを書かせる少なくとも当初の動機としてあった、と思われるのである。

以上の仮説に立って、（三）を検証してみたいのだが、その際、お妙の運命に対する作者のとらえ方のゆれ・不安定さを端的に示すものとして、注（5）で触れた（三）の副題の改変がまず挙げられよう。『葉末集』版で「聞けば聞く程筋のわからぬ恋路のはじめと悟りの終り能々たゞして見れば世間に多い事」（傍点引用者）であったその傍点部分は、初出雑誌では「考へて見れば皆我が勝手の想（おもひ）」であったのである。〈露伴〉の聞いたお妙の物語は、実は聞き手の「勝手の想」にすぎなかった。それが、発表からわずか数ケ月後には、「世間」の俗事実の裡から生まれそれを超越するものに、とらえ直されている気配なのである。この変化を、作品構造の必然といったところから自然に要請されたものと考えられうるかどうか、が問題となるだろう。

父、母の相継ぐ死によって深く世の無常を観じていたお妙は、母が「我亡き後は是を見て一生の身の程を知れ」との言葉とともに遺した「行水に散り浮く花を青貝摺りせし黒漆（くろぬり）の小箱」に入った手紙を読んで、「神を恨み仏を恨み人を恨み天地を恨みて悶え苦しむ」ようになる。神仏への「恨み」は、更には「憤り」にまで昂じ、彼女を「霜雪寒く残りて惨らしき観念」の世界に封じ込めてしまう。お妙は最早亡き母の墓前で泣く以外にない。ところがこのお妙の姿を見て、「乞食共の話し」から「今時珍らしい気立の女」と「ゾツとし玉ひて誘はれし涙が一滴」、一途な恋心を抱いたのが、洋行帰りの「旧藩主の若殿」である。本来彼の伴侶としてふさわしい女性が、洋装をそつなくこなし、学問も身につけた「今時」の淑女だとすれば、彼の一目惚れは、時流の促す選択とはちょうど正反対といってよいかも知れない。[11]また、お妙の涙を厚い孝行の情から出たものとのみ受け取ったらしいのは、やはり誤解という他なく、彼のお妙への思いには、相手をろくに見ようとせぬ性急さが目立つ。[12]時流に抗しようとして結果的に女性を、方向こそ逆だが時流と同じレベルで見る事になり、それが彼の恋の没他者性を招いたのである。そんな恋情に曳かれて、しかしお妙は「小箱」に秘められた運命に迫ってゆく。

若殿が遂に焦がれ死にして後の、お妙の心情は、次のように語られている。

我は身も世にあられず立帰りてより後其人をのみ思ひてなまじゐに生残りしを口惜く、ます〳〵天地を恨み憤りて狂乱となり、七日の夜独り吾家の持仏の前に看経したる時朦朧とあらはれ玉ひし御姿のあとを慕て脱出で、何処ともしらず迷ひあるく眼には幻影をのみ見て実在の物を見ず、あさましく狂ふて此山中に我しらず来りしが図らず道徳高き法師に遇ひ奉り一念発起して、坐禅の庵りを此処に引むすびしばかり、

そしてこの草庵から「閑寂の中に群妙を観じて頭を廻らし浮世を見れば皆おもしろき人さま〴〵」、万物を「可愛し」の一点に収斂させる境地に達した、というのである。ここで注目すべきなのは、「恨み」と「憤り」から「可愛し」への大転換の契機として、「道徳高き法師」との出会いをお妙が言う点である。これは、草庵の跡さえ無い事とお妙の年齢記述の矛盾を根拠に「嘘」と断じた登尾の見解に従うべきだろう。(13) お妙が嘘を言っているという事実は、彼女の言説の内実を考える上で重要である。

一方、この話を聞き了えた〈露伴〉は首をかしげるばかりである。彼は、お妙が世を捨てねばならぬと思い込んだ理由を問題にし、「其話しの中の骨となりし行水に散り浮く花の青貝摺せし黒塗(くろぬり)の小箱の中の書置は何事なりしか其を聞かでは話分らず。」と主張する。確かにこの点を曖昧にしたままで、「昔時は我死ぬほど人に恋はれてもつらくあたり今は我死ぬほど人に厭がられても可愛し」の対句の整然さは了解しにくく、聞く者を納得させないだろう。しかしお妙は明かさない。「扨も分らぬ話。イエ〳〵能く分つた話」の押し問答をしているうちに、何時の間にか「朝日紅々とさし登りて家も人も雲霧と消え」、〈露伴〉の眼前には「白髑髏一つ」ころがっているのみである。既に1で引用した通り、この時彼が「さても昨夜は法外の小説（初出では「想像」……引用者注）を野宿の伽として面白かりし」という程度の感想しか洩らさないのは、二人の対話の展開からみて全く自然なのである。

里にたどり着いた〈露伴〉は、宿の主人からお妙とおぼしき女性の生前の姿を探る。主人の語る一癩者の悲惨な運命を聞きながら、恐らく〈露伴〉は、この事実こそ、お妙が克服し、「死ぬほど人に厭がられても可愛し」という境地の高みを可能にしたもの、と受けとめ、その真価を事後的に了解するだろう。裸体の妄想も所詮この広大な

お妙の心の裡に温かく包まれ許されていたのであってみれば、慌てて芭蕉の真似をした己が仕業など笑止の沙汰であり「我見地の低さ鄙しさ」[14]――（一）の末尾――が今さらながら痛感される……。少なくとも、そのように理解することに、読者はこの癩の執拗なまでの描写の必然性を見出すはずである。（二）で〈露伴〉に「胸中には九想の観を凝らしながら乾坤を坐断する勢ひ逞しく兀然と坐着」させているのは、読者を以上のような読みへ導く為の伏線と考えてよい。

　こうして『二人比丘尼』から紅葉が切り捨てた白骨観を取り込み、その無常観を事もあろうに肉欲すら肯定しかねない「可愛し」の解脱の境地に作り変えた、明治の新文学が誕生した。しかし、こうした目論見を成功させる為に、読者を真面目な読みへと誘いながら、一方で作者は、これが真に宗教的な真理なり理法なりを表明した作品でない事を自覚し、その徴しを記している。お妙の言葉に虚心に耳を傾ける限り、以上のような真面目な読みは成立しないのである。お妙＝髑髏の「おもしろし」「可愛し」の境地は、決して癩という現実を克服しおおせた者のそれでは、ない。

　若殿に対して、神仏をも「恨み」「憤」ったお妙が遂に結婚の拒絶理由を明かさなかったと同様、「仏も可愛く凡夫も可愛くお前様も真に可愛し」というお妙＝髑髏もまた、〈露伴〉に箱の中の秘密を隠し通した。箱の中にあったのは「世を捨よといふ教訓」とぼかし、次いで「妾等一類の人間是非とも浮世を捨ねばならず浮世を捨ねば安心の道おぼつかなし、さればこそ初は神をも仏をも恨みし也。」と述べているのに注意しなければならない。彼女は「扨も分らぬ話」を繰り返す〈露伴〉を説得しようと、さらに「沈みたる調子」で語を重ねる。

　深山の中にのたれ死せずばならぬ妾等の身の上、（中略）されば彼若殿に我身を早く任せざりしも若殿の子孫をして我如くあさましからしめざらんとの真実の心すべて「妾等」と複数名詞で語られている点に注意。ここには、癩病を当時の誤った俗信（天刑病、遺伝病等）を一歩も出るところないレベルで作品に導入した結果として、いわば〈健康者〉による排除の論理が露呈している。俗信に従った事を今日の観点で悪いと主張しているのではない。万物皆「可愛し」「おもしろし」とうそぶくお妙＝髑髏に〈健康者〉の論理を語らせて、お妙のみならず「妾等」すべてを排除しようとするところに矛盾が生じているのである。[15] お妙＝髑髏が「妾等一類の人間」は「おもしろし」といえず、感情的にも何ら癩を克服していない事はその「沈みたる調子」に明らかである。

　すべてを「恨み憤」るお妙からすべてを「可愛し」とするお妙への反転において、彼女の生の根本を規定したはずの癩という現実に対する態度だけには、何ら変化がない、という事実は、実は彼女の反転が悟りといった世界観的意味を持つものではない事を示唆する。お妙＝髑髏の言説は、癩という現実からだけは少しも自由ではなく、癩の現実そして「妾等一類の人間」の運命を抑圧・隠蔽することによって、〈恨み／可愛し〉の反転は成立しているのだ――これは巧みなごまかしの言説である。[16] その意味で、お妙の悟りなるものを、真の超越的境地と受けとめるのは、明らかに誤っている。しかし、この解釈の誤りは、誰に責任があるのだろうか。

　ここで、癩の超越―万物を「可愛し」とする境地の確立という解釈は、宿の主人の話を聞いた後、そして「我元来洒落といふ事を知らず」とこの物語が語り始められる前の、当の語り手〈露伴〉が下したものであろうと推測される事を思い出そう。この推測自体は注（14）で指摘した事実によっても疑問の余地はない。だとすれば、誤りを犯しているのは語り手〈露伴〉その人だ、という事になる。その（一）および（二）で、〈露伴〉の凡庸さ・無思考的特質があれだけ強調されていた理由が、ここでようやく理解される。『対髑髏』は、不幸な現実を巧みに抑圧した上に組みたてられた〈恨み／可愛し〉の言説を、凡庸な語り手が超越的な悟りの言説と見誤る、という作品なのである。「後書」で、作者露伴が「無理におかしく洒落させて不幸者を相手に独り茶番」と断りを入れる所以である。

4

癩の描写は、恐らく『二人比丘尼』のような仮名法語における不浄観に対応するものとして導入された。この癩に対して、お妙＝髑髏の言説は所詮ごまかしであり、語り手の解釈は誤りである……。だとすると、作者自身の癩への態度とは一体どこにあるのか。仮名法語において、そこに描かれた死体の腐れゆく様は、生けるものの峻厳なる運命を示し、それを直視する仏教者の真摯な求道の心が描写の必然を保証していたはずである。これに較べ露伴の態度は二重の惑わしの果てに、結局は何も示そうとしないのだ。ただ不愉快なだけの現実を軽蔑する為であるなら、この手の遊びによって現実を手玉に取ること、すべてのつまらぬものを「面白し」の一言に反転させる言葉の魔術は、或いは賞讃にも値いしよう。見事な「茶番」と、いえる。しかしこの現実に、癩という病名をいわれなきレッテルとして貼り付けることは許されない。恐らくここに、その後の二度にわたる大きな改稿の、根本的原因がある。

まず、明治三十五年と大正五年のいずれにも共通する改変は、〈露伴〉の存在の後退である。注（9）で指摘したようにその反覆的無思考性をめだたぬようにし、〈露伴〉の語の多くを、〈我〉に替え、或いは削除した。その上で、明治三十五年時には、癩の描写をほぼ全面的に削除し、「後書」を三倍強の分量の別稿にした。前者は現実の癩者への配慮であり[17]、後者は髑髏の視座を真に実人生に超越するもの——「造物の不二」による生の苦しみに拮抗し、「超然として造物の樊籠を脱し」たものとする。大正五年時では、両者は元に戻されるが、その代わりに、「可愛し」の境地が許容していた裸体妄想の記述を平淡にし、お妙＝髑髏の言説を〈露伴〉の心の裡にしっかりととらえさせる事によってテクストの全体に着床させる試みを行っている。つまり夜明けの、〈露伴〉と髑髏対面シーンの改稿である。この時点で既に「思ひて得ざるの事、感じて得べし」「彼の中に我あり、我の中に彼あり」「情意悟るべく境界会すべし」と繰り返しお妙＝髑髏と〈露伴〉の心的境位の同一性を強調しておけば、〈露伴〉は宿の主人の語りを通して癩の描写にぶつかるから、髑髏の視座が癩に対してとっていた抑圧・隠蔽的性格は確かに緩和されるはずである。髑髏の視座は癩をも超越していた、という解釈は、〈露伴〉の早合点による誤りだ、とはいえなくなるのである。

だが、改稿時の作者の真意をあれこれ忖度するのはここでの目的ではない。しかもそれは、作品が発表されてから、十年或いは二十数年後の話である。目を再び明治二十三年に戻す。

或る現実上の制約を秘したまま、すべて「面白し」の言説を作り上げるという『対髑髏』の試みは、実は既に、露伴の処女作『露団々』（「都の花」明22・2〜8）にその萌芽があった。田亢龍の身代わりを強いられつつ、その条件を積極的に利用して編みだした、吟蜩子の「愉快」の哲学である。現実に被ったハンディを逆手に取って、そこから全く肯定的な言説をひき出すという、この二つの試みには、しかし決定的な差異がある。田亢龍の身代わりという拘束は、単に小説中の人物同士の関係の問題にすぎない。ところがお妙に設定されたハンディは、仮令それが小説上の話であるにしても、癩という言葉が選ばれてある以上、小説を越えて現実に生きる癩に悩む人々にも、関わってこざるをえないのである。そしてもし、露伴が実際に癩者からの抗議を受けた事があったとしたら[18]、その時露伴は、彼が執着していたらしい、現実的制約を積極性に転化してみせる「愉快」「面白し」の言説が、果たして真の現実においてどれほどの意義を持ちうるのか、という人生的な問いに直面するのではないだろうか。この問いこそ、『対髑髏』で無責任にも二重の惑わしの裡に読者の目をくらませていた、あの露伴の態度未決定性を、追いつめ、糾弾する事になるのである。

露伴がこの作品を発表した明治二十三年一月は、他にも七篇の小説を新聞各誌に載せ、彼が新文学の旗手の一人として完全に承認された事は明らかである。ところが、露伴の心は異様に暗い。『客舎雑筆』[19]より、同月末頃の事として、こうある。

> 酒に乱れておもしろからぬ事のみ募り、是ではならぬとおもひ切て廃酒はしたるも、其後又々何となく心打しめりて涙もろくなり行き、平常は何んとも思はざりし書を読みてさへ悲しさ限りなく（中略）筆も果敢々々しくはとれず、文章書つらねん事など思ひも寄ざりし。（其五）

これは、直接には『酔郷記』『みれん』[20]の中絶に関係がある。例えば、酔っぱらいの醜態を揶揄した前者の中絶を説明して「酒呑みながら酒徒を嘲ける露伴今さら憎し小癪なり」と露伴は述べる。創作と実生活上の態度との矛盾が、彼を心弱くさせていった、少なくともきっかけの一つであったのは確かだろう。同じく『客舎雑筆』（其十）には、痛烈な学者・新聞記者らへの批判がある。

> 倫敦の溝の中に居る溝鼠の数を知て居たとて山崎町の者は何を食てるかも知ず、巴里の窖売淫、どこそれの角の家の三階の六番室に居る女は名誉の上手などと要もせぬ遠方の話に委くて田舎の糸取女あかぎれに苦むも知らず、下情に疎い事言語同断　（傍点原文。以下同じ）

貧民や下働きの者の苦しみを見ようとせぬ彼らを難ずる露伴の拠って立つところは、言うまでもなく倫理的価値の領域である。作品中絶の原因が創作と実生活上の態度との間の矛盾であったとすれば、それも又、創作活動を、世俗的価値から独立した文学・芸術的価値との関連においてではなく、むしろ倫理性において考えねばならぬ事を、露伴が痛感し始めていた証左となろう。いずれにせよ、ジャーナリズムの世界で生きてゆく事を自覚した彼の内部で、倫理性が大きく問題化されてきているのは明らかなように思われる。彼が時代から真に求められていたのは、立身出世主体を根拠づけるための私道徳などではなく、新しい時代にふさわしい〈われ〉と〈われわれ〉を創造し、そして両者をかたくつなぐ、そんな新しいモラルだったのだ。

『客舎雑筆』からもう一箇所、小説論といっていい一節を引く。「実地の虚ばなし、虚言の実際ばなし」としての旅行記に対し、

小説は元来作り話しなれども、良き小説は実の影法師の綜合にて、作者といへる燈火に依ツて発したるものなるべければ、其全体の事実は実際にあらざるも一個々々の由来を尋ぬれば正しく実際より来れるもの多し。（其十五）

小説は「作り話し」＝「影法師」という本性ゆえにこそ、「実際」から無縁ではありえない。如何なる仕方においてであれ小説は現実と関わり、それへの責任を持つのである。そして両者を結びつけるのが、光源としての作者である。もしも現実に対して責任を持とうとしない作品があるとすれば、それは現実を正しく照らす光源として作者が存在していない事を示すだろう。即ち精神の不在である。露伴はこの節を「虚の虚なる小説もまた読むにたらざらんか」と結ぶが、その時彼の脳裏には『対髑髏』があったのではないだろうか。

というのも、この紀行文の最終節でもある、続く（其十六）の冒頭「雪は藍関を擁すとも馬をなぐらば馬は進み

なん」は、韓愈の詩「左遷至藍関示姪孫湘」中の第六句「雪擁藍関馬不前」をふまえた表現だが、この「姪孫湘」とは『対髑髏』の「後書」に見える韓湘子の事だからである。この詩は、その後民間説話の英雄「八仙」の一人としてその文学的イメージがふくらむ韓湘子に欠かせぬエピソードに利用され、古くは我『太平記』にも引かれている。[21]「後書」に登場する韓湘子が「八仙」としての彼であるのはいうまでもない。更に、続けて露伴は「去年一月九日」の事、つまり『酔興記』の旅の一日を、おもむろに回想する。「其日はじめて吹雪の中をあゆみ、鼻にて息するさへ苦しきものなるを悟り、酔興の旅をいさめる吹雪かなの句を我真心より吐出しき」。この体験は『対髑髏』（一）の「梢を渡る風に露はらく〳〵と襟首に落ち顔を撲つ空翠は引く息に伴なつて胸悪し」「酔興は要らぬ者と昔時よりの教もあるものを。」の基となったものに他ならない。そもそも『客舎雑筆』の構成全体が、「去年はおもしろき年なり」「一月の間を尽く旅に費やしたれば、元気は日に旺んに心猛くなりまさりて」（其五）とあるように、一年前の『酔興記』の旅と対照させる事によって今春の暗い旅心を強調する仕掛けになっていた。二つの旅の間には、『風流仏』『対髑髏』を生んだ一年間の彼の作家生活がある。年始の心境はその前年の内実を省み検証する事と無縁ではなかったはずである。「虚の虚なる小説」の語は暗示的である。

この語が、それまでに書いた自分自身の作品に向けられたものであった事を明確に示す文章は、坪内逍遙宛いわゆる「地獄谷風流書簡」（明23・7）である。

> 小説を作りし事の今までは残らず大無風流なりしを自ら責めて悲しく候上尚此後も大無風流心をもつて魔作の世界を小説と名づけべきかとおもへば筆を取る勇気も最早無くなり候今までの文字は（中略）すべて幻術者が作り出せし舞台を仮りに名づけて其世界と欺き候やうに小説と名づけて人を欺むき候ものと驚愕の外なく候
>
> （傍線原文）

従来、よく知られている割にはこの一節はまともに論じられていないが、恐らくその理由は『風流仏』『対髑髏』に今までの文学史が与えてきた高い評価が障害となっているのである。確かに、二作品の評価の変更抜きに、この一節や、続く作者の剃髪といった行為の意味を理解しようとするには、どうしても無理が伴う。だが、二十三年正月以降の露伴の、鬱屈した心境への傾斜といい、その度重なる改稿といい、『対髑髏』が根本的欠陥を持った作品と考えれば、「小説を作りし事の今まで」を全否定しかねぬこの一節は、無理なく納得できる。本章の『対髑髏』読解は、こうした作品評価の変更を、支持するのである。

ではどうするか。「驚愕の外なく候」と嘆じた作者の裡には、しかし既に自分がこれから成すべき事が自覚されていた。

露伴はまず、「修行を積みて妄想を堅めつけし大力」の馬琴の方向を、「外道」とする。その上で、かつて「堅く妄想を捏して自覚妙諦」[22]と書いた彼が、「リアルと世に云ふ実に偏するにはあらず候へども」と留保をつけつつも、次のような決意を述べるのである。

到底妄想撲滅にあらすんは無茶ならさる小説はならず大真如界に住せすんは好句も好小説もならす終に善人とならすんは詩人にはなれす学問勉強修辞苦労は末の末と姑くなげやり候覚悟に候風流第一は生死関頭に妄想を切る事

いささか唐突の感がある「善人」の語も、『客舎雑筆』を見てきた上でならば、決して突飛ではないはずである。倫理的主体としての責任を以て、つまりロンドンの溝の中を興味本位に調べる事と、山崎町の住人の食生活に心を遣る事との間にある違いをはっきり自覚した上で、見るべき現実を見据え、それに光を当てる事によって「影法師」＝小説を作ること、これは確かに「善人」という属性を必要とする作業であろう。時代の本性を明らかにし、真に人間らしく生きる道を求めよ――恐らくこうした「覚悟」を秘めて、迷い悩み、社会諷刺・批判の書に手を染めなどしながら、自分に最もふさわしい文学スタイルの再建を模索してゆくのが、露伴の明治二十三年なのである。

注

（1）初出「日本之文華」（明23・1〜2）。原題は『縁外縁』。これを改題の上、同年六月単行本『葉末集』（春陽堂）に収録。

（2）『対髑髏』について単独に論じたものは少ない。そのうち、登尾豊「『対髑髏』論」（「文学」昭51・8）は、作品分析の他、『毒朱唇』（「都の花」明22・10）、『おふみ様を弔ふ』（「読売新聞」明22・11）との関連についてなど、最も精緻な考察を行っている。二瓶愛蔵『若き日の露伴』（明善堂書店。昭53・10）の「第六章『大詩人』の構想」は、テクスト問題に関わって本稿が多大の恩恵を被ったが、作品の解釈においては、登尾はじめ先行研究の方向にほぼ一致するようである。研究史について詳しくは登尾豊「対髑髏」（『近代小説研究必携――卒論レポートを書くために――』第一巻。有精堂。昭63・4）参照。

（3）この「後書」は岩波版全集第十巻に収められている。そこで付されている（イ・）は大正五年刊『白露紅露』に『対髑髏』が収録された際に、露伴が書き加えたもので、文意がより明確になっている。なお、同全集が「不幸者」を「不孝者」とするのは諸本にその例を見ない。

（4）比較の便を考え、改稿部分のうち、登尾が引かなかった後半を左に示す。
「幽谷の髑髏、孤客の今の心を牽きて、深山の孤客、髑髏の前の生を観る。値遇の縁ありて、擱抛の意無く、一夜相守る一樹の蔭、一河の流の水向に、梓の神の弓ならで、心の絃の響に憑りし其の亡霊の逝つてたゞ塊然として残りたる髑髏を埋め納め終り」

（5）但し、『葉末集』に収められる際「昨夜は法外の想像」は「昨夜は法外の小説」に改められ、それに応じて（三）の副題にも変更があった（この点については後述）他は、初出誌と単行本との異同はほとんど問題ない。題名変更も〈お妙―若殿〉〈お妙―露伴〉二つの「縁外縁」のうち、後者にアクセントを置いて「対髑髏」としたに過ぎない。ちなみに『現代日本文学全集8・

幸田露伴集』(改造社。昭2・12)所収『対髑髏』は原則として『葉末集』版を底本とするが、字句には細かな異同が多くある。

(6) 注(3)参照。

(7) 寺田透「対髑髏」(『図書』昭63・3)。

(8) ここは『白露紅露』版(大5)で、「どうした運命ならむ」と文語化されている。

(9) ところが、この照応の前者(「よしや狐狸にもせよ〜我何をか言はん」の部分)は『白露紅露』版(大5)で削除されてしまう。注(8)と並んで、『白露紅露』版(大5)の改稿が〈露伴〉の凡庸さを大幅に緩和する方向で一致しているのは明らかである。

(10) 同題の法話は一休にもあるが、一休のそれは先輩の尼僧が新参の尼に仏道の要諦を語り聞かせる、単純な問答体の構成である。ただこの一休『二人比丘尼』は、『露伴叢書』版(明35)の「後書」に顔を出す一休『骸骨』と共に、正三の『二人比丘尼』に吸収されている。この点については、藤井乙男「鈴木正三」(『江戸文学研究』大10・4に所収)参照。

(11) 結婚問題に学問(但しそれは学校制度から供給されたものに限る)の有無が重要なファクターとして介入してゆく様態を精密に描いた『妹と背かゞみ』(明18・12〜翌・9)の主人公が、無学な娘をマルツラバースの物語を参照しつつ嫁に迎える破目に陥る男であったのは興味深い。学校制度と結婚問題の接合という社会現象を背景として、文学の領域に、自然としての(=無学)女とそれを啓蒙する(=学のある)男という図式が成立していったと考えられるからである。若殿の恋はこの図式を明確にしている。

(12) 登尾・二瓶ともに「陳腐」と評する。注(2)参照。

(13) 注(2)参照。なお徳田武「『対髑髏』と『雨月物語』・西鶴・『荘子』」(『明治大学教養論集』昭59・3)は、この「法師」の記述を『雨月物語』の「青頭巾」を意識しての事だろうと推測しているが、本稿は作品中においてそれが虚偽である点を重視するに留める。

(14) 初出誌では、これに引き続き「其後此美人に罵られける。」とあり、より明確に、語られる内容(愚かだった自分の行状)と語る時の意識(無知を自覚した——はずの——自分)との間の差異が示されていた。

(15) 癩病を当時の俗信レベルで扱った作家露伴は歴史的に批判されるべきだが、このお妙の言説にある矛盾と差別構造に触れずに、作品の思想的超越性や幻想性・美的価値等のみを称揚する研究態度は反省されねばならない。今日、癩病※=ハンセン病はプロミンの効力で完治されるものとなり、全国の療養所に住む患者の八割は既に無菌者であるにも拘らず、現行のらい予防法には療養所からの退所規定がなく、癩差別は法的にも厳存するからである。癩の問題についての最も簡略な紹介は島比呂志「らい予防法の改正を」(「岩波ブックレット」平3・6)、また癩差別と仏教との関連など歴史的考察の一例として横井清「中世民衆史における『癩者』と『不具』の問題」(「花園大学研究紀要」昭49・3)『中世民衆の生活文化』(東京大学出版会。昭50・4)所収を参照。

(16)〈恨み／可愛し〉の反転の契機として、明らかな嘘、つまり「道徳高き法師」が設定されていたのは、作者がこの言説の虚偽性に自覚的であった事を示唆する。

(17)この点について、二瓶愛蔵は野口寧斎との関わりを推測している。注(2)参照。

(18)神田時代の事として(露伴は明治二十三年の暮れ、神田から谷中に転居する)、露伴の頭を野口寧斎がなぐり続け、寧斎の力が尽きると「もういゝのか」と尋ねた上で、露伴は彼を庭に放り出したという逸話を、井上通泰からの聞き書として森銑三が伝えている(「聞いた話」。『露伴全集』月報。昭25・6)。何程か『対髑髏』に関係しそうである。

(19)初出「読売新聞」(明23・2)。

(20)前者は「読売新聞」の明治二十三年一月十二・十三・十五日号、後者は同紙の同年同月二十八・二十九・三十・三十一日号で、それぞれ中絶。

(21)吉川幸次郎・桑原武夫『新唐詩選続篇』(岩波新書。昭29・5)参照。

(22)『風流仏』の〈第九・下〉の副題。この句の解釈については本書第四章九〇頁を参照。

[付記]

注(15)の※の一節は初出時(平4・10)のまま。

ハンセン病患者の強制隔離や就業禁止などを定めたらい予防法は、平成八年四月一日に廃止され、また同時に、優生保護法の不妊手術などの規定も削除された。

一〇二頁に引用した「是れ無分別なる妄想の置所」は、西山宗因の有名句「白露や無分別なる置所」(『誹諧温故集』)をふまえた表現であった。

第六章　『日ぐらし物語』他　明治二十三年（一八九〇）

1

明治二十三年の社会動向との関連で露伴文学を論じた数少ない論文として、藤井淑禎「楽境と苦境と―露伴『苦心録』の周辺―」[1]がある。

赤ゲットの上京者・無数の田舎者を呼び寄せる明治二十三年の上野――第三回内国勧業博覧会のにぎわいをあとに、露伴を含む根岸党の作家たちはそろって木曾路の旅に出る。そこには、各々程度と質の違いはあれ、この博覧会に象徴される「日本の近代化に対するなにがしかの危惧の思い」があった、と藤井はいう。藤井に拠ってその「危惧の思い」をそれぞれの作家について見れば、饗庭篁村の場合は「反発と迎合の癒着」した感情、森田思軒のそれは上野の夜景が博覧会の電気燈と喧騒とによって奪われた悲しみに根ざす「白眼視」。では露伴はどうか。藤井は露伴の『博覧会出品人の友人各位に告ぐ』（『読売新聞』。明23・3）及び『苦心録』（同紙。明23・4）をもとに、博覧会或いはその出品物そのものではなく、出品物の「成りし所以」つまりそれを作り出した人々の生に関心を向ける露伴の態度に注目する。

「形にあらはるゝ所の物」よりも、その「裏面に存する大なるもの」に着目せんとし、他方では在野の「良工」の艱難辛苦に肩入れを惜しまない露伴は、確実に、形・公優先の日本の近代化の偏向を見抜いていたといってよかった。

博覧会に対して「形」／「裏面」という二項対立を以て反応した露伴の態度に注目したのは、正しい。しかしこの時、露伴の立てた「形」／「裏面」の中身を、藤井はどのようなものとしてとらえているのか。藤井はこの一節のすぐ後で、柳田泉の、『苦心録』が露伴の「文学観の動きに多少の関係をもつてゐるかに思はれる」という貴重な指摘(2)を一蹴し、「苦心録に露伴が影響されたというよりも、それは『風流仏』の作者が手ずから手繰り寄せたものであったと考えたほうがよい。」と主張した。では、「裏面に存する大なるもの」は『風流仏』（「新著百種」明22・9）におけるような、仏教的意匠で特権化された超越志向と同様の、その延長線上に位置する何かだというのだろうか。しかし、もしそうだとすれば、藤井は露伴のいう「形」／「裏面」に、近代＝物質主義／反近代＝精神主義という、あのおなじみの図式を不用意に重ね合わせてしまっているように思われる。

この図式は、西洋／東洋という分かりやすい対立とも呼応するだけに、ここ二十数年来露伴研究において常に一定の力を持ってきた。だが近代化を物質偏重ととらえるその認識の浅薄さは、当然の結果として反近代を東洋的・精神的なものに矮小化し、露伴を、仏教やら道教やら儒教やらで身を固めたような、何とも厳めしい作家に仕立ててしまった。こうした作家イメージは、作品読解の妨げとなるだけでなく、近代化に対して発せられた露伴の批判の多くを見失わせてしまうだろう。

例えば登尾豊は、「反近代の作家〈実例〉幸田露伴(3)」において、次のように言う。

こんにち、〈反近代〉とは、最大公約数的に言えば、日本の近代化を主導してきた欧化主義の行きすぎ、性急さ、浅薄さに批判なり抵抗なりを示す精神の姿勢として理解されて、その文明批評性が評価されている。「最大公約数的」概括である以上、ここに近代再考の姿勢の無いのはやむを得ないにしても、近代化の弊を、欧化の程度（「行きすぎ」）と仕方（「性急さ」「浅薄さ」）にのみ由来するかにとらえている点には、やはりこだわらざるを得ない。このような解釈は、反近代を、近代化＝西欧化過程の単なる調整役にひき下げ、近代化がもたらす弊害から近代そのものを免責する事を意味するからである。

近代＝物質主義／反近代＝精神主義という図式を取り払えば、博覧会に対して示した露伴の態度を、すぐさま『風流仏』の作者のそれであると断定するわけにはゆかないはずである。表面的な類似に反し、むしろ本質において両者は全く異なるのではないか。そこで、この点を明らかにする為に、まず博覧会とは何だったのか、という問題から論じてゆきたい。

2

確かに博覧会はモノを陳列し、モノの量と質を見物人に誇示する。しかしそれを単に物質偏重、精神性の軽視、人々に物品への好奇心と欲望を喚起させる為のイベントととるのは、事の重大さを見誤らせるだろう。

博覧会は技術の見本市であり、知識の交換の市場であり、また同時に大衆への啓蒙と教育の場であった。

と吉田光邦もいうように、[4] 博覧会は見る者の精神の領域をこそターゲットとし、モノを通してその「啓蒙と教育」を行う場なのである。ではその「教育」とは一体どのようなものか。一八五一年のロンドン・ハイドパークで開かれた最初の万国博覧会への言及として、吉見俊哉の次の指摘はこの点を明確に説明している。[5]

重要なのは、しばしば近代建築の原型として語られるこの鉄とガラスの巨大な博覧会場が、各国から集められた出品物によって近代世界そのものの模像を構成していたこと、すなわち世界を図像学的に構成するまなざしを解体し、内と外の境界を越えて無限に拡がるタブローのなかにすべてを取り込み、記号化し、整序する新しい〈眼〉の空間を構成していたことである。万国博覧会は宇宙そのものを近代化する。近代化された宇宙とは、いうまでもなく商品の宇宙である。

明治十年以来日本で開催された内国勧業博覧会も、水晶宮の如き大建造物こそ欠いているが、この「新しい〈眼〉」の形成という課題は確実に受け継いだ。「第一回内国勧業博覧会注意書」の示すその在り方は、博覧会が、素材・製法・効用・時用・価格等を基準として諸々のモノを選別・序列化し、それと同時に見物人には、それらを選別・序列化する主体としてふるまわせるべく調教する場だ、という事である。陳列された様々なモノそれ自体が珍奇である必要はかならずしもない。重要なのはモノが本来属していた伝統的・地域的意味、その多様なコンテクストからモノを引き剥がして「差異性と同一性の透明なグリット」(吉見)の中に移し替える事である。そして場所性を奪われたそれらのモノの、選別・序列化といった実践を通じて、見る者を近代的権力主体に仕立て上げ、同じ近代的な空間秩序の中に、これまた組み入れる。いわばモノとヒトがそれまで生きてきた、伝統的・地域的生活空間の拘束力を無化し壊滅させる事、これが博覧会の教育的効果である。

だから『苦心録』における露伴の博覧会への対応の真の意味は、次のような一節も併せ参照する事によってこそ、明らかになるのだ。

誰も彼も磁石の針のやうに北ばかり向いて、博覧会、博覧会。上野は此春人の山となツて年々の模様とちがひ、かすみか雲かと胴魔声張上て吟ぜし明治二十二年の御客さまが今歳は樽を担ぎ面を被ツて御来臨なさらずに、鉛筆を耳に挟み、ポッケットに手帳一冊、御手にステッキ一本、きりゝとした洋服出立、津田組の靴磨きと前世の怪しき因縁を果され、七銭の札半日の気根で大学問せらるゝつもりが片腹痛し。

『日ぐらし物語』（『読売新聞』。明23・4）の発端である。花見の山が「人の山」、昨年の酔客は「七銭の札半日の気根で大学問」したつもりの軽薄児となる、という見立てだが、この文明開化以来おなじみの変化を単に欧化の「性急さ」「浅薄さ」で片付けてはならない。博覧会本来の目的が、見物人にこのような身ぶり・態度を躾ける事それ自体にあった、と考えられるからである。

この作品は、上野の博覧会に対抗して、叫雲老人なる人物が「我等一同まさかに絲立組に交りて博覧会でもあるまじければとの事より思ひ付た」「小説博聞会」のあらましである。参加者は各一篇の小説を持ち寄り、読みあげて最後に評決が下される趣向で、参加者の性格や性別に合わせて、作品の内容と文体も書き分けられている（例えば、無骨な叫雲老人の「新編いつけん伝」は、少年の捨て犬への一途な愛情が「だ」調の切れのよい言文一致体で描かれている）。今、博覧会批判の観点から『日ぐらし物語』をみた時、最も注目に価いするのは、阿房の宮守つくるところの「ねぢくり博士」である。

どうも凡人は困りますよ、社会を直線づくめに仕たがるのには困るよ。チト宇宙の真理を見ればよいのサ。政事家は政事家で自己の議論を実行して、世界を画一のものにしやうなんといふ馬鹿気て居るのが有るし、文人は文人で自己流の文章を尺度にしてキチンと文体を極たがツたり、実に馬鹿馬鹿しい想像をもツて居るのが多いから情けないのサ。（中略）天地は重箱の中を附木で境ツたやうになツてたまるものか。兎角コチン〳〵コセ〳〵とした奴等は市区改正の話しを聞くと直に、日本が四角の国でないから残念だなどと馬鹿々々しい事を考へるのサ。白痴が羊羹を切るやうに世界の事が料理されてたまるものか。

博覧会形式を模して多様な文体を羅列するこの作品のモチーフの一つが、画一化・規格化への抵抗である事は明らかである。

「ねぢくり博士」の高説に拠ると、世界の構造は螺旋である（「ねぢ〳〵は宇宙の大法なり」）。この螺旋法則は、「困りますよ」「困るよ」、「馬鹿々々しい」、「たまるものか」等、同語反覆の多い、同一型文が繰り返される博士の語り口にすでに発現し、最後は「なるほど〳〵法螺とは是よりはじまりけるカネ。」と落ちがつけられる仕掛けになっている。冗談であるのは無論だが、犬の尻尾に始まって、流体、植物、気候現象、果ては地球の軌道までを「ねぢ〳〵」で説明されるのを笑っているうちに、読者は「此世界は活世界」という、博士の生の哲学に導かれるのである。

易なんといふものは感心な奴で、初爻と上爻とが首尾相呼んでぐる〳〵とデングリカヘシをやツて螺旋を描いて、六十四卦だけにコロガリころがツて実はまだいくらにでもコロガリ出すことが出来るのサ、ダカラ甘く天地を包含したやうの事を示せるのサ。又人間の心をもイヤに西洋の奴等は直線的に解剖したがるから、呆れて物がいへないやうな、馬鹿馬鹿しい折詰の酢子見たやうな心理学になるのサ。一切生活機能のあるもの、云ひ直して見れば力の行はれて居るものを直線的にぐづ〱論ずるのが古来の大まちがひサ。ア、螺旋法なるかな〱。

山田慶児は「自然のいたるところでくりかえされ循環する同一の過程、自然がおりなす同一のパターン、それを老子は道とよび、朱熹は理とよぶ。」というが[6]、同じものを、わが「ねぢくり博士」は「ねぢ〱」と命名した、といえるかも知れない。あえて東洋／西洋という対立項を考慮するなら、ここにあるのは、自然を、その生きた姿のまま「生活機能のあるもの」として螺旋的・パターン的にみる見方（東洋）と、自然を「直線的に解剖」して「画一のものにしやう」とする見方（西洋）との対立であり、さらに言えば、世界を均質的なものと前提する西洋近代科学の発想に対する、東洋的自然観からの抗議といえる（「白痴が羊羹を切るやうに世界の事が料理されてたまるものか。」[7]）。そして近代科学導入の拠点となったのはいうまでもなく大学だったから、この世界の均質性を前提とする見方への批判は、おのずと反大学的色彩を帯びるはずだ。

藤井も触れる、『苦心録』の次の一節は、こうした批判のバリエーションとして読まれねばならない。陶磁器絵具の開発に従事した植田豊橘は、大学の研究室を出、私宅で純性絵具をつくる為に試行錯誤を繰り返す……。

而して学理の応用を専一とし製品の価格に無頓着なれば（ママ）悉く純品を用ひるに如かずと雖も、品に由りては稍々不純のものも絵具の特性を変ぜざる限りは可成廉価のものを用ることを務めざるべからず。之実に実用経済の困難にして最も緊要なる所以なり。何となれば則ち、いかに完全の品を製出するも世間の需用に応ずる能はざるときは無用の長物、学者の玩弄物たるの笑を受くるのみなればなり。氏は大学に在て原料を濫用して研究せしに、俄に民間に在ツて不充分なる原料を用ひて研究せしを思へば、氏の困難実に憐むべきものありき。

原料の均質性・純性に依拠した研究は「学者の玩弄物たるの笑を受くるのみ」とする批判の要諦は、その大学批判以上に、「民間」つまり雑多性とそれゆえの不可測性を免れない現場における、実践経験の尊重にある。『博覧会出品人の友人各位に告ぐ』で、露伴が「形にあらはるゝ所の物」とその「裏面に存する大なるもの」とを対比し、後者を強調したのは、現場で働く人間の具体的知と、「実用経済」と不可分な技術の在り方こそ、学ぶべきものだという認識があったからである。そしてその裏には『日ぐらし物語』冒頭に描き出された、モノを抽象的規準に基づいて選別・序列化せよと命ずる博覧会的権力に従順な人々の、あの鼻持ちならぬ軽薄さへの、深い嫌悪がある。その意味で、「裏面に存する大なるもの」「成りし所以」は決して精神的抽象的な何かではなく、それに着目する露伴の姿勢も、かつて『風流仏』で示されたような超越志向とは区別されねばならない。

『風流仏』では、仏像製作の動因は社会性や宗教性が剝脱されていった末に純化した主人公珠運の恋情（「妄想」）であった。技術は、この個人の内面に純化された「妄想」の表出に奉仕し、それを特権化する限りにおいて意味を持っていたのである。だが『苦心録』では「実用経済」、社会的価値に接続しない技術は意味をなさない。この違いを、小説と実録との差異に還元する事はできない。例えば『苦心録』直後の『一口剣』（「国民之友」。明23・8）でも、主人公の腕前が社会的に認知されるか否かが、作品の中心に据えられているからである。技術のあるべき方向づけが、『風流仏』と『苦心録』以後とでは、全く異なるのだ。

しかし、或いはだからこそ、というべきか、技術をめぐって『風流仏』では顕在化しなかった問題が、ここで鮮明になる。技術が「実用経済」に接続するという事は、時代の生産様式とそれを支える価値体系に、技術が抜きさしならぬ形で組み込まれる事を意味する。「世間の需用に応ずる」といい「国富を増すの功を以て敢て松方大臣の下にあらず」というように、そこで生み出されたものは商品であり、吉見のいう「商品の宇宙」の圏外を出る事はない（現に、植田豊橘の苦しんだ原料の純性化の問題は、均質な商品の量産化の為の不可欠の前提であり、再び山田慶児に従えば、今日の資本主義生産の要である科学と技術の密接な連繋が成り立つ為の、技術の側における科学への歩み寄りの努力ととらえる事ができる）。技術は、人間の生と幸福の為にあるべきか、それとも利潤追求の手段として資本に奉仕するべきなのか。すなわちここで、技術の目的とその施行規則を決定する者は誰か、という〈法〉と権利の問題が浮上する。(8)

我々はこの辺で、目を博覧会から社会全般に転じ、露伴の明治二十三年の意味を考える必要がありそうである。

3

明治二十三年は、日本最初の本格的な資本主義型恐慌にみまわれた年だった。藤井淑禎は先の論文の後半で、博覧会におけるのと同様、篁村・思軒・露伴それぞれの恐慌に対する態度を比較する。言うまでもなく、恐慌は巷間に多くの貧窮者を生む。篁村の場合、そうした貧しい者たちに暖かい目を向けはする。しかし彼は決してそこに深入りしない、「絶妙の距離感覚」の持ち主である。一方思軒は、彼ら貧者たちの生涯を「みずからの文学的主題へと昇華させてゆく」のだという。露伴はどうか。

露伴にとって、「形にあらはるゝ所の物」の裏面に隠された良工の苦心に着目することが博覧会に対する露伴なりの唯一必然の態度の表明であったのと同様に、路上で見かけた一人の貧窮民の姿から「対髑髏」の「想像的幻夢」（柳田氏）の世界へとのぼりつめてゆく過程は必然のものであったかもしれない。自己の資質をしかと見据えて動じない若き露伴の横顔をここにうかがうこともできるのである。

『対髑髏』の発表は明治二十三年一月から二月（『日本之文華』。原題は『縁外縁』）であるから、当然その執筆は明治二十二年内に終っていたはずである。一方、恐慌の本格化で庶民の生活が脅かされ、「貧窮組」などの街にみえだしたのが明治二十三年の事であったのは、藤井自身が精査した通りである。だとすれば、恐慌に対する作家の姿勢を『対髑髏』で代表させるのはどう見ても無理であろう。先の『風流仏』にしてもこの『対髑髏』にしても、共に露伴の初期代表作であることは文学史上の常識だが、だからといって、そこから抽出した作家の「資質」が、その後の作家の思想なり行動なりを説明する特権的原理となるわけではない。

この恐慌のさなか、露伴自身は坪内逍遙宛の、いわゆる「地獄谷風流書簡」（明23・7）において、「第一小説を作りし事の今までは残らず大無風流なりしを自ら責めて悲しく候上尚此後も大無風流心をもつて魔作の世界を小説と名づけべきかとおもへば筆を取る勇気も最早無くなり候」（傍線原文）と、それまでの自分の仕事に対して深刻な懐疑を表明していた。自分の小説は「幻術者が作り出せし舞台を仮りに名づけて其世界と欺き候やうに」人を欺いてきたにすぎない、と。そこで露伴は、以上の反省に基づいて「到底妄想撲滅にあらすんは無茶ならさる小説はならず（中略）風流第一は生死関頭に妄想を切る事」と宣言するのである。だから、恐慌という、まさに「妄想」ならぬ現実中の現実に対する露伴の態度を明らかにしようと思うなら、明治二十三年、とりわけ「地獄谷風流書簡」以後の作品を読まなければならないのだ。そこで、成立は前後するが、まず『混世魔風』（『読売新聞』。明23・11）、次いで『大珍話』（同紙。同・8〜10）に触れてみたい。

蒋纖々なる女性を主人公とする連作『一陣風』（同紙。同・11）・『混世魔風』は、『七変化』（『国会』。同・11〜12）、『うらぐろ』（『国民之友』。同・12）などと共に花札の流行に激怒する露伴の、いささか度を失した批判の書とされている（柳田泉はこれを「一種の際物めくもの」(9)と評している）。しかし『混世魔風』で纖々が冥界の一「摩訶剌陀国（まからだ）」の警視統監を相手に述べる長演説は、花札賭博の流行を嘆くという形ながら、その実ははるかに根底的な社会の堕落を告発している。例えば、文学者批判の一節をひく。

統監閒け、彼等は無限時無窮界の前にも出でず有限時有限界の中にも坐せず、唯彼等は閑妄想国に住み妄想時間に生息する者のみ、妾は敢て彼等が魔風に対して施すところなきを責むるにはあらず、唯彼等が魔風城を掠むるの世にあツても猶冷然として、眉毛だも動かさずに済し居る其心中の曖昧模糊たることを洞視して其微を観破し、彼等が点取俳諧に得々たる伊勢屋の怠惰息子同様なるを恨むのみ　（第七回）

「彼等」とは、「観念論」「精神論」をふりまわす者[10]、「実際観察を説き誇るもの」「勧善懲悪を堅く守るもの」を指すが、その批判の要諦は、みずからを責めた「地獄谷風流書簡」のそれに等しい。「魔風」が「城を掠むるの世」であるにも拘らず唯「心中の曖昧模糊たること」のみにこだわる、その非社会的な閉鎖性と倫理観の欠如への批判である。しかし「妄想撲滅」を宣言した露伴は、その先に進まねばならない。文学者の非社会性を糾弾するだけではなく、「魔風」うずまく「世」の実態に対する明確な認識を示す必要があるのだ。社会を腐敗させる張本人は誰か。

此の摩訶刺陀国の紳士の腐敗せるや久し矣、大臣の不徳なるや久し、彼等社会の上流に立ちて紳商と目され才物といはるゝ儕輩（やから）大抵は皆博徒なり　（第十回）

この作品の批判対象が、『うらぐろ』等におけるような花札流行などでは全くない事は明らかであろう。「博徒」と呼ばれていたのは、「紳商」つまり政商達に他ならず、「魔風」とは政商達の卑劣な手段による支配なのである。

　彼等は皆魔法を修し魔神に事（つか）へ、愚人を誘ツて渦巻く魔風中に入らしめ、眼を眩し心を躍らしめ、其間に付入りて血を取り肉を殺ぎ、己は栄華に誇り歓楽に眠り豪然として紳士と称す、尚鉄道士と称するものあり、摩訶（まか）屈羅（くら）といふものあり尸武沙婆（しぶさば）、麻須達（ますだつ）、摩伍悉（まごしつ）、迷牟羅（めいむら）、鬼団（きだん）、是等は云ふに及ばず多迦奈須（たかなす）の如きも亦然り
（同）

「尚鉄道士」とは、恐らく当時「鉄道屋専門[11]」と呼ばれていた株屋・今村清之助、続く三人は言うまでもなく大倉喜八郎・渋沢栄一・益田孝を指す。今村は東京株式取引所の設立に際して渋沢とつながり、横浜での洋銀買占の時には三井の後援を得た[12]といい、また大倉ら三人が井上馨＝三井系の実業家であることは周知の通りである。そこで試みに残る四名の仮名も、三井系列の中から該当しそうな人物を探すと、それぞれ馬越恭平（三井物産東京本社常務…当時。以下同じ）、西邑乕四郎（三井銀行副長）、団琢磨（三井三池炭礦社事務長）、および高梨哲四郎（三井と関係の深い弁護士）に当たるかと思われる[13]。さしあたり以上の推定に基づいて、恐慌下の露伴が同時代の経済界をどのようにみていたのか、二、三考えられる点を述べる。

　第一、批判対象が三井系に偏っているのは、まず二十三年の米価高騰が三井と関連づけられたからであると考えられる。元来三井物産は[14]、その前身である三井組国産方（明治七年開業）および益田孝の先収会社（明治六年開業）両社の頃から、積極的に米穀取扱いに関与し、特に政府の意をうけて米穀海外輸出——その目的は正貨（洋銀）獲得と国内米価の引き上げである——をほぼ一手にひき受けていた。明治二十二、三年の米価高騰の直接原因は天災による凶作だが、それに乗じて米穀投機もさかんに行われ、当時の民衆は陰に三井の存在を感じていたらしいのであ

る。それは例えば、『大阪毎日』(明23・6/22)の「米価騰貴、金融必迫の時節がら、哀れ怨の府となるは豪商なり両三日前何者か、『現米買占めの為め、定期米を買込みたり云々』の趣意をもて、渋沢栄一、益田孝、大倉喜八郎の三氏に当て決闘状を送れり、と聞く間もあらせず、脅迫者は警視庁の縛に付きしとか」という記事によってその一端を知る事ができよう。

第二、ここに挙げられた人物のうち団琢磨は、後にこそ三井合名会社理事長・三井財閥の最高指導者となるが、この頃は三井に入ってわずか二年しか経っておらず、他に較べあまりに異質である。露伴のねらいは恐らく団その人というより、団と三井の間のスキャンダル、つまり明治二十一年八月に三井への払下げの決まった三池炭礦問題にあった。

米穀輸出同様政府の外貨獲得の意をうけ、三井物産はすでに明治十年頃より官営三池鉱山の石炭一手販売にたずさわり、政府の手厚い保護の下(例えば輸送船およびその購入資金の貸与など)、主に上海・天津方面に輸出していた。ところが明治二十一年四月、この三池鉱山の払下げと公入札の方針が告示された。[15] 三池炭輸出を三井物産の海外進出の尖兵ととらえていた益田は、是非ともセリ勝つ決心をし、三井銀行の西邑から即金として支払わねばならぬ百万円を借りうけた上で、より廉価で落札しようと、影武者を立てて八月一日の入札に臨んだ。開札結果は、

一番・金四百五十五万五千円・佐々木八郎(実は三井)、

二番・金四百五十五万二千七百円・島田組川崎儀三郎(実は三菱)、

三番・金四百二十七万五千円・加藤総右衛門(実は三井)、

四番・金四百十万円・三井武之助・養之助、

以上である。競争者が無ければ佐々木・加藤を棄権させ、日本一の炭鉱(当時、全国産炭高の二十パーセント近くを産出)を大蔵省の示した指値四百万円にわずか十万円上乗せした額で手に入れる事ができるはずだった。しかし結局

この三井の策略は、島田組＝三菱の介入によって水泡に帰す。この時、工部省御用掛准奏任として三池に赴任していた団は、払下げによって失職するので金子堅太郎の計らいで福岡県の鉱山技師に採用が内定していたが、益田が強引に談じ込んで三井に迎え、事務長とした。これが、三池炭礦の払下代金には主任技師団琢磨の身柄も含まれていると噂された事情である。ちなみに三井三池炭礦は民営化後も官営時同様、囚人労働者の使用許可を得、「囚人労働の大量投入という固有の搾取形態」の下で、政商三井から産業資本三井へと変容を遂げてゆく原動力となる。(16)

「鬼団」の名は、こうした三池炭礦払下げをめぐる様々な思惑を呼び起こすのだが、或いはそれ以上に、この払下げ問題が、恐慌の原因である金融逼迫を招いた明治二十年前後からの異常な事業勃興・投機熱を象徴する、最も派手な出来事の一つであった点の方が重要かも知れない。いずれにせよ、蒋纖々が怒りをこめて列挙した仮名から、同時代の読者は、米価を左右する株屋や政商、彼らの派手な投機と日本のテクノクラートのはしりともいえる人物の身売りスキャンダルを、容易に想起できたはずなのである。

勿論こうした形での怒りの表明が、現実に対して無力なのは明らかである。とはいえ我々も又、纖々に倣って、「魔風に対して施すところなき」露伴を責めるべきではないのだ。纖々の批判は、文学者も実社会に働きかけよ、という文学と社会の二元論に立つ主張ではなく、社会から独立した芸術家なる特権的位置など存在しない、といっていただけである。問題は、この怒りが露伴文学に何をもたらすかである。

「魔風」の怖さは、一握りの人々が無辜の民を苦しめるだけではなく、万人を「魔神」の信奉者にしてしまうところにあるが、この点をより詳しくとらえるのは『大珍話』である。

この作品は、その名も余篦常人（よのつねんど）（世の常の人）という「或時は眼鏡橋の袂、又或時は和泉橋の裾あたりにごろ〳〵して、狗のやうに豕のやうに生活（くら）し居たる乞食」（其一）が、久米の平内さまの御利益で「此頃大評判なる奇術師」(17)

（同）の施術券を手に入れ、さらに奇術師の奇術によって色男の才子に生まれ変わり、欲望の限りを尽くす、という邯鄲の夢型の未来記である。

奇術の霊験あらたかで、まず美人芸者照子を得た常人は、彼女の口利きで蠣殼町の相場師阿波忠の下でしばらく働いた後、独立して「地理局の玉より早く睾玉が上つたり下つたり、自動鉄道の様にシューと下るモカと上る」（其十三）米相場に挑み、あっという間に巨万の富を手に入れる。さらに照子の勧めで、彼女の妹分葦江を妾として入れると、常人と照子の麗しい夫婦愛に「或る女学雑誌記者は素敵に敬服して両人接吻のあり様を写真石版にして美しく刷りあげ、夫婦は斯くあるべしといふ標本の積りにて其の雑誌の初めに載せ」（其十七）られる。接吻によって表象されたこの怪しげな夫婦愛は、ジャーナリズムを通じて「聡明なる女生徒」（同）に忽ち感染する。

何卒乞食の中より妾を愛する男を見出さんなどと思ひ立ち、三十人四十人位づゝ隊を組みて眼鏡橋近辺をぶらつき歩行き、乞食に眼をつくる事流行するに至れり

常人の行状を通して露わにされるのは、うまい話やめずらしい事を求めて落ち着きを失った世情、オカルト趣味、狂ったような「相場師気質」(18)、そして自分では主体的にふるまっているつもりでも実はジャーナリズムに足をすくわれているに過ぎない魂の抜けたような人間の彷徨する姿なのである。

常人の欲望は、最後に地底の魔窟「常磐橋の奇怪亭」に行きつく。といってもそこは常人の恣な欲望を満たす酒池肉林の場ではない。確かに半裸の美女軍は用意されているが、彼女達の役割は、この地底の大宴会場に招かれた貴人・高級官僚どもを自在に操って、常人に「歳入歳出一切受け負といふ大役」（其二十二）を授けさせる事なのである。そして門前をうろつく「政鹿」（政治家）「礎牛」（壮士）には「やぶり難き香気のある重宝なる紙」を食わせ

て手なずけ、最早何人も常人に楯突く者がいなくなると、いよいよ「是よりが本商売と奇妙な法をぞ行ひける。」（同）

其法先づ尺度(ものさし)を護謨(ゴム)にて造り、一尺五寸のものも二尺にはかり、又秤棹の中を空にして両端に溜を作り置き、買ふ物を計るときは其中に籠め置ける水銀を竿のもとの方の溜りに入れ、此方のものを売る時は竿の末の方の溜りに入れて重くするといふやうなる怪しき手づまにて歳入歳出を受合ひければ、浮世の金銀どしどしと余篚家が金蔵に残りしは恐ろしかりける事どもなり。

この一節の重要性は、言うまでもなく度量衡の制定を権力行使の最重要件の一つに数える中国の政治的常識に基づく。常人の欲望は、この時、肉欲や物欲の起源としての身体から離床し、制度の裏付けによって自動化された無限増殖運動に転化する。そしてそれは余篚蔵相みずからの手による〈法〉の捏造と恣意的改変、即ち〈法〉の死を結果するのである。合法性の名の下に〈無法〉がまかり通る――まさに「太陽がうじを沸かせる」（『ハムレット』）社会こそ、その軽妙な筆致で露伴が描き出した、国会すなわち近代的立法府開設直後の日本の姿である。

4

岩波版全集第四十巻（昭33・4）に、この年の作と推定された、「無法」と題する未定稿が収められている。

強き者が勝て弱き者の負くる世の中なれば、鋭き喙に生血を滴して誇る梟は、道理も分らぬ黒闇に誰れ憚りもなく両眼を光らせ、紅の脚に若草をふみて歩む鳩は、礼義もなき野山に何かおそれて翼をすぼめるぞかし。善勝悪敗にはあらで優勝劣敗とはさてもなさけなき事や。

これは直接的には『冷于氷』(『読売新聞』。明23・2～3)――遅塚麗水との合作による、氷よりも冷たい男の物語の末尾、「俊才とか英才とか機智とか奸智とかいふものの尊ばるゝ社会の価値は、牙とか翼とか嘴とか角とかいふものの尊ばるゝ社会の価値と大なる差あること無からん。」という一節に呼応する。優勝劣敗の新社会に対して、加藤弘之などのスペンサー流社会進化論への理論的反発という形ではなく、そこで生き、それゆえに既に何程か歪められた者達への憎悪という形で、露伴は自己の立場を表明し、そうした社会を〈無法〉と呼んでいる点を、確認しておく。この〈無法〉社会への憎悪を作品化したものが、『大珍話』『混世魔風』に他ならない。

しかし露伴の直面した新しい社会は、単に〈無法〉性によって代表されるだけの社会ではなく、一方で合理性の名の下に社会を均質化・画一化してゆく社会でもある。或いはそのような仕方で旧い〈法〉を破壊・無化してゆく社会といった方が正確かも知れないが、こうした動向への抵抗として、『日ぐらし物語』と『苦心録』の示した問題は、今後の露伴の文学活動を考える上で、真に重要である。

あらゆる事物を取り込み、記号化し、整序する新しい〈眼〉の空間としての博覧会に対して露伴の引いた抵抗線は、モノの生産される現場の具体性とそれを支える技術者の知に結び合わされた。だが、この整序された空間と具体性としての現場という対立は、実は前者の資本の支配する「商品の宇宙」への、後者の取り込まれを結果するのを避け難い。露伴の抵抗は、その延長線上に、時代の趨勢を変えるわけではないにしても、その趨勢の意味を見極める為の足場を用意する。つまり、生産の現場の商品経済への取り込まれは、生産者がそれまで持っていた技術の使用規則とその目的を設定する権利の喪失を意味する。これを裏返して言えば、時代の〈無法〉性の行く方を追い、それへの批判の足場を保持する為には、生産者・技術者の〈法〉意識の問題への関心と考察が、きわめて重要だという事だろう。

明治二十三年十一月、国会新聞社に入社した露伴は、翌年二月より、そこを舞台に『辻浄瑠璃』（2月）、『寝耳鉄砲』（3〜4月）、『いさなとり』（5〜11月）、『五重塔』（11月〜明25・4月）といった大作や初期代表作を一気に書き続けてゆく。これらの作品には一貫したモチーフがある。それは共同体社会から逸脱した人間の運命の追究である。[19]『辻浄瑠璃』の道也は浄瑠璃の魅力に憑かれて、『いさなとり』の彦右衛門はお陰参りの流行に誘われて、各々生活共同体を抜け出、自己の存在理由を問いつつ、生業の意味を考える作品である。『五重塔』では共同体を抜け出す人間は確かに登場しない。しかしその主人公十兵衛は、いわば職人社会のあぶれ者・逸脱者である。この作品は、渡り大工であった彼がその技倆によって親方として職人共同体に回帰すると共に、職人社会もまた新たな構成原理を承認する、〈法〉の再生を経験する物語なのである。

明治二十三年の露伴が悩み迷いながらも、博覧会と恐慌をめぐって書いた社会諷刺的作品は、翌年以降の作品群を生み出す為の、本質的契機となった点を確認しておきたい。

注

（1）「東海学園国語国文」（昭54・9）。
（2）『幸田露伴』（中央公論社。昭17・2）。
（3）「国文学」（平2・6）。
（4）『改定版　万国博覧会』（NHKブックス。昭60・3）。
（5）『都市のドラマトゥルギー』（弘文堂。昭62・7）。

(6)「中国の科学と技術」(『制作する行為としての技術』朝日新聞社。平3・9に所収)。
(7) 同じ批判は同作品の他の箇所(「痴陳平」)に「宇宙を料理するカステラを切るごとくす」という今様陳平への揶揄として繰り返されているばかりでなく、はるか後年の『有図無題』(『報知新聞』。昭16・10〜11)にも、時局批判の形で次の一節がある。「統制だの、配給だのと、小むづかしい合言葉は何様でもよい、まつりごとは合言葉の杓子定規ばかりで何様なるものでは無い、きりもりの仕方一つである。肉の中には骨もある筋もある、羊羹のやうには扱へぬものだから。」
(8) 山田慶児に拠れば、本質的には全く異なる科学と技術は、二十世紀初頭前後に両者の結びつく条件が整い、科学技術の名の下に、資本主義体制に組み込まれた、という。その結びつきの、技術の側の条件として山田は、精密化と純粋化を挙げる。「科学と技術のはざま」(『科学と技術の近代』朝日選書。昭57・5に所収)参照。
(9) 注(2)に同じ。
(10)『靄護精舎快話』(『国会』。明23・12〜翌・11)の其十三に「忍月居士が精神論」「不知庵主人の観念論」とある。
(11) 山路愛山は『現代金権史』(明41・5)で、明治二十年から二十三年頃に「株式市場に一時の人気を狂はせ、此狂気を利用して株式の価値を上下し、其上下の好機会を利用して売買の間に利益を占めんとするが如き狡獪なる心掛」が一般化したといい、これを「相場師気質」と呼んで批難するが、そうした一節中に「其頃鉄道屋専門と呼ばれたる故今村清之助氏」とある。
(12)『大日本人名辞典』(大15・3)に拠る。
(13) 高梨哲四郎と三井の具体的関係についてははっきりしない点が多い。彼は沼間守一の実弟で、早くからその能弁で知られていた。『東雲新聞』(明21・9/19)の雑報に「井上伯の自治党倶楽部」と題して、井上を中心に、渋沢栄一・益田孝・高梨哲四郎らが新党結成を計画中という記事が掲載されている。また、明治二十六年、三井が大蔵省を相手取って起こした裁判の訴訟代理人筆頭としてその名がみえ、この裁判に大蔵省側で関係した弁護士原嘉道の回想録(『弁護士生活の回顧』昭10・11)中に「従来三井組に関係のあつた高梨哲四郎氏」とある。高梨はこの作品が発表された四ケ月前の、明治二十三年七月に行なわれた第一回衆議院議員選挙に、東京六(浅草)区から立候補・当選していた。ちなみに馬越と高梨の豪遊は、共に有名だった。
(14) 以下の記述は主に『三井事業史・本篇』第二巻(昭55・8)に拠る。
(15) 益田孝はこの裏に「大限幕下の策士達の陰謀」ありとし、次のようにいう。「長州の金櫃は三井だ、三井の金櫃は三池だ、三池を三井から離してしまへと云ふのであつた。」(『自叙益田孝翁伝』昭14・6)。三井対三菱という事で付言すると、露伴を読売新聞に招いた高田半峯はこの年七月、改進党から衆議院に立候補・当選しており、露伴の三井批判は改進党=三菱ラインに沿うものと見られぬこともない。だが露伴は改進党派というより、せいぜい両派の不毛な争いにうんざりする局外者のひとりに留まる、とでもすべきだろう。

(16) 大江志乃夫『日本の産業革命』（岩波書店。昭43・4）参照。

(17) 作中にもみえる「天一」（其五）は松旭斎天一、この年奇術博士を名乗って全国巡業に出たという。またその前年には、帰天斎正一が宮中御学問所で天覧に浴している（倉田喜弘『明治大正の民衆娯楽』岩波新書。昭55・3を参照）。

(18) 注（11）参照。

(19) これは、〈法外の仲間〉ブンセイムの自己正当化の問題（『露団々』都の花。明22・2〜8）の復活ともいえる。私見に拠れば、『風流仏』『対髑髏』は、このブンセイム問題に対する誤った解決の試みであり、両作品は近代小説成立史上多くの成果をもたらしたという意味ではすぐれた、しかし問題の迂回に過ぎなかったという意味では不毛な作品なのである。これが、発表以来両作品が得た華々しい声価と、それとは対照的な作者の両作品に対する否定的評価（「地獄谷風流書簡」）の矛盾を説明しうる、恐らく最も自然な仮説である。

第七章 『封じ文』とその前後

明治二十三年（一八九〇）

1

今日『艶魔伝』（明24・2）として伝えられている作品は、はじめ『風流魔』という題名の下で構想され、すでに前年の二月には、その腹案とおぼしきものが坪内逍遙に語られていたことが『逍遙日記』明治二十三年二月十九日の条に記されている。また同年四月十七日の『読売新聞』に露伴の寄せた記事（「宮崎晴瀾に与ふ」）中、「風流魔と称するもの近日成らむとす。」の一文が見え、次いで依田学海の『学海日録』六月十八日の条に『風流魔』読後の感想が記される。その内容は明らかに現行『艶魔伝』のそれに等しいから、おおよそ五月中、遅くとも六月初旬までには、この作品は完成していたと思われる。ところが、そのままずんなりと発表とはならずに、題名を変更し、また半歳以上経ってから、ようやく日の目を見ることになるのである。

その間の事情を、露伴自身が『艶魔伝』自序――出版までのごたごたを象徴するかのように、それは「風流魔記」と名づけられている――に、次のように書き残している。

風流魔は余の旧作なり。嘗て之を活版に付し、世間に出さしめむとして、書肆春陽堂主人に託す。主人は同業者中に俠を以て名あり。然れども一見便(すなは)ち辞して曰く、文字放逸不羈に過ぐ、私(ひそ)かに憚るところあつて之を公にするに堪へずと。余因て更に金港堂に付す。金港堂亦之を難んず。適々(たまく)最も深く余を愛せる婦人、草稿を閲して戚然として容を正し、曰く、学海大人の言、真に君を欺かず。妾も亦君が譏を士林に獲んことを傷み、又嫉みを女流に買はんことを悲しむ。君幸に妾を愛せば、妾が言を納れて、復び之を公にせんとするなかれと。余遂に意を決して之を焼く。

文中「学海大人の言」とは、依田学海が「風流魔を読みて」と題して『艶魔伝』に寄せた文章中に、「惜かな、心を用ゆること深酷に過ぎて、心を蕩らかし、魂を駭かして、譏を士林に獲んことを。」とあるのに対応する。あらかじめそれに類する言葉をこの「婦人」が聞き知って説得の材料にしているのか。あるいはこの「婦人」のエピソードは刊行時に寄せられた学海の文をもとに露伴が創作したのかも知れない。ともかくも、既に完成していた『風流魔』は、露伴も信頼する両出版人の協力を得られなかったため、一旦は廃棄された。
　ところが露伴は次のような言葉を右の文に続けて、この作品の出版に固執するのである。

然れども膽本存ずるあり、独り謂(おも)へらく、士林の譏彈を受く、我に於て何かあらむ。女流の忌むところとなる、我に於て何をか病まむ。我(われ)我が興に乗じて文を作るに当つてや、仏にも礼せず、夜叉をも畏れず、素より寵辱の何物たるを忘る。文の譏彈を受け、忌むところとなる、初めより其分なり。

結局、森鷗外の協力を得、明くる二十四年二月の「しがらみ草紙」十七号に、『艶魔伝』と名を改めた上で、作品は発表された。

以上の経緯から、我々は次の点を留意すべきだろう。

第一、この作品の一体どこに、同時代人を忌避させるようなものがあったのか。というのも、今日の我々から見ると、色道の大通と称する男が「蘆野花子」なる若い女性に色道の極意を伝授する、というこの書簡体小説を、それほど危険なものという風には感じることができないからである。確かにそこには、当然のことながら、男を誘惑するための手練手管が網羅されており、中にはなるほどと頷かせる一節や舌を巻くような穿った描写も、散見されないわけではない。だが、それらは平板にただ列挙されるに留まり、遂に臨界点に達することがない。この作品の記述スタイルが、男性の一般的な〈欲望〉のモデルを設定し、おおよその地平の上で、男女の間の合理的な駆け引きの技術を語るというものであるため、たとえ内容の個々に意外な洞察が含まれていたとしても、その意外さ、或いは〝毒〟は、人間性に関する新たな啓示や認識の深まりといった印象に繋がらないのである。それらは、記述スタイルそのものが我々に暗に送り続けてくる、〝〈欲望〉はあくまでも合理的操作の可能な対象である〟といったメッセージの裡に、埋没してしまうのだ。

ではもっと単純に、所詮男は女に手玉に取られるものなのだ、というメッセージそれ自体が、読者に嫌われたのだとしてはどうか。――この推論も、どうもいただけない。手紙の記述者＝色道指南者は、数々の男をたぶらかすための諸技術を伝授する一方で、結局それらが道徳的諸価値に矛盾なく調和・吸収されるという、きわめて健全かつ楽観的な主張を表明してもいるからである（「色道裏の手の修行も煎じ詰て論ずれば善女となるより外の心掛なきことなり。」）。〈欲望〉は合理的に操作され得るものであり、それに要される諸技術は結果として既成道徳にも矛盾なく合致する、これが色道指南の哲学である。

つまり『艶魔伝』という作品は、一見ひとの神経を逆なでするような記述に充ちてはいるが、実はそれらは、あたかも遊廓という場の哲学―〈粋〉―が〈欲望〉を飼い慣らして無害化するように、色道指南の哲学によって牙を抜かれてしまっており、全体として警世のための諷刺・真心ある正人たることを反面教師的に勧める教戒の書としての性格が付与されているのである。

そこで、指南者の哲学の中の、この諷刺性に、作品の積極的な意義と同時代人の反発の原因を見出そうとする試みも、当然ありうる。その一例が、次のような解釈である。

　その諧謔の語調に托しつつ展開される手練手管は、実はある種の男性を目して放たれた弾劾の矢玉であったのである。その揶揄翻弄される当の自惚男は、大手を奮って「権妻」を囲っていた当時の金権者であることは言うまでもない。しかし、この作品は、作者の意図に反して、誨淫の書と目されてお蔵入りの厄に会うのである。(1)

この解釈の帰結は、『艶魔伝』は皆の誤解・誤読ゆえに拒否された、というものである。だが、これは、あまりにも同時代人を侮った理解であろう。「作者の意図」、読者への読みに対する方向づけは、明白であって、見逃し様のないものである。またその一方で、この解釈は浅薄なレベルで作者を買い被ってもいる。批判・揶揄の対象とされる「自惚男」を、時流に便乗した「当時の金権者」に限定する視点は、この作品のどこにもないからである。「自惚」に、政治性あるいは階級性といった性格づけはなく、それはあくまでも男性一般の属性として指摘されているにすぎない（「一体男と申すものは大馬鹿のあんぽんたんにて、自惚より外は何も知らぬもの故、其自惚を此方の種にして色々の魔法を使ひ、好自在に仕こなす事に候。」）。

つまり、教戒性や諷刺性といったものは見まごう方なくあるが、それが向けられるはずの攻撃対象は案外曖昧であるため政治性は稀薄というしかない、というのが、この作品のとりあえずの印象なのである。

同じ印象を、同時代の人々も抱いていたように思われる。依田学海と共に、『艶魔伝』に「風流魔に引す」なる文章を寄せた森田思軒が、次のように述べている。

怪むは近ごろ露伴子の作、往々正面反面を逸出して、斜面より筆を着く。則ち諷刺といはゞ、或は諷刺たるを得べし。寓言といはゞ、或は寓言たるを得べし。然れども其の荒唐譎誕の余、遂に謂ゆる「楽屋落」に止り、読む者概ね其の本旨を解するに遑あらず、徒らに放談高論に驚て已むが如きことあらば、是れ情を説くにあらず、情を弄ぞぶものなり。吾為めに焉れを取らず。

「諷刺」「寓言」というのは分かる、しかしその「本旨」がよく分からん、という思軒の分析的評価は、この作品が二流であることは説明するかも知れないが、「風流魔記」に記された「文字放逸不羈に過ぐ」という評語から窺われる世人の忌避の情の強さをも納得させてはくれまい。そこで、我々は始めの疑問、同時代の人々には、一体この作品のどこが許せなかったのかという問いに舞い戻らざるをえないのである。

第二の留意点は、第一のそれに関わるが、露伴があれほどこの作品の出版に固執したのは何故か、という問題だろう。露伴は自分の作品が読者に忌避されていることを承知の上でなお、公にする必要を訴えていたわけだが、その理由は、やはり考慮するに価いするように思われる。

以上二つの問いは、恐らく露伴の明治二十四年における、あの充実した文学活動を可能にする条件は何であったかという問題と、本質的な関連を持っているはずである。

2

先に引用した森田思軒の「引」の中で、露伴の近作に「情を弄そぶもの」になりかねない傾向のあることを危惧していた点に着目したい。学海が「心を用ゆること深酷に過ぎ」と評していたように、思軒もこの作品を「写し得て刻深骨に徹するもの」と認めてはいるのだが、にも拘らず、そこに何か遊びめいたところ、教化や諷刺といった意図には還元され尽くされぬ、殊更常識に逆らおうとするが如き、過剰な悪意のようなものを、感じているらしいのである。

その原因は、明らさまに男を痛罵するような箇所よりも、むしろ次のような一節に関わりがあるように思われる。色道裏の手三十五箇条のうち、

第五は癖にて、是は銘々の持前故是非なきものの様なれど美人にあるべき癖とあるまじき癖とあり、癖のなき女には利口の男は決して昵(なつ)まぬものに候。物を欲しがる癖、大酒を飲む癖、（中略）高慢の癖、太つ腹らしくいふ癖などは美人にあるまじき癖なり、寛容(おうやう)すぎる癖、物云はぬ癖、夜もすがら寝られぬ癖、おのれを抑へて人を立る忍耐の癖、物事案じ過す癖、泣かずに恨む癖、恨まずに愁ふる癖、小供を愛(めづ)る癖、小説を好む癖、神仏を信心する癖、又は猫蝶蛍小鳥などのやさしき生物を愛する癖、金銭を空費せぬ癖、人形を愛する癖、男に逢ふを嫌ふ癖、俠気あるより少し出過る癖などは、皆それ〳〵の深き訳ありて男をのろくする癖の類なれば美人にありて苦しからず。精々あしき癖を去りてよき癖だけを残されべく候。

ここでは例えば、もって生まれた性質や自然に身についた生活習慣と不眠症とが、また、子供を愛することと猫や虫や小鳥を可愛がることとが、或いは神仏への信仰と小説を好むこととが、すべて等しく「癖」と見做されている。「癖」とは、色道指南者が言うように「銘々の持前故是非なきもの」即ち本人の責任の埒外のこと・意志の力の関与しない領域である。そして、これら、人間の身体・行動・性向等を細分し、「癖」として析出された諸項目は、男をたぶらかすという効用の有無によって、「よき癖」「あしき癖」とに分類される。この時、勧められる「よき癖」は一見、世間的な意味での善女貞女良妻の条件にほぼ一致している（ということは、色道指南者の狡猾な手解きを、世俗道徳や常識の側がみずからの裡に回収しているように見える、ということである）のだが、そうした一致はあくまでも単なる偶然にすぎない。そこで奨励される行為が道徳的美質に類する性格を含んでいたとしても、優秀な手練手管のひとつとして、その効用の一点からのみそれは推賞されているにすぎず、またそれを選択し実践するはずの女性も「癖」として身につけておればよい以上、行為の責任主体としての意識を要求されてはいないのである（この作品が、人間性に関する〝深まり〟の印象と無縁な理由はここにある）。ここでは、道徳や社会の諸々の価値秩序が、それ自身の固有の存在根拠を奪われ、ないしは、黙殺されている。

　してみれば、この物語が、既に触れておいたように、どんな手練手管も結局は道徳的価値に矛盾なく調和する、といった口当たりのいいメッセージに包まれていたからといって、オメデタイ作品と評することはできない。互いに己れの〈欲望〉を充たそうとして騙し合いを演ずる男女の駆け引きの現場から、道徳と同じようなものが出てきたとして、果たしてそれは既成道徳の勝利なのか、或いは逆にそれへの侮辱なのか……。少なくとも、徳目の根拠が、人間性の本質（自然）ないしは共同体社会の存続を願う良民の合意の裡にあると信じたい者からすれば、純粋に個人の〈欲望〉達成のための戦略的効果に存在の根拠をおく、このような〝徳目もどき〟は不愉快なはずである。しかも、問題はこれに留まらない。この作品の記述スタイル自体が、〈欲望〉は合理的操作が可能だ、というメッセージを内包したとしても、肝心の操作主体が主体としての自覚を持っていない、というよりもむしろ、持ちえないとするならば、これは決して安定的楽天的なメッセージではありえない。操作次第では、〈欲望〉はとめどなく肥大・暴走する危険性が発生する（つまり本能によるブレーキがかからない）ばかりか、その責任をひきうける主体が担保されていないからである。諸個人の〈欲望〉が、外部からの合理的操作によって、本能的満足の歯止めもはずされて無限に昂進させられかねないという可能性が、開かれる。教戒的に読まれる用意が施されているにも拘らず、同時代の人々がこの物語を忌避した真の理由は、恐らくこの辺りにある。

　では、露伴は何故この作品の出版に固執したのか。今やこの問いは、次のように言い換えることができる。露伴は世間の反発を承知の上で何故、道徳的なものの発生を、全くエゴイスティックな〈欲望〉の活動の中に求めようとしたのか、また道徳の根拠を人間の本性（自然）や意志、そして社会共同体から切り離そうとしたのは何故なのか、と。

　ここで、しばし『艶魔伝』から他の作品に、目を向けてみよう。

『風流魔』（＝『艶魔伝』）の脱稿が、明治二十三年の五月から六月初旬頃であったとすれば、前章でも触れた『大珍話』（『読売新聞』。明23・8／31〜10／27）はこれにひき続いて書き継がれたとおぼしい作品のうちに数えることができる。橋の下に暮らすひとりの乞食が、流行の奇術によって色男の才子に変身し、美女と富と地位を恣にするという、この『大珍話』は、主人公・余篦常人（よのつねんど）すなわち世の常の人間の〈欲望〉が全面的に肯定・追求される物語である。我々は一見異質なこの『大珍話』と『艶魔伝』の間に、共通の問題関心を見出すことができる。人間の一般的な〈欲望〉——それがどんなに馬鹿々々しいものであっても、ここでは関係がない——を、とことん解放させてみること、それを外的に制御・調整するような価値観や倫理を排除すること、その時、一体どんなことが起こるだろうか。『大珍話』のシミュレーションでは、平凡人の〈欲望〉が無制限に解放された結果、社会は〈法〉の死という最悪の災厄を招き、同時に〈欲望〉の主体であったはずの人間がその主体としての地位を失い、〈欲望〉そのものの自動化された無限昂進運動に奉仕するだけの存在に堕した。他方、『艶魔伝』のシミュレーションに拠れば、道徳など屁とも思わぬ色道の達人による〈欲望〉実現のための指南が、期せずして、人間性ないしは共同体性といった根拠に由来しないところから、規範的なもの、〈法〉の端緒を見つけてしまった。先に、「色道裏の手の修行も煎じ詰て論ずれば善女となるより外の心掛なきことなり」という一節を引いたが、それに続く部分を、ここで確認しておく。

盗賊の山寨を百年関(かま)はずに置ば其中間に必らず法律起り礼楽生じ教法も出来て千年も経ば今日の我等のやうになるべきと同じ道理、不思議の天の定め、恐ろしき微妙の理にて、色道裏の手の許り多(いつは)きもとゞのつまり虚言から出る誠の天道、妄想を用ゐ尽して真趣の現ずる訳に候。然し悟つては手練手管の詐偽計略はだめとなり候。

『艶魔伝』のモチーフを、これほど明瞭に示す部分は他にはない。

つまり、こういうことである。解放された〈欲望〉は、〈法〉に対して、破壊的であると同時に、場合によっては〈法〉の新たな生成の場ともなりうる、或いはなりかねない。この時期の露伴の関心が、特定の観念(例えば「風流」)の動揺や完成といった問題以上に、この〈欲望〉を自由に追求する人間の在り方の変容と、社会の新たな構成原理の確認の問題にあったことは、明らかなように思われる。(2)

露伴が生まれ落ちた明治社会では、旧き共同体社会が解体され、諸個人の〈欲望〉の解放と、そこから生み出される人的エネルギーを国家へ回収するシステムが作動し始めていた。〈欲望〉の解放は、男女関係というミニマムな社会関係から、政治・経済体制といったマクロな関係に至る、あらゆる社会領域の破壊と再編成を要求するが、これに対処する根拠として、もしも国家的価値なるもの以外に用意がなかったとするならば、個人の〈欲望〉がいくら解放されても、自由や平等というものとは全く無縁な、国家或いは資本に利用されるだけの、おぞましい社会が到来することとなろう。個人の〈欲望〉追求の運動そのものの裡に、自由と平等を保証するような、新しい〈法〉の契機を探ること。これが、時代から課せられた、露伴の問題である。(3)

『大珍話』の揶揄の調子、『艶魔伝』の枠組自体が警世・教化への方向づけの意味を含んでいたところを見れば、露伴自身は〈欲望〉の無限解放からの〈法〉の発生という荒筋に、かなり悲観的であった可能性がある（あの色道指南が、「不思議の天の定め」「恐ろしき微妙の理」と驚歎した「誠の天道」なるものは、新しい〈法〉到来への期待感以上の内容を持っていまい）。しかしそのような悲観が、既成の人間観や旧共同体的〈法〉意識の残滓にもとづく思い込みでないという証拠もない。だとすれば、とりあえず〈欲望〉の持つあらゆる可能性を明らかにすることが先決だろう。そのための言わば思考実験とでも呼ぶべき試みが、『艶魔伝』と『大珍話』だったのである。その重要性からすれば、「士林の譏彈」など、なにほどのこともなかったはずである。

とはいえ、この二作品は喩えて言うなら、〈欲望〉をフラスコの中に入れて、あれこれその変化を観察している、といった程度にすぎない。これをフラスコから取り出し、歴史的環境に解き放って、実験規模の拡大と方法的洗練を加えてゆくことが、露伴の明治二十四年に行なった作業である。

3

露伴の実験が真に有意義でありうるためには、そこで問題とされる〈欲望〉の質に立入っておく必要がある。というのも、もしそこで設定されていた〈欲望〉に、あらかじめ社会性が分有・内属されていたとするならば、そのような〈欲望〉の運動が何らかの〈法〉的なもの＝社会性を生み出すに至ったとしても、それは当り前のことであって、実験の名に全く価いしないことになるからである。また、そこから生まれた〈法〉が、旧き〈法〉の再生にすぎないという疑いも払拭できなくなってしまうだろう。露伴の試みにおいて、〈欲望〉ははたして社会的なものから隔てられているか、或いは本来的に社会と敵対するようなものとしてイメージされているか、どうか。恐らく、『艶魔伝』の色道裏の手第十七、「我を捨るなり」が、この問いに対する回答となろう。

この条の論旨を簡単に追えば、まず「我を立るものを愛するは大人君子度量の極めて広きもの」に限られる、とし、ゆえに例えばお釈迦様などは「真に能く我を尚とまれたる方」であったから「他人の我」をも受け入れることができた。しかしながら、

> 大抵の男は自分の我を尚みて人の我を憎み、人には人の我を捨させて自分の我に同ぜしめんと図る白痴に候へば、此方我を立候時は中々此方を愛する事出来ず此方を忌むものなり。それ故愚人に愛されんとせば我を捨てねばならず、言葉を換て申せば我を捨て人に近寄るものは其心極めて険悪なる奴にて、昔時より奸雄と申すもの一生我を捨る工夫にばかり心を苦しめ居たるに相違なく、鄙しき者の頂上は我を捨る奴なり。

とはいえ、仮令「険悪」であろうとも、世間一般の人間はつまるところ「我を立得ず我をも真には捨得ざる中間のぶら〱に候所が五十年の棲処」だから、このような「凡人を相手にする色道の秘密は痩我慢して我を捨るにあり。」というのである。

自分の「我」の尊重と他人の「我」の尊重とを矛盾せずに実行できる者は聖人以外にはいない、とはつまり、「我」というものの一般的性格は反社会的だ、ということだろう。そして社会は「凡人」によって成り立っている。

だとすれば、その社会秩序を構成するのは、人間に内在する本性ではなく（「我」はその邪魔をする）、「痩我慢して我を捨る」工夫に他ならない。「鄙しき者」の「険悪」な仕業こそが、社会を支えるのである。——ならば、それは男をたぶらかす「色道」と本質的に何ら異ならない。

ただし、この一節に続けて、色道指南者は一つの例外事項を設けている。それは「恋」である。

男にもせよ女にもせよ真実に惚れたる時は強て我を立るものにあらず、自然と男は女の我を能く立て、女は又自然と男の我を立てるより、自分の我を捨る訳にはあらねど我恋人の我を尚び、知らず〳〵男の我に女は従ひ女の我を男は愛し、何時の間にか我を捨るようになり行て人の我を立るを忌みし昔時の小さなる心おしひろめられ、互ひの心春の空のやうに和らぎ長閑に楽しくなるなり。恋は神聖とは是等をや申すべき、噫。

人は「恋」によって「小さなる心おしひろめられ」、他者の「我を尚び」、連帯することができるという。あたかも、この神聖な「恋」が、社会の構成原理と見做しうるかのようだが、勿論、そんなことはない。「恋」は「真実に惚れたる時」にだけ、そして特定の誰かに対してのみ、向けられるものだからである。「恋」の功徳は、それがどんなに有難いものだとしても、この二つの限定を免れることができない。それを免れるためには、「恋」を高度に抽象化・観念化するか、「恋」に似て、しかし適用範囲に限度のない技術を手に入れるか、いずれかの操作が必要だろう。そこで「お釈迦様など申す大聖人」の偉さを説いて「大きな恋が大きな人を作つたるにて高が知れたる人間のへボ思想が聖人とならしめたりとは思はれぬなり」とするのは前者の試みであり、「恋に似する裏の手の工夫」を凝らし、「無理に痩我慢して我を捨る苦しさ」を耐えようというのは後者の試みである。だが、いくら神聖なる「恋」の功徳を持ち出されても、話が「お釈迦様など申す大聖人」に限定されている間は、「恋」が社会秩序を形成する原理として機能しうる見通しを示したことにならぬ以上、少しも問題は進捗しない。むしろここでも、「凡人」は「恋」ならぬ「恋に似する裏の手の工夫」に頼らざるをえないという結論に落着いてしまうのであれば、「恋」という例外事項は、まさに例外であることによって「我」というものの本質的反社会性を証しだててしまっていることになる。

ところで、『艶魔伝』で語られた、この「大きな恋」の聖人としての釈迦像が、『毒朱唇』（「都の花」明23・1）における「なさけある」一心を持つ詩人としての釈迦像の、明らかな延長上にあることは付言しておく必要があろう。露伴は明治二十二年の秋頃には既に『大詩人』なる構想を持っていた。そこでは二つの主題、釈迦は「なさけある」大詩人であるとする主題と、ひとりの女が浮世を捨て釈迦のこの「なさけある」境地を悟り得るという出家遁世の主題とが、統一的に描かれるはずであった。しかし、結局この構想は挫折し、二つの主題がおのおの独立して、『毒朱唇』と『縁外縁』（「日本之文華」明23・1、2。のち改題して『対髑髏』）となったという。(4)『大詩人』の構想の、こうした挫折・分裂と、『艶魔伝』で「恋」が例外事項として全体から浮き上がってしまったこととは、恐らく同じ楯の両面にすぎない。「大きな恋」であれ「なさけ」であれ、ひとつの感情的事実を実感的に遡及してゆくことによって抽象的人格（「聖人」「詩人」）を構築しようという試みは、世俗レベルの葛藤・対立ないしはその調整・解決といった過程の記述とは、どうしても両立しないのである。その試みの観念的脆弱さに、原因があることは言うまでもない。ところが露伴は、明治二十四年に入ってからも、更にもう一度、類似の試みを繰り返している。『風流悟』（「国民之友」明24・8）である。

『風流悟』でも、「僻める性」「残忍にして鋭利なりし心」をもった「我」が、「彼女」に愛されることによって、「僻みたる性を稍々和らげられ」「未曾有の歓喜を得たり」と、〈恋愛〉の功徳が高らかに賞される。しかし、この好関係が可能なのは、「浄玻瓈の絶縁者（インシュレートル）」である「好き牢獄」に閉じ込められて、俗世間（そこでは「人は必らず皆多少詐偽・暴力・妖術・毒薬等を使ふもの」とされる）から隔絶されるからである。この「好き牢獄」は、彼らの愛に、差異・対立・対照をもたらす一切の根源であるところの、身体と言語が排除された、純粋な世界である（「我は俗に所謂恋の不成就の境界に幸福にも在りしが故に、俗に所謂恋の成就なる不幸の境界には入らざりし、我は不成就を悲み恨み歎ぜし後尚ほ一層深く恋の牢獄に静坐せし」また、「純粋の愛には言語なきこと」。実は「彼女」は既に死んでおり、二人の関係は「我」の心の中で永遠に固定されて、変わることがない）。神聖なる「恋」の功徳というテーマは、追究すればするほど社会秩序形成の原理へと開かれる可能性を失ってしまうのである。

〈欲望〉主体としての「我」の運動の裡から、〈法〉の契機を見出そうという露伴の努力に対して、どうやら「恋」は有効なカンフル剤とはならなかったようである。結局露伴の手には、『艶魔伝』にいう「裏の手の工夫」の相互対立・拮抗を通しての〈法〉らしきものの発生を期待する、といった頼り無げな、功利主義風のアイデアしか残らなかったのだろうか。

ただ、「恋」の功徳そのものは役に立たなかったとしても、その可能性を探る過程で、〈欲望〉主体である「我」の反社会性が徹底してあぶり出されたことは、露伴の思考実験の抱えていた基本的矛盾に目を向けさせる効果をもたらした。すなわち、かくも対立し合う〈欲望〉主体というものの存否という問題である。

人間は特定の言語共同体の中に生まれ落ち、発話の条件を与えられることによって、自由な表現主体となる。その人間の〈欲望〉を、社会性と無縁なものと仮定するのは、実は単なるフィクションにすぎないだろう。しかしこのフィクション抜きには、新しい社会の〈法〉を構想し得ないとすれば、露伴はありもせぬ問題をあると仮定して考え抜かなくてはならぬことになる……。この難問こそが『封じ文』（「都の花」明23・11、12）を生み、またそれによってモラル・サイエンス風な〈法〉の自然発生説から一歩前進する契機をつかむことになるのである。

4

我嘗て夜天を仰ぎ啞然として大笑して走つて青楼に投ぜしが、星辰は我に酒池肉林紅燈翠帳の美を説きしか、我嘗て夜絃歌の声を聞き戚然として暗涙を絞り、身を海底の貝殻となさんとせしが、絃歌は厭世の教へを説きしか。笑ふに堪へたり（中略）あはゝ天下古今ぞよ〳〵として動めく蛆虫、上つても下つても糞壺の中を脱せず、笑止笑止善悪の二すぢ縄でいけぬ奴は我なり、気の毒ながら釈迦の説法も浪花節ほど妙ならず存ずるとけなし付けて、あさましき考を抱きし。

『封じ文』の後半に置かれた、主人公・幻鉤の長い回想の、始まりの一節である。僧籍にあった幻鉤が「あさましき考」を抱いて破戒の挙に及んだ心境を語っている。彼はその後一人の女性と同棲を始め、娘までもうけるのだが、その間抱いていた思いは、次のようなものであった。

自分の了簡からして饑を感ずるでもなく、自分の了簡から淫欲が起るでもなし。自分の勝手で生れたでもなし、自分の勝手で死ぬでもなし、（中略）父母が勝手で我を作つたか、我が勝手で父母に作られたか、怪しいぞ〳〵。日本が好きで爰処に生きて居るか、此時世が好きで爰時に生きて居るか。何故我は淋しいところが好きか、何故我は恋をするか、何故我は人を殺したいか、何故我は焚火が好きか、何故我は小児が好きか女が好きか、何故我は名誉を憎むか、何故我は奸譎な奴が嫌ひで梟悪のものが好きか、なんで我が身を愛するか、なんで此様な事を考ふる乎。笑ふに堪へたり、一応は理屈があつて畢竟は無理屈。所思所行の所以は皆我之を知るを得て、所思所行の所以の因つて出づるところには我あづからず。

「所思所行の所以」すなわち〈欲望〉の確かな手ごたえを、「我」は知る。しかし、その「因つて出づるところ」には「我」は関しない。ということは、「我」は自分自身の〈欲望〉に対して、果たして主体であるのか、それとも単にそれに使役される客体にすぎないのか、判断不能だということになろう。従って、「我」は〈欲望〉の運動に確かに参与しているという実感は得られるが、その責任は負う必要は感じない、或いは責任を負うことができない……。

『艶魔伝』で既成の価値秩序を無視して事物を暴力的なまでに列挙した、あの記述スタイルの矛先がここでは自分自身に向けられ、それまでの生活経験の中から培われてきた彼の内的秩序（好み・思想・信条など）の一切をローラーで圧しつぶす。そして、「何故」という疑いを抱く「我」自身すら括弧に括られた時（「なんで此様な事を考ふる乎。」）、責任主体の関与は完全に消滅し、〈欲望〉の露わに跳梁する姿が現前するのである。

一人十人百人乃至千万億人を敵とするも味方とするも、我が勝手にて、我が勝手ならぬは関ふべきことはあらず。四海に鴆羽を浸して五洲の人を毒害するなど、面白しとせば為てもよし。偸盗邪淫、両舌綺語、飲酒博奕、詐欺万引、謀反、慈善、忠義、情死（しんぢゆう）、共逃（かけおち）、牢破り、なにをやつても差支へなし、嫌ひでせぬは無理に為すには及ばず。好きなことなら親孝行をなすものは斬罪に処すといふやうな法律を作つても可しと大悟徹底なし、

「鴆」は、肉・羽に猛毒あり、それをひたした酒を飲むと死ぬと伝えられる中国南方にすむという鳥であるから、海洋汚染による無差別大量殺人（ジェノサイド）も、「面白しとせば為てもよし」とする、これが幻鉤の「大悟徹底」の内容である。

――以上、幻鉤の破戒僧として暮らした間の心的境位をみたが、ところがこれに続けて幻鉤は、突如回心して「大悟徹底」したところをあっさり放棄してしまう。もう少し引用を続けよう。このようにして、

少時の間は暮せしが、饑の身に来る如く悲痛の心に来ることありて、偶然らしく又自然らしき其悲痛の本を考ふれば、人は元来大法中の一物。

幻鉤はそこで破戒僧としての生活に終止符を打ち、妻娘を捨て山にこもる。それから十数年後、吹雪をおかして亡母の遺書を携えた娘が、父に会おうと山を登ってくる。これが、『封じ文』冒頭のシーンになるわけである。

この作品前半は、回心して己れを「大法中の一物」と観じるに至った男と、そのために捨てられた女の（遺書を媒介とした）対決の物語だ、ととりあえずはいうことができる。しかし、ここでとりあえずというのは、妻が既に死んでいること、彼女の遺書を読むのが「藍面金眼の夜叉」つまり幻鉤自身の心的葛藤の産物にすぎぬこと、更に、娘の出現自体がどうやら幻鉤の幻であったらしいこと、等に因るのではかならずしもない。むしろ問題は、女たちの側ではなく、幻鉤がみずから回心して自分を「大法中の一物」だと称するに至る、その在り方に関わっている。

今見た引用箇所から明らかなように、女二人を捨てる契機となった回心は、或る時突然「饑の身に来る如く」やってきた「悲痛の心」に端を発する、と説明されている。しかし、彼の回心なるものの何たるかは、実はこの説明自体が雄弁に物語っている。この一節は、破戒僧として女と同棲する時の幻鉤が「自分の了簡からして饑を感ずるでもなく、自分の了簡から淫欲が起るでもなし」といっていたことに呼応しているからである。「悲痛の心」は、「偶然らしく又自然らしき」仕方で彼に訪れたというが、それが「饑」と同じようにであったということは、つまり同時に「淫欲」と同じようにでもあったことを示唆するだろう。「饑」同様に起こった「淫欲」から女を抱き、

「饑」同様に起こった「悲痛の心」から女を捨てて仏道に戻る、この二つの間には、実は幻鉤の意に反して、何ら質的な差異も断絶も存在しない。彼の回心が、「なにをやっても差支へなし」と「大悟徹底なし」た幾年かを根本から反省する回心というよりは、当の「なにをやっても差支へなし」のうちの一つとしての、気まぐれとしての回心であることを、右の説明句は明らかにしている。

幻鉤の「大悟徹底」とは、責任主体の無力性の承認と〈欲望〉の全肯定であり、それと思えば「謀反、慈善、忠義、情死」その他何であれ区別・序列化すること一切なしにすべてを是とする態度のことである。ここでは、「淫欲」と「悲痛の心」に区別立てをするような〈主体〉性が幻鉤に与えられる余地は全く存在しない。つまり、女たちの前に、一見敵対者として現れているかにみえる幻鉤という人間は、実は〈欲望〉の自動運動にまき込まれた主体性なき〈主体〉、ひとつの空虚なのである。両者の対立が、とりあえずのものにすぎない所以である。

しかし、だからこそ幻鉤は作家にとってかけがえのない人物造型だったともいえる。何故なら、この空虚としての幻鉤という在り方は、露伴が、新しい〈法〉の追求のために背負わなければならなかった、あの、社会性を一切含まぬ〈欲望〉の運命という、ありもせぬ問題自体を、ほぼ完全に体現した姿だからである。彼は今、己れの内部に自然に生じた「悲痛の心」に従って、〈欲望〉の運動を一時停止させている。この停止状態は作品冒頭近くに書かれていたように「欲すべく泥みやすきものを見ざれば、自然と心は六塵の巷に走せず意は四欲の辻に迷はねども」とはいうが、夢ひとつでたちまち思い乱れ、「無念さ心外さ」に我身を凍りつかせる、といった、不安定この上もない状態である。

では、この〈欲望〉に徒らに使役され、果ては「大法」という単なる錯覚でみずからを凝固させてしまった男に向かって、彼に捨てられた女のぶつける論理は、どのようなものだったろうか。

死の床で書かれたとおぼしい妻の手紙は、まずは型通り十数年前の夫すなわち幻鉤の突然の家出の悲しみから始められる。それからおもむろに、その際夫の残した置き手紙を引用する――「苦悩（くるしみ）を知りて泣くよりほかには人間の上品なる愉快はすくなく、尚一等ぬけいでゝ後に善に進むの大愉快はあるべきか」。この一節を享けて妻は、恋の成就を他愛なく嬉しがっていた「むかしの妾」を捨て、「大きに実は又深き恋に沈み申候」という。『風流悟』にいう、「恋の不成就」を真に「神聖なる恋」とする、あの論理がここで既に登場していたのである。先に見たように、釈迦のような聖人の偉大さの証しとして、或いは死者との固定化された心情としてのみ、具体化されうるこの論理が、仮令離れ〳〵でかつ一方が死の床にあるとはいえ、生身の男女の間に応用された時、どういうことが起こるだろうか。

妻は、自分を捨てた男の論理にひとまずは従い、「恋の不成就」を喜ぶに至った現在の境地を開陳したその上で、今度はその論理をいわば逆手にとるようにして、次のように述べるのである。

> 娘はまことに涙の種とて、旧悪の記録の生きて働らく恐ろしきものに候へども、旧悪の記録ほど嬉しきものはなしと、妾是まで唯ひとり住みの寡婦の育て方、充分にはまゐらねど心だけを尽して手しほにかけ、背丈だけはのばしやり候。

こういうことを言わせる真情が、娘をひとり残して死んでゆく母のそれであることは想像に難くないが、この一節の重要性は実はそれとは異なるところにある。彼女は、先に引用した夫の置き手紙の中の「苦悩（くるしみ）を知りて泣くよりほかには人間の上品なる愉快はすくなく」という一節をそのまま応用して（「上品」などというふやけた言葉を使ってしまう夫の精神の不徹底を衝くかのように）、「苦悩（くるしみ）」としての「旧悪の記録の生きて働らく恐ろしきもの」、すなわち「涙の種」、すなわち「娘」を、この上もなく「嬉しきもの」だと主張しているのである。娘を思いやって落とす涙は「上品なる愉快」ではないか、と。

そして、このような愉快の論理を言いだした幻鉤自身が深い逡巡に陥ってしまったのとは全く対照的に、妻はここから、存在への力強い肯定をひきだす。

旧悪の記録と申せば妾は即ち御前様旧悪の記録、御前さまはまた妾の旧悪の活記録に候。さりながら旧悪の記録ほど嬉しきものは断じて世に之なかるべくと存じ候訳は、前にも申せし涙を喜ばねばならぬが旧悪ある人間の至当なる落所にて、今さら逃げんなどと卑怯なる考へは妾一点も持たず候。若し旧悪の記録を見るたびに自ら愧ぢに愧ぢ、悔みに悔みて泣かば、まことに愉快なり面白しと云はねばならず候。

夫の説を大胆に敷衍して、生きて在ることへのあるべき態度をこのように示した上で、続けて妻はひとりひとりの人間に向かって、明確な姿勢表明を迫る。まず、自分自身。

妾は涙をよろこび自ら愧ぢ怒るところを面白し嬉しよろこばしと感じ居り候。

次に、ありうべき常識的態度——実は暗に夫のそれに対して。

若し万一にも旧悪の記録を忌み悪むやうなるものあらば、無論妾と御前さま両人の生死の怨敵にござ候へば、今死せんとする此間際に妾は誓つて、魔賊となるとも、五百生髪なき女に生るゝとも、旧悪の記録を愛するあたはざるもの、恥辱の歴史を塗抹せんとするものどもを捉り殺さんと、たしかに申しのこし候。

そして最後に、我夫に向かって、正式な依頼を兼ねて、言う。

御前様は素より御心高く御情深く、此愛らしき二人が中のこの娘を、此後は妾に代りて能く撫育し給はんには違ひなくと信じ、安らかに永き眠りにつき候。

「旧悪の記録」ゆえにこそ愛す、という発想は、愛する能力の持ち主が釈迦のような聖人ではなく、また人間皆が（少なくとも幻鉤のいう意味で）「旧悪の記録」ともいえる点で、原則としてすべての生ける者に向かって開かれている。それは、『毒朱唇』『対髑髏』以来の、万物すべて可愛しに似るが、それらが超越者の存在を前提にし、また結局抽象性の彼方に飛翔して社会秩序の形成といった現世的課題に応えることができなかったのに対し、ここでの主張は、はっきりと「撫育」――次世代の生存への責任とそれに伴う文化の継承と発展を目指す。さらに重要なのは、こうした方向づけの主体が、その内実においては確かに娘に対する母（ないしは父）であるが、理屈の上ではあくまでも「旧悪の記録」としての生あるものすべてが等しく担うべきものとされている点である。つまり、「撫育」の義務という観念は、自然性の地平に巣食う、親子という物語・神話から一旦切り離され、それとは独立したところで確認されているということである。

幻鉤が「旧悪の活記録」を「無念さ心外さ」と共に想い起こさねばならなかったのは、自身の回心を、何か超越的なもの（「大法」）への帰依という風にとらえ、「なにをやつても差支へなし」と「大悟」した幾年かを根本的にくつがえしうるものであるかのように勘ちがいしたからである。彼の「大悟」はしかし、そのような超越性を許すような、中途半端な甘っちょろいものではない。彼の論理を忠実に貫けば、回心もまた〈欲望〉の自動運動の一つにすぎぬものでなくてはならなかったはずである。妻は、夫のこの回心なるものをその程度の誤解にすぎないことを見抜いたからこそ、「旧悪の記録を忌み悪むやうなるものあらば、無論妾と御前さま両人の生死の怨敵」とあてこすることができた。〈欲望〉の自動運動の果てには「旧悪の記録」「恥辱の歴史」が積み重ねられるだろう。それら〈主体〉なき生の痕跡は、しかし、悪であるがゆえに喜ばしき慈しみの対象となる。そのようにして悪を受け入れることが、生き続けるということの条件だからである。

　娘に代わって遺書を読み了えた夜叉は、なおその一節（「五百生髪なき女」云々の部分）を繰り返しつつ、幻鉤を何度も何度も、喰らい、引き裂き、圧しつぶし、焼き尽くしては蘇生させる。挙句に、フト我に返った幻鉤は、あの、はじめに引用した破戒時の長たらしい心境の吐露を始めるのであるが、これは、幻鉤が妻の反撃に対して、文字通り引き裂かれ、何一つ抗弁できなかったことを示す。「旧悪の活記録」でしかないはずのもの、『風流悟』の表現に従えば、「悪露を女子の体中に注ぎ得るをもつて恋の成就と思へるに相違なきこと」「悪露を男子の体中より授かり得るをもつて恋の成就と思へるに過ぎざること」といった、平凡きわまりない瑣事のただなかから、突如として、人を愛し育てよ、という命令がとびだしてきた事実を前にして、立ちすくみ、凝視する以外にすべがない、ということなのかも知れない。

　しかし、この事態はひとり幻鉤の問題ではない。〈欲望〉の自由な躍動に魅かれつつも、その反社会性を危惧し、いつかその運動を律してくれる〈法〉がどこからか降って湧いてくるだろう、とあてどなく期待していたのは、露伴その人なのだ。

　この命令を、再び母性やその他一般的徳目に回収されることなく、再確認してゆくことが、露伴の明治二十四年の中心的課題に他ならない。

注

（1）二瓶愛蔵『露伴・風流の人間世界』（東宛社。昭63・4）一六頁。

（2）先行文献の多くは、この時期の露伴の「風流」観に関心を寄せているが、その中で、橋本佳「魔・金剛杵・童女たち」（「日本文学」昭38・5、7）は、「魔」（本稿はこれを〈欲望〉ととらえた）こそ露伴の主要関心事であったとする点で他と異質である。本稿はこの橋本論文から多くの示唆を受けた。

（3）いわゆるブンセイム問題の再定義。また北村透谷も、石坂ミナ宛書簡草稿（明20・12／14）で、人間の自然（「情と慾」）の全肯定とそれを前提とした社会倫理の確立という問題を提示しており、このテーマの広がりと彼らの世代にとっての重要性を窺うことができる。

（4）この間の事情を分析したものとして登尾豊「『対髑髏』論」（「文学」昭51・8）が最も詳しい。※

［付記］

※その後、「大詩人」草稿の一部と思われるものが発見された。発見者ニコラ・モラールと出口智之による翻刻・解題、および両氏の論文（モラール「釈迦詩人論に潜む女の声」、出口「「大詩人」から『対髑髏』へ―〈露伴〉の消滅―」）が、この問題についての再考を促している（いずれも「文学　隔月刊」平17・1、2）。

第八章　『辻浄瑠璃』　明治二十四年（一八九一）

はじめに

明治二十四年に入るや、幸田露伴は『国会』紙上を舞台として、中篇『辻浄瑠璃』（2／1〜26）とその続篇『寝耳鉄砲』（3／10〜4／26）、長篇『いさなとり』（5／19〜11／6）、そして彼の初期を代表する傑作との評価が定まっている『五重塔』（11／7〜翌年4／19）というように、ほとんどたて続けに作品を発表し、いわば小説家としての最初の頂点を一気に駆け登ってしまった趣である。この間の事情について諸書が述べるのは、いずれも柳田泉『幸田露伴』（昭17・2）の次の一節に拠っており、本章もまずは、ここを出発点としよう。

廿三年十一月、朝日新聞社では、まさに開けようといふ国会を題号とした大新聞を発行して、その別働隊とした。露伴は、この頃可成り親しく交際してゐた先輩饗庭篁村と、小学時代の師であつた宮崎三昧のすゝめでこの国会に入社することになつた。篁村は、このごろは東京朝日の、三昧は大阪朝日の記者として勢力があつた。露伴はこの後廿八年まで足掛け六年間国会を離れなかつたので、いはば国会時代とでもいふべきであらう。

露伴の得た俸給は六十円、物質的生活基盤が安定し、執筆に専念できる条件が整ったのである。

この〈国会時代〉の足掛け六年――とはいえ、実質的には(1)明治二十四年から『国会』の廃刊となる明治二十八年十二月までの五年間を、簡単に区分すると、すでに見たように『辻浄瑠璃』から『五重塔』までの三部作(『寝耳鉄砲』は『辻浄瑠璃』と併せて一作と数えることとする)が明治二十四年と明治二十五年の上半期にかけて書かれ、明治二十五年の下半期はこれといったまとまった仕事はしていない。これを〈国会時代〉前期としよう。そして明治二十六年一月から、『風流微塵蔵』の第一作として『さゝ舟』の連載を開始する。第二作『うすらひ』以下、時に短くない休止期をはさみながらも連載は続き、結果的にこの連作小説集の掉尾を飾ることになった第九作『みやこどり』の連載を了えたのが明治二十八年四月である。その年の下半期も、やはりあまり作品を発表していない。してみれば、露伴の〈国会時代〉とは、その前期二年間が『五重塔』を含む三部作の時代、後期三年間を『風流微塵蔵』時代とまとめて、ほゞ大過ないといえるだろう。

本書は、Iの残る部分で、この〈国会時代〉前期の三部作について、『露団々』(明22・2～8)をはじめとする諸作品によって露伴が主題化してきた幾つかの問題と随時関連づけながら、論じてゆきたい。

1

京都の名のある釜師の家に生まれた西村虎吉、後の道也(2)は、早くに父を亡くし母一人の手で育てられるが、「根が聰明(りこう)なれば前髪落す頃には何処へ出(いで)ても人に圧されぬ腕前」(第二)となる。ところが、「素より万事に暁(さと)き虎吉、不図せし事より浄瑠璃を学はじめ」(同)、次第に家業の方が疎かになってしまう。「浄瑠璃と美男と町人ながら家柄好きと才気勝れたると、三つも四つも拍子揃たる虎吉」(第三)としては遊びが面白くてたまらず、心配する老母に嫁をあてがわれて娘（お道）まで出来ても、浄瑠璃狂いはますますひどくなるばかり……。これが、『辻浄瑠璃』の主人公に与えられた、とりあえずの役回りである。

我々はまず、語り手が主人公・虎吉の属性として、その「聰明（りこう）」さを強調している点に着目しよう。虎吉が浄瑠璃にのめり込むにつれて家はいよいよ傾き、貧苦の中で若妻が死に、遂には老母と一人娘を見捨てて江戸に都落ちとなった時にも、これまでのわずかな引用文でも繰り返されていた如く、語り手は彼の「聰明」さを強調してやまないのだ。

> 聰明の虎吉、留守の間に是程老母の辛配さるゝと思やらぬではあるまじけれど、胸中に充（みて）る万丈の鋭気妙に外（そ）れて人情も義理もとんと関はず、（第七。傍点引用者、以下同じ）

虎吉の「胸中に充る万丈の鋭気」の存在が指摘されている。それが「妙に外れて」とするのは、世俗的価値観にある程度準拠するのが務めの、語り手の判断にすぎない。重要なのは、「聰明の虎吉」がそうした世俗的な判断を十分承知した上で、みずからを「胸中に充る万丈の鋭気」に任せきろうとするところにある。言い換えれば、彼の「聰明」さとは、彼を愚行に走らせる「万丈の鋭気」――彼の内部にうごめくなにものかを、明確に自覚し、それを透明な状態で発現させようとする意志のことなのである。

では、その「万丈の鋭気」とはどのようなものか。江戸への旅の途上、「鈴鹿を下り坂の我身の運と冷笑（あざわら）」いながら、彼はこう独白する。

> 是からが虎吉の舞台ぢや、跳やうと睡やうと青天井に土蓆、戸障子なしの大世界、御見物は天下の人々、拙い

狂言をいたせば彼奴は馬鹿と御笑ひなさる、凄いことをすれば悪党と云はるゝ、粋をやれば濡事師、ゆすりをすれば無頼漢（ごろつき）、滑稽（とぼけ）れば巫山戯（ふざけ）た男、金を奪れば盗賊、人を殺せば兇状持、何にでもなれるが面白し、　（同）

黒船来航前夜という時代設定を考慮すれば、これを、封建的身分制社会に対してあげられた自由を希求する声、という風にとらえることも或いは可能であろう。恐らく、虎吉のことを浄瑠璃に狂った男と紹介したのは誤っているのであって、実は彼は、自分を釜師の息子・その家を継ぐ者と見做す連中や老母たちの神経を逆なでし、彼らのつくりなす固定化した世界から逃走するために、あえて浄瑠璃という〈虚〉に熱中しているのである。切々と我家の惨状を訴え、「虎吉が是聞いたらまさかに浄瑠璃もかたるまい、よもや巫山戯てばかりも居まいに、我子の虎吉は疾くに亡せて狗か狸が其代りになり、猶も妾等に憂目を見せ西村の家を辱しむるに相違なし、虎吉か狗か狗なら疾く去れ、虎吉ならば云ふ事あり、」（第四）と、ふるえながら息子に詰め寄る老母に向かって、「母を茶にして、ワン、と一声戸外（おもて）へ飛び出し、二日帰宅（かへら）ず三日かへらず。」（同）という、虎吉のねらいすましたような一撃。そこには、単に遊びに夢中になっているだけの男には不必要な、ある過剰な邪悪さが窺われるように思われる。

江戸に着いた虎吉は、「芝新網の乞者（おもらひ）の宿」（第十二）に入り、そこを拠点に道端に座って浄瑠璃を語る、〈辻浄瑠璃かたり〉の日々を送ることになる。彼は自己の同一性を要求してやまない社会から逃げおおせ、何者でもない、とるにも足りない存在と化した。――後で朱座の佐藤から「道也に云ひ伝へよ我が娘は辻浄瑠璃かたりには縁組せ難し」（『寝耳鉄砲』第二十五）と侮辱されることになろうとは、もちろんこの時の虎吉には思いもよらない。彼は俗世界を浮遊するひとつの〈虚〉となって、社会の価値秩序やモラルから自由となり、それらを徹底的に軽蔑しつつ、同時に、必要とあらば得手勝手に利用できる特権的な存在になったつもりなのである。

毛利讃岐守御隠居に見出された虎吉が、機を逸すべからずとばかりに御隠居にとり入ろうと決心する場面を見よう。彼は言う、「女たらしには骨の折るゝ筋もあるべけれど、殿様を掌の中に丸める位の手品何の造作もなし」（第十四）、また「今までは兎角人と角交際（つのつきあひ）のやうな風で年を経しが、是からは丸く〳〵と滑（すべ）こく世を渡り飽迄怜悧（りこう）に立ち廻つて見るべし」（同）と。身分・階級や生き方のモラルの一切が侮蔑的に無視され、それらの差異はせいぜい目前のチャンスを活かす為の道具として、かろうじて顧みられるにすぎない。

　善悪虚実関（かま）ふところにあらねば世に珍らしきものと我を名乗りて一杯も二杯も三杯も食はせ奉りつ、猫をかぶりて御膝の上に這ひ上らむ、フ、フ、斑は美しうても虎は臀の下に敷れ、能は無くても猫は膝の上に乗るが世間の常例、五重の塔の頂点（いたゞき）に達するは翼の利く鳥と其鳥の羽に着いて居る虫ぢや、（第十五）

虎吉はかつて、老母を前にして犬になった。そして乞食を経て、今また猫に、或いは寄生虫に、なる。「何にでもなれるが面白し」。これが、虎吉の本質――内容なきゆえに何にでもふしだらに変身しうる〈虚〉という本質である。

2

　虎吉という存在の意義を、露伴が追究してきたテーマ系のうちに位置づけることは、容易である。『辻浄瑠璃』の直前の作品、『封じ文』（「都の花」明23・11、12）の主人公・幻鉤の心中思惟として、次の一節があるからである。

　一人十人百人乃至千万億人を敵とするも味方とするも、我が勝手にて、我が勝手ならぬは関ふべきことはあらず。（中略）偸盗邪淫、両舌綺語、飲酒博奕、詐欺万引、謀反、慈善、忠義、情死（しんぢゆう）、共逃（かけおち）、牢破り、なにをやつても差支へなし、嫌ひでせぬは無理に為すには及ばず。好きなことなら親孝行をなすものは斬罪に処すといふやうな法律を作つても可し

虎吉が、この幻鉤の思想的後身であることは一見して明らかだろう。言い換えれば、虎吉という人物造型が抱え込んでいる問題とは、彼が幻鉤からひき継いだそれに他ならない。

　前章で論じたことをここで繰り返せば、幻鉤とは、諸個人の身体から発せられる〈欲望〉を全面的に肯定しつつ、かつその中から新しい社会の〈法〉の契機をいかに見出すか、という課題を追究してゆく過程で要請された人物である。〈欲望〉の自由な運動の裡に、仮に〈法〉らしきものが発生したとしても、その〈欲望〉の中に旧社会の残滓があるならば、その〈法〉は新しい社会の〈法〉としてふさわしくない。そこで生みだされたのが、社会性を含まぬ〈欲望〉主体というフィクショナルな存在・幻鉤である。だが彼は、生まれ出るやたちまち〈欲望〉の自動運動体、主体性なき〈欲望〉主体、ひとつの〝虚無〟と化す。『封じ文』では、このような己れの〝虚無〟に結局耐え切れずに、幻鉤は〈欲望〉の運動そのものを一時停止させてしまったまま、作品が終わったのであった。

　フィクションとしての幻鉤が、その役割を果たし損ねた理由の一つは、彼のような存在が持つ道徳的衝撃力を強調したり、その歴史的意義を積極的に示そうとする時に必要な契機としての、具体的な社会的背景というものを、『封じ文』が全く欠いていたからである。先に引用した「偸盗邪淫……」云々といった幻鉤の悪辣な意志も、要するに彼自身の回想の中で威勢よく語られていただけで、その言葉が社会に及ぼしうる破壊効果は作品中ほとんど描かれてはいなかった（ひどい目にあったのは妻と娘のみ）。社会との対立・軋轢を通じての、新しい〈法〉の発見という道筋は、『封じ文』からは見えてこない……、というところから、恐らく『辻浄瑠璃』のようにはっきりと歴史的

舞台をしつらえた物語が求められることになった、と思われる。

その点で、確かに『辻浄瑠璃』の虎吉は、幻鉤に比べ、幸福である。「何にでもなれるが面白し」とうそぶいて逃走する運動が、時代の反発や抵抗を受けて、おのずとそこに身分制社会に立ち向かう自由の声といったような〝意味〟が生じるように見えもするからである。時代から逃げ去ろうとする彼の後ろ姿に、自由を希求する精神であるかの如き幻影を、時代そのものが投げかけてくれるのだ。しかし、後述するように、彼の逃走は本来無定見であり、運動そのものはいかなる未来も約束しない。幻鉤―虎吉的人物が、元々歴史的社会的動機づけを欠いた〈欲望〉運動体である限り、それは当然である。

してみれば、幻鉤―虎吉というフィクショナルな人物造型の真の難点は、その設定自体の不毛性にある、ということになる。或いはそのような不毛なフィクションを要請せざるをえなかった、新しい〈法〉の追究という問題の枠組み全体のうちのどこかに、誤りがあったのである。

事実『封じ文』では、幻鉤の自己撞着と、それを責める亡妻の遺書とが、明らかな作品としての構成の破綻を露呈しつつ、対峙していた。妻は、幻鉤に対して「旧悪の記録」「恥辱の歴史」――つまり過去を受け入れよ、と訴えてやまなかった。これは、〈欲望〉があえて一旦切り捨てた歴史的社会的動機づけを回復せよ、という声であり、つまるところ幻鉤という存在――社会性を一切含まぬ〈欲望〉というフィクションの擬人化した姿――そのものの廃棄の主張である。新しい〈法〉の定立という課題を前にして、一方は、自我の歴史性の無化と社会からの切り離し（過去の拒否）をいい、他方は、自我における歴史的社会的動機づけの回復（過去の受け入れ）をいう。『封じ文』はこの二つの相反するかにみえる声にひき裂かれていたのである。

そして『辻浄瑠璃』の場合もまた、事態は同じように推移してゆくように思われる。

己れの過去を黙殺し、既成の社会秩序や慣習から自由になったつもりの虎吉は、いい気になって逃走を続けるが、いつの間にかそれが逃走ですらなくなってゆくことに気がつかない。

3

次の引用は、『寝耳鉄砲』に入って、黒船来航に騒然となった世相に臨んでの虎吉―道也の抱いた感想である。

> 道也は素より心機霊活の妖物、治世結構、遊んで暮さむ、乱世妙なり、何かして呉れむといふ肌合の男なれば、時勢漸く変り行き上下の景状稍動き立つを見て、面白しく〱、我西村虎吉自ら恃める一吐皮、時宜に合するも合せざるも関ふことにはあらねど大名の幇間で終るも厭なり、一度は皮肉にねぢくれし考より乞食になつてさへ平気の平左で、（中略）好た業して五十年を洒落飛すには如じと思ひし程の我、其後分別が劫を経たか年齢が了見を老させたか、酔興の蚯蚓のやうに天日に曝されて大地の上にのたれ死も可笑からず（第二）

北村透谷も引用した(3)「心機霊活の妖物」の語を含むこの一節は、時代から逃走する虎吉から、時流に便剰する道也への移行が、さしたる原理原則の変更も心的葛藤も伴わなかったことを明確に示している点で重要である。「時宜に合するも合せざるも関ふことにはあら」ず、というのであれば、「猫をかぶりて御膝の上に這ひ上らむ」と冷笑しつつ語った、あの虎吉にふさわしい言い草である。ところがここではそうは言わずに、「…関ふことにはあらねど大名の幇間で終るも厭なり」と続く。犬から猫へ、そして寄生虫にまでも変容しうることの歓びを謳っていた虎吉は、死んだのだ（虎吉／道也）。

しかし、少しも死んでいない、ともいえる。時代に逆らって走っていたはずが、気がついてみれば、時代は彼と同じ方向に動き始めていたにすぎないからである。問題なのは、こうした偶然の結果にすぎない境遇の変化に対して、今ひとたび逆らってやろうという、真の反俗精神が道也にはなかったことである。それは決して「分別が劫を経た」からでも、「年齢が了見を老させた」からでもない。時代から自由でありたいという虎吉の〈欲望〉が、ひたすら過去をふり捨てることにのみ熱中してきたために、彼はとうとう自分がいかなる未来を志向するかを決意する上で必要な、歴史的動機まで、とり落としてしまったのである（虎吉─道也）。

過去が、非人間的な身分社会、或いは因循姑息な生き方を強いる閉鎖的社会などといった画一的なものとしてイメージされている限りは、それをふり捨てようとする虎吉のふるまいはそれなりに意義ある行為と映る。しかし虎吉は、そのようなふるまいをいい気になって繰り返すことで、過去を生きてきた自分自身、それゆえに今までとは異なる未来を生きてみたいと夢想しないではいられなくなる、歴史の刻印を帯びた彼自身の身体を失ってしまった。虎吉はそのために、自分のかつてした行為、かつて彼の発した言葉に、責任をとることはもちろん、まともにあしらうことすらできなくなってしまっている。『辻浄瑠璃』『寝耳鉄砲』には、そうした虎吉─道也のぶざまな在り様を示すエピソードがいたるところにある。(4) 例示しよう。『辻浄瑠璃』に戻っての、次の一挿話。

老母と娘を残し江戸に向かう虎吉が、沼津の町を通りすがら金のくれそうな家を見つけては浄瑠璃を語るが、思うにまかせず少々気落ちしている。

御無用と断られし彼声は母様に能く似たと思ふ途端、胸中に不孝を責むる猛火忽ち発し、お道を案ずる黒雲忽ち起り、よろよろと倒れかゝりしが又それを、ゑゝ役体なと我慢の暴風(あらし)で吹き払つて、何が如何なるものかと扨も怪しき魔見に任せ、尚もうそ〳〵と歩行(あるき)進む　（第八）

そしてまた、とある一軒屋の前で語り出すのだが、ここでも何の手応えもない。仕方なく「大分弱い音を吐くやうになつたと例の自分で自分を冷笑ひ、今肖宿仮る的途も何処までといふ心算もなしにぶら〳〵行く」（第九）、その時、後ろから先の家の女中が駆けてきて、反古に包んだ金銀二両ほどを虎吉に渡す。ところがその反古というのが、かつて「御室の百姓甚作が娘より付られし艶書」（同）に対して、自分が書き送った返書だったのである。

白紙にくるみて呉れたらば随分頭を丁寧にさげて受取るべき此金も、我返しの艶書に包て遣されしはかへす〴〵忌々し、生れてより以来幾通か女にやりし我文、皆錦の袋へ麝香と共に納められ、温かい肌につけられて居べきに、非人の手を経た事もあるか知れぬ世間通用の汚ない者の包み紙とせられしは遺恨骨に徹りて厭なり、噫厭なり忌々し、今日の我が身が厭になつたり虎吉に愛想が尽きたり、此金此文ぐるみ我身を溝の中になと打捨遣たし、（第十）

先の引用文に見える「怪しき魔見」とは、老母への孝行心も娘を思う親心も「我慢の暴風で吹き払つて」一切忘れ去ろうとする意志である。切り捨てた「自分」は、切り捨てられた「自分」を「冷笑」う。しかし同時に、この「冷笑」は、恐らくこのように過去を切り捨ててしまった現在の「自分」を襲う、或る無力感・空虚感の自覚でもある（「例の」とあったように、「冷笑」は虎吉の癖の一つであり、またその「聡明」さの一面でもある）。過去をないがしろにする者は、過去から現在に生き続けてきた自分自身を粗末にする。とはいえ、その空虚感こそ彼が求め、彼の逃走を支える原動力となっている以上、彼は前に進み続けるしかないのである。しかしそこへ、過去の自分の言葉が、突如現れたのだ。

人は、言葉を発することによって、みずからを他者と歴史の裡にゆだねる。ひとたび発せられた言葉は、もはや発話（発信）者の手前勝手なイメージ（「皆錦の袋へ麝香と共に納められ」云々）の中でおとなしく充足するはずもなく、他者の下す解釈によって容赦のない意味の変容と意想外な扱い（金銭を包む反故）を甘受しなければならない。そしてそれに伴って、発話（発信）者自身が己れの発した言葉の持つ新たな可能性に目覚め、自己の刷新の契機を得るのである。ところが虎吉は、このような他者による自己イメージの変容の事実をつきつけられるや、たちまちうろたえ、全く手も足もでなくなってしまう。「何にでもなれるが面白し」とうそぶく彼は、実は己れの身体を抽象的な自由の状態に置いて、過去からも未来からも隔離し、ただ現在に――今その時の自意識の裡に、自分を留めようとしているからである。次から次へと何かに変身すると見せかけて、その実彼はその時々の自分のお気に入りの自己イメージに魅せられているにすぎない。『辻浄瑠璃』から『寝耳鉄砲』にかけて、虎吉が死んだ、と同時に死んでいない、というのは以上の事態を指す。

　しかし、虎吉の過去に対する無力さを示すきわめつけの例は、芝新網の貧民窟から虎吉を見出した毛利讃岐守御隠居が、家臣らの前で自慢の虎吉の技倆を披露させる場面である。自分の出自を明かした虎吉に対して、御隠居はさればというわけで、お抱えの茶道坊主・英斎をつかって釜の鑑定をさせる。

> 英斎尚も種々の事問ひ掛くれば、応対流るゝごとく悠々と弁じ去る鋳物の次第、ソウ型、蠟型の区別、艶、強み、肌、性の事由、或は野州の佐野が天明（てんみやう）と俗に呼ばるゝも釜師の天明より名の付たる話しなど、四方八方に飛んで淀みなく答ふれば、黙然と聞き居たまひし殿は手を拍つて歎じ玉ひ、天晴々々、若やと疑ひて問ひ試みさせしに贋（まが）ひもなく道也が家の筋なるべし、虎吉之を見よ、汝は久保町の原に坐したるが此は我傍に用（つか）へるものぞ、と御風爐の釜を英斎して示させ玉ふ。何かと見れば、あッ我が家の先祖道仁が作物、流石の男も恥に

激して一肚の熱血矢の如く面をつきあがりぬ。（第十七）

虎吉が滔々と弁じ立てたように、鋳物は、自然——鉄や鋳型の性質、水、火など——と人間との間の、技術を媒介とした対話の産物である。自分自身の過去との対話からすら逃避するような卑小な精神が、先祖が自然との対話を結晶化させた、作品という現前する過去を目の当たりにして、なす術を失うのは全く当たり前のことというべきだろう。

4

『辻浄瑠璃』末尾で、毛利讃岐守御隠居の紹介により、本家毛利大膳太夫（敬親）、島津薩摩守（斉彬）のところにも出入りを許されるようになった道也は、『寝耳鉄砲』でその島津家から大砲鋳造を依頼され、[5]「元来虎吉怜悧の曲者、鉄砲鋳造に幾多の工夫を凝せしも、自ら為るは設計ばかり」（第三）とはいえ、首尾よく使命を果たす。その後、金座、朱座の面々とも交際を広げ、『寝耳鉄砲』全三十一回の大半を占める、品川芸者お万（第四〜第十九）、朱座の娘お柳（第二十〜第三十）を相手にしての「艶物語」（「寝耳鉄砲後書」に見える語）の舞台が整うことになる。とはいえ、「艶物語」の道也を評するには、透谷の用いた「凡々たる遊冶郎」の一語で十分だと思われるので、[6]ここでは論じない。

長々しい「艶物語」を書き了えたところで、露伴は短い結びの章（第三十一）をつけ、作品をしめくくった。しかし同年十月に『辻浄瑠璃』『寝耳鉄砲』をまとめ、『新葉末集』として単行本化した際、第三十一は六倍ほどの長さの新稿に書き替えられる。道也を真正面から批判する人物・浄珠老人が作品に登場するのは、この改稿最終回においてである。

まず初稿と改稿の違いを確認しておこう。初稿では、仏教用語を駆使しつつ、次のように論じられる。「凡界に蠢動ものは素より壊滅をまぬかれず」、ゆえに「著境不捨は是衰相にして妙相にあらず。」つまり地位・財産、そしてお万とお柳を手に入れた道也は、もはや「何の世間は此様なものと浅薄に思ひ定めての仕度三昧に日を送」るしかない。彼を支えてきたのは「血気の強き」「容貌端正」「勢力の盛」「才器俊邁」「我が氏」だが、それらはいわば「氷柱」にすぎず、時と共に消えうせた。「道也が一生を考ふるに、徳足らずして才あまりあり、腕霊ならずして心怜き男なりし。」こうまとめて、語り手叫雲は口をつぐみ、聞き手露伴も「主がすゝむる一碗の茶喫して」帰途につく、というものである。要するに初稿では、物語は既に終っており、道也の生涯が外から、物語時間からかけ離れた地点から抽象的に論評されているところに特徴がある。

これに対して改稿では、この外からの視点は末尾の一文に切り詰められ、内容にわたる論評はそこから一切省かれる。代わって、道也にまつわるもう一つのエピソードとして、京旅行での出来事が新たに加わり、道也は浄珠という同時代からの批判者に出会うことになるのである。

浄珠の批判の要点は次の引用に尽きている。京に錦を飾り、職人仲間を招いて宴を催した道也に対して、これに報いるべきかどうかを相談にきた京の釜師連中を前に、その長老として、意見を述べる条りである。

職人といふものは商人のやうな気をもつて居べきものとはおもはれぬ、また此浄珠は数ならねども何処までも釜の座の釜師ぢやと自分を定めて居つて、半分は細工人半分は欲徳詮議の商人といふやうなものにはならぬ了見、馬鹿とは云はるゝか知らねど溜坩を引提げ熔鉄を放撒るより他のことは何も知らず又知りたくもない、地を好くせう色を好く出さうの他には願ひもなく又願ひたくもない、各位は何とおもはるゝか我は此齢まで是が、細工で天下の米の飯を食ひ潰して行くものの有つべき心得ぢやと、若い時親父に教へられたまゝを為て来て居るが、段々老込んで来て此二年三年はめつきり、此心得が技倆を磨くには大切(だいじ)の大切のことぢやと身に浸みて覚え込んで来ました、

だから釜師として名誉ある仕事を成し遂げたわけでもない道也を重んずるいわれはない、というのが浄珠の主張である。

互酬性・もたれ合いを重視する世俗的慣習に、浄珠は「職人の意地」・職人倫理を対峙させ、前者から見ればそれなりに評価もされよう道也の出世を、後者の観点から否定する。確かに、なかば釜師ではなくなったがゆえにこそできた出世なのに、今さら京の釜師連から称讃を得ようとする支離滅裂な道也が、この批判を漏れ聞いて「一生これを思ひいづるごとに歯を噛み恨み悩みける」というのも当然だろう。露伴が、道也の同時代の批判者として浄珠を持ち出したのは、正しい。だが、道也が浄珠によって味わわされた悔しさと、あの毛利讃岐守御隠居邸で先祖の釜を見せつけられた時に味わったいたたまれなさとは、いささか性質が違う。

本来、世俗的慣習と職人倫理（或いは武家の倫理、商人の倫理など、特定の身分の倫理）は、幕藩体制を支える両輪のような関係にあって、互いに牽制しつつも両者は共に社会体制の維持に貢献するものだろう。少なくとも「若い時親父に教へられたまゝ」を生きてきたという浄珠に、体制を疑ったり相対化しようとする可能性は全く無い。しかし、〈辻浄瑠璃かたり〉としての虎吉は、まさに慣習と倫理の双方に逆らい、社会から逃れ去ろうとしていたのだった。そのような虎吉にとっては、浄珠の批判など、既に予測され、或いは黙殺され、或いは嘲笑されるべきものにすぎない。そもそも犬や猫や寄生虫になることも辞せずとうそぶく人間に向かって、いくら「職人の意地」を説いたとて無駄な話なのだ。浄珠の論理は、同時代の著名人となった道也をやり込めることは容易にできても、時代を逃走

しようと企てた虎吉には通用しない。〈辻浄瑠璃かたり〉・虎吉を黙らせることができるのは、職人の倫理ではなく、過去から現在、そして未来を貫くところの歴史的身体の声である。

身体の現在性は、過去の自己をひき受けつつ、未来に向かって自己をひき渡す可能性に備えることによって、はじめて真に我ものとなる。すなわち〈欲望〉の真の主体となりうるのである。だが虎吉は、その思想的前身・幻鉤と同様に、それを怠った。こうして虎吉―道也は「凡々たる遊冶郎」に成り果て（成り上がり）、その結果、現在から真の歓びの深さと確かさを失ったのである。初稿は「衰相」といい、改稿本文もまた「自己も心其往時のやうに活発々と働かず、前途に至大至壮の希望あるにあらねば、幾度繰り返しても同じ浮世の栄華つひに面白からずなるまゝ余生を味気無く感じ」という。硬直した身分社会に抗し、それなりに見事に変身しながら、その変身の一つ一つの意味を、過去に問い糺し、未来に対する責任としてひき受ける努力を怠った報いという他はない。

しかし、そうした道也に対して、同時代は、浄珠という、まっとうではあるが道也の病根の核心――つまり虎吉時代からすでに内包されていた歴史的身体喪失の危機――を指摘し損なった批判者を送り出すことしかできなかった。これは、時代の老いの徴候である。時代への反抗を通じて己れをつくろうとする個人に、その反抗自体が彼に自己刷新の為の有効な指針を示唆しうるような〝規範としての生産性〟を、その時代がもはや発揮できなかったからである。とはいえ、その老いた時代を己れの条件としてひき受けることを通じて以外に、その時代を生きる人間の歴史的身体の回復がありえぬことも明らかである。その意味で、北村透谷も後にそうするように（『徳川氏時代の平民的理想』[7]）、この三部作は、江戸時代後期という設定にこだわり続ける。官製の〝自由〟やら〝平等〟やらの掛け声の下で育った明治の新青年が、本気でそれらの意味とその可能性の条件を考えようとして、おのずと相似通ったかまえをとったのである。

だが、道也と浄珠のこのすれ違いの影響は、三部作のゆくえにかすかな翳りをなげかけることになる。みずからの〈欲望〉の主人たることに失敗した男が、事態を改善できぬままに、もしも浄珠が示したような見解にそのまま従ってしまったとしたら、一体どのようなことになるか。恐らくはそれに起因するところの不毛さを抱えた物語を、われわれは次作『いさなとり』に見出すことになるだろう。

注

（1）『国会』に明治二十三年中に発表された小説は、入社した十一月中に『風流魔自序』（11／25）、そして『七変化』（11／26～12／7）の二作品である。ただ他に、翌・明治二十四年いっぱいにかけて連載されることになる随筆『靏護精舎快話』が、この十二月二十五日から始まっている。

（2）毛利家に出入りする頃から「己が名も虎吉は妙ならねばと何時しか道也と改めて飽まで幇間気質になり済まし」（『辻浄瑠璃』第十八）とあるが、この呼称変更は、彼の生き方の質的転換にほゞ見合う。しかし同時に、はっきりと虎吉時代と道也時代という風に分かつことをためらわせるような連続性も認められるので、本章は引用箇所にゆるやかに対応する形で両方を併用した。

（3）『伽羅枕及び新葉末集』（女学雑誌。明25・3／12・19）。透谷のこの批評の当否については、拙稿「幸田露伴と透谷――『新葉末集』批判をめぐって――」（『透谷と現代』翰林書房。平10・5所収）を参照。また、これと、本章の記述の一部とが、論旨の展開上重複していることを、あらかじめお断りしておく。

透谷は『伽羅枕及び新葉末集』で、道也を批判する浄珠の存在を全く無視しておいて、「露伴の詩骨は徒らに『心機霊活の妖物』なる道也の影に痩せさらばひぬ」と、作家その人に批判の矛先を向けたのだが、この一見不可解な批判は、実は透谷が、時代から軽やかに逃走する人・虎吉に対して深い関心と興味（或いは共感）を抱きながら、それを的確に表現する批評言語を持ち合わせていなかったところに原因があるのではないか、というのが右の拙稿で立てた仮説である。

今これにつけ加えて言うと、本文引用中で、道也自身が、もしこれまで通りの〈時代から逃走する〉暮らしぶりを続けてゆけば「酔興の蚯蚓のやうに天日に曝されて大地の上にのたれ死」するだろう、と述べていたのが注目に値いしよう。というのも、露伴の〈風流〉観も当然意識しつつ書いたであろう、透谷の短文『風流』（『青年文学・鳳雛』。明25・12）の末尾が、次のように結ばれているからである。

「天地果して風流と云ふ者有りや無しや、吾之を山中の老僧に問ふ、老僧笑うて答へず、適（たまたま）歩下に輾転する一蚯蚓あり、指点して云く、風流是哉。」

（4）すでに引用したように、お柳を我妻にと申し出た道也が、朱座の佐藤より、辻浄瑠璃語り風情に娘はやれぬ、とはねつけられたエピソードも、勿論こうした例の一つである。

（5）露伴は、道也の情報を岡崎雪声から取材したという。確かに香取秀真『金工史談　続篇』（昭18・3）でも、「故東京美術学校教授岡崎雪声翁ノ談ニ、道也ハ天保十二年江戸ニ出デ島津侯ノ知遇ヲ得テ嘉永年間芝田町ニ鋳造場ヲ建テ、大砲ヲ鋳ルト。」とあるように、雪声をニュース・ソースとする道也像は一貫している。

しかしこの道也像とはいささか異なる記述も存在している。例えば、香取の同書には「故瀬川昌耆博士ノ『松濤余談』ニ通称虎次郎、初メ鍋釜師ノ徒弟ナルガ器用ナルヲ以テ親戚道也ノ弟子トナリテ其後ヲ嗣ギ道也ト号シ後道仁ト改ム」とあり、また、『島津斉彬言行録』（昭19・11）に拠れば、斉彬は軍備費捻出の目的で貨幣鋳造を計画、部下に鋳銭法の伝習の内命を下したとする、その一節に「鋳銭法ノ伝習ヲ奉命セシハ、嘉永六年癸丑五月、江戸ヨリ茶釜鋳物師西村道弥ト云フ者ヲ御雇ヒ下シ相成リ、（此ノ西村ハ江戸銭座ノ鋳物職工ナリシトゾ、奥御茶道上村良節召列レ下レリ）」なる記述がある。今これらの問題には立ち入らないこととする。

（6）注（3）に掲げた『伽羅枕及び新葉末集』にみえる評語。

（7）初出「白表女学雑誌」（明25・7／2、16、30）。透谷の評論活動におけるこのエッセイの位置については、「透谷と国境」（「日本文学」平9・11）で私見を述べた。

第九章 『いさなとり』 明治二十四年(一八九一)

1

『いさなとり』(明24・5/19〜11/6)は、『寝耳鉄砲』完結後一ヶ月を措かずに、同じ『国会』紙上に連載された、露伴の書いた長篇小説といえるもののうち唯一完結を見た作品である。前作が、浄瑠璃に憑かれて京を出奔した男の物語であったとすれば、この『いさなとり』は作品の設定年代・江戸時代後期に流行していた「抜参り」(第十四)に浮かれ、下田の港町を出奔した少年と、その後の物語である。

遂に飄然(ふらり)と馳出せしが抑々浮世の風に吹れはじめ、それより様々の目に逢ひて彼様な為い(せ)でも済むべき罪まで仕出せしなれ、おもへば我が一生無分別の伊勢参りが初まり、神も無鉄砲のものに奇しき運を授け玉はりしか。(第十四)

『辻浄瑠璃』—『寝耳鉄砲』の主人公・道也の場合は、出奔の後、世俗的成功を得て堕落し、浄珠老人による批判を聞いて惜しがる、という経過をたどった。これに対して、『いさなとり』の主人公・彦右衛門は、数々の困難と

重い罪悪感に苦しみながらもこれに耐え、内なる「無鉄砲」を鍛え直して、

田畠山林相応に有(も)つたる上に貧賤をあはれむ俠気つよく、用水堰の修覆、土橋の架替、鎮守の宮の屋根葺などにも進んで出銭をはづめば、誰しも好い人と自然(おのづから)褒め尊み、小学校の教師までが途中で逢ふて帽を脱ぎ路を譲る位にあしらふ程の徳あれば、（第一）

と語られるような、みごとな風貌を獲得するに至る。すなわち、奉公先である廻船問屋の伝八という叔父の家を飛び出す決意をした彦右衛門の、

十四の春下田の港を飛び出せし時の心持別に何といふ事は無けれど、男児一匹訳もなく草木と共に腐つて仕舞は厭なり、何にもあれ勝手な事仕散して呉れむ（第十四）

という意気込みは、「人を殺せば兇状持、何にでもなれるが面白し」（『辻浄瑠璃』第七）とうそぶいた道也と同質な精神の表れであり、或いはそこに幕末期の爆発的なエネルギーを秘めた民衆の生きる姿を読み取ることもできそうなのだが、このような人間が「何といふ事は無けれど」ではなく特定の目的意識を抱き、「何にもあれ」ではない確固たる社会的役割をひき受けて生きるようになるまでの道程が、この物語では描かれているはず……、なのである。

しかし、このように『辻浄瑠璃』の延長ないしは発展（?）として『いさなとり』をとらえようとした時、『いさなとり』には奇妙な〝頑なさ〟とでもいうべき印象が浮かび上がってくる。例えば、出奔後京都にやっとたどり

着いた彦右衛門が空腹を抱え、拾った金でついうどんを食ってしまったというエピソード（第十六）。これはちょうど『辻浄瑠璃』の道也が、かつての知り合いの女から金を恵まれる出来事（第九、第十）に対応する。道也の場合は、金を女に返してしまうことによって、この試練を内面的な問題としてひき受けることを拒否する。「空嘯けば五日の月白く風軟かに胸にあたるを、怪しき片頬の笑ひに賞して、冠古けれども沓には履かず、大尽は腐つても、フン、ハ、、、幇間にもなるか知れぬが。」（第十）などと、支離滅裂な自嘲の言葉を漏らして己れの無根拠さをかみしめながらも、かまわずに浄瑠璃という〈虚〉へののめり込みを貫徹したのである。ところが彦右衛門の場合は、久太郎に唆されてではあるが、金を使うことで罪の意識を持たざるをえない破目に陥ってしまう。

故郷出し時も我物ならぬ銭は攫み出しながら、其は他人ならぬ親類のものなれば左程に思はざりしが今初めて、生れて以来初めて他の金と知れたるものを、仮令暗夜に拾ひたればとて押匿して自分の慾に使用ふ心苦しさ、
（第十七）

「勝手な事仕散して呉れむ」という出奔時の意気込みは、早くもその「勝手な事」をしようとする我の裡に、きたならしい「慾」を見せつけられることによって挫かれ、己れが果たして「勝手な事仕散」すに値する存在かどうか、反省させられるわけだ。この調子で以下も同様に、彦右衛門は専ら、「勝手な事」を存分に仕散らかす野放図な人間であるよりは、「勝手な事」を図らずもしてしまい、繰り返し後悔し反省するという、道徳的な役回りを演じ続けることになろう。その意味で、彦右衛門は道也の後身でないわけではないにしても、反省的な道也、或いは薄められた道也ということができる。

そして何よりも、時代から逃走する精神の軽やかさがすがすがしい『辻浄瑠璃』に較べ、『いさなとり』では因

果律が全体を重苦しく枠づけているという点に、両作品の決定的な差異をみるべきかも知れない。(1)

『いさなとり』が馬琴流の勧善懲悪主義にもとづく因果律を意識して構成されていることは、次の一節に明らかである。彦右衛門を密通の罪に陥れたお俊が、狂死するに至るまでを語る段の冒頭――

作り物語の因果応報は余りに巧く循環(めぐ)るものながら、実際は作り物語より尚巧く善悪の報それ〴〵にあるものなり。（第九十八）

これを受けて、かつて柳田泉は「『いさなとり』の写すところは、露伴の人間観であり、人の一生、七顚八起の運命である、その運命を支配するものは何か、時空を超えて宇宙に亙る峻厳な因果律である。(2)」と述べたわけだが、しかし、「露伴の人間観」「時空を超えて宇宙に亙る」云々と、一体どこまで本気なのか、という感を禁じがたい。

私見に拠れば、因果律の導入は、人間の〈欲望〉肯定と社会の〈法〉の確立という問題を追究してきた、これまでの露伴の文学的姿勢の動揺と、明白な後退の結果にすぎない。古めかしい江戸小説的秩序の世界に、作品がひきずり込まれてしまったという、単にお粗末と評するしかない、ぶざまな事態を、それは意味する。以下、作品のこうしたぶざまさの因ってきたるところを考察することから、まずは論をすすめてゆきたい。

2

彦右衛門は常に罪意識に苦しみ、繰り返し反省を強いられる人物だが、まず問題にしたいのは、その繰り返される反省の仕方・質である。

下田出奔後、彦右衛門は京で佐十郎老人に助けられ、彼の世話で井桁屋に奉公するが、不幸な偶然も重なってこの女主人・お俊と通じて、二度目の出奔をすることになる。その時彼は、次のように今までの自分を省みた。

つく〴〵此身の行く末をおもへば根の絶し藻の寄るべ定まらず風に任する雲より頼み少く、何なるべきとも自分ながら分らず、そも〳〵最初下田出し時の無分別より事起り、今此様に憂きめ見ること自為しとは云へ余りに拙く、よしや今は兎もあれ終には一人前の男にならであるべきやと、自分の望みを自分で当にすればこそ苦しき道をひろひ〳〵昨日今日とは過すものゝ、ゐせ強がりの根性も真実は此頃漸く撓みて、（第五十）

「何なるべきとも自分ながら分らず」というのである以上、「自分の望み」といったところで別段そこに明確な内容があったはずはないから、それを「自分で当に」した生活は所詮「ゐせ強がり」とならざるをえないと、これは正確な反省である。彦右衛門はその生涯を通じて、ひとりの女性も愛さず、また、どんな仕事との一体感も味わなかったので、彼の「望み」が具体的に一体どんなものであったかは、遂にわからずじまいである。その点においても、確かに彼は道也の後身であるといえる。しかし自分のしていることが〈虚〉へののめり込みであることを十分に承知していた道也に対し、「自分の望み」などありもせぬのにそれを「当に」する彦右衛門は、「例の自分で自分を冷笑ひ」（『辻浄瑠璃』第九）と再三語り手に指摘された道也のような強烈な自意識を欠いている。彼が己れの犯した罪を罪として自覚するのは、単に世俗的価値観に彼が無自覚な程に従順であるからにすぎない。

右の引用文をもう一度見よう。彼はその反省の中で、それまでの行為を「余りに拙く」と嘆いているのだが、それはまさに一つの罪をひき起こした〈欲望〉も、扱い様次第ではどうにでも無害なままに温存できたはず、という認識の上に彼が立っていることを示す。彼は自己の内部の〈欲望〉と、己れのなした行為とが、不思議な偶然のめぐりあわせか何かで結びついてしまったかのように考えているのだ。言い換えれば、己れの内なる〈欲望〉を、彼があくまでもよそよそしいものとして扱い、そこから目をそむけているために、〈欲望〉のひき起こした過去の行為をみずからのものとしてひき受けることができないでいるのである。

彦右衛門が、お俊との不義をはるかに凌ぐ、妻殺し、義母殺し、間男殺し、そして子捨ての罪を犯した時はどうだろうか。朝鮮まで逃げのびて後（結果的にそうなったとはいえ、これも国禁破りの大罪ではある）の、回想場面の一節。

明日よりは扨如何にせん明後日よりは如何にせん、明日明後日はともかくも、そも我後事（わがのちく）を如何にせん。何のやうな事為し得て後何のやうな態（さま）に我は死ぬべき、何を目的に我日を送らむ。臨機応変明日は明日よと眼前ばかりを珍重なし、今日面白く暮さいでは一生の中に復今日が日はあるまいと乱暴な日の送りやう、酔ふて騒いで寝て仕舞しこともありしが今おもへば余りに馬鹿々々しき振舞、自分を若い威勢で瞞したに過ないとは慥に自分が証人に立つて云ひ張れるほど。（第八十九）

土地の風に染まってか、幾度かの後悔にも拘らず結局は「乱暴な日」を送ってしまった彦右衛門であったが、ここから、彼の人生はようやく異なる方向へ——先に見たような、あの蓮台寺村の住人たちからその人徳を慕われる彦右衛門への途を進んでゆく。圧倒的な罪業を、今までの生き方を改める根本的な契機とする、ここはそういう、重要な反省の場である。しかしここでも、「自分」そのものは巧妙に罪の斧から守られ、その反省にはまるで他人のことを語るような暢気さが漂っている。「自分を若い威勢で瞞したに過ない」と彼はいうが、では「若い威勢」で「自分」を騙したのは一体誰だというのだろうか。

彦右衛門は「自分」のことを、何か得体の知れない内面の強い力の犠牲にすぎないと、確かに実感していたのかも知れない。だが、それは取りも直さず、自分の一面以外の何ものでもない「若い威勢」――〈欲望〉に使役される拙い己れ自身――を、自分自身から隔たった異物として排除しうるかのように、自分自身を偽った結果に他ならない。

自分の〈欲望〉から目をそむけること。この自己欺瞞によって、彼はこれからの人生を新たにきりひらく主体、それまで〈欲望〉の犠牲になってきたと自称し、過去の罪業に対しては直接責任がないかのようにふるまう主体を、手に入れる。捏造されたこの主体は、壱岐で出会った松富の隠居の、次のような説教を難なく受け入れることができるだろう。

汝が汚穢い動物二三疋殺したは当然の事、少しも苦にするにはあたらぬは、誰に聞かしたとて汝が道理といふであらう、ハ、、、何な仔細かとおもへば何でも無いこと、惜しいことに小児は棄てずともであつたを、それも疑がはしく思つたれば棄てたも却つて好かつたか知れぬ、苦にするな苦にするな、（第九十二）

ここで「汚穢い動物」というのは、彦右衛門の妻・お新とその継母、そしてお新の間男（実は前夫）伝太郎であるが、鯨捕りの荒くれ者どもをとりしきる網元が子分を救うべく語っていることを考慮すれば、その形容の乱暴さも納得がゆかぬわけではない。人間を荒々しく格付けして単純で強力な組織をつくることが彼の本領であったろうから。だが彦右衛門がこれをすんなりと受け入れてしまうということは、どういうことを意味するか。

岡保生も再三指摘するように(3)、その登場のはじめからお新は、警戒すべき女、多淫な女として徴しづけられていた。しかし、その上でなお語り手は、「お新といふ女は元来左程の悪人ではなけれど気の弱い者の常とて、悪事は必ず為ぬと我が意を張り通すことの出来るほど潔白なものにもあらず、また（中略）一切我上を正直に言ひ放つことなんどの出来る質でもなければ、自然作り飾りも為る場合の無いではなく」（第七十九）と、彼女が決して常人の理解の及ばぬ毒婦などではないことを確認していた。続いて語られるお新の、伝太郎との結婚とその破局までのいきさつ――平戸の雑穀屋の一人息子伝太郎に乞われて嫁ぐが、その夫は身持ち治まらず実父から勘当されてしまう。「詰らぬ目に逢ひたるはお新、何の罪も無くて飽きも飽かれもせぬ中引裂かれ、独り寝の閨淋しさを人知れず喞」（同）つうち、舅から「間がな隙がな聞く耳さへ汚るゝことを掻き口説れ」（同）、弱りきった末とうとう無理に縁を切ってもらったという――は、むしろお新が同情すべき不運な女であることを示しているだろう。彦右衛門が松富の隠居の「汚穢い動物」という言葉を足掛かりにして、新しい生活を手に入れようとする時、彼はお新をただ殺しただけでなく、お新のこのような生を侮蔑的に踏みにじろうともしているのである。

お新は罪を犯したに違いない。ならば彼女は裁かれるべきである。問答無用で命を奪われるいわれは断じてありえない。そしてまた、罪を犯した彼女の生は、同じく姦通の経験を持つ彦右衛門にとって決して無縁ではないはずである。もしも裁きの場があったとするなら、そこで彦右衛門はお新を断罪するのに先立って、まず己れ自身の生の吟味が必要だったのではないだろうか。

前夫との密会が露見した刹那、「夢とも現とも分らぬ心となつて何の分別もあるではなしにお新動転の余り、板間の隅にありし骨剝斧をとつて男に」（第八十二）手渡したことが、彦右衛門の怒りを助長させ、一気に三人殺しに彼を走らせたきっかけであった。お新としては自業自得というしかないが、しかしそれを彼女の責任と言い換えるにはいささかためらいが生じよう。何故ならここで語り手は「夢とも現とも分らぬ心」「何の分別もあるではなしに」「動転の余り」と、三重にお新を免責するかのような言葉を連ねているからである。もしこれらの言葉が免責の意味を持たぬとしたら、あの、「乱暴な日」は「自分を若い威勢で瞞したに過ない」という彦右衛門の言い逃れもまた、通用しないはずである。要するにお新と彦右衛門の間に、大した隔たりはないのである。

犯された罪への正しい裁きも、問題の所在が明らかにされることもないままに始められた、彦右衛門の新しい人生はどのようなものになるか。それは正確にも次のように描かれる。

> 彦右衛門は幸福か不幸福か一度死生の地に出入してより、松富の隠居の言葉を身にしめ其慈悲を骨に刻み其教訓を肺肝に印しとめて、それより壱岐の国にとゞまり、幾年を一日のやうに勤め労働き、怒らせられても怒らず笑はせられても笑はず、泣きも悦びもせず、（中略）交際（つきあひ）も義理だけに義理を済まして、それより深く立入るは我がためにも他（ひと）のためにも畢竟（つまりょ）可くないと、独（ひとり）を善くする狭隘（けち）な思案ながら今までの放恣よりは失敗（しくじり）の生ぜざるべき考慮（かんがへ）を把り、極々の腹の底には常に頼母しからぬ動物（いきもの）ばかり跳たり躍たりして居る世を情無く思ひつゝ、機械（からくり）人形の立働くやうに律義真正直、（第九十三）

作家露伴が別のところでいった「独善外道」という言葉そのままに、(4) 彦右衛門は「独を善くする狭隘な思案」から、みずからをがんじがらめに縛りつけ、ひたすら「機械人形の立働くやうに」生きることになった。これが、彦右衛門式反省の結末であり、冒頭に引用したあの老彦右衛門の一見みごとな風貌を支えていた、みじめこの上ない本性である。

3

彦右衛門の反省はどこをとっても金太郎飴のように同じである。次は東京見物から戻って煩悶の始まる発端部分。

悶えまはりて寝付かれず、切りに憶ふ我が罪過、理屈をつければ若い時の満々たる勇気の余勢是非もないと免しもすべきが、実は苟且（かりそめ）ながら一瞬の怒に人一人を唐黍の茎折るより無造作に斬つて捨てたる悔しさ、今考ふれば、総身の毛の慄然（ぞつ）と竪（た）つほど酷うて恐ろしうて邪見なる仕方　（第十三）

彼の後悔しているのが、お新なり義母なり誰彼を殺してしまったということではなく、人殺しの罪を犯すほど「若い時の満々たる勇気の余勢」に翻弄され、これを食い止めるものがあの時の自分にはなかった、という点にあるのはこの発端部分から既に明らかにされており、表面的にはその姿勢は遂に仕舞まで全く変わることがなかったのである。彦右衛門は「機械人形の立働くやう」な生き方で、現在ばかりでなく、過去をも律しようと欲して、それが出来ずにいらだっているにすぎない。そしてこの一点において、彼は、薄められたとはいえやはりまぎれもなく『辻浄瑠璃』の主人公の後身なのである。

己れの過去との対話を拒絶する者、ひたすら現在の自意識の統御下に自我を置き、管理し尽くすことによって、真に何ものにもわずらわされぬ自由が手に入ると主張する者――この、〈欲望〉の全肯定と、〈法〉の定立をめぐる問題から要請されたフィクショナルな存在は、〈法〉どころか、とんでもない〝生〟に帰着することが明らかとなった。彦右衛門、道也、さらにその前身である『封じ文』（「都の花」明23・11、12）の幻鉤の三者から、その〝生〟のかたち（ありうべきものも含め）三態を、あぶり出してみよう。

第一。まず彼ら三人の〝生〟は共通して、己れの〈欲望〉のおもむくままに生きながら、少しも満足を得ることができない。

幻鉤は好き勝手に生きているつもりであったにも拘らず、或る日突然〈欲望〉の運動を一時停止させ、茫然自失といった様子で立ちすくむ。道也の場合は欲するものを手に入れたが「心其往時のやうに活発々と働かず、前途に至大至壮の希望あるにあらねば、幾度繰り返しても同じ浮世の栄華つひに面白からずなるまゝ余生を味気無く」(『寝耳鉄砲』第三十二)感じ、今さらのようにかつての職人仲間の称讃を欲して、かえって浄珠老人に赤恥をかかされてしまう。そして彦右衛門といえば、自分を含めた人間たちの〈欲望〉の渦の中で姦通をし、また姦通されもし、遂に殺戮を重ねることになったのだった。かつて『艶魔伝』(「しがらみ草紙」明24・2)で提出された、〈欲望〉達成のための各人の駆け引きが自動的に〈法〉を生み出すだろうという楽観的見通しは、これらの〝生〟のぶざまな姿によってふき飛ぶだろう。とはいえ、幻鉤以下の人物たちは今や、この捨てられようとしているアイデアを試す為の虚構の域を超えている。彼らは旧社会をつき破ろうとした生き生きとした精神の肉付けをほどこされ、来たるべき社会を創造する自由な主体のヴィジョンとなりつつあるからである。彼らの〝生〟を御破算にする必要は、ない。

では彼らは、新社会の担い手と生まれ変わるために、どのような指針を求めるべきなのだろうか。

彦右衛門が受け取った指針は、己が分に従い、身を慎んで、みごとに生きよ、というものである。かつて浄珠老人の口を借りて道也に伝えられたことのある、このメッセージは、自己の〈欲望〉に従うことが虚への逃走にすぎぬことを道也のように自覚しているわけでもなく、またいい加減ひどい目に遭い尽くしてもきた、彦右衛門のごとき人間にとっては、受け入れやすいアドバイスであっただろう。

こうして彼らの〝生〟は彦右衛門という実験例を通じて、第二の様相を呈することになる。そこで明らかになるのは、彼らの〝生〟が、不用意に浄珠のような存在の声(つまるところそれは旧き〈法〉のこだまである)に耳を傾けようものなら、より一層悲惨な事態を招くという事実である。

彦右衛門らは、やりたければ何をしてもよい、とする奔放な〈欲望〉の力になかば身を委ねてしまっている。ところが、浄珠であれ松富の隠居であれ、特定の人間の身分・格を前提として、その枠内で諸個人が持てる能力を十分に発揮できるための知恵を語っているにすぎず、道也や彦右衛門をとらえた〈欲望〉が彼らにどんな可能性を開きうるかについて、何らの見解を持っているわけでもない。従って、もしも道也や彦右衛門が、老人たちのこの、既成の身分秩序の中で分相応に生きる知恵に、おとなしく服するとしたならば、その時、老人たちの理解もできず想定もしていない〈欲望〉が、正体不明・制御不能な脅威として、彼らの内部に立ち現れることになるだろう。道也の場合は、服さなかった、或いは服するには遅すぎた。しかし彦右衛門はそれに服し、みずからの裡に得体の知れない脅威を招き入れてしまったのである。彦右衛門が繰り返し訴える、「若い威勢」「若い時の満々たる勇気の余勢」が、それであることはいうまでもない。〈欲望〉の自由な活動は、新しい社会をきりひらくどころか、己れの人生を悔いてやまないひとりの老人の、ただのいまわしい過去の記憶に堕した。そして自身の内部に得体の知れぬ、ままならぬものを抱え込んでいると感じている人間に、世間のすべてが「極々の腹の底には常に頼母しからぬ動物ばかり跳たり躍たりして居る」ように見えてくるのも当然といえよう。この不気味極まりない世の中を生き抜くために、彼はいっそうみずからをがんじがらめに拘束し、遂には「機械人形」と化してしまうのである。

『いさなとり』には、「畢竟は諸悪の根源たる婦女（をんな）に近づかねばこそ安楽を得るなれと、愈々婦女を忌み避け、あだめかしく艶気あることを馬の沓の破壊（こはれ）たるもののやうに無益らしく思ひ、臙脂白粉を仇敵として日を送り年を重ねしに」（第九十五）という一節があり、これを以って、作家の女性観を云々する論者が跡を絶たないが、全く作品の流れを無視した愚論というしかない。「婦女に近づかねばこそ安楽を得るなれ」などという、かくも陳腐で貧しい教訓で自分を律しようと思い込んでいるのは、彦右衛門であって、作家・露伴ではない[5]。彦右衛門は、女たちとの関わりの中で受けた傷痕を、自力で癒す手だてを知らず、その為、女たちを前にした時に気づかされた己れ自身の裡にうずまく暗い情念に、いつまでもおびえ続けているのである。そんな彼には、過去の女性たちを新しい視点から見直し、彼女たちを理解し、或いは赦し、或いは謝罪する、といったことなど思いもよらない。彼の女性憎悪は、彼の無力さの裏返しにすぎない。

そして、彦右衛門が女性憎悪に凝り固まったこの事情は、また、『いさなとり』が因果律によって支配されているかのようにみえる事情と、全く同じなのである。

既に『辻浄瑠璃』『寝耳鉄砲』で明らかにされていたように、己れの過去を承認し、未来に対する責任をひき受けぬ限り、現在の己れは自分自身の〈欲望〉の真の主体となることはできない。『いさなとり』では、「機械人形」のような、まがいものの主体がしつらえられたが、それは単に己れひとりの人生の無事をせいぜい保証するものでしかなく、他者に対する真の責任の主体とはなりえない。責任の観念の成り立たぬところに、倫理が形成される可能性は存在しない。世間は、倫理の成り立ちようのない領域――「常に頼母しからぬ動物ばかり」が跳梁する魑魅魍魎の世界となり、犯された悪事は、罪として裁かれる機会を失って、いつまでもその世界を漂い続けることになるのである。

こうした事態を最も明瞭に示しているのは、彦右衛門が三人を殺し、新太郎を流してから、みずからも暗闇に閉された大海に乗り出した時に、彼を襲った「怪異」（第八十七）のエピソードである。

> 耳廓を吹きて音さする風はお俊が声音して、妾は果敢なく斬り殺されしに妾振りすてゝ何所へ行かうや、情無き男め暗き世に伴はではと叫びいだす。さすがに此はと打驚き、何をと大喝する時、水の面にちら〳〵と燐火起りて、汝のために浅猿くも刃にかゝりて恨を呑み、常闇の世に入し妾が汝を伴れに来りしぞやと、艫の方で確に云ふ。（第八十六）

この「怪異」は、その恨み言の内容からいって、つい先程殺されたお新の怨霊とでも解するしかないのだが、何故かそれは、「お俊が声音」で彦右衛門に襲いかかってくるのである。彦右衛門はこの「怪異」に対して、次のような感慨を抱く。

お俊が事は打絶えて思ひも出さゞりけるが、今更胸に浮び来れば空恐ろしき我罪業、其過失の因縁のめぐり〳〵て報い来しが、我が妻お新の身を仮りて我に苦悩を蒙らせしかと疑はるゝほど、畏懼の念の心の底に湧き上がるを我と自から圧伏難し。（第八十七）

過去の罪が裁かれぬままに、罪を招いた〈欲望〉はまた新たな罪に出会う。罪は、然るべき主人を持たぬ〈欲望〉の渦の中で混じり合い、融合するのだ。お俊と我の姦通、お新の姦通、そしてお新殺しは、それぞれ別の出来事なのだが、彦右衛門が己れの〈欲望〉を「空恐ろしき我罪業」としか自覚せず、「畏懼の念」に圧倒されてしまっているために、お俊とお新とは重なり合い、二つの姦通および殺人が、たち切り様のない仕方で繋がるのである。因果応報（その教義的意義はここでは措く）が、この物語の枠組として機能しているように見えるのは、主体としてふるまう努力を怠った男が、それでもなお、こうした事態を倫理的な視点から眺め、何とかまとまりをつけたいと望んだ結果である。無論、倫理など口にする資格のない男があえて倫理的たろうとしたところで、世俗的価値観にべったり依存しつつ、人間性に対する無理解をさらけ出して終わるのは、明らかである。因果律は「露伴の人間観」とは無関係であり、また「時空を超えて宇宙に亙る峻厳な」原理でもない。

さて、因果律を重視する従来の読みに対して、懺悔（告白）による救済説を提出したのは、登尾豊であった。(6)

「いさなとり」は懺悔による安心立命の物語なのである。秘めたる〈まことの我〉の告白による感情解放の物語である。

あえて極端な言いかたをすれば、彦右衛門の犯した罪の種類、内容は問題ではない。ただ、暗い罪の過去をもってそれを秘密にしている人物が設定されればよかった。そうしてその人物がいかに悔い悛め善行を積んでも不安を消しえず、秘密を告白することでようやく救われる姿が描かれればよかった。自己の真実の告白による感情の解放を描く露伴のなかには、確かな近代があった。

（傍点原文）

しかしこの登尾の主張は、何故この作品に因果律が導入されざるをえなかったかについては全く言及を避けていた報いであろうか、告白の意義を手離しで評価しすぎているように思われる。

彦右衛門が善行をいくら積んでも不安を解消できぬのは、過去に対する彼の態度があまりにいい加減だからである。過去に対する態度――過去の行為を世俗道徳による断罪に委ねることで、己れ自身がそれを正面から見つめ直す努力を回避し続ける、というその態度をあらためることなしに、彦右衛門の「感情の解放」などあろうはずがない。登尾の重視する告白は、作品において、過去に対する彦右衛門の態度変更を意味するものとして描かれていただろうか？――否、そこに描かれているのは、登尾自身も気づいている通り、「犯した罪の種類、内容」を問題としていない、そういう程度の告白のパフォーマンスにすぎない。

彦右衛門お染を我が思ふ通り磯貝に帰（とつが）して後、額に汗をにじませながら生月にての一条語り出し、何卒（なにとぞ）好き機会（しほ）を得て我が子ではありながら我が謝罪（あやま）らねばならぬ荒磯大尉に面を合はし、逐一当時の状態を懺悔なしたき由を頼めば、磯貝且つ驚き且つ賛嘆し、遂に或時荒磯を引き逢はしぬ。語るも聞くも涙にて彦右衛門が長々しき懺悔、そゞろに六つの袂を濡らしけるが、それより天蒼く日鮮かに、頭上一点の翳（くもり）なく彦右衛門一代を終

りけるよし、めでたしく〳〵。（第百）

明言されているように、告白は、何より荒磯大尉―実子・新太郎をその真の聞き手として必要とする。それは、東京見物で彼を見つけたことが「長々しき懺悔」＝この物語の始まる本質的契機となっていた点からも疑いがない。何故、新太郎でなければならないか。「謝罪らねばなら」ないからである。そして新太郎の理解と同情、新太郎による許しが必要であるからだろう。

だが、我々読者に伝えられた「懺悔」の内容を、そのまま鵜呑みにする限りでは、そのような理解や同情に基づく許しが与えられる見込みは乏しい。お前の母親を「若い威勢」で「唐黍の茎折るより無造作に斬つて捨て」（第十三）てしまったのは残念だ、といわれて息子は何と応えるだろうか。彼は、回心して得た「機械人形の立働くやう」な父の生き方を、立派だとほめたたえることができるだろうか。

ただ、厳密に言えば、我々が知っているのは、東京見物から戻り、眠れぬ夜を重ねた末に始まった彦右衛門の独白（つまりこの物語の内容の大半）であって、これと同じ内容を彼が新太郎に向かって「懺悔」として繰り返したかどうかは、実はわからないのである。語り手が伝えるのは、「語るも聞くも涙にて彦右衛門が長々しき懺悔、そゞろに六つの袂を濡らしける」の一節のみ。もしかしたら、彼は我々読者が長々と聞かされた独白とはまた異なる「懺悔」を息子にしたのでは？――勿論この疑問は、それ自体では単なるまぜっ返しに見えるかも知れない。しかしその真意は、我々が知る彦右衛門の独白の中に、彼一流の自己正当化（自己欺瞞）とそれがもたらした因果律的見せかけにも拘らず、それとは別様の、真に新太郎に語るに値する内容があったとしたら、どうか、ということなのである。

そこで、これまでのように彦右衛門の反省の仕方だけでなく、彼の「犯した罪の種類、内容」そのものにも着目してみよう。はたしてそこに新太郎の理解と同意を得られるような、筋の通ったみごとな行為がありうるかどうか。いわば、この別様の「懺悔」の可能性を探る試みの裡に、幻鉤以下の露伴小説の主人公たちが陥った第一の〝生〟からの脱却の道、彼らの〝生〟が第三の様態を見出す鍵が隠されているように思われる。

4

彦右衛門が壱岐国で再出発を決意するまでの間に犯した罪のうち、最後の新太郎流しは、他と異なって罪と呼びかねる性質を持っていた。お俊との密通にせよ、義母・妻・間男の三人殺しにせよ、それらは彼の若さ、或いは咄嗟の怒りによってひき起こされた、不意の出来事だったが、これに対して新太郎流しは、決して我を忘れたゆえの所業などではなく、また松富の隠居の勘ぐったように「疑がはしく思つたれば棄てたも却つて好かつたか知れぬ」と考えたからでもない。彦右衛門は新太郎を、まさに断固とした決意の下で、捨てたのだった。

三人を殺した直後、彦右衛門は確かにこう思った。

> 我面憎きお新めに此胸を無茶苦茶にされ此一生を無茶苦茶にされて仕舞ふたる上は面倒なる疑はしい此小児、これも序に殺して愚人等が背中につけて遣るべし　（第八十二）

ところが、彼が手を掛けて絞め殺そうとすると、赤子はあやされていると思ってか、ニコニコと微笑を返すので彼は殺すことが出来ない。途方に暮れた彦右衛門は、そこで次に我子もろとも自殺を図る——「母なく父なき孤児として我が女房さへ我に反く危険き世には遺し難し。」「死ね、我も死ぬ汝も死ね、汝を生かして置ことは殺すより尚不憫なれば、今こそ父が身を捨てゝ汝のために殺して遣るなれ。」（第八十三）。父子心中は、後に彼が「動物ばかり跳たり躍たりして居る世」と言い換えることになる「危険き世」という認識と、父親としての自覚・義務感が結びついた時にとられた行動である。人間と社会に絶望しながら、なお既成の役割遂行倫理の枠を超えられないならば、そこから導かれる結論は、何であれ悲惨でないはずはない（彦右衛門の有徳の後半生とて、それが心安らぬものであったとすれば、この時の悲惨な状況と本質的には変わってはいないのである）。

子を抱いた彼は大石を帯につないで海へとび込んだ。だが、大石が身体から離れ、これも失敗する。ようやく岸辺に泳ぎ着いた彦右衛門は、新太郎をすばやく蘇生させた上で、何やら心に決する――

四方に鋭き眼を配りて、婆の死骸を大石に骨挫ぐるほど厳しく縛し其儘海に蹴転し捨て、水音きいて空を仰ぎ、光り漸く薄れ行く明星ながめて時を考へ、一語も発せず豪然と唯冷やかに眼を定て、何を笑ふか笑つたる風情を見する両の頬。（第八十四）

婆の死骸を始末したのは、義理とはいえ親殺しの大罪から逃れるためである。明星を眺めて時刻を計るのも、我子を海に流して人里に流れつくのに都合のよい頃合を知るためで、これらの行為はいずれも、彦右衛門がこの時はっきりと己れを生かそう、その為に不都合なものはあえて捨てもしよう、と決意していることを示す。彼を束縛してきた、そしてその後の彼を一層がんじがらめに拘束する、道徳的配慮の一切がふり捨てられた一瞬。その時、自由な〝生〟は、「冷やか」な眼、「何を笑ふか笑つたる風情」と、その荒々しい全貌を現す。

その〝生〟は、つい今しがた彦右衛門に三人殺しをさせたものと別のものではない。従ってまた、それはその後けだものでも扱うように管理されることになる対象とも同じだろう。しかし今、彦右衛門はこの〝生〟に真正面から向き合い、かつてのように無自覚でも、その後のように目をそむけてもいない。

そして、その〝生〟は、幻鉤以下の露伴小説的人物たちをつき動かしてきた、あの純粋〈欲望〉のように、「なにをやつても差支へなし」「何にでもなれるが面白し」等々とは、もう言わない。それに代わって述べられるのは、他者に向かって発せられる、みごとな訣別の言葉である。

時移つては汝が為ならず、此潮に乗り風出ぬ中、天の命ずるところに行け、落着く先は慥に某所と我は籌れど、中途にて如何なり行くかは我が智に及ばず、行け、汝の運は汝に在り生長なさば汝の勝手、汝が母殺せし我を恨まば刀物を持つて尋ねても来よ、汝を助けし我を知るとも報を我は求めぬぞよ、天道まかせ汝任せ、如何なとならばなつて亡せよ　（同）

「時移つては汝が為ならず」「落着く先は慥に某所と我は籌れど」――これら新太郎を生かすための配慮は、彦右衛門が、自由気ままな意識の働きとして、任意にこのこと・あのことを成そうと決意した結果ではない。彼はそれまで新太郎にしてきた通りのことを、とっくに決定された完成済みの態度に基づいて、非恣意的に行為している。つまり、新太郎に対して父親という仕方でふるまってきた事実自体、その身体的な記憶の命ずる通りに行動しているのである。そのような、歴史的身体としての〝生〟以外に、けだもののように無軌道な〈欲望〉、そうであるがゆえに現在の意志に従順でもありうる〈欲望〉など、全く存在する余地はない。だが、だからといって、彼のこの時の行為が、父親という役割に忠実であることを是とする共同体的倫理への服従を意味するわけでもない。なぜなら彼らは今、是非の判断を下す社会・共同体から無縁なところに立っているからである。「天道まかせ汝任せ、如何なとならばなつて亡せよ」と彦右衛門が新太郎に言い放った時、首を絞められようとしているというのにニコニコと微笑を返した新太郎の幼い身体と、ようやくそれに正しく応えうるに至った彦右衛門の身体とが、ただ〝生まれてきただけの存在〟として、そして、かつ〝生きるべき存在〟として、向かい合っている。

恐らく「面倒なる疑はしい此小児」として首に手をかけられた時から、新太郎はただ〝生まれてきただけの存在〟になっていたのだろう。しかるに彦右衛門の方は、妻に裏切られた夫、子を思う父、といった社会的役割存在を離れて自分自身をとらえることなど考え及ばず、そこで、おためごかしの理屈をつけて、自分の死の道づれにしよう、などとしたのである。

海から這い上った彦右衛門は、ただの死にぞこないとなる。そしてようやく自分もまた〝生まれてきただけの存在〟であったことを悟り、そのような存在としての自己の内部に、歴史的身体の声を聞きとることができたのである。〝生まれてきただけの存在〟――それは『封じ文』では、「旧悪の記録」と呼ばれていた。幻鉤に向けて、亡妻はいう。

旧悪の記録と申せば妾は即ち御前様旧悪の記録、御前さまはまた妾の旧悪の活記録に候。さりながら旧悪の記録ほど嬉しきものは断じて世に之なかるべくと存候

また、

若し万一にも旧悪の記録を忌み悪むやうなるものあらば、無論妾と御前さま両人の生死の怨敵

そして、

御前様は素より御心高く御情深く、此愛らしき二人が中のこの娘を、此後は妾に代りて能く撫育し給はんには違ひなくと信じ、安らに永き眠りにつき候。

幻鉤の後身として、彦右衛門はこの女の言葉を受けとめることの出来る場所に、ようやく達した。〝生まれてきただけの存在〟は、そうであることによって愛され慈しまれるべきであること、〝生き〟また〝生かされる〟べきであるということ――これは〈法〉、或いはその土台とでもいうべきものであり[7]、この土台の上に人生と社会を創造してゆくことが、幻鉤以来、彦右衛門に至ってようやく開かれた、彼らの〝生〟の第三の様態である。

しかし既に繰り返し述べてきたように、その後の彦右衛門はこの歴史的身体からかけ離れた「若い威勢」なる抽象的〈欲望〉を想定して、これを既成道徳で押さえつける体制を捏造することで、社会への復帰を果たすことになる。身体に刻まれた（父として生きた）自己を、我子と一緒に捨て去ったつもりなのである。だがそれは逆である。「如何なとならばなつて亡せよ」と宣告された新太郎からすれば、己れを捨てさせたことによって、いつまでも彦右衛門を我父にし続けているのである。そして子捨てという行為が、彦右衛門を父にし続けるだけでなく、新太郎の生をも規定しているのは、いうまでもない。新太郎―荒磯大尉の風貌。

元来彼人（あのひと）途轍も無い変物、汝（おやぢ）の若い時分に能く似て居るといふても可い位の剛情我慢、それは〳〵峻厳（やかまし）い烈しい太い性質、（中略）彼（あの）士官の無口なのには誰しも閉口、朝から晩まで命令の他には舌を動かさぬ程邪見に沈黙（むつつり）なれば、況して部下の者に歯など見するはおもひもよらず、年中腹の底に気味の悪い者を隠して居るやうな状

態の自然怖き故水兵共も馴れ親まず、　（第十一）

「年中腹の底」に隠しているようだという「気味の悪い者」とは何か。もう一度彦右衛門の、新太郎に与えた訣別の言葉を見よう。その中で、はっきりと未来にかかり、誓約的な意味合いを含んだ言葉は、「汝が母殺せし我を恨まば刀物を持つて尋ねても来よ」である。尋ねてくれば、自分は然るべき弁明をした上で、とるべき責任をとろう、と彼は息子に約束していたのである。してみれば、二人の再会がこの物語を始動させる本質的契機であったということの真の意味は、この作品がひとりの男の〈まことの我〉の告白と救済に主眼があったことを指すのではなく、当事者たちによる過去の諸事実の吟味・罪の認定と、それにふさわしい裁きを定めること、つまりは〈法廷〉と呼びうる場をこの作品が求めていたことを示す、と考えるべきだろう。新太郎の隠し持っている「気味の悪い者」はそうした場でこそ、明らかにされるはずであった。またもし、そうなっていたならば、そこは単に〈法廷〉であるのみならず、新しい〈法〉[8]の承認される場、〈立法〉の場ともなっていたかも知れない。

だが、〈法廷〉―〈立法〉の場を設定することは、この物語に既に導入されてしまっている罪業に対する説明・処理システムである因果律と、明らかに矛盾する。恐らくはそのゆえに、二人の再会の場は全く御座なりとしかいいようのない形で、作品末尾に据えられるに留まったに違いない。

露伴自身、このまま彦右衛門の物語を終らせてしまうことが不本意である旨を、次のように書き記していた[9]。

長々御愛読を玉はりしいさなとり漸く完結いたし了ぬ。思ふところありて腹稿の一半を削減せしため興薄くなりしは謹んで読者諸君に叩頭万謝つかまつるところなり。其罰として息もつかず引つゞき明日より工事にとりかゝり大急ぎにて五重塔と申すをちよいと建立いたし高覧に具ふべし。

作者の指示に従って、我々もこの辺りで『いさなとり』から他へ、目を移した方がいいだろう。

『いさなとり』は以上述べてきたように、根本的欠陥を抱えた小説ではあるが、〈欲望〉の自動運動という、あの抽象的で空疎な概念をお払い箱にし、また、〈法〉というものが算術計算の答えのように〈欲望〉の自動運動の中から定立されるといった望み――『艶魔伝』（明24・2）にこめられていたそれ――を断った。歴史的身体は、「旧悪の記録」としての新太郎が抱える「気味の悪い者」に向かって、「尋ねても来よ」、語るべきことを語れ、と促しの声をかける。この声に従い、「朝から晩まで命令の他には舌を動かさぬ程邪見に沈黙(むっつり)」な新太郎の、明らかな後身に他ならぬ男が、雄弁に己れを語り、共同体社会を震撼させる物語が書かれることになろう。「のっそり十兵衛」の物語、『五重塔』がそれである。

注

（1）十代で色につまずき、三十代で争って人を死に至らしめ、壮年以降は欲を慎んで身を保つ、という彦右衛門の生涯のあらましは、『論語』にいう君子の三戒（「少之時血気未定、戒之在色。及其壮也血気方剛、戒之在闘。及其老也血気既衰、戒之在得」季氏第十六）をなかば裏返したものといえ、また他にも、この小説には奇妙に教訓的な言辞が散見される。しばしば語られる彦右衛門の文盲の悲しさは学校教育の奨励・普及を意図しているとも考えられるし、女子の読書についての意見（第二）や、彦右衛門の最初の主人・庄兵衛とその友人・吉三を対照させつつ語る遊廓の恐ろしさ（第二十三～第四十五）など、その教訓的意図は明らかである。

（2）柳田泉『幸田露伴』（昭17・2）。

（3）『日本近代文学大系6・幸田露伴集』（昭49・6）の頭注参照。

（4）露伴は連載中の『いさなとり』を八月十一日まで一旦中断し（その間の事情については「読者諸君に告ぐ」・『国会』明24・8／13）、二十八日からまた再開しているのだが、その休止期間中のうち、八月十八日から二十七日まで、代わりに掲載されたのが『当世外道の面』である。その「十二」が「独善外道」。一節を引用する。

「此外道の腹の極底は扨奇妙なもの、それも本来からでは無いなれど世の人の頼もしからぬところを悟りしが発端にて、表面こそ仁義の道徳のと種々の彩色があれ実は世界といふもの畢竟我慾の争ひ場、修羅道と違つたことは無しと見て取り、それより誰をも信用せぬやうなりて頼むは我ばかり、……（中略）……此外道一生懸命に我といふものを愛惜して居るだけ我を損する如き不体裁もせず、血気弱り年齢加はるだけ品行もます〳〵高く清くなり、何所からも悪口云ひどころなき男と化け財産も富饒(ゆたか)にはなりけるが、中年から為初めたる独善流の独り角力に根が竭(つ)き、才気は自然萎縮して伸びず思ひきつた良いことも得せず、近所合壁親類朋友には褒められて百年後の我が血統の者には何んな人であつたかなどと空(あだ)に思はれける。」

（5）露伴は、注（4）の「独善外道」の、そして『風流悟』（「国民之友」明24・8）の作者でもある。

（6）登尾豊「『いさなとり』論」（「文学」昭53・11）。

ちなみに、この論文は彦右衛門の年齢進行に従った年立があって便利なのだが、一部に誤りがあるので訂正しておく。

「二十七歳　羽指になる。金四郎とのいざこざがあり、お新を識る。
二十八歳（？）お新と結婚。
年齢不詳　新太郎出生。」

とある部分は、正しくは次の通り。

「二十七歳　羽指になる。
三十一、二歳　金四郎とのいざこざがあり、お新を識る。のち結婚。
三十二、三歳　新太郎出生。」

金四郎とのいざこざは、彦右衛門が羽指から親父に抜擢されたことが遠因としてあり、その際金四郎の無体な挑発に対して「三十越して児童(こども)らしき喧嘩騒ぎも阿房気なり」（第六十八）とある。新太郎の出生は結婚の「其の次の年」（第七十五）で、彦右衛門六十五歳の時見かけた荒磯大尉が「齢は三十何歳かなるべし」（第十一）と評されていたのに合致する。

（7）ここで含意されているのは、〈法〉は人間存在の条件そのもの——他者からの持続的な配慮・気遣いの積み重なり抜きには、〝人間性〟と呼ぶに価いする、いかなるものの形成もありえないという、人間の生存条件——に由来しているのであって、人間の本性なるものに関する形而上学にもとづくものでも、また、これこれの社会・共同体の必要から、その維持のために生じたものでもない、という点である。ましてや社会を円滑に維持・発展させてゆくための社会工学的計算（意識的であれ無意識的であれ）の産物として〈法〉をとらえる発想とは、全く対立する。

（8） 期待される新しい〈法〉が〝生まれてきただけの存在〞としての人間という規定に基づくと予測される限りにおいて、それは、人権に対して浴びせられてきた「限定なき人間という虚構」といった批判（クロード・ルフォール）と恐らく無縁ではない。この批判に対するルフォールの回答を、ここで一瞥しておこう。

「……限定なき人間という理念は、限定しえぬものという理念と分離しえない。（中略）人権はありうべきそのどんな定式化に対しても、超越するものとしてある。つまり、それは、人権を定式化することは、人権を再び定式化しなおすという要請を内包し、既得権は必然的に、新たな権利を支持するよう要請されるということを、さらに意味する。結局、同じ理由から、ブルジョワジーの地位向上に奉仕すべく、人権が果たした歴史的な機能に、この人権の意義がつきるかのように、それをひとつの時代に帰することはできないし、また、人権の効果を局所化し、制御しうるかのように、それを社会のなかに封じ込めることもできない。」（「人権と政治」松浦寿夫訳。「現代思想」'89・'90。vol. 17-12, 18-4 傍点は訳文のまま）。

（9） 「いさなとり後書」（『国会』明24・11／6）。

第十章　『五重塔』　明治二十四年（一八九一）

1

当時に有名(なうて)(1)の番匠・川越の源太の家では、その女房お吉が朝から何やら思案顔である。谷中感応寺の五重塔建造について、衆目の見るところわが夫が最も適任のはずだが、どうやら子分の話では「上人様に依怙贔屓の御情(おこゝろ)」（其二）あって「のつそり」なる男がライバルとして浮上している、というのが彼女の不安の種である。子分はまた、仮令どんなに上人様が「のつそり」を贔屓にしても「檀家方の手前寄進者方の手前」（同）もあろうから心配無用と保証してもいたのだが、お吉としてみれば兎に角良い知らせを聞くまでは安心ができない様子である。そこに当の子分の清吉が、付馬を従えて登場する。事情を察したお吉は、幾らかの金を渡し、茶漬飯をふるまった上で、清吉を早く仕事場にやろうとする。が、つい、気になって仕方のない「のつそり」のことを問うのである。清吉、応えて曰く、

逢ひました逢ひました、しかも昨日御殿坂で例ののつそりがひとしほのつそりと、往生した鶏のやうにぐたりと首を垂れながら歩行(ある)いて居るを見かけましたが、今度此方(こつち)の棟梁の対岸(むかう)に立つてのつそりの癖に及びも無い

望みをかけ、大丈夫ではあるもの〻幾干か棟梁にも姉御にも心配をさせる其面が憎くつて面が憎くつて堪りませねば、やいのつそりめと頭から毒を浴びせて呉れましたに、彼奴の事故気がつかず、やいのつそりめ、のつそりめと三度めには傍へ行つて大声で怒鳴つて遣りましたれば漸く吃驚して梟に似た眼で我の顔を見詰め、あゝ清吉あーにーいかと寝惚声の挨拶、やい、汝は大分好い男児になつたの、紺屋の干場へ夢にでも上つたか大層高いものを立てたがつて感応寺の和尚様に胡麻を摺り込むといふ話しだが、其は正気の沙汰か寝惚けてかと冷語を驀向から与つたところ、ハヽ、姉御、愚鈍い奴といふものは正直ではありませんか、何と返事をするかとおもへば、我も随分骨を折つて胡麻は摺つて居るが、源太親方を対岸に立てゝ居るので何も胡麻が摺りづらくて困る、親方がのつそり汝為て見ろよと譲つて呉れゝば好いけれどものうとの馬鹿に虫の好い答へ、ハヽ、憶ひ出しても、心配相に大真面目くさく云つた其面が可笑くて堪りませぬ、余り可笑いので憎気も無くなり、箆棒めと云ひ捨てに別れましたが。（其二）

以上の話を聞いて清吉を送り出したお吉だが、その表情はやはり晴れる様子がない。

後はひとりで物思ひ、戸外では無心の児童達が独楽戦の遊びに声々喧しく、一人殺しぢや二人殺しぢや、醜態を見よ讐をとつたぞと號きちらす。おもへばこれも順々競争の世の状なり。（同）

お吉が気をもむこの場面は、朗円上人が、源太と、「のつそり」こと十兵衛の二人を寺に呼んで、塔建立に関する寺の方針を告げる一日の始まる朝のことだった。源太・十兵衛双方にとってつらい目を味わうことになるその一日のあらましは、其八から其十八で描かれるが、作品『五重塔』（『国会』明24・11／7〜明25・4／19）はその前にまず、二人をとりまく人々の、起こりつつある出来事に対する反応の一端を、二人の妻のそれに代表させて示すのである。今要約・引用した其一・其二（お吉）と、続く其三（十兵衛の妻お浪）がそれで、我々もこの初期露伴の代表作を、こうした章構成に従って読み進めてゆくこととしよう。

お吉に対する清吉の返答部分の全文を長々と引用したが、なるほどこれを読めば、お吉の不安ももっともと肯かれようというものである。

作品の有名な冒頭、「木理（もくめ）美（うるは）しき槻胴、縁にはわざと赤樫を用ひたる岩畳作りの長火鉢に対（むか）ひて……」（其一）に象徴されるように、お吉が生きている場は、磨きぬかれたような安定した秩序世界である。お吉が清吉を相手に示した見事な「姉御」ぶりや、夫を気遣う「女房気質」も、そうした秩序世界の中で培われ、またそこでこそ真価を発揮する類いのものだろう。ところが、清吉に気づいて「あゝ清吉あーにーいか」と応えるような「のつそり」の十兵衛には、お吉の御新造ぶりの見事さに注目するような感性そのものが、恐らくほとんど欠如している。それはつまるところ、この男がお吉の生きている生活世界の価値秩序の制約を受けつけず、予測不能な挙動をいつ起こすとも限らぬ、という不安をお吉に抱かせることに繋がるだろう。そして現に今、十兵衛はそうした普通なら予測もできないような、とんでもない企てを実行しようとしているのだ。その上、あろうことか、そんな十兵衛に対して、誰もが崇敬してやまぬ上人様が「依怙贔屓の御情」をお持ちらしい、とはどういうことか？――その意味で、お吉が今抱いているのは、単に夫がよい仕事を取り損ねるかも知れないという心配に留まらず、自分が何の疑いもなく生きてきた生活世界の、感情的基盤にヒビが入りかけているという、不吉な実感に基づく不安なのである。

十兵衛は、お吉などには到底考えられない（許されない）率直さで、自分の望みを語ってはばからない。彼が言っていることは、要するに、

一、「胡麻を摺り込む」こと。つまり身分や格を度外視して、言葉の力・説得によって仕事を我ものにするつもりだ、という決意。

二、その際、邪魔になる源太には仕事を辞退してもらい、あくまでも自分が仕事を独占したい、という要求。

この二点だが、結果的には全くこの通りに事が運ぶこととなった彼の望みを、十兵衛が他人に語るそのあまりのあけすけさは、終始十兵衛への敵意をむき出しにしていた清吉をさえ、笑わせ、「憎気も無く」させてしまう程である。十兵衛、畏るべし。そしてここで、彼が二度にわたって鳥に喩えられている点に注意しておきたい。最初、清吉の目に映じた十兵衛は「往生した鶏のやうにぐつたりと首を垂れ」ていた。しかし清吉に気づくや「梟に似た眼」で彼を見詰める――この、夜飛び立ち、ねらった獲物に襲いかかる猛禽類の喩は、仮令ここでは揶揄のつもりであったとしても、そうした清吉の主観を超えて、次の一節にはるかに呼応しているからである。

> 蒼鷹の飛ぶ時他所視はなさず、鶴なら鶴の一点張りに雲をも穿ち風にも逆つて目ざす獲物の、咽喉仏把攫までは合点せざるものなり。十兵衛いよ〳〵五重塔の工事するに定まつてより寝ても起きても其事三昧、朝の飯喫ふにも心の中では塔を噬み、夜の夢結ぶにも魂魄は九輪の頂を繞るほど　（其二十三）

「往生した鶏」―「梟」―「蒼鷹」、この物語は、十兵衛という男のあざやかな変容を記した作品なのである。

〈変容する存在〉十兵衛を、不安をもって眺める（ことしかできない）お吉は、この場面の終わりで子供たちの遊ぶ声を聞きながら、ひとつの感慨に浸る。「おもへばこれも順々競争の世の状なり」。

一方、続く其三で語られる、十兵衛の妻お浪もまた、お吉と似たような、というより実は全く同じ不安にかられている。

ひとり息子の猪之助の縫いものをしながらお浪は、夫が日頃腕前に較べて充たされぬ暮らし様をしているのは知りつつも、突如五重塔造営に名乗りを上げたことに対して、「恩のある親方様が望まるゝをも関はず胴慾に、此様な身代の身に引き受けうとは、些（ちと）えら過ぎると連添ふ妾（わたし）でさへ思ふものを」（其三）と、心を痛めるのである。この点について、亀井秀雄は次のように述べている。[2]

……十兵衛の望みが「胴慾（どうよく）」としてしか意識できなかったということは、これを正当化する視点（あるいは発想の自由）をお浪が持たなかったからにほかならない。この悲しい卑屈さによって、彼女はお吉的心的制度の正当性を裏側から支える役割を果している。

二人が共通の「心的制度」の裡にある、という指摘はかならずしも間違いとはいえないが、しかし、その「心的制度」なるものを「お吉的」とする理由はなかろうし、またその「正当性を裏側から支え」たのを、お浪に「発想の自由」がなかったといった個人的な「悲しい卑屈さ」に求めるのは、あまりにも文学趣味的な発想というべきだろう。十兵衛の企ては、今でいえば、さしずめ準公共的事業の入札に、正規の従業員も幾人いるか知れぬような零細企業が参加して、設計・施工の権利一切を獲得しようといった目論見に例えることができる。お浪が「此様な身代の身に引き受けうとは、些えら過ぎる」というのは、まさにここを言っているのである。また清吉がお吉に「名さへ響かぬのつそりに大切の仕事を任せらるゝ事は檀家方の手前寄進者方の手前も難しからう」といっていたのも同断である。十兵衛には、本人の実力は兎も角も、その社会において何らの信用も実績もない事実を確認しておく必要がある。

　要するに、お吉もお浪も江戸後期の職人社会のまっとうな分別・判断に則っているにすぎない（それを亀井は「自他を共軛する心的制度」というのである）。その社会において誰がみても「胴慾」でしかない望みを、高名な上人様に「胡麻を摺り込む」ことによって達しよう、恩人には黙って身をひいてもらおう――これが十兵衛の企てである。彼女たちがうろたえたのは、企てそのものが真にスキャンダラスだったからである。

　しかし、今ひとつ注意しておかなくてはならない。この其三もまた、終わりが子供の登場によって締め括られている点である。

> つく〴〵独り歎ずる時しも、台所の劃（しき）りの破れ障子がらりと開（あ）けて、母様これを見てくれ、と猪之が云ふに吃驚（びっくり）して、汝（そなた）は何時から其所に居た、と云ひながら見れば、四分板六分板の切端を積んで現然（ありあり）と真似（まね）び建てたる五重塔、思はず母親涙になつて、おゝ好い児ぞと声曇らし、いきなり猪之に抱きつきぬ。　（其三）

父十兵衛が雛形として作ったものを「真似び建てたる五重塔」を、母に向かって「これを見てくれ」とせがむ猪之助――言うまでもなくこれは、十兵衛が当の雛形を上人に見せる場面の先取りであろう。其一・二と、其三は、共にまず十兵衛の企てを受けとめる女たちの心の裡が語られ、次いで「醜態（ざま）を見よ」と争う子供ら・塔の雛形を真似る子供が登場することで、みごとなシンメトリーを構成する。これは、十兵衛という存在の〈子供〉性と、それを社会がどう受け入れるかというテーマこそが『五重塔』の中心的問題であることを示しているのではないか。十兵衛は〈変容する存在〉だが、それはまた、〈子供〉のもっとも本質的な存在規定でもあったはずである。

2

其四から其七までは、話が二ヶ月程前に戻る。名僧・朗円上人の紹介の後、五重塔建立計画が持ち上がり、すでに感応寺本堂・他の伽藍の造営にたずさわった経験と実績を持つ源太に、再び塔の「積り書」提出が求められるまでの経過が語られる（其四）。そして其五から、いよいよ十兵衛の登場となるわけだが、朗円上人を前にしての十兵衛は、清吉に言った通り、「のつそり」どころか仲々の口説きの達人である。

思ひ詰めて参上りました、その五重の塔を、斯様いふ野郎でござります、御覧の通り、のつそり十兵衛と口惜い諢名をつけられて居る奴でござりまする、然し御上人様、真実でござりまする、工事は下手ではござりませぬ、（中略）為せて、五重塔の仕事を私に為せていたゞきたい、それで参上ました、川越の源太様が積りをしたとは五六日前聞きました、それから私は寝ませぬは、御上人様、五重塔は百年に一度一生に一度建つものではござりませぬ、恩を受けて居ります源太様の仕事を奪りたくはおもひませぬが、あゝ賢い人は羨ましい、一生一度百年一度の好い仕事を源太様は為るゝ、死んでも立派に名を残さるゝ、あゝ羨ましい羨ましい、大工となつて生てゐる生甲斐もあらるゝといふもの、それに引代へ此十兵衛は、（中略）天道様が智恵といふものを我には賜さらない故仕方が無いと諦めて諦めても、拙い奴等が宮を作り堂を受負ひ、見るものの眼から見れば建てさせた人が気の毒なほどのものを築造へたを見るたびごとに、内々自分の不運を泣きますは、　（其六）

更に彼は、その夜、五重塔をつくれ、と言いつけられて慌てて起きたら実は夢だった、という出来事があったことを語る。

行燈の前につくねんと坐つて嗚呼情無い、詰らないと思ひました時の其心持、御上人様、解りまするか、ゑゝ、解りまするか、これだけが誰にでも分つて呉れゝば塔も建てなくてもよいのです、(中略)ゑゝ不運ほど情無いものはないと私(わし)が歎けば御上人様、なまじ出来ずば不運も知るまいと女房(かゝ)めが其雛形をば揺り動かしての述懐、無理とは聞えぬだけに余計泣きました、御上人様御慈悲に今度の五重塔は私(わたくし)に建てさせて下され、拝みます、こゝ此通り、(同)

「其雛形」云々とは、毎夜仕事の後作り続けた五十分の一の五重塔の模型――あの猪之助が真似たもの――である。

以上の長々しい十兵衛の口説きを考えるに当って、まず先行研究がこれをどう読んできたかを確認しておく。『五重塔』に関する先行文献は、広瀬朱実(3)によってそのほとんどが集約・参看されている。広瀬のまとめに拠ると、十兵衛評価は、まずその「固執」「偏執性」が指摘されたが、十兵衛のそうした塔への執着は「自己の存在の明証」「ぎりぎりの存在の主張」ゆえとする登尾豊の見解によって退けられたという。登尾はいう。(4)

自己の存在の明証を求める心、それは世俗のいかなる慾望をも超えて永遠につながろうとする、芸術家の精神である。その所有は、赤貧に甘んじてき、五重塔築造にも無償の夢を見る――無我慾、脱俗の十兵衛にしてはじめて可能であったと言えるが、彼を動かしているものは、我の欲求である。我の欲求とは人間的存在の根源に発するぎりぎりの自己主張、精神の裸形が抱く欲求の謂で、世俗の虚飾を追う我慾とは別物である。十兵衛は我の人、彼にあるのは芸術家の我以外の何者でもない。

広瀬は登尾のこうしたとらえ方に同意する。むしろそれを更に徹底させようとする。というのも、登尾は右のように述べておきながら、十兵衛の「我」は、なお「小我を捨てて大我に拠る」必要があったとつけ加えていたからである。そして上人の譬喩方便および「暴風雨」を、それぞれ十兵衛の「我」が「小我」を捨て「大我」となるための試練および「大我」となったことの証明の契機と、意義づけた。これに対して広瀬は、「小我」と「大我」の区別に根拠はなく、十兵衛の「我」は、そのままで教義的に肯定されうることを、論証しようとしたのである。

この登尾批判において、広瀬が、上人の譬喩方便によって十兵衛の「意欲の火炎」が鎮められたとか、所謂「小我」というようなものが捨てられた、といった変化は全く認められず、「彼は一貫して何も変わってはいない。五重塔築造を熾烈に意欲し続けている。」と指摘したことは、貴重である。確かに、上人の譬話を聞いての帰り道、「嗚呼情無い恨めしい、天道様が恨めしい(中略)夢のやうに生きて夢のやうに死んで仕舞へば夫で済む事、あきらめて見れば情無い、つくぐ〱世間が詰らない」(其十)といい、翌日辞退を申し出て「帰りし其日の味気無さ、煙草のむだけの気も動かすに力無く、茫然としてつくぐ〱我が身の薄命、浮世の渡りぐるしき事など思ひ廻せば思ひ廻すほど嬉しからず」(其二十)という、その二つの感慨の間に、どのような質的差異も心境の変化も認められはしないだろう。「小我」「大我」の区別は、無意味である。だが、十兵衛の「我」が俗世間の「我慾」と異なることは、「嵐によってあらためて証明されるまでもなく、物語の初めから朗円上人によって保証されている」という広瀬の主張は、登尾に対してのみならず、そのまま広瀬自身にはね返ってくる批判であろう。もし十兵衛の「我」の正当性が「初めから朗円上人によって保証されている」というのならば、どうしてわざわざ広瀬は仏教辞典まで動員してその教義的正当性を確かめる必要があったのか？　広瀬は、登尾と共に、少なからぬ紙面を費して教義的正当性なる問題にこだわったために、十兵衛の試みが、むしろ世俗的正当性の面で大いに問題になっている、という当り前の事実を看過してしまっているように思われる。

十兵衛の企てが、「自己の存在の明証を求める心」に発すること、「人間的存在の根源に発するぎりぎりの自己主張」であったことは疑いあるまい。しかし、こうした試みを、登尾のように「世俗のいかなる慾望をも超えて永遠につながろうとする、芸術家の精神」と見做すのは誤りである。

朗円上人を前にして、十兵衛は何といっていたか。「一生一度百年一度の好い仕事を源太様は為るゝ、死んでも立派に名を残さるゝ、あゝ羨ましい羨ましい、大工となつて生てゐる生甲斐もあらるゝといふもの」――或いはこれは単なる「〈出世慾、名誉慾〉」（登尾）とは違うかも知れない。だがこの願いは、「死んでも立派に名を」留めてくれる、みごとな仕事をすればいつまでもその名を記憶し、顕賞してくれる、特定の世俗社会を前提としている。そして彼はその世俗社会の中で「大工となつて生てゐる生甲斐」を求めているのである。もしも「自己の存在の痕跡を永遠に刻む」ことを目指す者が「芸術家」だとするならば、まずなによりも作品がなければなるまいが、十兵衛は自分の「口惜さ」が「誰にでも分つて呉れゝば塔も建てなくてもよいのです」とまで口ばしってしまう人間である。これは彼の願いの社会的性格を物語る。上人の譬喩方便を聞いての帰り道、また辞退して後、彼が訴えていたのは「つくぐ〱世間が詰らない」「浮世の渡りぐるしき事」――いずれも世俗社会に生きて在ることに関する障害の意識である。十兵衛が求めているのは、「永遠」の相における存在の明証性ではなく、社会的存在としての「我」の明証性・自己主張なのである。

従って十兵衛の行為の正当性は、仏教的にどう評価されようと少しも問題ではない。あくまでも法や掟、慣習といった社会的正当性の観点から論じられるべきなのである。そしてその観点から見た時、十兵衛の望みはなんとしても非常識という他ない、この事実こそが物語の核心部分を形成する。

登尾・広瀬は教義的正当性にこだわることで十兵衛の望みの異様さ・スキャンダル性から目をそらそうとしてい

るかのようである。これに対して、朗円上人がしたことは、彼らと全く正反対である。上人は一見、十兵衛の望みの正しさを「保証」したかのようだが、実はむしろ、このおかしなスキャンダルをもみ消そうとする共同体に、スキャンダルをつきつけて顕在化させ、問題の正しい処理方法を模索させるように仕向けた、といった方が正確である。

十兵衛が訴えていたのは、要するに自分の持てる実力を発揮するに足る機会が来ない、このままでは何時までたっても来そうにない、という程度の内容にすぎない。では朗円上人はこんなありきたりな――と言ってしまおう――願いを、どうしてすんなりと受け入れたのだろうか。ありきたりでありながら、なるほどもっともと納得させるだけの「技倆(うで)」があったからである。大急ぎで寺に運び込まれた雛形を「熟視」して、上人は思う。

水際立つたる細工ぶり、此が彼(あの)不器用らしき男の手にて出来たるものかと疑はるゝほど巧緻(たくみ)なれば、独り私(ひそか)に歎じたまひて、箇程の技倆(うで)を有(も)ちながら空しく埋もれ、名を発せず世を経るものもある事か、傍眼(わきめ)にさへも気の毒なるを当人の身となりては如何に口惜きことならむ、あはれ如是(かゝる)ものに成るべきならば功名(てがら)を得させて、多年抱ける心願(こゝろだのみ)に負(そむ)かざらしめたし、

（其七）

そこですぐさま上人は「此度の工事を彼に命(いひつ)け、せめては少しの報酬(むくい)をば彼が誠実の心に得させん」との決意を内々に固めるのである。

上人を動かしたのは、十兵衛の願いの裡にあったかも知れない、脱俗志向や芸術家的な永遠の美への憧憬といったものではない。彼の「口惜さ」が、彼の確かな腕前と、彼の置かれた境遇・地位の低さとの間にある、大きなギャップという客観的な事実に、正確に相関していたからである。上人の決意は、十兵衛に「殊勝な心掛け」或いは

「胸に懐ける無価の寶珠」を認め得たこと以上に、それゆえに抱かざるを得なかった「口惜さ」を、十兵衛個人の主観的問題を超えた、共同体の病い——その社会の役割分配原理が機能不全に陥っている徴しとしてとらえたところに、恐らくは由来している。そこで、共同体の成員からすれば理不尽というしかないスキャンダルであることを承知の上で、上人はこの「口惜さ」から発せられた五重塔建立の意志をまともに取り上げ、そしてその解決を共同体そのものに命じるのである。

3

こうして物語の時間は、其一と同じ日の朝に戻る。其八で、上人は源太・十兵衛の二人を寺に呼び、まずこの問題に対する寺の方針を明言する。

> 此分別は汝達（そなたたち）の相談に任す、老僧（わし）は関（かま）はぬ、汝達の相談の纏まりたる通り取り上げて与（や）るべければ、熟く家に帰つて相談して来よ　（其八）

上人は、十兵衛の望みを仏の御心に適うものとして保証したわけでも何でもない。ただ決定権を二人に——共同体メンバーに委ねたのである。このことの意義については、最後に触れよう。次いで「茶話」として語られるのが、例の譬話である。これについて先行研究は、協同でせよ、ととる説、譲り合え、ととる説に分かれ、後者が妥当と広瀬はまとめているのだが、協同というのではないにしても、上人の言葉が単に譲り合えと暗示しているだけでもなさそうなのは、次の一節に見られる通りである。

兄上先に御渡りなされ、弟よ先に渡るがよいと譲合ひしが、年順なれば兄先づ渡る其時に、転びやすきを気遣ひて弟は端を揺がぬやう確と抑ゆる、其次に弟渡れば兄もまた揺がぬやうに抑へやり（其九）

つまり、譲り合って順序を決めよ、然る後は互いに「気遣ひ」協力し合え、という二つの暗示が含まれているだろう。譬話がこうした二段がまえの誡しを含んでいることは、源太と十兵衛の関係の推移を考える上で見逃せないので、あえて確認しておく。

このうち前者の、譲り合えとの誡しが、十兵衛の望みを適える条件を整えはしても、彼の内面には何らの影響も及ぼさなかった点はすでに見た。譲り合えといわれても、十兵衛にはもともと実力以外の一切が欠けている以上、この暗示は当然、持てる者・源太の方に響く。

広瀬朱実は、源太の体現するものが「世間」とは別であること、その本質は、一―「人情」「義理」「親切」「仁慈」等（「世間」とも共通するもの）、二―「道理」「分別」「智慧」等（源太特有のもの）、三―「男児」「侠気」「好漢」などと記される〈男〉、以上の「三つの価値群によって形成」されている、とした上で、次のように述べた。

ともども生かし合いつつ、一致する所を見出して、最大限円滑に人間相互の関係の共存・提携をはかっていくのが、健全で聡明な良識というものであるだろう。これがすなわち源太の「道理」「分別」「智慧」である。つまり源太は、善き市民（bonhomme）の良識（bon sens）を体現しているのである。それを源太自身の語彙で「男児」と言い表わしているのだ。

従来、源太を「世間」と同じ枠に括る見方が支配的であった中で、この見解が抜んでていることは言うまでもない。だが右の引用に明らかなように、広瀬は、いうところの「三つの価値群」の間にこれといった質的差異を認めておらず、三層がなだらかに連続、あるいは重層しているようにとらえているらしい。しかしそれでは、源太の直面している困難の本質をとらえ損うおそれがある。

十兵衛の望みはスキャンダルで理不尽なものである。しかしこのスキャンダルが彼を救う唯一の機会であることを朗円上人が認め、スキャンダル解決の担い手として源太を指名したのだとすれば、源太はこれに理屈に頼ることなしに対処しなければならぬことになろう。もし理屈に頼れば、源太が当然正当化され、十兵衛の望みなどけし飛んでしまうことを朗円上人はお見通しだからである。

理屈を自分のためにつけて云へば我(おれ)はまあ感応寺の出入り、汝(そなた)は何の縁(ゆかり)もないなり、我は先口、汝は後なり、我は頼まれて設計(つもり)まで為たに汝は頼まれはせず、他(ひと)の口から云ふたらばまた我は受負ふても相応、汝が身柄では不相応と誰しも難をするであらう、だとて我が今理屈を味方にするでもない、世間を味方にするでもない、汝が手腕の有りながら不幸で居るといふも知つて居る、汝が平素薄命を口へこそ出さね、腹の底では何の位泣て居るといふも知つて居る、我を汝の身にしては堪忍(がまん)の出来ぬほど悲い一生といふも知つて居る　（其十三）

そして、理屈に頼らぬということの態度を徹底するということは、理屈の通用する場——彼が今まで営々と築き上げてきた信用と実績の承認されている職人共同体社会から、象徴的に離脱することに繋がるはずである。

源太は「五重塔は二人で建てう」（同）という提案を用意して十兵衛宅まで来たのだったが、それはにべもなく十兵衛に拒絶される。慌てたお浪は心中、以下のように思う。

人情の花も失(なく)さず義理の幹も確然(しっかり)立てゝ、普通(なみ)のものには出来ざるべき親切の相談を、一方ならぬ実意の有ればこそ源太の懸けて呉れしに、如何に伐つて抛げ出したやうな性質(もちまへ)が為(さ)する返答なればとて、十兵衛厭でござりまするとは余りなる挨拶、他(ひと)の情愛(なさけ)の全(まる)で了(わか)らぬ土人形でも斯は云ふまじきを、さりとては恨めしいほど没義道な、口惜いほど無分別な、如何すれば其様に無茶なる夫の了見と、お浪は呆れもし驚きもし我身の急に絞木にかけて絞(しめ)らるゝ如き心地　（其十四）

お浪は源太の申し出に、「人情」「義理」「親切」を認め、翻って我夫の返答を「没義道」「無分別」「無茶」と思う。お浪のこうした感受の仕方は、「世間」のそれを代表するものといってよいだろう。つまり理屈の通る場である。実はこの時点の源太も、まだ口で言うほどには、お浪の思考が依拠している世間的価値観とそう隔たったところにいるわけではない。「のつそりは何処迄ものつそりで馬鹿にさへなつて居れば其で可(よ)い訳、溝板(どぶいた)でもたゝいて一生を終りませう」という、十兵衛のふてくされた言葉に応じて、

馬鹿を云へ十兵衛、余り道理が分らな過ぎる、（中略）詰らぬ思案に身を退(ひい)て馬鹿にさへなつて居れば可いとは、分別が摯実(くすみ)過ぎて至当(もっとも)とは云はれまいぞ（中略）智慧の無いにも程のあるもの　（其十五）

と、お浪同様に、十兵衛の没義道、無分別、智慧の無さを声高に訴えているからである。彼は「理屈を味方にするでもない」とはいいながら、己れの提案が道理に基づき、分別をわきまえ、智慧のあるものであることを疑わず、それを誇ってさえいる。源太のこの「道理」「分別」「智慧」は確かに「健全で聡明な良識」（広瀬）であろう。しか

し、それはやはりなお、「市民」的というよりは、共同体的な「良識」にすぎない。そしてそうした「良識」に留まるかぎり、源太は十兵衛の望みに対して、〝否〟と応えるしかないのである。朗円上人の促し――十兵衛の要求に応ずるためには、源太はこうした麗しい美質をいったん捨て去る必要があるのだ。源太は「理屈を自分のためにつけ」ず、「我を汝の身にして」考え、ふるまうということが、どういうことなのか、まだよくわかっていない。広瀬のいう源太の「三つの価値群」は、前二者は同質なものにすぎず、第三の〈男〉は前二者の否定として、突如出現するだろう。

> やあ覚えて居よ此のつそりめ、他(ひと)の情(なさけ)の分らぬ奴、其様の事云へた義理か、よし〳〵汝(おのれ)に口は利かぬ、一生溝(どぶ)でもいぢつて暮せ、五重塔は気の毒ながら汝に指もさゝせまい、源太一人で立派に建てる、成らば手柄に批点(てん)でも打て。　（同）

自分を「副(そへ)」にしてもよい、という修正提案をも拒否された源太が、十兵衛の家を後にする時に残した捨てゼリフである。これは、道理を重んじる智慧・分別の人源太と、共同体的感性の鈍い（「他(ひと)の情(なさけ)の分らぬ奴」）のつそり十兵衛という二人の男がとりうる関係の、常態的な姿である。互いに相手の仕事が「成らば手柄に批点でも打て」と、敵対・挑発し合うような関係。しかし、はからずも言ってしまったこの言葉を、内実あるものにするためにこそ、源太はなお悩まねばならない。なぜなら、今のままでは、十兵衛が何を言っても聞く者は誰もおらず、また源太が批判をするためには十兵衛に力いっぱいの仕事をする機会を与えざるをえないからである。

　十兵衛の長屋から自宅に戻った源太は、そこに居合わせた清吉を相手に、うさ晴らしの酒盛りを始める。そして、清吉が酔いに任せて十兵衛の悪口をしゃべるのに、耳を傾けることになる。

……白痴(たはけ)の癖に段々親方の恩を被て、私(わつち)や金と同じことに今では如何か一人立(いちにんだ)ち、然も憚りながら青涕垂らして弁当箱の持運び、木片を擔いでひよろ〳〵帰る餓鬼の頃から親方の手について居た私や仙とは違つて奴は渡り者、次第を云へば私等(わつちら)より一倍深く親方を有難い忝(かたじけ)ないと思つて居なけりやならぬ筈、　（其十七）

清吉の酔態は、一つの共同体で生まれ育ち、その掟を唯一のものとして生きる者の限界を源太にまざまざとみせつける。彼の身につけた思慮・分別は、清吉のごとき人間を御するのはたやすいが、「渡り者」の十兵衛を正当に扱うとはどうすることなのか、という問いに対しては無力であることを、源太は悟る。かくして、

既(はや)此上には変つた分別も私(わたくし)には出ませぬ、唯願ふはお上人様、仮令ば十兵衛一人に仰せつけられますればとて私かならず何とも思ひますまいほどに、十兵衛になり私になり二人共々になり何様とも仰せつけられて下さりませ、　（其十九）

この申し出に対して、朗円上人は「満面皺にして悦び玉ひつ、好いは好いは、嗚呼気味のよい男児ぢやな、と真から底から」の称讃を送る。つまり朗円上人が称え、源太が最上の誉め言葉として受けた〈男〉とは、己の思慮・分別の無力と共同体の掟の限界を承認すること、そしてその承認の証しとして、共同体を律する道理からは容認されえぬような異様な〈他者〉――ここでは「渡り者」――に、実力に応じた処遇を許す能力を、その内実とする在り方なのである。

4

共同体社会は、その安定・永続化の為に、みずからを第二の自然として装い、諸個人をその社会に運命づけられた存在として育成しようとする。そこでは自分とは何かという問いは、世間に通用している自分、世間から与えられた役割を生きる自分という答えによって充たされる。ところが近代社会では、社会と個人を従来のように役割遂行倫理で固定化させてゆくシステムは、企業・軍隊といった組織原理の裡に分散化・局在化され、その全体は、諸個人の自由・平等のタテマエの下で人的エネルギーを最大限に解放しつつ、国家装置がそれを回収・統合するというシステムに代わる。社会の構成員の意識的統合は、国家イデオロギーに代替され、〈法〉はそうした国家イデオロギーの一種に堕することにもなりうる（露伴は、近代的立法機関としての帝国議会を、その種の法の制定の場と見ていたふしがある）(5)。しかし言うまでもなく〈法〉は、社会と個人の問題を、政治思想的な永遠のテーマとして顕在化させ、解決しようとする試みであって、それを例えば国家の単なる暴力装置と見做し問題を矮小化してしまうようなマネは許されない。近代国家システムに真に対抗するためにも、諸個人の自由と平等を目指しながら、相互に密接に共存し協力し依存し合いうるような社会を可能にする〈法〉のヴィジョンが必要なのである。これが露伴の文学的出発以来、一貫して追究してきたテーマに他ならない。

〈国会時代〉前期の露伴は、前作『いさなとり』までで、自由・平等の名の下で解放される人間はどのような存在でありうるかを検討し、社会性と無縁な抽象的〈欲望〉主体ではありえぬことを確認した。そして、仮にそのような主体を想定したとしても、その自動運動の中から自然に〈法〉と秩序が生まれるだろう、といったブルジョア的夢想の存在しうる余地のないこともまた確認したのである。とはいえ、旧き共同体の麗しい倫理が、新しい

〈法〉——個人の自由・平等の原則に立った社会の〈法〉の代用になるはずもない。新しい〈法〉は、旧き共同体を脱却しつつも抽象的〈欲望〉主体に還元されえぬ、歴史的身体の声によく従うことのできる人間によって生みだされる。

譲り合えという上人の誡しに対して源太が悪戦苦闘した姿は、『いさなとり』における彦右衛門の子捨て場面の再演といっていい。彦右衛門はそこで、「面倒なる疑はしい此小児、これも序に殺して」と、我子の首に手をかけたが、仮令この世に生をうけて一年に充たないとはいえ、その間手厚い庇護の下に育てられてきた赤子の新太郎は、あやされたと思ってかニコ〳〵と微笑を彦右衛門に返す。同じく一年近く父親として新太郎を愛し育ててきた彦右衛門は、到底殺すことなどできない。しかし彼は仲々自分と我子を共に生かす道を見出せない——世間に絶望しながら、世間が彼にたたき込んだ役割遂行倫理から自由になれないのである。父親としての義務感から、「孤児として我が女房さへ我に反く危険き世には遺し難し」「死ね、我も死ぬ汝も死ね」と彼は親子心中を企てる。彼が自分と我子を生かすべく決意できたのは、心中に失敗し、父子ともに〝ただの死にぞこない〟〝生まれただけの者〟として対した時だった。

源太が再三、十兵衛説得に失敗したのは、彼が十兵衛の女房お浪にも理解できるような理屈——共同体社会に通る価値観にとらわれていたからである。その結果、自分が「副」になってもよい、といって十兵衛を慌てさせる程の血迷った提案をするに至ったのだが、これはちょうど役割遂行倫理を克服できなかったばかりに父子心中などという愚劣きわまりないことを企ててしまった彦右衛門の境地に対応するだろう。そして言うまでもなく、〝生まれただけの者〟として我子に対することの出来た彦右衛門に対応するのが、「嗚呼気味のよい男児」と称えられた時の源太である。『五重塔』は、その前半・其二十までで、職人社会に新しい〈法〉誕生を可能にする場、すなわち共同体的価値秩序をものともせぬ者とそこから自由となりえた者が、〝生まれただけの者〟〈男〉として対峙し合う場が、しつらえられたのである。

後半は、かつては許されるはずもなかった個人の異様なエネルギーをあえてみずからの裡にひき入れた共同体社会に、一体どのようなことが起こるか、それを社会はどう処理するか、が描かれる。

しかし、このような観点を用意せず、ただ十兵衛・源太の個人的心情的な葛藤のドラマとして『五重塔』を読もうとすると、其二十一以下の物語は不可解この上もないものとなる。その典型的な例が、これまでも度々参照してきた広瀬朱実論文である。広瀬はここまで丹念に十兵衛・源太を読み、二人ともに「いわば二つのよい近代の裡にある」として、其二十一に両者の「真の〈和解〉」を見た。その結果、其二十二以降再び顕在化する両者の間の対立・緊張の意味が、当然ながら全く説明できなくなってしまった（「これはいらないなあ」と広瀬は嘆息する）。加えて、既に十兵衛の大我／小我の別を否定していたので、暴風雨が「夜叉王」の怒りとして描かれた理由を、大我／小我の別をチェックする主体導入のためとする登尾説を受け入れるわけにもゆかず、その為夜叉王登場に何ら積極的意義を見出すこともできなくなった。そこで持ち出されたのが、〈嵐＝ごまかし説〉とでも呼ぶべき仮説である。広瀬はいう。

あの誠実な、「気味のよい」bonhomme源太を、「返報」を狙い待つという荒れ果てた状態に陥れたままで放置して、書き手としてどう「責任」をとるのか。

露伴は、〈浪漫的狂熱〉と〈市民社会的聡明〉との、その間に〈調和〉というようなものは成立しえない根本的異質性という、人間の冷厳なとでもいうべき事実のゆくえについて、それ以上追うことはやめ、かわりに、「暴風雨」を持ち込んで、めちゃめちゃに吹きまくらせ、夜叉たちと俗世の人間どもの大叫喚に筆を傾け、その間に、十兵衛の技倆の証明と源太の再度の納得という方面へと問題を巧みに移動させて、その次元において、十兵衛と源太との、仮の〈和解〉を、現出させたのである。嵐が吹き荒れている間に、読者がその名文ぶりにすっかり目を奪われている間に、吹き飛ばされたのは屋根や瓦ではない。真の問題が、ずらされ、そらされ、とびこえられてしまった。これが、本当に、露伴が書かなかったことである。筆を省いた真の内容である。

（傍点原文）

この仮説は要するに『五重塔』という作品の思想的不徹底と破綻を想定する。

そこで、広瀬の主張する、其二十一の十兵衛・源太の「真の〈和解〉」なるものから再検討してゆこう。

朗円上人の譬話の第一の誡し「譲り合え」を見事に実践した源太は、晴れ〴〵とした顔つきで十兵衛を池の端の蓬莱屋に招き、「仲直り」の宴をひらく。そして、

> 昨日はまた上人様から態々（わざ〳〵）の御招で、行つて見たれば我（おれ）を御賞美の御言葉数々の其上、いよ〳〵十兵衛に普請一切申しつけたが蔭になつて助けてやれ、皆汝の善根福種になるのぢや、十兵衛が手には職人もあるまい、彼（あれ）がいよ〳〵取掛る日には何人も傭ふ其中に汝が手下の者も交らう、必ず猜忌邪曲（そねみひがみ）など起さぬやうに其等には汝から能く云ひ含めて遣るがよいとの細い御諭し、（其二十一）

と、朗円上人の言葉を伝える。上人は、譬話の第二の誡し（さと）し「協力し合え」を再確認しているのであるが、ここは同時に、上人の譬話が単に十兵衛・源太の二人の為にのみあったのではなく、共同体成員の再教育という課題も視野に入れられていたことをも示しているのである。この言葉を受けて、源太は十兵衛に次のようにいう。

一切が斯様定つて見れば何と思つた彼と思つたは皆夢の中の物詮議、後に遺して面倒こそあれ益無いこと、此不忍の池水にさらりと流して我も忘れう、十兵衛汝も忘れて呉れ、木材の引合ひ、鳶人足への渡りなんど、まだ顔を売込んで居ぬ汝には一寸仕憎からうが、其等には我の顔も貸さうし手も貸さう、丸丁、山六、遠州屋、好い問屋は皆馴染で無うては先方が此方を呑んでならねば、万事歯痒い事の無いやう我を自由に出しに使へ、（中略）既此様なつた暁には源太が望みは唯一ツ、天晴十兵衛汝が能く仕出来しさへすりや其で好のぢや、（同）

この、決定的な申し出を聞いて、十兵衛は「親方、堪忍して下され口がきけませぬ、十兵衛には口がきけませぬ、こ、こ、此通り、あゝ有り難うござりまする」（同）と平伏すのだが、果たしてこれは「真の〈和解〉」だろうか？だが、この問いはむしろ「真の〈和解〉」とは何か？と言い換えた方が適当であるように思われる。この後、源太は既に出来上がっていた「積り書」等一式を十兵衛に渡そうとするが、それら「自己が精神を籠めたるもの」を十兵衛は「親方まことに有り難うはござりまするが、御親切は頂戴いたも同然、これは其方に御納めを」（其二十二）とにべもなくつっ返してしまう。「別段拝借いたしても、」邪魔なだけ……というわけである。確かに十兵衛にしてみれば、これから自分の魂をこめた塔を建てようと意気込んでいる時に他人の「精神を籠めたるもの」は不要だろう。つまり十兵衛は自分のことに夢中になって、源太の「精神」の問題——つまるところ源太という一箇の人格に対する配慮を、ほとんど怠っているのである。手に入れるべきものは手に入れた、あとはやるだけだ、という思いで今の彼は一杯の様子だ。彼は何を手に入れたのか？　五重塔建設の権利と、或いはそれ以上に重要なものである。先に、あえて決定的と記したもの、即ち、これまで源太が長い歳月をかけて築き上げてきた、人的ネットワークと信用の一切の利用権である。これこそ、「渡り者」の彼には自力では決して用意できぬものであり、さればこそ、十兵衛は源太の前で感激のあまり「口がきけませぬ」を繰り返し、平伏したのである。この姿に「真の〈和解〉」を見ることは勿論不可能ではない。ただそこに互いの人格に対する敬意といった心情的次元の〈和解〉を読み込むことは危険なのである。

他方、源太は先の申し出によって、あきらかに十兵衛からの感謝とみずからへの敬意の念を得られると期待しただろう。だから其二十二での、手の平を返したような十兵衛の無情な態度に、怒りを爆発させたのである。しかし、ここから「〈異質〉同士の理解」の「不可能」（広瀬）を読み取ることも、同様に危険である。

既堪忍の緒も断れたり、卑劣い返報は為まいなれど源太が烈しい意趣返報は、為る時為さで置くべき歟、酸くなるほどに今までは口もきいたが既きかぬ、一旦思ひ捨つる上は口きくほどの未練も有たぬ、三年なりとも十年なりとも返報するに充分な事のあるまで、物蔭から眼を光らして睨みつめ無言でじつと待つてゝ呉れう

（其二十二）

繰り返されているように、これは決して一時の発作的怒りなどではなく、十兵衛という人間を見極めた上での、将来にわたる態度表明・意志決定である。にも拘らず――ここが大切なのだが――源太は、この後も先に約束した通りに、自分の持てる人的ネットワークを提供し、顔も貸して、十兵衛への協力を惜しまなかったはずである。そこまで責任を果たさなければ、源太の〈男〉はつぶれて上人に合わせる顔がなく、何より塔など建つはずもないからである。つまり源太は「一旦思ひ捨つる上は口きくほどの未練も有たぬ」十兵衛の為に、この先、非常な尽力をしたのだ。これは「〈異質〉同士の理解」の「不可能」だろうか？

要するに、この作品において、「真の〈和解〉」があろうが「終に三度めで無残至極に齟齬ひ」（其二十二）が起こ

ろうが、何ら重要ではない。重要なのは、互いに反目し、互いに異質な存在であることを確と悟った二人が、一方はみずから築き上げた人脈と信用を提供し、他方はそれを十分活用して実力を出しきることによって、遂に見事な塔を完成させた、という事実なのである。

「蒼鶻の飛ぶ時他所視はなさず」（其二十三）云々と、先に引用した通り、フクロウの眼を馬鹿にされてきた十兵衛は今やタカのようにその魂を塔の頂にめぐらせ、塔の急所にねらいをさだめる。言葉と技倆以外なにも持たぬ存在・十兵衛は、まず言葉の力によって塔建立の権利とその条件を獲得した。今度は、立派に塔を建てるという誓いの言葉に、己れの技のすべてを奉仕させるだろう。「前の夜源太に面白からず思はれしことの気にかゝらぬにはあらざれど、日頃ののつそり益々長じて、既何処にか風吹きたりし位に自然軽う取り做し、頓ては頓と打ち忘れ」（同）——こんな調子の十兵衛を相手にしている以上、この先彼と源太の間に再び〈和解〉が可能かどうかなど無駄な詮索というものである。

二人が決裂した其二十二以降、其二十三から其二十九までは、清吉がまき起こした騒動にまつわる話だが、「通俗劇におちる可能性」「旧劇の常套」（中村完[6]）また、「書けすぎる露伴の悪い癖がちらりとのぞいている」（広瀬。傍点原文）などと評されるこの部分は、技ひとつで塔を完成させようとする〈異様〉な人間によって、共同体が再教育される過程、また同時にその過程を通じて〈異様〉の人・十兵衛が立派な棟梁として認められてゆくまでを描いているのである。共同体の役割遂行倫理を女房気質というかたちで体現するお吉と、お吉にあおられて十兵衛に突進していった役割人間そのものの清吉の二人は、自分で仕出かした過ちを償うことによって、十兵衛という了解不能な〈異様〉な他者との共存の作法を学ばされる。源太もまた、あらためて己れの下した決断の意味の重さを、この騒動を通じて思い知るのだ。「初めは可愛う思ひしも今は小癪に障つてならぬ其十兵衛に、頭を下げ両手をついて謝罪らねばならぬ忌々しさ。」（其二十七）……しかし、それでもなお彼は十兵衛の仕事を支えるべく、人間関係の修復と維持の為に尽力せねばならない。このようにして、共同体は、ひとりの新人の可能性を全面的に解放するルールを開拓し、その結果として栄あるモニュメントをみずからのものとするのである。

また十兵衛にとって清吉騒動は、責任ある親方として成長し、自他共にそれと認められる、またとない契機であった。清吉からうけた傷を気遣うお浪に対して、十兵衛はいう。

ゑゝ情無い、如何かして虚飾（みえ）で無しに骨を折つて貰ひたい、仕事に膏（あぶら）を乗せて貰ひたいと、諭せば頭は下げながら横向いて鼻で笑はれ、叱れば口に謝罪（あやま）られて顔色に怒られ、つく〲我折つて下手に出れば直と増長さるゝ口惜さ悲しさ辛さ、　（其三十）

朗円上人の譬話を聞いての帰りに「あきらめて見れば情無い、つく〲世間が詰らない」と漏らした愚痴は、上人と源太の厚意を期待するしかない、人頼みの〈情無さ〉だったが、今口にするのは、それとは異なり、すべて自分の力で解決しなくてはならぬ〈情無さ〉である。すなわち、棟梁らしく振舞うこと、然るべき行為によって彼が考えうる最も見事な棟梁を演ずること、そうすることによって己れ自身をそのような棟梁の理想に鍛え上げてゆくこと――清吉騒動の翌朝、いつもの仕事場は、まさにそうした行為にふさわしい、演劇的空間・訓練の場に転ずる。

十兵衛よもや来はせじと思ひ合ふたる職人共、ちらりほらりと辰の刻頃より来て見て吃驚する途端、精出して呉るゝ嬉しいぞ、との一言を十兵衛から受けて皆冷汗をかきけるが、是より一同（みな〱）励み勤め昨日に変る身のこなし、一をきいては三まで働き、二と云はれしには四まで動けば、のつそり片腕の用を欠いて却て多くの腕を得つ　（同）

こうして、塔は見事に完成した。そしてこれに呼応するかのように、「暴風雨（あらし）」が、「飛天夜叉王」率いる「天魔」の一軍が、江戸市中めがけて襲いかかるのである。

5

塔完成の後に、自然現象としての「暴風雨」が設定された理由は、言うまでもなく塔の堅固さ・耐久性を明らかにするためだろうが、今ひとつ重要な意味がある。十兵衛はここまでで、「往生した鶏」―「梟」―「蒼鷹」へと変容しおおせたわけだが、既に見てきたように、その内面は上人の譬話によっても、源太の厚意によっても何一つ変わらなかった。作品は終わりに近くなったここで、初めて彼に内的な変容・成長を促すのである。

嵐のさなか、揺れ動く塔を案じた円道が十兵衛を呼び出すが、十兵衛はその必要なし、と例によっての「のつそり」ぶりである。業を煮やした円道は、上人様のお呼びと使いの者に嘘を言わせる。すると十兵衛はにわかにうろたえ、絶望しつつ寺に向かう。

嗚呼なさけ無い、何程風の強ければとて頼みきつたる上人様までが、此十兵衛の一心かけて建てたものを脆くも破壊（こは）るゝ歟のやうに思し召されたか口惜しい（中略）つく〴〵頼母しげ無き世間、もう十兵衛の生き甲斐無し（中略）ゑゝいつその事塔も倒れよ暴風雨も此上烈しくなれ、少しなりとも彼塔（あの）に損じの出来て呉れよかし、空吹く風も地打つ雨も人間（ひと）ほど我には情無（つれな）からねば、塔破壊（こは）されても倒されても悦びこそせめ恨はせじ、

（其三十四）

再三語られてきた「つく〴〵頼母しげ無き世間」への嘆きがここでも繰り返され、遂には「いつその事塔も倒れよ」とまで叫んでしまう姿に、十兵衛の求めていた「自己存在の明証性」があくまで社会的なものであったことを、あらためて確認しておくのもいい。が、しかしそれにしても、今に至ってもなおこんなことを言い出してしまう十兵衛を、我々は一体どう理解すべきだろうか。

ここで露呈している十兵衛の思考パターンは、かつて「嗚呼情無い、詰らないと思いました時の其心持」を「誰にでも分つて呉れゝば塔も建てなくてもよいのです」と上人を口説き落とす時に用いられた、あの論法と、同一である。実力ありながら世に容れられぬ悔しさを語っている間はこの理屈も通るだろう。だから朗円上人は、源太に仕事を諦めさせ、十兵衛に五重塔築造を任せたのである。だが塔も完成した今、またぞろ同じような理屈を繰り返すことは許されまい。なぜなら、「ゑゝいつその事塔も倒れよ」とわめいている十兵衛は、塔完成に至る間中、陰に陽に助力をしてきた源太や、十兵衛を棟梁として認め敬意を以って彼の下で働くようになった多くの手下たちの存在を、無視しているからである。塔はもう、彼ひとりのものではないのだ。

この十兵衛のていたらくぶりを押さえておけば、塔落成式の後、上人が源太・十兵衛と共に塔に登っての次の場面の意味は、何の不自然さもなく納得されるはずである。

我(われ)此塔に銘じて得させむ、十兵衛も見よ源太も見よと宣(のたま)ひつゝ、江都の住人十兵衛之を造り川越源太郎之を成す、年月日とぞ筆太に記し了られ、満面に笑を湛へて振り顧り玉へば、両人ともに言葉なくたゞ平伏(ひれふ)して拝謝(をが)みけるが、　（其三十五）

朗円上人は、五重塔が完成したのは十兵衛ひとりの力によってではないことを、力強く宣言する。塔はもはや十兵衛の悔しさやら世間への恨みやらなどに左右されるものではないことを、上人は十兵衛に言いきかせているのだ。「十兵衛が仕事に手下は使はうが助言は頼むまい」（其十八）と言い切った十兵衛は、多くの手下が働いてくれたのは源太の多方面への助言のお陰であった事実を、「源太郎之を成す」の一言によってつきつけられ、苦々しい思いをかみしめているのだろう。だがそれこそが、実力は兎も角、信用も実績もなかった子ども同然の十兵衛が、一人前の大人——立派な棟梁に成長するということなのである。すぐれた実績を苦労して手に入れた彼は、ようやく実績・信用というものの重み、他人のそれを借り受けたことの真の有難さを思い知らねばならぬことになる。

一方、源太はこの銘文をどう受けとめただろうか。彼は嵐の夜、

> 若し些なり破壊れでもしたら同職の恥辱知合の面汚し、汝はそれでも生きて居られうかと、到底再度鉄槌も手斧も握る事の出来ぬほど引叱つて、武士で云はば詰腹同様の目に逢はせうと、ぐる〳〵大雨を浴びながら塔の周囲を巡つて居たさうな、（同）

と噂されているが、これは既に其二十二で見たように「烈しい意趣返報は、為る時為さで置くべき歟」云々といっていた源太に見合う。が、ここに、ただ源太の個人的恨みの念だけを読みとるべきでないことは付言しておくべきだろう。自分の名を貸して問屋・職人らの手配をさせた者として、塔が倒れるかどうかは十兵衛は勿論、源太自身にとっても信用に関わる重大事である。「同職の恥辱知合の面汚し」とはそういうことなのであって、もし塔が損なわれでもすれば、「意趣返報」の絶好の機会であると同時に、源太自身相応の責任をとらねばならぬやっかいな事態を招くだろう。こうした気苦労に、上人は銘文を以って報いており、源太にとってそれは我が意を得たもので

あったと考えられる。

朗円上人の前に平伏する二人が、一方は苦々しい顔を、他方はしてやったりといった満足顔を、それぞれ隠していたとしたら、それらはこの晴れやかなラストシーンにふさわしくないだろうか。しかし町の人々はそうは考えなかったようである。彼らは二人のこうした関係を、「商売上敵」と呼んだ。朗円上人が十兵衛を「江都の住人」としたように、腕はいいが変人この上もない「渡り者」に対して、町の声もまた上人同様、源太親方と肩を並べる地位を与えることを承認したのである。

さて、以上の読解は、作品中吹き荒れた「暴風雨」をとりあえず自然現象としてのみ扱ってきたわけだが、実はそれは次のように描かれていた。

> 夜半の鐘の音の曇つて平日には似つかず耳にきたなく聞えしがそも〳〵、漸々あやしき風吹き出して、眠れる児童も我知らず夜具踏み脱ぐほど時候生暖かくなるにつれ、雨戸のがたつく響き烈しくなりまさり、闇に揉まるゝ松柏の梢に天魔の號びものすごくも、人の心の平和を奪へ平和を奪へ、浮世の栄華に誇れる奴等の肝を破れや睡りを攪せや、愚物の胸に血の濤打たせよ、偽物の面の紅き色奪れ、（其三十二）

台風接近に伴う気圧・気温の不快な変化、風が強まり、木々がゆれ動きうなり出す、こうした自然の脅威の高まりが、「天魔の號び」―超越的存在の位相に変換され、物語にそれまでなかった次元の語りの場が開かれるのである。

この、新たに設定された超越的位相において表明されるメッセージは、世俗に生きる人間への憎悪、彼らに対する痛烈な「恨み」である。「天魔」どもに向かって、その主「飛天夜叉王」は命ずる――

汝等人を憚るな、汝等人間（ひと）に憚られよ、人間は我等を軽んじたり、久しく我等を賤みたり、我等に捧ぐべき筈の定めの牲（にへ）を忘れたり、這ふ代りとして立つて行く狗、驕奢（おごり）の塒巣（ねぐら）作れる禽、尻尾なき猿、物言ふ蛇、露誠実（まこと）なき狐の子、汚穢（けがれ）を知らざる豕の女、彼等に長く侮られて遂に何時まで忍び得む、我等を長く侮らせて彼等を何時まで誇らすべき、　（其三十二）

そして、

我等を縛せし機運の鉄鎖、我等を囚へし慈忍の岩窟は我が神力にて扯断（ちぎ）り棄てたり崩潰（くづれ）さしたり、汝等暴れよ今こそ暴れよ、何十年の恨の毒気を彼等に返せ一時に返せ、　（同）

と。

「暴風雨」が何故「飛天夜叉王」の怒りとして描かれたか、という問いは、結局、超越的位相において表明されたこのメッセージと、これまでみてきた十兵衛・源太を中心とする人間的葛藤の物語との間に、どういう思想的関連があるか、ということである。

確かに「夜叉王」の語る人間存在そのものへの憎悪、世俗的なるものへの根本的侮蔑は、桁はずれのものであり、こうした視点からすれば世俗社会内部の対立と調停を主題とする十兵衛・源太の物語など、根底から消しとんでしまいかねないだろう。両者の関連づけを諦め、この一節を単なる美文（広瀬ならば、美文の迫力による「真の問題」のごまかし）とする説が存在したのも納得できぬわけではない。だが十兵衛・源太の物語を、二人の個人的な心情的葛藤・和解の水準を超え、共同体の〈法〉の改変の物語ととらえてきた本章の立場からすれば、この位相変換は決して意外ではない。〈法〉はもともと超越性の審級の問題に関わるからである。異なる位相にある言説の対応を一義的に決定することはもとより不可能だが、それを承知の上で、できるだけテクストに寄り添いつつ「夜叉王」の出現について考えてみることにしたい。

「飛天夜叉王」および「天魔」らは、久しく人間に軽んじられ賤まれ、「機運の鉄鎖」「慈忍の岩窟」に囚えられていた、という。そして今、たまりにたまった「恨の毒気」を次のような仕方で人間に返そうとする。

> 嬲（なぶ）らるゝだけ彼等を嬲れ、急に屠（ほふ）るな嬲り殺せ、活（いか）しながらに一枚々々皮を剝ぎ取れ、肉を剝ぎとれ、彼等が心臓を鞠として蹴よ、枳棘（からたち）をもて背を鞭（う）てよ、（中略）残忍の外快楽（けらく）なし、酷烈ならずば汝等疾く死ね、暴れよ進めよ、無法に住して放逸無慚無理無体に暴れ立て暴れ立て進め進め、神とも戦へ仏をも擲（たゝ）け、道理を壊（やぶ）つて壊りすてなば天下は我等がものなるぞ　（同）

「夜叉王」は本来的には、仏法の守護神、八部神衆の一という性質を持つはずだが、ここではそうした教義的解釈はほとんど役に立ちそうもない。

これら「天魔」らに付与された一連の諸特徴と、先に見てきた世俗的葛藤の物語との間で、明らかにパラレルの関係にあると思われるのは、彼らの人間に対する「恨み」と世間に抱いていた十兵衛のそれであろう。

「一生到底（とても）此十兵衛は世に出ることのならぬ身か、嗚呼情無い恨めしい、天道様が恨めしい」（其十）といっていた十兵衛はまた、源太の申し出を断った際、お浪から「不足といふは薬にしたくも無い筈なるに、汝（おまへ）は天魔に魅られて其をまだ〳〵不足ぢやとおもはるゝのか」（其十四）となじられてもいた。その十兵衛を縛ってきた「機運の鉄刻さを象徴するのではないか。

同体が「慈忍の岩窟」で抑えつけてきた、十兵衛のような〝生〟の封印がはずされてしまったこと、その事態の深鎖」が解かれて塔を任され、まさに完成というその時、「天魔」の襲来があったということ。これは、それまで共

共同体倫理の制約から脱却した新しい〈法〉は、旧メンバーと新メンバー、異質な者同士を等しく肯定するゆえに、異質な存在間で不可避的に生ずるであろう様々な摩擦・衝突・紛争を予定せざるをえない。〈法〉とは、明確な禁止・命令をなす固定的な条文ではなく、異質な存在が共存する中で不断に生ずるこうした不測のトラブルにその都度誠実に対処しようとする覚悟を促すものなのである。どんな顔つきを隠すために平伏しているのか知れたものではない源太・十兵衛の前で、そんなことには全く無頓着に終始にこやかな朗円上人の姿は、こうした対立・闘争を見越した〈法〉の在り方を象徴している。二人が並び称されたということは、秩序の決める役割に忠実でありさえすれば将来がそれなりに約束されてきた社会に、個人の平等な能力発揮の機会・自由な成長と発展をめざす、新たな構成原理が導入されたことを意味するが、それは同時に不断の闘争と対立の可能性を共同体がひきうけることでもある。従って共同体からすれば、この新しい〈法〉はとんでもない〈災厄〉ともなりうるのである。旧来の安定した――ゆえにまた個人の自由な発達を場合によっては阻み、窒息させもする――社会に住み慣れた者に対し、この〈法〉は、自分たちに理不尽な「恨み」を抱いて様々なトラブルをひき起こす異様な他者を拒むことを許さない。こうした〈法〉転換という〝事件性〟は、十兵衛と源太の葛藤・対立といった出来事とは明らかに位相を異にして、語られるだけの意義があろう。これが「飛天夜叉王」という形象を、この作品が必要とした理由に他ならない。

ここで、十兵衛が己れの望みを達成しようとして、「技倆」を盾にとったことについて、付言しておく。

朗円上人は、まず十兵衛の技倆をそれ自体価値あるものと認め、共同体を刷新させる契機として利用したが、同時に、十兵衛に共同体に奉仕する一人前の人間となるための試練を課すことも忘れなかった。技術の価値の根拠はやはり共同体の側にあり、その利用・目的決定において共同体が（共同体倫理ではない）、チェック権を持つべきことを、この作品は示唆している。もしこの共同体のチェック機能なしに、技術の発達を野放しにしたら、少数の人間の野心やら「恨み」やらが技術を駆使することによって、「夜叉王」のいうような殺戮が実際に行なわれる可能性を否定できなくなるだろう。

その後の歴史を鑑みれば、近代社会が解放した人的エネルギーは、史上かつてなかった程の大量殺人や地球規模の環境破壊をもたらしたが、それは、この人的エネルギーを吸収した科学・技術の在り方に関わっている。科学はまず真理探求の名の下で不可侵の正当性を主張し、民衆の声から一切耳を閉ざす。(7)しかし実は、その研究方向は企業や軍事的野心に充ちた国家機関に左右され、成果も根こそぎ彼らに奪われてしまう——真理に奉仕するはずが、企業・国家の高級奴隷と化しているのである。後年、露伴はこのような科学の在り方を批判し、科学を「社会」の側にとり戻せといったが、(8)個人の能力を共同体がいかに受け入れるかという問題に、その文学的出発時から取り組んだ作家の、当然の主張といえよう。

登尾豊は、十兵衛や「夜叉王」のあの見紛いようもない反社会的性格を、〈反近代〉の観点から肯定的に解釈しようとした（その根拠として選ばれたのが、芸術家的自我主義と仏教思想の、いささか奇妙な組み合わせである。）が、この読みは、個人的野心と技術開発を〝人間の可能性の追求〟などといって肯定・賛美することで、社会が個人に対して持っていたコントロール機能の無効化をねらう〈近代化の戦略〉と、道具立てこそ違え、同じ役割を果たしてしまっていることを自覚すべきである。

ただ、右の主張の中で、「夜叉王」が仏法の守護神という教義的性格を保持している傍証として、登尾が次の一節を挙げていたことは無視してはなるまい。

嵐で倒壊した建物について噂する、町の声である。ここは、ではどう読むべきか。

> 醜態（ざま）を見よ馬鹿慾から芝居の金主して何某（なにがし）め痛い目に逢ふたるなるべし、さても笑止彼の小屋の潰れ方はよ、又日頃より小面（こづら）憎かりし横町の生花の宗匠が二階、御神楽だけの事はありしも気味よし、それよりは江戸で一二といはるゝ大寺の脆く倒れたも仔細こそあれ、実は檀徒から多分の寄附金集めながら役僧の私曲（わたくし）、受負師の手品、そこにはそこの有りし由、察するに本堂の彼の太い柱も桶でがな有つたらうなんどと様々の沙汰に及びけるが、
>
> （其三十五）

登尾は、倒壊した建物はいずれも「我慾の所産であったことがほのめかされる。」とし、翻って「その嵐に無傷で耐えた、ということは、十兵衛の五重塔が我慾の所産ではないことをあざやかに証明する。」――つまり嵐＝仏法による審判という、超越的価値判断の基準が、二つの位相を持つこの作品を貫いている、とこの一節から論じたのであった。

だが、作品はここでまさに、それと正反対の事態を描いている。

先に引用したように、「夜叉王」が家来どもに命じていたのは、「人の心の平和を奪へ」「彼等を嬲れ、急に屠るな嬲り殺せ」「神とも戦へ仏をも擲け」等、人間存在への深い呪詛に基づく言葉である。彼らはもはや人間の審判者ではなく、単なる殺人集団に堕している。さらには神仏にも敵対し、あわよくばその地位を簒奪しようとさえしている（「道理を壊って壊りすてなば天下は我等がものなるぞ」）。これは超越的存在者たちの間で何事かが起こったことを意味する。守護神たちが狂い、神仏はその統制力を失ってしまったのだ。

そして人間は彼らの声を何ひとつ聞きわけることができず、天上界で異変が起こっていることに全く気づかない。人間は、自然が示した徴しを今まで通り、のんきに神意の表れと見做す。そして各々好き勝手にその意味を忖度して、日頃のうさを晴らしているだけである（「天変地異をおもしろづくで談話の種子にするやうの剽軽な若い人は分別も無く、後腹の疾まぬを幸い」「他の憂ひ災難を我が茶受とし」「醜態を見よ」「日頃より小面憎かりし」云々）。神仏と人間は、完全な断絶状態に入った……。しかしこれも、先に述べた、〈法〉転換という事件性を明らかにするために「飛天夜叉王」という形象が要請された、という見解を別の観点から言い換えたものにすぎないのである。

生まれによって与えられる分に甘んじ、過去の先例にひたすら忠実にふるまっておればよいような、疑う余地なき当為に立脚した社会、というヴィジョンは、崩れ去った。自分が何者であるかは、自然（本能）も、社会（身分）も、神仏（宗教的・超越的権威）もあらかじめ定めておいてはくれない。まさに他者との対立や和解の過程の中で、その都度暫定的に認識されるにすぎない。こうした事態を招き寄せるのが新しい〈法〉であり、それはすなわち、超越的存在・価値に裏付けられた権威の絶対性の崩壊を意味する。神々の狂気・神仏の無力——それは人間が、みずからの責任において、自由に社会をつくらねばならないということに他ならないのである。

この結論は、冒頭近くでお吉がつぶやいた「順々競争の世の状」、或いは作品発表当時の支配的思潮であった功利主義や社会ダーヴィニズム思想を追認する類いのものだろうか。断じて否である。露伴は『封じ文』から『いさなとり』に至る作品を書くことを通じて、すでに、ひたすら快楽をめざし苦を回避する〈欲望〉主体概念を検討・吟味し、否定していた。人間は手持ちの本能によっては生まれ育つ（育てる）こともできず、常に他者による介護と教育、他者との協力・分業を必要とする存在である。この条件の下でしか生きられない人間は、この条件下で特定の人間性（歴史的身体）を形成し、それに拘束される。みずから善と悪を判別し、それにこだわりながら生きるしかないという拘束、道徳的主体として生きるしかないという拘束＝自由、中江兆民のいわゆる〈リベルテー・モラル〉である。源太があくまでも〈男〉にこだわり、十兵衛もまた上人と世間からの信用を求め続けたのは、彼らが内なる歴史的身体の声に促されたゆえなのだ。朗円上人が様々な障害を予測しながら源太たちへの信頼を失わず、終始にこやかな表情をたたえていた背景には、露伴の以上のような人間観がある。そして、嵐の去った後の町の声は、気楽で身勝手な噂話にすぎぬとはいえ、否、そんな無自覚な人々の声でさえ、二人が協力して完成させた塔の見事さに目をみはり、称えることを忘れないのだ。町の声は、完成したばかりの塔に、共同体のモニュメントとしての権威を付与する。仏法＝超越的権威による承認ではなく、凡庸な人々による賛嘆が、新しい社会の権威の源泉である。

それより寳塔長(とこしな)へに天に聳えて、西より瞻(み)れば飛檐(ひえん)或時素月を吐き、東より望めば勾欄夕に紅日を呑んで、百有余年の今になるまで、譚は活きて遺りける。（其三十五）

「百有余年の今」という明治二十年代の日本は、自由民権運動が敗退すると共に、近代国家システムが本格的に形を整え作動を開始した時代である。この時にあたって、動き始めた巨大システムに抗しつつ、なお個人としての自由を保つにはどのような思索・かまえが必要なのか——〈国会時代〉前期の露伴は、この問いに一応の回答を用意し了えたといえそうである。

注

（1）まず舞台となった感応寺に関する概略を、福田清人編『近代文学鑑賞講座　第二巻　幸田露伴・尾崎紅葉』（角川書店。昭34・8）が載せる、東京市編纂『東京案内　下巻』（明42）の記事より摘録する。

「天王寺、谷中天王寺町に在り。初め長耀山尊重院感応寺と称し、日蓮宗に属す。（中略）応永の頃の草創にして、僧日源を開山とす。寛永中に至り、将軍家光地を賜ひて寺院を拡張し遂に一大寺となり、元禄十二年寺僧罪ありて流刑に処せられ、是より天台宗に改めらる。権僧都慶運開基たり。（中略）明治戊辰の日、彰義隊の分営たるを以て兵火に罹り、僅かに本坊及五重塔を残す。（中略）五重塔は有名なる建物の一にして、寛永中起工、正保元年竣功し、寛政三年再建したるもの也。」

これに、二、三補足する。

まず「元禄十二年寺僧罪ありて」云々とあるのは、徳川幕府による日蓮宗不受不施派弾圧政策の一例である。幕府の同派弾圧はキリシタン弾圧と並んで名高いが、谷中感応寺は、小湊誕生寺・碑文谷法華寺と共に同派の中でも悲田派と称されるものの拠点で、いわば妥協派であった。が、元禄四（一六九一）年四月寺社奉行より悲田新義の停止令が出され、悲田派も遂に壊滅、三寺は身延に属せられた。さらにその後の元禄十一（一六九八）年感応寺住職・日遼、同寺前住職・日饒他数名の僧が不受不施派とされ、遠島となった。そして翌年感応寺も天台宗に改宗せられたのである（影山堯雄編『日蓮宗不受不施派の研究』平楽寺書店。昭31・9）。不受不施派の殉教と抵抗の歴史は、『五重塔』其三十二で語られる「飛天夜叉王」の人間に対する「恨み」「六十四年は既に過ぎたり」等の言葉を解く鍵を提供してくれそうだが、影山編同書の「不受不施年表」に拠る限りでは、作中の言葉にうまく対応しそうな史実をさぐり当てることはできなかった。

次に、『五重塔』の直接的な歴史背景となるはずの塔建立については、其三十五に「百有余年の今になるまで」云々とあるところから、寛政三（一七九一）年の再建時が想定されていると思われる。この時に、実際の再建事業の中心となった大工の棟梁は、近江国高島出身の八田清兵衛なる人物だという（江戸のある町・上野谷根千研究会編『谷中五重塔1644―1988』昭63・7。特にそのうちの、浦井正明「天王寺と五重塔」および山田博子「幻の五重塔を探して」参照）が、わずかに知られる清兵衛の記事は十兵衛とは少しも結びつきそうにない。十兵衛のモデル問題については、やはり露伴自身の「作家苦心談」での発言（「新著月刊」明30・8。のち『唾玉集』明39・9に所収）に拠るしかなさそうである。

最後に天台宗に改められつつもなお感応寺と呼ばれていたこの寺が、天王寺と名も改めたのは、天保四（一八三三）年である。北島正元『日本の歴史18　幕藩制の苦悶』（中公文庫。昭49・6）に拠れば、当時一介の祈禱僧から身をおこし、大奥を手玉にとって幕府の祈禱所に指定されるまで栄達をとげた僧・日啓が、その実子で家斉の愛妾であった美代にせがませて、雑司谷鼠山に日蓮宗感応寺を再興したことに因る、という。これに伴って、谷中の天台宗感応寺はその名を鼠山にゆずり、みずからは天王寺と改めたわけである。この、ラスプーチン的妖僧日啓は、家斉の没した天保十二（一八四一）年ただちに失脚し、鼠山感応寺も同年破却された。全伽藍の完成した天保七年からわずか数年の後である。鼠山感応寺と大奥の醜聞は、大御所政治の腐敗の象徴として多くの江戸随筆などに見られるから、〃あの鼠山感応寺ではなく、谷中の感応寺の話〃という程度の意識は、当然露伴にあっただろうと思う。

なお不受不施派についての簡略な紹介の書として、奈良本辰也・高野澄『忘れられた殉教者―日蓮宗不受不施派の挑戦―』(小学館ライブラリー46。平5・6)がある。

(2) 亀井秀雄『感性の変革』(講談社。昭58・6)。その「第十章　気質の魔」。

(3) 広瀬朱実「『五重塔』結末部への疑義と考察」(「文芸と批評」平2・9)。『明治文学と私』(右文書院。平9・8)所収。以下、広瀬に対する言及はすべて同論文に拠る。

(4) 登尾豊「『五重塔』の暴風雨―露伴文学再評価のために―」(熊本大学「国語国文学研究」昭46・4)。以下、登尾に対する言及はすべて同論文に拠る。

(5) 本書第六章参照。

(6) 中村完「五重塔」(「解釈と鑑賞」昭53・5)。

(7) 広重徹『科学の社会史』(中央公論社。昭48・11)。特にその「第2章　科学の制度化」参照。

(8) 『修省論』(大3・4)。特に「生産力及生産者」の章を参照。

II

第十一章　釣人　露伴——〈安楽〉をめぐる政治／文学——

はじめに

明治三十年代に入ってからの露伴の創作活動が〝下降に向かった〟と評することは、かならずしも適切ではないかも知れない。大評論『一国の首都』（明32・11、12。明34・2、3）や、長篇詩『心のあと出廬』（明37・3〜12）、それに元曲・諺などに関する数々の先駆的研究等、この時期に成された仕事を列挙することはたやすい。また、やや小説から離れた気配もなくはないとしても、その気になれば、『貧乏』（明30・10）、『夜の雪』（明31・1）、『太郎坊』（明33・7）、『雁坂越』（明36・5）、『土偶木偶』（明38・9）、そして『天うつ浪』（明36・9〜明38・5（未完））といった、珠玉の短篇や長篇作品を並べることは容易である。

だが、それでもなお、三十年代に入ってからの露伴には、時代の流れに対する敏感な反応、新たに生じた諸問題についての正確な認識等を、どこか欠いた印象がある。[1] その一例として、藤村操の自殺をめぐる露伴の反応を見てみよう。

明治十九年生まれの一高生藤村操が、日光華厳滝に投身自殺をしたのは、明治三十六年五月二十二日である。滝の落ち口の大樹を削って墨書された『巌頭之感』（「……万有の真相は唯一言にして悉す。曰く不可解。我この恨を懐いて煩悶終に死を決するに至る。……」）は、叔父那珂通世の哀悼の辞の中に紹介され、新聞を通じて大いに喧伝された。この事件が、漱石周辺の青年達――後に大正教養主義の中核を形成する人々――に深刻な影響を与えたことは周知の通りである。では、露伴はこの事件をどのように受けとめたか。

則ち自殺を成す青年の如きは、遺伝的精神状態の故もあらうが多くは身体の不健康な徒で、其の身体の不健康は何処から招いたかといふと、是れ又た多くは野外的身体的の娯楽を有せぬ所からである。（中略）之れ無くして終始籠居勉強に耽つて居るものは、自然と健康を損し勉強も進まず、果ては妙な疑問を懐いて自から悶へるやうな落目（はめ）に成る。大体が人生の意義だの宇宙の真理だのといふは千古の大疑問であつて、哲学始まつて数千百年以来といふもの、解決又た転覆、転覆又た解決といふやうに、幾多の大学者が脳漿を搾つて居る次第、それにも係らず未だ普通学の智識さへ十分ならぬ青年学生が、同じやうに口を揃へて云々し煩悶するといふ事は、順序から言つても甚だ僭越な沙汰である。

（「青年時代と娯楽」明39・8）

自殺と「身体の不健康」の関係についてはしばらく措くとしても、後半「人生の意義だの宇宙の真理だの」云々をめぐる露伴の見解は、それが全く当然な理屈であるだけに、いっそう、その種の大疑問を前にして立ち往生してしまい、徒らに「煩悶」して遂に死に至った若者の、内面の事情に対する無理解・無関心、更には一種の冷淡さまで、感じられてしまうのである。またこれが藤村ひとりの「煩悶」でなかったことが明らかであるだけに、漫罵ではなく、もっと注意深い、不審の念をとりあえず裡に保ちつつ思いやる、といった姿勢が必要だったのではないだろうか。

しかも、その頃露伴は何をしていたかというと、毎日のように、釣をしていたのである。

家庭人として、明治三十年代の露伴は幸福に充たされていた。その露伴の充実を示す語として、柳田泉は「芸術への精進」、「読書の人」と並べて、「趣味の天地」を挙げ、銃猟・細工物・将棋・写真と、露伴の趣味を数え上げた後、特に三十年代の中心的な趣味として釣を、詳しく論じている。(2) 露伴は先の引用文の中で「身体の不健康は何処から招いたかといふと、是れ又多くは野外的身体的の娯楽を有せぬ所から」と書いていたが、では一体露伴は「煩悶」青年に向かって、釣をせよ、とでも言いたかったのであろうか?――どうも、そうらしい、というのが筆者の仮説である。

本章は、まず露伴にとって釣とはどのようなものであったか、を探る。続いて藤村操のような「煩悶」青年の内実を、国家との関わりの中で考察し、この頃の森鷗外の仕事と石川啄木の歌業に触れる。そして最後に再び露伴の釣――そこから生まれた文学の可能性に言及したいと思う。

1

露伴と釣、といえば、向島――隅田川のほとりでの彼の暮らしを、いくらかなりとも視野に入れておかねばならない。

露伴は向島で、三軒の家に住んだ。一軒目の住所は、寺島村字番場二五五番、(3) 明治二十六年暮れから約一年間住んだ。しかし、保証人をひき受けたせいでかぶった借金の取立てから逃れる為に、やむなく千葉県横田村（祖母芳のちなみ、という）に引っ越す。この家の様子を、露伴自身は次のように記している。

向島へ私が始めて家を持つたのは日清戦争の頃で、白髯から引つこんだ所で、一軒家のやうなものだつた。隅田川へよくこひ釣に出たが、船で釣つてゐると、こひだから手早く引きあげるわけに行かず、土手の方に大勢たかつてこつちを見てゐるので、それにはへいこうした。その時分には地所が六百坪もあつたので、内の庭へ鳥がたくさんくるから、鉄砲で打つてゐた。二階から打つたりなんかした。

（「釣魚小話」昭4・10。神代種亮筆記という。傍点原文）

見られる通り、確かに釣はやっているけれども、まだ通り一遍のもののようで、銃猟の方が身近であった様子が窺われる。独身生活の気楽さも伝わってくるだろうか。

二軒目は、露伴が最初の妻・幾美子と結婚して二年目の明治三十年の九月頃に移った家で、住所は寺島村元寺島一七一六番地。ここには、はじめ末弟・修造も同居しており、この修造が、露伴を釣に熱中させるきっかけとなったようである。『六十日記』（明32・2／25～4／25）、その三月十九日の条は、露伴が釣のある暮らしの楽しさを自覚する様を、みごとに示している。

我は鳥銃を肩にし、弟は釣竿を手にし、笭箵（びく）の中には一小瓢の酒、十数団の飯を備へ、「ぽつけつと」の中には一二冊の水滸伝を潜ませて、奥戸のあたりに遊ぶ。鳥を獲ると獲ざると、魚を獲ると獲ざるとに論なく、中川の流れのほとり蘆荻茫々たるが間に一日を送らんとてなり。銃は一羽をも獲ざりしが、竿は幸にも握るに余る大なる鮒十数尾を獲たりければ、兄は芝生ふる地に坐して独酌の微吟に傲り、弟は柳の根に凴りて泛子（うき）の動きに無言の笑ひを湛ふ。兄弟歓ぶこと甚しくして、家に帰れば妻孥もまた歓ぶ。疲れたる身の先づ何よりもと浴（ゆあみ）を取りて戻るに、膳の上には既（はや）釣り来りし鮒のさしみ、同じ小鮒の車輪膾（くるまなます）、細君の庖丁によつて調へられたり。こゝに於て先生一瓶の麦酒に酔ふて陶々として、縦ひ王侯の貴きといへども、己が釣りたる魚の味は己が釣らずば知るまじきなり、さては南面の楽みも如何で我が此の一日の清興に易ふべけんやと誇る。

（本当は自分が釣ったわけじゃないけれどね）といった落ちまでついている、喜びにあふれた文章だ。そして、これから二十日近く経った四月八日の条を見ると、もう「午後中川のほとりに遊ぶ。」「例の如く釣して日暮るゝ頃帰る。」などとあるから、この間に、恐らく露伴の手にするものが猟銃から釣竿に、完全に移ったのである。

右の三月十九日の条に明らかなように、露伴の釣生活には、夫の豊漁を喜び、たちまち様々に料理して食卓を調えてくれる愛妻の存在が、不可欠だった。だから、この十一年後、そして向島の三軒目の家——妻の内助の功によるところ大きい新居（住所は寺島村一七三六番地）——を購入してからわずか二年しか経っていない、明治四十三年の四月に、幾美子を亡くしたことは、露伴にとっての釣の意義をも、大いに変えたにちがいない。——しかし、それはまだ先のことである。

『六十日記』でもう一箇所、重要な記述がある。四月九日、この日も露伴は釣に行き、仲間と合わせて六七十尾もの三年鮒を獲ていい調子で帰るところを、顔見知りの「渡し守の叟」に呼びとめられる。

君が家苞は足りぬべけれど我が此夕の酒の代は無し、如何で我が昨夜網して獲たる鯉魚をば購ふては給はずやといふ。此叟は今猶細き髷を戴けるにても万般を猜すべき樸野の男にて、過ぐる日より語を交しつ相狎れたれば、我も笑ひながら、よし、購ひもすべきが、其鯉魚はいづれにありやと問ふに、

男は返事もせずに、何やら水中の縄をたぐり寄せる。と、「水面忽ち漣波立ち、いと大きなる真鯉の勇ましくも縦

横に游ぎまはれるが」見えた。とても持ち帰ることなど出来そうにない大きさだった。それを男は「画の趣きもあり詩の情もある」様の「藁苞」に手早く包んで渡す。渡された露伴、「持重りして途の半には聊か困ぜしが、家に着きて大盥の中に鯉を放つに及び、猶勢よく潑剌たるを見ては腕のたゆかりし辛さをも打忘れぬ」。この時、驚きと満足のうちに露伴が知ったのは、時流にとり残された、ないしは世に背を向けた「万般を猜すべき樸野の男」の存在と、そういう男だからこそ身につけていまだ廃すに至らぬ、みごとというしかない暮らしの技術である。『一口剣』『五重塔』の作者は、一流の職人のそれとはまた性質の異なる技術の在り方を、これから釣を通して出会う、渡し守や船頭、漁師らを通じて学ぶ。少々先ばしって言えば、『一国の首都』を書き得る学識に、右のような水辺で生活する人々の日々の観察とが相俟って、はじめて『望樹記』（大9・10〜12）のような作品は可能になるのである。他に、ここにもこのような生活があったのか、という発見を含む文章としては『夜の隅田川』（明35・9）を挙げておく必要があろう。そこでは、生活道具の一切を積み込んで国から国を渡り暮らす「世帯船」や、「羽田あたりからも隅田川へ入り込んで来て、鰻を捕つて居るやつ」などの生活事情が、語られている。このような、釣人になってはじめて見えてくる世界と、そこに住む人々、その人々の生活技術の意義等々の、最初の文学的形象化が、後にみる『ウッチャリ拾ひ』（明39・3）である。

柳田泉は前掲書で、露伴の釣に「超越的な一面」と「研究的な凝り性的」な面の、二面があると指摘している。まず前者について。

露伴の場合、この釣魚の遊びは、他の写真その他の遊びと違つて、特に大きな且つ深い意義がある。それは、これが、露伴をして身を大自然に、心を永遠の世界に遊ばしめるた
よりとなつたといふことである。露伴の生活なり文学なりに深味を与へ、ひろさを与へ、永遠的趣致を与へるに与かつたといふことである。

これは、直接的には恐らく『雨の釣』（明34・8）などの「お舟の懐中に睡た大きな嬰児」「眼に遮るものは何も無くなつて、天地混沌たる大古の世に我たゞ独り生れ出たやうな感じが仕た」といった一節を念頭に置いて書かれたものと思われる。

後者については、こう述べている。

> その研究癖を示す文献は、『釣魚談』の釣餌の研究、『釣車考』の釣具の研究考証、支那の釣客文学（張志和、陸亀蒙、皮日休の徒）に関する研究、などいろいろある。（中略）それのみでない、露伴の研究は、釣魚から魚の習性、水の性質、捕魚法一般に及び、種々発明するところがあつたといふ。

これに『水の東京』（明35・2）といった地誌的研究を加えれば、露伴文学における釣の「研究的な凝り性的」な面は、ほゞ尽くされたといってよいだろう。

しかし問題なのは、この二つの側面のつながりである。とりわけ前者の、「大自然」といい、「永遠の世界」といい、何やら雲をつかむような気味合いがないわけではない。筆者なりに言い換えるなら、それは、自然のもろもろの事象（例えば魚、例えばその餌となる虫、例えば水……）と自己との関係を、技術的具体的な働きかけを通じて体感し、その関係の中に自己をしっくりとなじませること。そうした技術的知見は人間の歴史的蓄積としてあるから、その体得はイコールあらゆる他者（過去・現在・未来、諸地域、諸階級、諸身分等にわたる）に向かって心開かれ、共感し合うことを意味するはず……。仮に、このように考えてみるなら、あの、世をすねた渡し守の藁苞に感心する、といった些細なしぐさも、柳田の指摘する釣の二側面のみごとな統一と見ることができるのではないだろうか。そして、こうした露伴の方向性（釣によって暗示された？）は、向島対岸の世界で進行していた恐るべき事態に対する、抜本的な処方箋であったかも知れないのである。

そこで、愛妻と幸福のただ中にいた露伴からひとまず離れ、対岸に目を向けることにしよう。

2

日清・日露戦争にはさまれた十年間とその前後が、国家装置の帝国的再編成と〈国民（ネーション）〉形成の完成期にあたっている、とは誰もがいうことである。国民国家批判の論客は、[4] 空間（国境確定、中央／地方／植民地への分節化）、時間（定時法の採用とそれにもとづく日常生活の再分節化、一国神話〜歴史の成立）、習俗（冠婚葬祭の新様式の発明、伝統の創造）、身体（起居、歩行の近代組織への適応訓練）、言語・思考（国語、国家シンボルの形成とそれへの忠誠）等々、様々な局面で進められた〈国民化〉への課題の、ひとまずの達成を、おおよそこの時期に措定する。しかし、そうした論者の多くが、ほとんど当然の挨拶の一つのように引用する、B・アンダーソン『想像の共同体』によれば、日本は（シートン・ワトソンの用語にかかるところの）「公定ナショナリズム」の典型とされる国家のひとつなのである。[5] 彼の診断に従うなら日清・日露戦争間とその前後は、〈国民国家〉の完成期どころか、その形成の失敗がはっきりした時、擬似〈国民国家〉の捏造のおぞましき完成期といわねばならない。

〝失敗〟と、ここでいう事態は、例えば「日露戦後は、統一的な国民意識、ナショナル・アイデンティティの崩壊ないし拡散した時代のゆえに、外的規制としての強力な国家強権による閉塞的空間となり」（平岡敏夫）[6] 云々といった主張とは、まず別のことであることを、はっきりさせておこう。

第一に、ここで〝失敗〟というのは、自由民権運動の思想的敗北を指している。そこで民衆は、みずからが新しい共同体の政治的主体になるための、政治的訓練を怠ったし、民権家たちもまた、己れの士族意識を克服して民衆と一体化した新しい自己の在り方を模索することはなかった。人権思想の普及・深化の失敗は、逆に天皇シンボルの大衆への浸透に手を貸す結果に終った。そうして生まれたのが、甲申事件（明17）で最初に顕在化したような、他国（特に中国・朝鮮）への侮蔑に裏打ちされた好戦的愛国心なのであり、日露開戦時の〈国民〉的熱狂と日比谷焼打事件は、右のような最悪の共同体「想像」の、いわば必然的に至りつくところだったのである。だから、国木田独歩が『号外』（明39・8）の末尾を、次のように結んだのはなかなか含蓄がある。

　外に何か、戦争の時のやうな心持に万人（みんな）がなつて暮す方法は無いものか知らんと考へた。考へながら歩るいた。

この国の民から戦争を取ってしまったら（あるいは「戦争の時のやうな心持」でいつも何かの目標に向かわせ続けておかない限り）、日本をまとめる政治理念もなければ、日本人同士の連帯感も共感も、何もないことがすぐに露呈してしまう。「統一的な国民意識、ナショナル・アイデンティティ」は、崩壊したのでも拡散したのでもない、そんなものは始めからなかったのだ。

　第二に、それにも拘らずか、それゆえにかはともかく、維新以来の社会全体にわたる国家への組み込まれの過程——国家装置の帝国的再編成が、この時期に一応の完成を見たのは、やはり確かだろう。国家は、長い時間をかけてソフトに、社会を併呑していった。そしてすっかり呑み尽くした後で、社会の周辺に混在していた社会主義者や無政府主義者たちへの、露骨な「強力な国家強権」の発動を行なったのである。「国家強権」の発動は、「閉塞的空間」の原因ではなく、その結果の表れの一つとみるべきである。

　次節で扱う石川啄木は、藤村操と同年の明治十九年生まれだが、小学校時代〝神童〟などと呼ばれながら、中学校に入るや優等生だった藤村とは異なって成績が下がり続け、とうとう明治三十五年に放校となってしまう。小学校優秀、中学校中退。これだけを見れば露伴も啄木と同様なのだが、勿論その意味は全く違う。露伴や彼より一歳年少の透谷を考える上で、近代的学校教育制度の存在を考慮することは、やはり必要だと思うが、彼らの頃の〈学校化社会〉はまだ理念的レベルに留まり、それが一部の没落士族の子弟のような、教養による家の再興――栄達を目指す人々にだけ、内なる生の規範モデルになる場合があったにすぎない。しかし啄木が中学を中退した明治三十五年は全国の学齢人口の就学率が九〇パーセントを突破しており、〈学校化社会〉は既に現実のものだった。例えば、露伴の世代にとって『西国立志編』（明3〜4）は、身分意識を打破して新しい社会に向かって自立しようという時の恰好のモデルを提供してくれる書であったが、明治三十年代は既にそういう読みは許されていないのである。再び独歩を見るなら、その『非凡なる凡人』（明36・3）の主人公・桂正作にとって『西国立志編』は、父ゆずりの「勇猛心」と「敢為の気象」――まさに痛烈な自立への意志であるはずのものを、「冒険心」＝「山気」と貶め、それに代わる「堅実なる有為の精神」を育むものとして位置づけられる。ではその「堅実なる有為の精神」[7]とは何か。要するに、真面目に学校にゆき、卒業して、サラリーマンになる生き方をしか望まない「精神」である。いや、「たゞ其職分を忠実に勤ただけか。そうでない！」といい、正作についてもう一つのエピソードを、語り手は作品の最後につけ加えてはいる。しかしそれは、正作が弟のために学資を出して「工手学校」を卒業させてやった、という話なのである！――個人の立身出世願望を、学校システムが独占した、と僭称すること。個人の欲望は、現行秩序に従順である限り充足される、という空手形を乱発してみせる社会が到来したのだ。

いったんこのようなシステムが作動し始めると、そこから落ちこぼれた啄木のような人間は、そのシステムで植えつけられた自尊心と出世願望を内向させ、彼らの心を蝕む危険にさらされる。しかし似たような危険は、エリートコースに乗った青年たちにもつきまとうだろう。立身出世主義には、本来、自己の可能性の社会的実現や、社会に対して有用な人材たろうとする、社会的動物であるところの人間が不可避に持つ性向が含まれるはずだが、システムの完成は、立身出世主義からそうした精神的意義を剝ぎ取り、単なる利己主義と欲望充足の代名詞に変えてしまう。岩波茂雄が、藤村操の自殺から受けた衝撃を説明する次の一節[8]は、自由民権運動による〈国民〉形成失敗と、その後の学校社会成立が必然的にもたらすところの立身出世主義の末路を、うまく伝えているように思われる。

> その頃は憂国の志士を以て任ずる書生が「乃公出でずんば蒼生をいかんせん」といつたやうな、慷慨悲憤の時代の後をうけて人生とは何ぞや、我は何処より来りて何処へ行く、といふやうなことを問題とする内観的煩悶時代でもあつた。立身出世、功名富貴が如き言葉は男子として口にするを恥ぢ、永遠の生命をつかみ人生の根本義に徹するためには死も厭はずといふ時代であつた。

もしも社会が本当に学校システムに乗っ取られ尽くしているのなら、「永遠の生命をつかみ人生の根本義に徹するため」には、彼らが住まうべき具体的な生の現場・人間関係を、社会の外に、別に設定せざるをえなくなる。例えば、共通の趣味・教養を共有する仲間集団、といったものを……。学校システムが社会の全体を呑み込んだなんて、ウソだよ、と釣人・露伴ならつぶやくように思えるのだが。

明治三十年代に出来上がったのが、とんだ擬似〈国民国家〉に過ぎないこと、その不毛性をみごとに描いた作品として、森鷗外『かのやうに』（明45・1）を一瞥しておきたい。

『かのやうに』の前半は、ヨーロッパ留学中の子爵の息子・秀麿が、父に出した便りとそれに対する父の感想から成る。秀麿が便りの中で嬉々として父に紹介するヴィルヘルム二世の施策は、まぎれもしない〈公定ナショナリズム〉の戦略そのものであり、何一つ新味はない。興味深いのはむしろ、父・子爵の感想である。

息子の手紙を読んで、子爵が思い至るのは、日本の民を〈国民〉として結びつけるべき核心にあたるものが、何も見あたらない、という実感だ。秩序構成原理に相当しそうなものとして子爵の頭に浮かんでくるのは「朱子の註に拠つて論語を講釈するのを聞いたより外」ない。衆生の心のよりどころだったはずの仏教はといえば、「昔から菩提所に定まつてゐる寺があつた」が、今は維新の廃仏棄釈で「全く没交渉」。そこで邸内にある「祖先を祭つた神社丈はあつて、鄭重な祭をしてゐる。」が、つきつめて考えたところを正直にいえば、「自分の祭をしてゐるのは形式丈で、内容がない」。

> 自分は神霊の存在なんぞは少しも信仰せずに、唯俗に従つて、聊(いさゝか)復爾(またしか)り位の考で糊塗して遣つてゐて、その風俗、即ち昔神霊の存在を信じた世に出来て、今神霊の存在を信ぜない世に残つてゐる風俗が、いつまで現状を維持してゐようが、いつになつたら滅亡してしまはうが、そんな事には頓著しないのではあるまいか。自分が信ぜない事を、信じてゐるらしく行つて、虚偽だと思つて疚しがりもせず、それを子供に教へて、子供の心理状態がどうならうと云ふことさへ考へても見ないのではあるまいか。

〈公定ナショナリズム〉＝擬似〈国民国家〉の真のおそろしさを、これほどみごとに指摘した文章は、ちょっとあるまいと思う。国家が何ら政治的理念を持たぬシステムそれ自体だ、ということは[9]、何を意味するのか。

退屈で無内容な儀式があったとして、そのような儀式を繰り返し行なうことは、果たして無意味かどうかを、考えてみよう。すると、無意味というのとは全く違うことに気づくだろう。儀式の主催者は、それを行なうことによって、自分に従順な者と従順でない者とを、はっきり弁別できるからである（身なりがきちんとしているか、態度は真面目か、素直に起立・着席するか、定められた歌やスローガンを大声で歌い、かつ叫び続けるか等々……）。しかも、その主催者に何ら政治的理念の持ち合わせがない場合は、事態はいっそう険悪になる可能性があろう。理念なき主催者は、自分に従順でない者に対して、従順でない理由（その理念）を問う必要も動機も感じないだろうから、つまり、平然と卑劣で露骨な懐柔策をとるか、はたまた問答無用の弾圧かの二者択一となる……。要するに政治理念なきシステムは、黙って従え、自分のことだけ考えておれ、と命ずるシステムなのであり、このシステムの下で成長した「子供」たちが「煩悶」しだすのは当然だともいえる。子爵の心配は、正確なのだ。

作品後半は、帰国した秀麿と、友人・綾小路との間で交わされる対話である。今度の秀麿は「かのやうにの哲学」でいささか理論武装している。数学も自然科学も精神学も、それぞれ「点」や「線」、「元子」、「自由意志」等が、ある「かのやうに」考えなければ存立し得ない。あるかないか（事実判断）ではなく、「かのやうに」考えなければならぬ（必要）だ。（皇祖が）神であるかないか、は事実判断で歴史学にとって都合が悪いが、（皇祖が）神である「かのやうに」考えるのは、必要だからそうするだけなので、何の問題もなかろう――この秀麿に、綾小路は言下に「駄目だ」と応える。

なぜつて知れてゐるぢやないか。人に君のやうな考になれと云つたつて、誰がなるものか。（中略）みんな手応のあるものを向うに見てゐるから、崇拝も出来れば、遵奉も出来るのだ。

〃（皇祖が）神である「かのやうに」考えるのが、好都合かつ必要だと思うのは、秀麿、お前だけだ。「みんな」はそうとは限らない。（皇祖が）神である「かのやうに」考える必要など何もなく、むしろ神ではないと考える方がよほど「手応」がある、と考えるかも知れないではないか〃……。秀麿に対して、皇祖が神だと証明しろ、と求めているのでもない限り、綾小路の主張は、こういうものであると想像するしかあるまい。いかにも理念なき国家のエリートとしてうまくやっていきたいと願う男の考えそうなことが、このように否定されたところで、『かのやうに』は終る。

だが、(皇祖が)神でないとしたところで、擬似〈国民国家〉がどうなるものでもない。鷗外は、一体どういう「手応のあるもの」が見つかれば、まともな〈国民国家〉はできる、と考えていたのだろうか。

3

この時代の息苦しさに対し、〈時代閉塞の現状〉というみごとな名を与えた石川啄木は、同時にその最底辺部の心的境位を実に生々しく書き残した人である。

筆者の見立ては、こういうものだ。啄木が時代の最底辺部を地獄めぐりとして体験したことどもの意義は、かつての自由民権家たちが怠慢にも回避してしまった、己れの内なる士族根性との対質と、それを通しての人権思想の吟味―内面化、という作業になぞらえられるのではないか。啄木の場合、士族根性に対応するのは、恐らく学校制度の下で植え付けられた誇大な自尊心とその裏返しとしての社会に対するいわれなきルサンチマンである。いささか駆足的に、『一握の砂』(明43・12)所収歌の、それも明治四十三年中の歌の幾つかと、『ローマ字日記』(明42・4/7〜6/16)中最も有名な四月十日の条を、右の観点から考えてゆく。(10)

ふるさとの訛なつかし
停車場の人ごみの中に

そを聴きにゆく

初出は『東京朝日新聞』（明43・3／28）。諸々の年譜を見ると、啄木は前年の六月十六日に函館から上京した老母と妻を迎え、一年半余りの単身赴任生活（その最後の日々を記したのが『ローマ字日記』）を了える。そして以後、一時的な別居はあっても基本的に死ぬまで、彼らは東京で同居した由であるから、一・二句、なぜ「なつかし」なのか、は問題にされてもよいだろう。単に「なつかし」ではなく、「停車場の人ごみの中」から聞こえてくる「ふるさとの訛」というところに、意味があるのではないか。毎日顔をつき合わせた者同士で交わされる、生活上の愚痴や苦情ではない、「停車場」の雑音によって断片化され、意味内容をほとんど剝脱された、匿名的な「ふるさとの訛」。そのような「訛」をなぜ？――この歌は、この「なぜ」という問いかけを読む者に促す。だからこそ、啄木はこれに続けて、初出時の隔たった「やまひある獣のごとき／わがこころ／ふるさとのこと聞けばおとなし」（初出「スバル」明43・11）を、「なぜ」への回答として据えたのであろう。

「やまひある獣のごとき／わがこころ」が巧みな譬喩といった単なる修辞ではないことは、「一度でも我に頭を下げさせし／人みな死ねと／いのりてしこと」（歌集初出）や「どんよりと／くもれる空を見てゐしに／人を殺したくなりにけるかな」（作歌、歌稿ノート。明43・10／13夜）の歌を併せ読めば、その内実が納得できる。このように悲惨なまでにすさんだ心は、その攻撃性を当然自分自身にも向けないではいられまい。「死ね死ねと己を怒り／もだしたる／心の底の暗きむなしさ」（初出『東京毎日新聞』明43・4／24）、「死にたくてならぬ時あり／はばかりに人目を避けて／怖き顔する」（作歌、歌稿ノート。明43・10／13夜）。啄木とその周辺の人々の間に入り込み、両者を共に喰い殺そうとする、この「やまひある獣」の正体は、一体何だろうか。それを知る手掛かりはこれらの歌が作られた前年に書かれた、『ローマ字日記』四月十日の、次の条りにある。

去年の暮から、予の心におこった一種の革命は、非常な勢いで進行した。予はこの100日のあいだを、これという敵は目の前にいなかったにかかわらず、つねに武装して過ごした。たれかれの区別なく、人はみな敵に見えた：予は、いちばん親しい人からじゅんじゅんに、知ってるかぎりの人を残らず殺してしまいたく思ったこともあった。親しければ親しいだけ、その人が憎かった。〝すべて新しく〟、それが予の1日1日を支配した〝新しい〟希望であった。

自己と他者を喰い殺さんばかりの破壊衝動は、どうやら「飽くなき利己の一念を／持てあましたる男」である自分自身と「時代閉塞の現状」としての社会の双方を、一挙に御破算にしてしまおうという、「一種の革命」「〝新しい〟希望」であったらしい。先に、自由民権家たちが回避して済ました自己省察を、啄木が成し遂げたのではないかと述べておいたが、それはこの、自己と社会に向けられた強烈な破壊衝動を指す。

確かに啄木は、こうした自己破壊を促さないではいられぬような内的必然をかかえていたにちがいない。それは例えば、「誰そ我に／ピストルにても撃てよかし／伊藤のごとく死にて見せなむ」（作歌、歌稿ノート、明43・9／9夜）や「やとばかり／桂首相に手とられし夢みて覚めぬ／秋の夜の二時」（同前）のような歌を詠んでしまう啄木である。この二首について、先行研究の幾つかは、彼の社会主義への志向を考慮してか、奇怪というしかない解釈を下しているが、(11)これは伊藤博文や桂太郎などと肩を並べるような大物として、自分を夢想しないではいられない、病的なまでの彼の誇大妄想癖として済ますべき歌なのである。そうと自覚しているからこそ、この二首を啄木は「我を愛する歌」の末尾に置いたのだろう（我が心の獣よ、かくも尊大不遜な我を喰い殺せ）。

だが、この革命としての破壊衝動は、どういう境位に彼を追い込んでゆくか。

けものめく顔あり口をあけたてす
とのみ見てゐぬ
人の語るを
（作歌、歌稿ノート。明43・10／3夜）

人間のつかはぬ言葉
ひよつとして
われのみ知れるごとく思ふ日
（歌集初出）

「人間のつかはぬ言葉」とは神の言葉なのかも知れない。啄木のことだから、それもありうる。しかし啄木は、それが同時にけものの言葉でもある、ということを十分に承知しているはずである。彼は、どん底――人でなしの境涯に堕ち込んだのだ。

この境涯の惨たる在り様を、啄木は『ローマ字日記』に次のように記していた。

予は　女のまたに手を入れて、手あらく　その陰部をかきまわした。しまいには　5本の指を入れて　できるだけ　強くおした。（中略）18にして　すでに普通のシゲキでは　なんの面白みも感じなくなっている女！　予はその手を　女の顔にぬたくってやった。そして、両手なり、足なりを入れて　その陰部を　裂いてやりたく思った。裂いて、そうして　女の死がいの　血だらけになってやみの中に　よこだわっているところを　まぼろしになりと　見たいと思った！　ああ、男には　もっとも残酷なしかたによって　女を殺す権利がある！

なんという恐ろしい、いやなことだろう！

一秒ごと一秒ごとに、人と悪魔がたえず入れ替わっているような描写である。

ここで、右の啄木の文章から十九年前に露伴が書いた小説の一節を引いておこう。その時、露伴もまた、自己と社会の関係をいったん御破算にして、新しい道徳を確立しようと試行錯誤を繰り返していたと考えられるのだが[12]、彼もやはり啄木同様、殺戮の願望に触れているのである。

一人十人百人乃至千万億人を敵とするも味方とするも、我が勝手にて、我が勝手ならぬは関ふべきことはあらず。四海に鴆羽を浸して五洲の人を毒害するなど、面白しとせば為てもよし。偸盗邪淫、両舌綺語、飲酒博奕、詐欺万引、謀反、慈善、忠義、情死(しんぢゆう)、共逃(かけおち)、牢破り、なにをやつても差支へなし、嫌ひでせぬは無理に為すには及ばず。

（『封じ文』明23・11、12）

（「鴆」は肉・羽根に猛毒あるとされる中国の伝説上の鳥）。両者のちがいは、若き露伴の小説は一種の観念の実験にすぎなかったのが、啄木になると「嫌ひでせぬは無理に為すには及ばず」どころか、嫌いも好きも越えて、しないではいられない、やむにやまれぬ境涯に、現実に堕ち込んでいるところである。

しかし、このどん底、人でなしの境涯の中で、啄木は、鷗外の言葉でいうところの「手応のあるもの」を見つけるのだ。

人のいないところへ行きたいという希望が、このごろ、ときどき　予の心をそそのかす。人のいないところ、少なくとも、人の声の聞こえず、いな、予に少しでも関係のあるようなことの聞こえず、たれもきて　予を見る気づかいのないところに、（中略）どんな顔をしていようと、どんなりを　していようと、人に見られる気づかいのないところに、自分のからだを　自分の思うままに　休めてみたい。

このような希望に、啄木はとりあえず「病気」と名前を与える。

病気！　人のいとう　この言葉は、予にはふるさとの山の名のように　なつかしく聞こえる

それは、

まっ白な、柔らかな、そして
からだが　ふうわりと　どこまでも——
安心の谷の底までも　沈んでゆくような　ふとんの上に、

或いは、

わたしの　このからだが　水素のように
ふうわりと　軽く　なって、
高い、高い　大空へ　飛んで行くかも知れない

そして、続いてこの希望―夢想に、「病気」に代わって「死」の名を与え、更にうっとり気分に浸ろうとした、次の瞬間、明るい諧謔を帯びた転調が、突如訪れる。

あっ、あっ、ほんとに　殺すのか？　待ってくれ、
ありがたい神さま、あっ、ちょっと！

ほんの少し、パンを　買うだけだ、ごーごー5銭でもいい！
殺すくらいの　お慈悲が　あるなら！

この一連の文章を、啄木は「安心を求めている。その安心とは　どんなものか？　どこにあるのか？」という問いかけから、書き始めているから、さしずめ〈安心の希求〉とでも命名できないこともないのだが、啄木自身がこの一連の文章にふさわしい、最もすばらしい言葉を、クロポトキン『パンの略取』から見つけだすことになる。――曰く、「安楽を要求するのは人間の権利である」(13)。

『一握の砂』に戻れば、右の文章中の前半、「予に少しでも関係のあるようなことの聞こえず、たれもきて、予を見る気づかいのないところ」と、それでいて「ふるさとの山の名のようになつかしく聞こえる」、そんな境地を歌にしたものが、「ふるさとの訛なつかし」であることは、すでにお気づきであろう。そしてその境地は「ふうわりと」して、「柔らか」で、かつ「軽く」――とくれば、決定的に啄木的というしかない、あの名唱が想起されないわけにゆかない。

やはらかに柳あをめる
北上の岸辺目に見ゆ
泣けとごとくに（歌集初出）

人の語る姿が、口をあけたてする獣めいてみえる精神に、「北上の岸辺」は声を掛けてくれるのだ。こうして啄木は、時代のどん底から救い上げられ、自然に向かって開かれる。

そして、「パンを」「5銭でもいい！」と訴えかける、後半のユーモアは、啄木を自然にではなく、パンと金銭の交換の場、すなわち社会に向かって開き、彼と他人をつなぐ。「孩児（をさなご）の手ざはりのごとき／思ひあり／公園に来てひとり歩めば」（作歌、歌稿ノート。明43・10／13夜）、「公園の隅のベンチに／二度ばかり見かけし男／このごろ見えず」（作歌、歌稿ノート。明43・7／26夜）など一連の〈公園〉の歌群を想起すべきであろう。更にこの延長線上に、啄木の社会主義への関心を置くこともできる。ただ、――。

「安楽を要求するのは人間の権利である」。この言葉を選びとった時、啄木は人権思想の実感的把握とその内面化に成功したに違いない。しかし、それならばなおのこと、〈安楽〉はその質において、「伊藤のごとく死にて見せなむ」のような誇大妄想的英雄主義が排除されたものでなければなるまい。また、「女を殺す権利がある！」[14]と叫んでしまうような弱さが自分の裡に潜んでいることを常に自戒する謙虚さを備えている必要もあろう。最晩年の啄木が社会主義に示した情熱の歴史的意義に関する評価とは別に、〈安楽〉をめぐる右の如き自己省察、自分自身との緊張した対話（『一握の砂』でみごとに成されたような）が、余命一年有半の啄木において、よく持続し得たかどうか。『呼子と口笛』（明44・6）に見られるナルシシズム（「激論」）、労働英雄志向（「墓碑銘」）等々を見る限り、筆者は懐疑的である。〈安楽〉の追求を新しい共同体の中心的理念に鍛え上げるためには、恐らく謙虚な心と、何かしらの修錬のようなものが必要なので、社会主義に目覚めたからすばらしい、で済ますことは今はもう許されない。そこで、再び釣人・露伴に登場してもらうことになる。

4

露伴自身、「ジョンソンだか誰だつたかが言つた通り、釣といふことは元来、長い綸の彼方の端には虫が着いて居て、而して此方の端には智恵の無い顔が着いて居るのに過ぎぬ事」（『鉤の談』明42・9、10）を認めている。だが、それにしても『ウッチャリ拾ひ』という作品の始まりは、あまりにも暢気で、ボンヤリしている。

登場人物は、露伴の等身大的人物である「予」と、「七山生」（露伴の弟子・漆山天童の漆山を音読したところから付けた名、とは塩谷賛の説明[15]）、それからかの「ウッチャリ拾ひ」と、「若い船頭」だ。今しも、「ウッチャリ拾ひ」を除いた三人を乗せた小舟は「潮の頭に乗つて大川口に向つて帰つて来る」ところ、「今日の朝からの舟遊びに満足し切つて」、南風があるともなく吹いている。「予」は、「此の生気の強い――山の頂から海の底までの万物を生育せしめやうといふ初夏の、正直で而して雄壮なやうな日光に曝されながら、小舟の胴の間の梁に片肘を靠せて、毫末も我意の無いグタリとした姿勢になつて両脚を前に投げ出し、背中を船舷に寄せて、悠々として四方を見渡しつゝ」ある。そして、

予の対ひ側には七山生が矢張予と同じやうな姿勢をして、同じやうに舷に寄り掛かりながら同じやうに胴梁に片肘持たせて居る。異なるところはたゞ其の肘の右と左との点のみで、冠り物も服装もおほよそ似て居るの

である。見て居る景色も同じである、感想も大概似たものであらう。

彼らの乗る小舟の帆も「ダルイやうな此の景色に相応すべくダラケ切つて居る」、若い船頭も「其の帆と同様ダラケ切つて居るのであらう。」——作品の基調は、安逸感・弛緩・同調志向、そして力を抜いた状態で何かを待ち、迎え、受け入れる姿勢であるといえるだろうか。

小舟は隅田川河口の洲の多い海の、「澪筋（みよすぢ）」に従ってゆっくりと進んでいる。「澪標（みよぐひ）」には「お定まりの海鷗（かもめ）が止つて居」、あるいは飛び、あるいは鳴き、「是も亦（また）海の長閑（のどか）さの景を増す道具の一つ」である。この「澪標」について、語り手の「予」が次のような説明を加えている。

洲の極々（ごく）高い処は少しばかり背上（せなか）を見せて居る。其処から殆ど平坦（たひらか）歟と思はれるほどの緩い傾斜を為して洲は水に没して居る。さて其の水に没して居る部分の最極端線に澪標の列は在るのであつて、標（くひ）から此方（こちら）は急（にはか）に深い——即ち澪通（みよどほ）りなのである。

「ダラケ切つて居る」風情の小舟も、ある一定の秩序に従っている。それは自然の起伏に人間が任意に打ち込んでいった「標」によって指し示されている。その時代の人間の使用する船舶の規模に応じて「標」は打ち込まれただろうから、「標」はあくまでも人為の秩序であるが、同時にそれは自然の起伏と呼応関係にある。そこが例えば、個人の私有権を誇示し他人の立ち入りを禁ずるために打ち込まれた棒杭とはちがう。

さて、以上のように暢気でだらけた小舟の世界に招来されたものが、二つある。一つは勿論「ウッチャリ拾ひ」。もう一つは、洲崎遊廓から元八幡の森や疝気稲荷の森、さらには浮田長島へと続く、「天の橋立の景色を夢にでも見るやう」な風景で、これについての「予」のコメントは見逃すわけにゆかない。

> 東京百幾万の人間の中で、海へ遊びに出る事を知らずに塵埃(ほこり)の中で鼻うごめかして怜悧がつて居る人達は、全く此様(かう)いふ好い景色の有る事を知らぬばかりか、有ると云つても真に仕無いのである。たゞ少数の人々は之を知つて居るが、知り切つて居るので却(かへつ)てまた珍らしいともせず、何とも思はずに居るのである。

どんなにすぐれたものでも、知らない人は信用せず、知っている人は何とも思わない、ということがある、と「予」はいう。筆者には、これは景色の話を越えて、例えば家族のような親密な人間関係や信仰などに関わる領域で、むしろ思い当たることの多い指摘ではないかと思われる。いずれにしても、そのようなものの真価を鮮烈に顕在化させることができるならば、それこそ真に有意義な〝生の技術〟と呼ぶべきであろう。露伴はまさにここで、その実践をしてみせてくれているのである。

残るは「ウッチャリ拾ひ」だが、要するにそれは、隅田川に投げ捨てられ、中洲の浅いところに溜った廃棄物からリサイクル可能なものを拾い集める人、にすぎない。それを「予」は冒頭から「神聖な労働」と称え、この作品の基調に従って「七山生」もすぐさま「実にウッチャリ拾ひなる哉です、賛成です。」と同意し、そして「凡夫を愍(あはれ)んで、大慈大悲の本願から」衆生済度に「大骨折をなさる」「聖賢権者」に「ウッチャリ拾ひ」をなぞらえるのである。落ちもひねりも、何もない話として、作品はこのまま終ってしまう。

ただ、右のような同調志向に抗うかのような、かすかなトゲの一撃の如き異質なるものが一つだけ、作品には書き込まれている。それは「ウッチャリ拾ひ」と呼ばれる男の、表情である。

七山生は眼を張つて見たが、たゞ見る一表の人物、乞丐児(こじき)の如く狂人の如く、精力未だ尽きざる俊寛の如く、過つて蝦蟇(がま)を遺失(おと)したる蝦蟇仙人の如く、范睢(はんすゐ)恨を含んで厠を逃れ出でたるも如是やと思はるゝばかりの、又愍然(あはれ)に又汚穢(きたな)く、又ミジメに又悪辣なる気味ある様子をして水の中で何事か仕て居るので、

この説明から、男がどのような表情をしていたかを推定しようとすれば、それはただ一箇所「悪辣なる気味ある様子」しかあるまい。これは先の「聖賢権者」になぞらえられた在り方とも、また別に「脱然として平気で、ガサボチャ、ヂタブタやつて居る容態」とも、明らかに不具合である。だから、大抵の読者はここを読みとばす（見えても見ない）。

しかしこの一節に限れば、他の説明も実はすべて彼の「悪辣なる気味ある様子」を支えている。「俊寛」は配流地・鬼界島で「これ乗せてゆけ、具してゆけ」と、足摺りしながら絶叫しなかっただろうか。蝦蟇仙人はただ自分の蝦蟇をなくしてキョロキョロと周囲を探し回っているだけとはかぎらない。中国の蝦蟇仙人の造型をふまえたとされる近松門左衛門の七草四郎高衡は『傾城島原蛙合戦』（享保四年〔一七一九〕）二段目で、蛙の妖術を使って庶民をまどわし、筑紫七草島で一揆を企てたというではないか(16)。そして「范睢(はんすゐ)恨を含んで厠を逃れ出でたる」とは――。

『史記』列伝に「范睢・蔡沢列伝　第十九」あり、また『資治通鑑』にも同様の伝が載せられているが、見られる通り(17)『史記』は「范睢(はんしよ)」であり、「范睢(はんすゐ)」と書くのは後者なので、ここは『資治通鑑』を基に彼のエピソードを要約しよう。

范睢は戦国の人、はじめ魏の中大夫・須賈に仕えたが、あらぬ誤解から須賈が上司に告げ口し、怒った上司・魏斉は范睢に〈残酷な刑〉を与える。范睢は辛うじて秦に脱出し、名を改め、後出世して秦の宰相となる。そこへ魏の使者として須賈が来た。范睢は身をやつし須賈に会いに行く。須賈は相変わらずみすぼらしい姿でやってきた范

雎を見て、生きていたのかと驚き、自分の着ていた綿入れを与えた。さて、須賈が秦の宰相に面会してみれば、他ならぬ范雎で、慌てて謝罪する須賈に対し、范雎は、須賈の犯した罪は重いが、綿入れをくれたのは昔なじみを見捨てない心があったから、と言って須賈を許した。ここまでは高適『詠史』などでも有名なエピソードだが、話はこれで終るわけではない。その夜、諸国の使者を集めて宴会を開いた范雎は、須賈を庭前にひきずり出し、馬のかいばを食わせた上で、こう命じたという。「速やかに魏斉の首を斬って来い。そうでなければこれから大梁を攻め落とすぞ。」と。彼は少しも恨みを忘れてはいなかったのだ。それもそのはず、かつて魏斉が范雎に下した〈残酷な刑〉とは次のようなものであったのだから。

……魏斉は怒って范雎を笞で打ち、肋骨を折り、歯を砕いた。范雎は死んだふりをすると、魏斉は范雎を簀で巻き厠に置かせて、酔った客に代わる代わる小便をかけさせ、世のみせしめとして、いい加減なことを口にする者が出ないようにした。

この後、范雎は番人に頼んで「簀巻きの死人を棄て」る許可を願い出させ、ようやく脱出できた……。「范雎恨を含んで厠を逃れ出でたる」とは、ここを指す。

『史記』で司馬遷は、「魏斉からうけた屈辱をたえしのんで、強力な秦にあって信任と権威をかちえた。賢者をすすめ、じぶんの地位を他人に譲ることは、〔范雎と蔡沢の〕二人がよくなしえたところ」と二人の伝をつくった動機を説明しているが、『資治通鑑』の司馬光の評価は、これとはだいぶちがう。彼によれば、范雎は秦に尽くしたのではなく地位を得たいだけだった、しかも「秦王に母と子とのあるべき関係を断ち切らせ、おじと甥との情愛も失わせた。一口に言えば、范睢はまことに、国を傾け危うくする人物」だというのである。露伴が「范雎（はんしょ）」ではなく「范睢（はんすゐ）」の文字を選んだ真意を窺わせるに足るだろう。

つまり「ウッチャリ拾ひ」の「悪辣なる気味ある様子」を説明するために選ばれた人物は、恨みと憎しみに身を焼かれるような思いをしている男、謀叛人、死体として捨てられた恨みを決して忘れていない復讐者なのである。そして、そんな表情をした男が、日がな一日相手にしているのが、

猫の屍骸の日を経て沈（しも）つたのや、骸骨になりかゝつた狗の頭や、茶碗や徳利の欠け損じたのや、歯の折れた馬（ば）爪（づ）の櫛の反（そ）りくりかへつたのや、首が抜けて片脚折れて居る挿頭（かんざし）や、金具と袋と離れ〳〵になりかゝつた蝦蟇口や、睾丸火鉢の破片（こはれ）や、口の無い土瓶や、ブリキの便器や、多分は何かの穢物なるべき正体の得知れぬ油紙包みや、革がブヨ〳〵に水膨れになつた雪駄や、其他何といふこと無く種々様々の物

なのだ。いったい、この男、どんな目つきをしていたことか――啄木は「死にたくてならぬ時あり／はばかりに人目を避けて／怖き顔する」と詠んだが、それと多分似たような顔が、白日の下にさらされているかも知れないのである。

この作品はしかし、男の内にあるかも知れない、こうした有象無象、うらみつらみを表沙汰にせず、暢気なだらけた、幸福そのもののような雰囲気――釣遊びによって実現された〈安楽〉の中に閉じ込めている。閉じ込めてはいるが、それは隠しているのではない。アクセスすれば何時でも開けるように、閉じ込めているのである。そして登場人物たちは口をそろえて、打ち捨てられたものを「ガサボチャ、ブタヂタと濁波臭浪をしたゝかに起し〳〵て水の中で泥土（どろ）を淘（ゆ）り漉しながら」拾い取ること、すなわち世間から見捨てられ、隠されかけたおぞましきものどもを再び世間の明るみに出すという行為を、聖なる行為と称えている。これこそ、文学の使命である――とは、いっ

ていないにしても……。ここで、露伴と啄木が同じ一つの場所にならぶ。

「安楽を要求するのは人間の権利である。」というスローガンの下、様々な思惑ある人々が一つにまとまる時に、〈国民国家〉の名に真に値いする「共同体」は想像される。『ウッチャリ拾ひ』で露伴が示したのは、〈安楽〉の内実をめぐる合意形成への誘いであると同時に、その試みが抱える危険と困難さの自覚なのである。

注

（1）例えば、池内輝雄・成瀬哲生『露伴随筆『潮待ち草』を読む』（岩波書店、平14）で成瀬は、「四十八　元の時の諺」の〔解説〕の中で、その「先端的な仕事」ぶりを評価している（二三七～二三八頁）。しかし一方で池内の「後記」には、露伴が新しい時代の精神や思潮にうとい、とする同時代評が紹介されている。

（2）柳田泉『幸田露伴』（中央公論社、昭17）その「三六　三つの姿」。特に三二〇～三二七頁。

（3）この家は、それまで住んでいた長兄・成常が対岸の橋場に転居した為、代わって露伴が住むことになった。この点については、本書第一章参照。

（4）以下の記述のおおよそは、西川長夫「帝国の形成と国民化」（『世紀転換期の国際秩序と国民文化の形成』柏書房、平11。所収）に拠っている。

（5）B・アンダーソン『増補　想像の共同体』（NTT出版。平9）の「VI　公定ナショナリズムと帝国主義」参照。たとえば「公定ナショナリズムは、共同体が国民的に想像されるようになるにしたがって、その周辺においやられるか、そこから排除されるかの脅威に直面した支配集団が、予防措置として採用する戦略なのだ。（中略）国家統制下の初等義務教育、国家の組織する宣伝活動、国史の編纂、軍国主義――ただし、これは本物というよりむしろ見てくれ――そして、王朝と国民が一体であることの際限なき肯定」（一六五～一六六頁）。日本の軍国主義化はあくまでも本気だったが、「王朝と国民が」云々は、まさしく図星である。

（6）平岡敏夫『日露戦後文学の研究（上）』（有精堂、昭60。七～八頁）。

（7）鹿野政直は、日露戦争後、内務省主導による青年層の全国的な組織化の過程を分析する中で、その指導者たちによってめざされた人間像を「一言でいえば、それは平凡な人間というところに帰着する」と述べているが、これを、鹿野の引照する西内天行『地方革新講和』（明44）の言葉を借りて肉付けすると、「積極的精神に充たる無名の人物」、「自主独立の精神気魄ある活ける無名の人物」、「縁の下の力持」、「土中に埋れたる国家の柱石」などとなる。このうち「自主独立」というのは、どんなにひどい目に遭っても、目上の者に「依頼心」を持たないこと（今日いうところの〝自己責任〟か）と、「成功を断念する」ことを意味する、と鹿野は注釈している（『資本主義形成期の秩序意識』筑摩書房、昭44。四七四～四七八頁）。

（8）安倍能成『岩波茂雄伝』（岩波書店、昭32）。その六十一頁から重引用。

（9）渡辺浩は、黒船来航後わずか十数年で瓦解した徳川幕府（渡辺は幕府ではなく「公儀」の語を用いる）と、アヘン戦争以来連戦連敗を続けながら容易に倒れなかった清朝を比較して、「体制の持つある質の相違の現れでもあったのではあるまいか。『天命』を受けた中華の天子なら、あるいは正しい文明の体現者なら、何度夷狄に力で敗れようと、その正統性は揺るがない。遠方から押しかけて来た野蛮人になぐられたからといって、君子の面目が汚されはしない。しかし、超越的な道理の支えを持たない『御武威』『御威光』の支配は、おそらくそうした強靭さを持ちえないのである。」と述べる（『東アジアの王権と思想』東京大学出版会、平9）。四五～四六頁。〝伝統は創造される〟と言うばかりでは済まされない問題もあるようである。

（10）以下の引用は『和歌文学大系77　一握の砂／他』（明治書院、平16。木股知史校注）および、『ローマ字日記』（岩波文庫、昭52。桑原武夫編訳）から。

（11）二首についての珍妙な解釈は、橋本威『啄木『一握の砂』難解歌稿』（和泉書院、平5）にまとめられている。

（12）本書第七章参照。

（13）猪野謙二は、この言葉を愛用した啄木について「いわば社会的政治的な次元における近代的な人間の、もっとも基本的な『権利』の主張としてうち出されていた」と指摘しているが（『明治の作家』岩波書店、昭41。二九七頁）、その内実についての解釈は、本稿といささか異なる。

（14）クロポトキンは『パンの略取』の中で、次のように述べている。

「『労働の権利』てふ語は一八四八年に於て人民を誑(たぶ)らかし、今も猶ほ彼等を誑らかさんが為めに用ゐられて居る、斯る曖昧なる言語は最早用(よう)はない。吾人は発奮して、万人の安楽てふことを承認せねばならぬ、万人の安楽が今日以後には可能なること否な必ず之を実現せしむべきことを承認せねばならぬ。」。

そして、

「彼等が総ての富――過去現在代々の労働の結果たる――に対する権利を宣言する。而して此手段に依つて、彼の中等階級の独占余りに久しきに過ぎたる科学芸術の高等なる快楽を、初めて享受することを学ぶのである。

而して彼等は快意（カンフオテブル）な生活を為すの権利を主張すると同時に、更に一層重要なる権利を主張する。即ち如何なることが快意とすべきや、其を確保せんが為に、何物を生産すべきや、何物を無用として排棄すべきや等を、彼等自身に決定するの権利である。

『安楽の権利』は、人類の如く生活し得べきこと、及び其児孫を養育して吾人よりも一層優等なる社会の一員となし得べきことを意味する。」（幸徳秋水訳、明41。岩波文庫、昭35より引用。四七～四八頁）。

つまり、「安楽の権利」は、今日ただ今の「我」の欲求充足にとどまるものではなく、その追求がすなわち社会をより良き未来に開くような、そのようなより良き〈安楽〉の質を決定する、民衆の意志の自由を含意するものなのである。

(15) 塩谷賛『幸田露伴（中巻）』（中公文庫、昭52。一五五頁）。

(16)『日本伝奇伝説大事典』（角川書店、昭61）。その「蝦蟇仙人」の項（堤邦彦執筆。二六四頁）参照。

(17)『史記列伝（二）』小川環樹・他訳（岩波文庫、昭50）七～四一頁および、『資治通鑑選』広常人世・他訳（平凡社中国古典文学大系14、昭45）四八～五二頁参照。

第十二章　明治から大正へ――『努力論』／『修省論』

1

『努力論』（明45・7）と『修省論』（大3・4）は、幸田露伴の修養書と目される作品である。前者にまとめられた論文のほとんどは雑誌「成功」に掲載され、「静光動光」（明41・3～5）の他は、明治四十三年一月から単行本発行年月日（書き下し論文に「進潮退潮」「説気　山下語」がある）までの二年余の間に、集中的継続的に書かれた。後者にまとめられた論文も、発表の場は「実業之世界」に移ったが、大正元年十一月（『努力論』刊行の月の終わりに、改元があった）から単行本発行年月日（書き下しではないがその掉尾を飾る論文「生産力及生産者」の三ヶ月にわたる連載のおわったのが、単行本発行と同じだった）までの二年余の間、同様に滞りなく書き継がれて、そのまま一書となったのである。

右のような執筆・発表のスムーズさからも推察される通り、『努力論』『修省論』は共に、同じ思想的基盤（いわゆる気の哲学）に立ち、時に同じ主張を繰り返すことも避けずに（例えば前者収録「分福の説」と後者収録「顛倒の妙作用」は、使用人と被使用人関係が、権利や義務の思想以上の「顧慮」の上に立てば、いかにすばらしいかを、こんこんと説く[1]）、当時の露伴が到達した一つの境地―世界観、文明観から自然観、社会観、そしてそれらから導かれる一身の処し方までを、すでに完成されたものとして、多面的、包括的、統一的に開陳しようとしたもの、といってまずはまちがいないだろう。それが二著となったのは分量等の外的要因以外にない、といっても可である。(2)だが、同じ一つのものを、異なる位置から見るとまた違った印象を受けることがある、そんなイメージのズレそのものにも、多少の意味がないわけではあるまい。そう考えれば、『努力論』と『修省論』にはやはり意味ある違いが存するのである。この点について、二、三思うところを記し、明治から大正への改元前後の日本社会を、露伴がどのようにみていたかを明らかにしたい。

2

『努力論』『修省論』にまとめられる諸論考が書き継がれていた時期、実は露伴の身辺には大きな変化があった。『努力論』向けの論文執筆が本格的に始まったばかりの明治四十三年の四月に、妻幾美子に先立たれたのである。『努力論』は母を亡くした三人の子供達を抱えての、不如意なやもめ暮らしの中で書かれた。そして『努力論』刊行の二ヶ月前にあたる明治四十五年五月、長女歌が九歳（満年齢）で亡くなった。

『修省論』が書かれた時期の露伴の身辺は、一層の荒涼の度を加える。歌の死の一因が、ゆきとどかぬ男所帯にあったと考えてか、露伴はその五ヶ月後（その間に明治は大正と改まっている）、児玉八代子と再婚した。が、娘の文の随筆などでよく知られているように、この結婚は不幸なものであったようである。(3)長く教職にあった八代子は「生母にくらべて学事に優り、家事に劣っていたらしい」(4)と文は書いている。『修省論』に収められた論文の最も早い「所謂修養と努力」が「実業之世界」に載ったのは、この結婚の翌月。『修省論』はすべて、二人となってしまった子供を抱えての、何かとぎくしゃくした再婚生活の中で、書かれた。

――以上、『努力論』『修省論』執筆当時の露伴の伝記的事実である。

こうした家庭的不幸は、勿論作品に何ら直接的跡を残してはいない。しかし例えば、全体に謹厳という印象がのしかかってくるような『努力論』の中で、ただ「静光動光」のみに、軽妙な、ナンセンスなまでのユーモアがあふれているのは、それが例外的に明治四十一年に書かれていたものであることと、恐らく無関係ではないと思われる。「静光動光」では、いわば様々な「気」のアラカルトとでもいうべき内容が、次のように描かれている。

aプラスb括弧の三乗は、などと当面の問題に心を向ける。で、少し又xだのyだのを捏ねて居る。どうも工合好く解決が出来ぬ。其の中に戸外で狗の吠える声を聞くと、ア、彼（あ）の狗は非常に上手に鴫狩りをする、彼犬（あれ）を連れて伯父の鳥銃（てつぱう）を持ち出して、今度の日曜は柏から手賀沼附近を渉猟して見たい、猟銃は何様もグリーナーが使ひ心地からして好い、などと紳士然たる事を門前の小僧の身分でありながらも思ふ。狗が尾を振つて此方を一顧する、曳金に指をかける、狗は一躍する、鴫はパツと立つ、ドーンと撃ち放す、濛々たる白煙の消える時には、ハヤ狗が其の手柄の獲物を啣へて駆けて来る、といふ調子に行つたら実に愉快だナア、などと考へる。イヤ、こんな事を思つて居てはならなかつた、ルートのpマイナスのqは、などと復び数学をやり出す。

「散る気」を説明する際に用いられた例文である。これと反対の「凝る気」の例文もついでに挙げておこう。

玉突といふ遊技に耽つて気の凝りを致した人などは、往来をあるいて居ながらも矢張り玉突きの事を思つて、道路（みち）の上を盤と見做し、道行く人の頭顱（あたま）を玉と思ひ做して、此の男の頭顱の左の端を撞（つ）いて彼（あ）の男の頭顱の右の端に触れさせると、向ふ側の髪結床の障子に当つてグルッと一転して来て、そして彼処（あすこ）を行く廂髪の頭顱と角帽の頭顱とへ一時に衝突（ぶつか）つて、慥に五点は屹度取れる、などと考へる。其考へが高じて、終（しまひ）には洋杖（ステツキ）で前の男の耳の後を撞突くが如き奇な事を演じ出す人も、折節は世にある。それ等は皆気の凝りを致した結果で、これも随分困つたものである。

「折節は世にある」？……まさか。いや、これは、露伴が字で描いたマンガととるべきなのである。この時露伴は、己れの気の哲学を、陽気に、楽しげに語っているわけだ。

その前年、待望の長男成豊が生まれ、続いて京都大学文科大学講師への就任が決まったのが、この明治四十一年である。露伴のそれまでの人生がひとつの実を結んだ年だといっていい。だが大学での教師生活には、翌年早くもあいそが尽き、そして更に次の年は妻の死がやって来る。こうした振幅の大きい、この時期の露伴の私生活に多少の注意を向けることは、恐らく『努力論』を理解する上で適切なことである。

『努力論』巻頭論文の「運命と人力と」で、露伴はいう。

世に所謂運命といふが如きもの無ければ則ち已む。若し真に所謂運命といふが如きこれ有りとすれば、必らずや個人、若くは団体、若くは国家、若くは世界、即ち運命の支配を受くべきものと、之を支配するところの運命との間に、何等かの関係の締結約束され居るものが無くてはならぬ。

では、その「運命」とは何か。

運命とは何である。時計の針の進行が即ち運命である。一時の次に二時が来り、二時の次に三時が来り、四時五時六時となり、七時八時九時十時となり、是の如くにして一日去り一日来り、一月去り一月来り、春去り夏来り、秋去り冬来り、年去り年来り、人生れ人死し、地球成り地球壊れる、其が即ち運命である。

人智は「運命流行の原則」を知ることはできない。だが「運命と人力との関係に至つては我能く之を知る」と、露伴はいう。「運命流行」に伴なって、人間の「気」は変化する。これをいかに自覚するか、そしてそれにどう処するか。これが、いってみればこの書で説くすべてである。「人生れ人死し」——息子が誕生し、妻が死ぬ、この運命にあたって、露伴の「気」はどう動いたのだろうか。『努力論』に記された、一方は陽気な、他方はきわめて謹厳な文体は、露伴がそれらに「張る気」を以って見事に臨んだことを示している、と我々読者は見做すべきなのである。

3

柳田泉は、『努力論』『修省論』が互いに表裏するものだといい、次のように両者の性格について述べている。(5)

『努力論』は主として個人に対する教へであるが、『修省論』に於いては、可成り社会に対する教へを説いてゐる。或は社会人としての教へといつても可い。人間の共に生きていくべき道を説いたものであるが『努力論』は、絶対的の生き方を説き、『修省論』の方は、多く相対的の生き方を説いてゐる。

これを私にいささか敷衍すると、『努力論』では、先に見たような「運命流行」と無縁でありえない人間が、かつ「気」の動きとしてその「運命流行」の一部として在りつつ、いかに最も満足のゆく生を営めるか、その為に意識の統御できる限りで何をしておくべきか、を問題としている。だからそこで論じられるのは、あくまでも類としての人間一般の可能性拡大の試みである。そしてその可能性拡大のいかんは、ひとりひとりの努力にかかっている、という筋立てになっている。ここを柳田は「絶対的の生き方を説き」としているのだろう。

だが、仮令人間にこれこれの可能性が等しく与えられていることが証明されたとしても、ひとりひとりの努力ではどうしてもその可能性を開花させることができない、そういう社会関係の裡にとらわれた在り様も、考えられる。人は常に何らかの具体的な社会関係の中で生きており、「運命流行」とは次元を異にする、それゆえの拘束をもまた、かならず蒙っているのである。ゆえに、『努力論』で目指されているところは、ひとりひとりの努力が、人間存在に内在する可能性を開花させうる社会的条件、および個人の努力にかかわらず開花しえない社会的条件の諸相が論じられて、はじめて達成されるはずである。これが柳田が「相対的の生き方を説いてゐる」「社会に対する教へ」というところの、『修省論』固有の課題といってよい。

例えば『努力論』では、いともたやすく、「若し新しい好い自己を造り得なかつたとあれば、其は新しい好い自己を造り得ない道理が有つてでは無くて、新しい好い自己を造るに適し無い事を為して歳月を送つたからだと云つて宜しいのである」（「自己の革新」）と言ってしまう。確かに「新しい好い自己を造り得ない道理」などは、ないかも知れない。しかしそれは人間一般、類としての人間にはそういう道理はない、というにすぎない。しかし、個々の人間の中には、「新しい好い自己を造るに適し無い事を為して歳月を送」らざるをえない社会関係に縛りつけられている者も、ある。そのような者に対して、露伴の説教は無力なのだ。

『努力論』のこの弱点は、「惜福の説」「分福の説」「植福の説」―いわゆる幸福三説に最も顕著であるように思われる。例えばその「分福の説」では、「我より福を分ち与ふれば人も亦我に福を分ち与ふるものである。工業でも政治でも何でも一切同じ事である。故に何によらず分福の工夫に疎にして人の上に立つことは甚だ難いのである。」

というが、注（1）で示唆したように、これがもし一小工場主、一商店主などを相手にした説教ならば、それなりに説得力がないこともないかも知れない。彼らはなじみの町内の人々や取引先との間で仕事をしており、そうした範囲の人間関係においては右のような心がまえ・気くばりは欠かせぬものだろうから。しかし、「工業でも政治でも何でも一切同じ事である。」という主張は言いすぎであって、そこでは全く異なる力が支配していることは、露伴自身が『修省論』で述べる通りである（「生産力及生産者」後述）。

だから『努力論』の強みは、人間対人間という契機をあまり含まない話題、例えば「吾人は明らかに四季の影響を受けて居る事、たとへば猶草木の如く禽獣の如くなのである。」と主張する類いの文章（「四季と一身と」）において、まさに発揮される。露伴持ち前の異様な程の執拗かつ精細な文章力で、四季の身体に与える力、身体のもつ自然性を、説得的かつ安々と論じてしまうそれは、近代文学には稀有の、まさに一種の奇文といってよい。

4

では『修省論』で、ひとりひとりの努力を無効にしてしまうような社会関係・社会的状況として挙げられているのは、どのようなものだろうか。

「生活の空実疏密」が挙げるのは、例えば〈学校教育〉である。

> 現時の教育は南極北極の状況をも、印度や希臘の思想をも、其の骨書（ほねがき）だけを教へる。社会全般の人智は大に進んで居る。然し鰻鱺（うなぎ）の頭や骨ばかりを喰はせて呉れるやうな教育を受けて、一般人民は道理で気が強いが、多くは歴史上や地理上や思想上の鰻鱺の頭と骨とに食傷して居るのみで、其の腴（ゆ）を食つて居るところには行か

ぬ。不味(まづ)い魚でも宜いから、骨と頭のみで無いところを喰べたら宜からうかと思はれる。詰らぬことでは有らうが、も少し実際生活に空疏で無く歳月を経る習慣を与へたら何様で有らう。学校生徒は汽車で運ばれて居る旅客のやうなものである。実際生活に没交渉な習慣は教育上から与へられて居るので、生長しても其習慣は容易に改められぬ。そこで実際生活に没交渉な空疏な人は非常に多くなる。（中略）空樽が転がつたやうに歳月を経て居るも宜いが、一旦忽然として空谷に墜つるやうな時に遭ふのを免れ無いといふ事が起りはすまいかと危ぶまれる。

現在の我々の暮らしぶりをもし露伴が見たら、その「空樽」ぶりに恐らくはあいた口がふさがるまい……という思いは措いておこう(6)。露伴は右のように、人間の生活能力それ自体の無力化・空疏化が、組織的に行なわれていることを指摘した後、さらにそこへ〈資本〉による「無意識の圧迫」という観点を導入する。同題の章より。

一国に於て飛空船飛行機が成立てば、之を有せざる国は其の欠陥の為に圧迫を被るから、昨日までは不急の事であつたことも今日は急切の問題となつて、之に応ずることを為さねばならぬ訳になる。扨之に応酬して世に相後れざらむことを力むれば、何も知らずに居ても其の国の人民は租税の幾分を増して、そして飛空船飛行機の建設を支へねばならぬ。即ち其の圧迫を被るのである。紡績機の発達は村落からブーン〳〵の紡車の響を奪ひ、ジャカート其他の織機の発達は、トンパタリの高機(たかはた)や低機(ひくはた)の音を婦女子の手から捥(も)ぎ取つて終ふ。一切の事象は皆是の如くに推移して行くのが、避け難き今日の字内の大勢である。（中略）

是の如き世状の推移は、資本者に利益し、富者に利益し、有力団体に利益して、其の反対に無資本者を傷害し、貧者を傷害し、微力の個人を傷害するといふことも、亦是已み難き勢である。
つまり新技術は、日常生活にその要不要とは無関係に、「無意識の圧迫」として介入してきて、長年の努力の末ようやく体得した（とはつまりそれが彼ないしは彼女の個性・気質の形成にまで関わったところの）諸個人の技術を、スクラップ化する。それはまさに、彼ないし彼女の個性・気質そのものの否定、人間の権威そのものの失墜を意味する。その過程で利益を得るのは〈資本〉の側なのだが、しかし、すでにあらかじめ生活内容それ自体が空疏化されつつある人々は、この〈資本〉の走狗となることを躊躇しないだろう。

では、それまでの自己の生活に固執し、己れの生活技術に誇りを忘れまいとする者、そうした人々の社会はどうなるか？――露伴はいう、「今日以後は蓋し野蛮人民は文明人民の文明の火を輝かす燃料となるに過ぎぬで有らう。」と。文明化に抗する誇りたかき者は「野蛮人民」なるレッテルをはられる。もしもいい加減のところで妥協しないならば、「常習性不平狂といふ病名でも頂戴して巣鴨へでも生埋にされることだらう。」とは後に露伴が『望樹記』（大9・10〜12）で語ることになる感慨である。(7)

さて、以上のような視点を総括し、新しい権力の在り方の問題として検討したものが、『修省論』の最後に置かれた最長論文「生産力及生産者」である。多少重複するところがあるが、要となる一節を引用しよう。

今日の社会は著しく前代の社会よりは改善されて居る。王族や、貴族や、僧侶や、為政者や、武士や、其等の或者が社会に特別地位を有して、社会は恰も其等の為の社会であるかの如き観を呈するといふやうな、そんな旧弊は既に洗滌されて居る。然し物質文明、特に力学上の各般の施設経営といふことは、甚しく資本に利益を与へて個人の能力の権威を削減した。電力や蒸気力に本づく種々の機械力が、紡績をも、鍛冶をも、製材を

> も、精米をも、何をも彼をも為すに及んでは、個人の能力の権威が前代に比して低落したことは争ふ可くも無いし、又資本の威力が前代に比して拡張されたことも争ふ可からざるものがある。（中略）そこで社会は何時よりとも無く、資本者に幸する所多くして、工技ある個人に利するところ少きやうになり、一転しては資本者の為の社会のやうな状をさへ現すに至つてゐる。古の如くに僧侶や貴族が或特権を有すると云ふことは無くなつた代りに、資本といふものは恐るべき猛威を揮ひはじめて、個人の価値が著しく低下せしめられた其の結果として、活きた人間の権威は言はぬ黄白の下に屈従せしめらるゝが如き状態が世に現はれて来た。政治の運用、及び法律の制定をなす者等は、資本者の側に立つて居る。随つて政治及び法律は、個人の権威を確立保証するよりも、資本の権威を確立し保証するに傾いて居る。

「資本は那処にも放下し得る」から世界中の「天の恵福」＝あらゆる天然資源を我がものにすることができ、さらに、かつての権力者が宗教の力を独占したように、今日〈資本〉は科学の力を独占している、と露伴はいう。このように、政治を支配し、法を私物化し、天然資源と科学力を独占し、「活きた人間の権威」を徹底的に失墜させる〈資本〉——現代とは、この〈資本〉という怪物が君臨し続けてゆく社会だ、と「生産力及生産者」は主張している。一体このような社会観のどこに、「分福の説」が通用する余地がありうるだろうか。[8] 露伴はこの論文を、すなわち『修省論』の全体を、次の言葉で結んでいる。

> 人道の実現は甚だ望無く、世界は畢に大なる坩堝に入らざる可からざる時に臨んで居る。

これは見様によっては、『努力論』の、そして『修省論』をも含んでいるはずの、露伴の気の哲学・生のヴィジョンの亀裂と崩壊を予兆する言葉とも受け取れる。

しかし、露伴は断じてそうとは認めないだろう。これは、露伴にいわせれば、いわば運命なのだ。「一時の次に二時が来り」、「人生れ人死し」、「地球成り地球壊れる」。そして人間は、この運命を、己れの「生活其物」として受け入れる。

生活は自存の事実である、現前の事実である、難いことも何も無い、おのづからにして既にこゝに存して居ることである。生活難を口にしも、さういふことを口にし得て居る間は、既に明白に生活してゐるのである。難易は人に在つて、生活其物には無い。
（「同生活の昇降」）

将来がどんなに暗い闇につつまれていたとしても、生活は「自存の事実」としてやってきて、我々ひとりひとりの力量を試す。そして我々は否応なしに各自の回答を用意するしかない。未来には、絶対的にして純粋な（虚妄でも何でもない）絶望が待っている。しかしその事実は、今日や明日の絶望を意味しない。今日や明日あるのは、ひとりひとりの生活のみである。我々は人類の未来に正確に絶望しつつ、己れの生活においては、いくらでもジタバタしてよい、元気に、明るく、ジタバタせよと露伴はいっているのである。

最後に『努力論』に戻って、その「進潮退潮」から引こう。

……人類は手を束ねて死滅を待ち得るほど賢い者では無い。仏陀や菩薩の如き賢過ぎるほど賢くのみは有り得ぬものである。人類亡滅の運に向つて居ることを覚る時になつたらば、其の掘鑿し難い智恵の井を深く〱掘鑿せんと、恐ろしい猛烈鋭利な意識の錐や鶴嘴を振り廻して、そして燃ゆるやうな生存欲の渇を止めんが為に生命の水を汲まうとするで有らう。けれども午前十一時が過ぎればやがて十二時となり、零時が過ぎればやがて午後一時になり、二時になり三時になるのは如何とも為し難いから、日暮の恨を呑みながら終に石炭やマンモスの仲間入を為るで有らう。が、幸ひにして今日はまだ人類繁昌期である。（中略）天数、人事、人寿、此の三者を考察して、張る気を持続せよ。たゞ夫れ能く日に於て張り得よ、夜に於て善く弛まん。たゞ夫れ生に於て張り得よ、死に於て善く弛まん。

この露伴の励ましの言葉は、『修省論』の結びを併せ読むことによって、一層深々と響いてくるように思う。やはり『努力論』と『修省論』は一体と考えてよいのである。

注

（1）こうした主張は、両著書の読者層がどのあたりに想定されていたかを考えるよすがとなろう。修学者が含まれるのは勿論として、加えてもう少し高年齢の、やっと店をかまえるまでになった中小商店主・小工場主ないしそうした地位を目指す青年層、といったところだろうか。

（2）近年『努力論』『修省論』を論じたものとして、瀬里広明『露伴　自然・ことば・人間』（平5・4。海鳥社）、同『露伴の修省論を読む　易経と旧約聖書』（平9・12。白鷗社）があるが、他に、二著の〝現代語訳〟が出たことを付記しておく。渡部昇一・編述『幸田露伴「努力論」を読む　人生、報われる生き方』（平9・11。三笠書房）、および『幸田露伴「修省論」を読む得する生き方損する生き方』（平11・1。同）。渡部の訳業（？）は、二著を同質のハウツーものの人生論とし、そのため、ところどころ論旨をねじ曲げたり、各章の順序を変えたり、文章の一部ないしは一章丸ごと無断削除したり、時には『修省論』の一部を『努力論』中に移す、などの加工をしている。出版社の工夫という、小見出しもおかしなものが多い。一例のみ挙げよう。本章の本文末尾に引用した『努力論』「進潮退潮」からの一節の訳文につけられた小見出しは、「『恐竜』と同じ運命をたどらないために――」である。石炭やマンモス（そして恐竜）と同様、人類もまた滅亡を避けえぬ運命だと、おおらかに承認する本文を、「張る気」次第でその運命を変えられるかのようにも読めてしまう〝現代語文〟に誤訳した（『人生、報われる生き方』二三六頁）渡部昇一本人に、その責任が帰せられるべきであるのは言うまでもない。しかし、それにしても、「今日の修養の談の多くは、寧ろ或学派或学系に依つては居らないで、其実は卑浅な功利を中心とした思想に彩色されたものが多いやうに感じられるのを遺憾とする。功利を中心とする思想は高深遠大な思想ではない。」（『修省論』中の「自ら教ふるの努力」より）との一節を含む書に『得する生き方損する生き方』というタイトルをつけるのは、無神経という他はない。

（3）露伴の日記より、大正二年四月の条を若干引用しておこう。

「二十一日　歌子命日なり。花を供し香を焚く。躑躅花紅にして、蘇枋艶なるも、却て人の心をして暗からしむ。妻かたくなにして、仏壇の掃除など我がみづからするをも知らず顔せる、愛無し。」

「二十三日（中略）妻正午より外出、夜に入りて帰来せず。婢は年猶若し、小児等は空腹を訴ふ、予は広江より電報を受けて起稿に心忙しきまゝ机辺を離れず、妻帰りてやうやく夜食の供せられたるは九時過なり。一飽すなはち眠をおもふに至る。流石に心平らかならねば、兌を塞ぎ思を反す。文子の長胴着は既にきれてひらく／＼し、一郎の上衣は既に垢づきて縞目もおぼろげなり。訓諭の効無きをおもひて、今たゞ難陀を遇するの道を取るのみ。」

「二十四日　妻したゝかに晏く起き出で、身じまひして外出す。基督教婦人会へ臨むは悪からねど、夜に入りて猶かへらず、殆ど予を咒せしむ。頃日来差逼れて文債を償ふに忙しきまゝ、小婢まかせになし置く、家の内の荒涼さ、いふばかりなし。」

（4）幸田文「あとみよそわか」（『創元』昭23・11）単行本『こんなこと』（昭25・8。創元社）収録。

（5）柳田泉『幸田露伴』（昭17・2。中央公論社）。

（6）ただこうした〈学校教育〉への批判的まなざしが、八代子と再婚した後の生活の中で、より先鋭化したであろうことは、想像に難くない。

（7）本書第十四章参照。最近、川西元が「幸田露伴『望樹記』論」（「国語と国文学」平11・6）で、「本作の文明批評は〈樹〉即〈気〉の文明批評と呼ぶべきものなのだった。」と論じたが、民衆のライフスタイルそのものを安全・健康の名の下に管理・操作しようとするサーヴィス型権力の脅威を、単に「反自然的な行い」としか認識しえないその論調の甘さは、彼が援用した『努力論』そのものの甘さに因るのである。

（8）注（2）で掲げた渡部昇一・編述『得する生き方損する生き方』は、「無意識の圧迫」「生産力及生産者」の両論文を削除している。

III

第十三章　『観画談』における恢復

1

『観画談』の初出は雑誌「改造」の大正十四年七月号。単行本『龍姿蛇姿』（昭2・1）は、この『観画談』と、すでに『ケチ』として発表されていた作品（大9・10〜12）を『望樹記』と改題した上で並べ、その序文で両作品について次のように述べている。

観画談は全く幻境から取出し来つたものである。世おのづから是の如きの情、是の如きの人もあるべしとして描いたものである。世に真に是の如きの人、是の如きの事が存して、而して後に記したものでは無い。望樹記は一々皆真に其物有り、其人有り、其景致、其の情感有つて、而して写し出したものである。

してみれば、『観画談』を読むという事は、『望樹記』が同時代との関連を具体的にたどる作業を通して作品の本質に迫りうるものであるのに対し、なにより「幻境」の質そのものを——時代性はしばらく措いて——明らかにしようとするものでなければならないだろう。(1)

例えば、石倉美智子は「其頃は世間に神経衰弱といふ病名が甫(はじ)めて知られ出した時分であつた」という本文の記述から、作品の背景となった時代を明治二十年代の前半と推定したが、(2) それを手掛かりにしてこの作品の主人公・大器晩成先生の「立志篇的の苦辛」を、『惨風悲雨世路日記』（明17・6）から『帰省』（明23・6）、或いは『非凡なる凡人』（明36・3）あたりまで視野に収めた立身出世主義文学の系譜の中に置いてみる事も、あながち無意味とは言えまいが、その結果明らかにされるであろう明治立身出世主義に対する露伴の姿勢と、この作品が大正十四年に書かれたという事実とを結びつける為の具体的な鍵は、『観画談』には用意されていないように思われる。また、立身出世主義は激烈な出世競争・弱肉強食の場としての都市に対して、心のふるさと・憩いと安らぎの場としての田舎という、都市／田舎のステレオタイプ化されたイメージを生むが、「山水清閑の地に活気の充ちた天地の灝気(かうき)を吸ふべく東京の塵埃を背後にした」大器晩成先生の物語は、この都市／田舎の二項対立図式にすっぽり当てはまり、図式をゆさぶるような契機は持たないのか、という問題を立ててみる事も出来る。するとここから作家論的関心が呼び起こされるだろう。というのも、露伴はその作家的出発の当初から、都市／田舎のステレオタイプ化されたイメージ形成に対して、一貫して抵抗の姿勢を堅持してきたからである。『当世外道の面』（明24・8）のうち、「九　田舎外道」をみる。

> 純粋無垢のものと田舎を称道し、紛々擾々たる都会を一概に擯斥し、自然の美といふことに迷つて動(やゝ)もすれば人為の尊ぶべきことを忘れ、都会の風俗も明治初年から無趣味の田舎漢が急劇に群り入り来つた故(せい)で大乱に乱れたち、鼻持ちのならぬ無作法乱暴放恣より、大家は知らぬこと普通の家では家風も打ち壊され格式も立てること難く、自然田舎漢が勢力を占めてより以来江戸は田舎中の都会、飯盛達磨が巣を食つて居るところと同じやうになりし所以も知らいで矢鱈に都人士を攻撃し、文飾が多いの真率でないのと云ひたいまゝの痴言、自

然ばかりが良いものなら人類の歴史を灰にして南洋の無人島へなり北極の氷山へなり行て貰ひたいと云はるれば窮（つま）るは知れたことなるに、進歩々々と進歩がり改良々々と改良がりながら落るところは退歩主義の質朴喜悦

「漫然と詩人的に都会を悪くし出鱈目に嫌悪して田舎を褒め騒」ぐ連中を、露伴は「田舎外道」と呼んで非難する。勿論、この批判意識の裡に、野卑な薩長の田舎侍に対する旧幕府方都会人の優越感が横たわっているのは明らかだが、田園志向・自然美崇拝が進歩主義、改良主義と裏腹の関係にある事を指摘するその視点は、決して単に後ろむき・懐古的なそれではない。露伴はここで、都市を一つの歴史的形成物ととらえ（「斯様なるだけの理由あつて斯様なり左様云はるゝだけの子細あつて左様なつた東京」）、都市を生きる事によってみずから都市をつくりつつある者の一員として、自己の立場を据える。都市に現に生きている自己を省みる事抜きにして都市を嫌悪し非難するのは無意味だ――こうした立場から、露伴は都市／田舎の不毛な二項対立図式を無化してゆこうとするのである。『一国の首都』（明32・11、12。明34・2、3）の眼目も、恐らくこれと別の事ではない。この長編論文においても、「露伴の郷土愛（パトリオティズム）」とその裏返しである「『江戸の美風』を破壊してかえりみなかった薩長土肥の新移住者への反撥」（共に前田愛の評語[3]）は、その全体に鳴り響いている。だが、薩長の権力者たちを指して言った次の言葉は、いわば都市というものの本質を明らかにしている点で、露伴自身にさえはねかえってくる類のものである。

此等の人士と東京との関係は一年一年に親密を加へ深厚を増し、此等の人士と此等の人士の故郷との関係は一年一年に疎濶となり稀薄となり、薩長土肥を首めとして各地方の人々の抱ける地方的感情、封建的思想は或点に於ては漸く熔融混和し去つて、首都といへる一大坩堝中に首都の民といへる新物質となつて倶に存在せんとする情勢を現はし来れり。

「一大坩堝」としての都市は、人間を「新物質」とすることで偏狭な「地方的感情、封建的思想」から諸個人を自由にしてゆく、という認識は、確かに、年々増大する流入人口の為に水ぶくれしてゆく東京の現実に対して楽観的にすぎた、(4)といえるかも知れない。だが、都市を富や出世を手に入れる為の機会としか考えないところに、明治文学の都市／田舎の硬直したイメージの土台があったとすれば、住まう事による主体の変容と転生を深く期待する露伴のこの立場は、やはり重要であろう。では、こうした都鄙問題をめぐる露伴の姿勢に対して、この作品、都会で神経衰弱をわずらい、田舎にひきこもって「日に焦けきつたたゞの農夫」となる大器晩成先生の物語は、どういう繋がりを持つのだろうか？

とはいえ、『観画談』はあくまでも「幻境」での、ひとりの人間の心の動きを中心に書かれた物語であるから、この問いに直接響き合うような回答を慌てて求めても、おそらく無駄である。まずは、晩成先生の「正体恢復の処方箋」(5)の秘密を探る作業から、行わなければならない。

2

瀬里広明は露伴を扱った多くの論文の幾箇所かで『観画談』に言及しているが、その主旨は、それらのうちでも早い時期に書かれた「露伴文学における華厳思想について」(6)以来ほとんど変わっていない。これに拠れば、瀬里はこの作品を華厳哲学の具体化、露伴によるその文学的形象化とする。

雨音の中に一切の音声を聞くのは抽象的には一即一切、一切即一である。大器氏の心理体験は悟りの体験ではないが、悟りに一歩近づいているのである。我が雨か、雨が我かの心的状態に近づいているのである。雨と我が一になったとき悟りとなるのである。大器氏の心的体験は禅者の心理の原初的風景に近いものがある。

恐らく瀬里のこの指摘は動かしがたく、執筆時の作家の意図に添ったものといってよいであろう。そこで本章は瀬里のこの指摘に導かれつつ、「禅者の心理の原初的風景」が、作品の具体的分析を通して如何に描かれているかを明らかにしたいと思う。一即多、多即一の華厳思想の精髄は、文学的言語においてどのように実現し、晩成先生の魂の恢復に関与しているのか。

晩成先生が、長年の苦労がようやく実って将来が見えてきた「気の弛み」か、「少し度の過ぎた勉学」のせいか、「不明の病気」に襲われてやむを得ず「取止めの無い漫遊の旅」に出たのは、秋のことである。先生の足は野州、上州から奥州の山中にのびてゆくが、そうした間、彼は旅の徒然を漢詩を作ることで慰める。

それを唯一の旅中の楽（たのしみ）に踽々然として夕陽の山路や晩風の草径をあるき廻ったのである。

（傍点引用者。以下同じ）

彼は触目の景を次々に詩語に置き換え、周囲を漢詩的世界に仕立ててゆくわけだ。語り手もまた、先生の試みに協力している風情で、「憫む可し晩成先生、嚢中自有銭といふ身分では無いから」（傍点部分は唐の賀知章「題㆓袁氏別業㆒」の結句）などと、貧乏書生なりに先生のことを漢詩的人物らしく扱う。そして漢詩化された先生が自分の周囲を漢詩化しながら、今まさに目指している場所が、「律詩の一二章も座上で作ることが出来て、一寸米法山水や懐素くさい草書で白ぶすまを汚せる位」の素養を持った「遊歴者」から紹介された古寺である。古寺までの険しい山道をゆく先生の様子を読んでみよう。

　路は可なりの大(おおき)さの渓に沿って上つて行くのであつた。両岸の山は或時は右が遠ざかつたり左が遠ざかつたり、又或時は右が迫つて来たり左が迫つて来たり、時に両方が迫つて来て、一水遥に遠く巨巌の下に白泡を立てゝ沸り流れたりした。（中略）恐ろしい大きな高い巌が前途に横たはつてゐて、あのさきへ行くのか知らんと疑はれるやうな覚束ない路を辿つて行くと、辛うじて其の岩峒に線のやうな道が付いて居て、是非無くも蟻の如く蟹の如くになりながら通り過ぎてはホッと息を吐くことも有つて

これは最早、晩成先生が風景を漢詩化しているどころではなく、彼本人が山水画の世界の中にまぎれ込んでしまった、といっていい事態ではないだろうか。「右が―左が―」を繰り返し、そして「両方が―」でまとまりをつけるその形式性からは、少なくとも危険な山道をゆく先生に、語り手が親身になって寄り添おうとする気配は感じられない。「線(いと)のやうな道」といい、「蟻の如く蟹の如くになりながら」といい、語り手はあたかも山水画中に描かれた点景人物としてのひとりの旅人を虫めがねで探り出しているかのように、晩成先生のことを語っているのである。とすれば、我々はここから『観画談』という題名の含意するところを推し測ることが出来る。言うまでもなくこの題名は直接的には、大器晩成先生が老僧の住む草庵で観た画の中の船頭から声を掛けられる、という作品のクライマックスに由来するのだが、それ以前に、実は先生自身が一幅の山水画の世界に入り込んでおり、画中の人としての先生の物語を、我々読者が観る、いわば二重の〝観画体験〟を、題名は指し示しているのである。つまり、画を

観る人・晩成先生は読者と二重化され、彼の観た画は、画中の画として二重化されていたのである。

山水画の中に入りゆく大器晩成先生は、自分の周囲が、或る変調を起こしつつあるのを感じる。次第に暗い闇に閉ざされゆくこの画の中で、事物と人間の在り様そのものが、何かよそよそしく感じられるようになるのだ。ひとまずそれを、事物の人間化と、人間の事物化という風に、仮に呼んでおこう。

まず事物の人間化について。

先生がようやく谷間の道を抜け、「薄暗いほどの茂つた大樹の蔭」で一息ついて「明るく無い心持の沈黙」にひたっている、その時、

ヒーッ、頭の上から名を知らぬ禽が意味の分らぬ歌を投げ落したりした。

鳥の鳴き声が鳴き声としてではなく「歌」として、意味の領域に侵入する。そうであるから先生は「ヒーッ」を「意味の分らぬ歌」と了解させられてしまうのである。続いて道がやや緩やかになり、山間にところどころ見える畠では、「もう葉を失つて枯れ黒んだ豆がショボ〳〵と泣きさうな姿をして立つて」おり、彼方の古ぼけた茅屋は「物悲しく」見えてしまう。そして先生の頭上に雨雲がたれこめ始めると、たちまちそれは彼の視界を侵蝕しだし、この作品の重要な要素である雨を、画中に導き入れるのである。

薄白い雲がずん〳〵と押して来て、瞬く間に峯巒を蝕み、巌を蝕み、松を蝕み、忽ちもう対岸の高い巌壁をも絵心に蝕んで、好い景色を見せて呉れるのは好かつたが、其雲が今開いてさしかざした蝙蝠傘の上にまで蔽ひかぶさつたかと思ふほど低く這下つて来ると、堪らない、ザアッといふ本降りになつて、林木も声を合せて、

何の事は無い此の山中に入つて来た他国者をいぢめでもするやうに襲つた。

雲が視界全体を覆い先生の視覚機能を抑圧する一方、これと反比例して、衣服を通して伝わる雨水の冷たさやしめりけが彼の皮膚感覚を鋭敏にし、その「ザアッ」という音は、「林木も声を合せて」先生の聴覚器官を呼び醒ます。ようやく古寺に着くと、そこには古下駄が二、三足「ひつくり返つて腹を出して死んだやうに」ころがっている。先生はがらんとした広土間に向かって「頼む」を繰り返すが仲々返事は無い。耳をすます先生は否応なしに、「ザアッ」と降る雨の音を、返事代わりに聴かされるのである。こうして、晩成先生のまぎれ込んだ画の世界が暗闇の中に埋没しつつある時、事物はあたかもそれ自身のアニマを甦らせ、先生の存在全体を包み込むかのようなそぶりをみせはじめる一方で、先生に着々と暗闇に対処する為の準備をさせていたのである。

続いて、人間の事物化。何気ない事物の音や表象が、普段ならば持ち得ない意味・入り込んで来るはずもない心の深みを侵蝕しはじめるのに伴なって、彼の前に現れた人間たちは、それとは逆に人間臭さをどこかに置き忘れたような奇妙な即物性を示しだす。

雨を避けるために駆け込んだ農家の老婆は「六十か七十か知れぬ白髪の油気の無い、火を付けたら心よく燃えさうに乱れ立つたモヤ〱頭」などと何やら険呑な想像を抱かせるお婆さんで、寺までの道筋を聞いた後振り返って見たその顔はまるで「木彫のやう」である。老婆が木彫人形ならば、目指す寺の和尚はさしずめ山の木の実や木っ端で作った人形といった塩梅だ。

麦藁帽子を冠（かぶ）らせたら頂上（てつぺん）で踊を踊りさうなビリケン頭に能く実が入つて居て、これも一分刈では無い一分生えの髪に、厚皮らしい赭い地が透いて見えた。そして其の割合に小さくて素敵に堅さうな首を、発達の好い丸々と肥つた豚のやうな闊い肩の上にシッカリすげ込んだやう先に登場した、先生にこの古寺を紹介した「遊歴者」も、このドングリ和尚の手にかかると「あの風吹烏」になってしまう。

仮りに、事物の人間化と人間の事物化と言っておいたのだが、晩成先生が体験しつつあるこうした世界の変容を、自我と事物や他者との間の、距離のとり方、その距離を特定の価値観に基づいて秩序化する一種の遠近法の、転倒或いは失効、という観点から考えてみたい。

ミンコフスキーに拠れば、(7)平常我々は自分自身の生活の営みや周囲の生成との接触を、「生きられる距離」を介して行なうが、その距離を与えてくれるのは、視覚空間の明るさである。「明るい空間」において、事物や他者は「明確な輪郭をもった対象」として、自我から分離されつつ、自我と結ばれる。これに対し「暗い空間」においては、暗闇が「直接私に触れ、私を包み、私を抱きしめ、私の内部に滲透しさえし、私の全身を浸し、私のなかを通り抜ける」。そこでは、距離ではなく、接触・結合・一体化が、支配的なタームとなる、という。画中の人となってからの晩成先生に起こった奇妙な変調は、いわば「明るい空間」から「暗い空間」に移りゆくに伴う「生きられる距離」の縮小、朦朧化の中で、それまで機能してきた事物や他者との関係の仕方・距離のとり方がくい違い、ズレが生じてきた事の表れと見ることができる。瀬里の指摘したように雨の音が華厳思想の文学的形象化となりうるとすれば、それは作品があらかじめ通常の「生きられる距離」に基づく人と事物の関係概念をゆさぶっておきつつ、主人公に視覚以外の感覚器官を喚起させることで「暗い空間」に対して彼の存在の全体を開くよう準備させていたからである。

薄暗いランプの下での夕食の後、晩成先生は床に就く。世界は完全な闇につつまれる。しかし仲々眠りには落ちない。

恰も太古から尽未来際まで大きな河の流が流れ通してゐるやうに雨は降り通して居て、自分の生涯の中の或日に雨が降つて居るのでは無くて、常住不断の雨が降り通して居る中に自分の短い生涯が一寸挿まれて居るものでゞもあるやうに降つて居る。（中略）世界といふ者は広大なものだと日頃は思つて居たが、今は何様だ、世界はたゞ是れ

ザアッ

雨の中に自分の生涯があるようだ、という比喩的表現は、遂にそれにとどまらず、彼の耳は「一ツのザアッといふ音」の中に、自分の挙げた産声や他人の「囝地云つた一声」（ぎやつと）、小学校時分の彼を取りまいていた教室内の物音や唱歌の声を、確かに聴きとる。更に牛馬を使役して車をひく日々の労働の響きから、汽車がとどろき汽船が浪間を蹴って進む一切の音まで――開化以来の日本の歩み――が聴きとられ、そして「板の間へ一本の針が落ちた幽かな音」が、聴きとられる。「ザアッ」（一）の中に、時間的無限・空間的極大極小のすべて（多）が「確実に存して居ること」を、先生は認めるのである。暗闇の中で、雨の音が「生きられる距離」とそれを前提とする諸関係概念の一切を、消滅させ無効にした。

元来「生きられる距離」を介して行なわれる事物と他者の対象化は、時代の生産様式と支配的イデオロギーの影響から無縁ではありえないはずである。対象化された事物や他者は、特定の価値観に基づいてたちまち秩序化され、「生きられる距離」は一種の遠近法によって視覚的に統合される。立身出世主義にこの上なく従順だった大器晩成先生にとって、彼の生きる空間は、立身出世主義的価値の遠近法による強力な序列化が進んでいたと思われる。そ

の限りで、先生にとって世界は自明なものであったわけだが、その自明性は実は制度の裏づけに基づく自明性にすぎず、先生みずからがその生の裡に体得したものではない。その意味で彼の生きてきた空間は、時代に対する彼の過度の従順さゆえに、生の力を失いつつあったといえる。すなわち「不明の病」である。作品世界を黒一色に塗りつぶした暗闇は、先生をめぐる事物と他者との距離そのもの・彼の生きてきた空間そのものを、「ザアッ」という雨の音に還元し尽くす事で、涸渇し狂いのきていた（立身出世主義に基づく）価値の遠近法を、事実上御破算にしたのである。

かくして病原は絶たれる。彼は、「性が抜けて、そして眠に落ちた。」

3

眠りは休息である。或いはこういうべきかも知れない。晩成先生の自我は、夜の闇の中に融解し、解体してしまった。それは、恐るべき自己喪失・狂気の体験である。しかし、彼はその体験を、眠りとして、安らぎのうちに享受した、と。だとすれば、それが仮令いくら安らぎであったからといって、「生きられる距離」を失ったまま暗闇の中にいつまでもいられるわけではない。他の一切とともに雨の音の中に融合された自我は、眠る身体が享受した安らぎを手掛かりにして、再び明るみの裡に生まれ出で、そしてその生を新しいパースペクティブの下に再建しなければならない。

瀬里広明は先に触れた論文とは別の場で、(8)作品後半の先生が画を観る場面について、『碧巌録』四十則「南泉一株花」で味わうとよい、と指摘している。この正則の内容を略述すると、仏道にも詳しい陸亘大夫が、肇法師道う（い）ところの天地と我と同根・万物と我と一体という語に感心したところ、これに対し南泉禅師は否定も肯定もせずに庭前の花を指し、「時の人、此の一株の花を見ること夢の如くに相似たり」といった、という公案である。『碧巌録』百則のうちでもとりわけ容易ならざる公案というから恐れ戦くしかないが、今ここで最小限必要と思われるだけの理解を、加藤咄堂から借りて示せば、(9)その含意するところは、天地同根・万物一体に留まりそれ以上に論及しないのは画に描いた餅が飢えを充たさないのと同じで、それは世上一般の人が牡丹を見ても夢を見ているのと同じであるのに等しい、といった事であるらしい。天地同根は万物を自己の心境の中に映して見るようなものであり、万物当体そのままに見れば山は山、水は水、千差万別、それを何の必要あって同根の一体のと見ねばならぬのか、と。瀬里は先の指摘に続けて、「いかに『観画談』が平淡な文章の中に深遠な禅的内容を含んでいるかを理解し得る。」と述べているが、我々としては、大器晩成先生の病を癒すべく一切を一つに凝縮し世界を暗闇の中に沈めたこの作品が、今度は先生の現実への恢復の為に、一から一切へ、「暗い空間」から「明るい空間」へ向けて方向転換せねばならぬ必要を課せられているという点について、禅の公案もどうやら支持するらしい、と受けとめておけば足りる。

先生は突然、深い眠りから覚まされる。

> 俄然として睡眠は破られた。晩成先生は眼を開くと世界は紅い光や黄色い光に充たされてゐると思つたが、

勿論それは寝ていたところを急に起こされ、眼の前をランプで照らされた為の錯覚にすぎなかった。しかし先生にとって、この美しい錯覚は祝福すべき将来への確かな予兆である。

以後、降り続ける雨と彼をとりまく闇は、先生をそれまでとは逆の方向へ誘うだろう。まず、先からの雨は、「出水(でみず)」となって境内を包囲し、晩成先生をそこから更に上にある「当寺の隠居所の草庵」に向かわせる。若僧に

蝙蝠傘の片方を持ってもらって外に出た先生を、雨は確かにずぶ濡れにするが、それはかつてのように心の内部に浸透してくる水ではなく、「足の裏が馬鹿に冷い。親指が没する、踝が没する、脚首が全部没する、ふくら脛あたりまで没すると、」とあるように、五体を分節化してゆく水である。闇もまた、何かを融合させるものではなく、むしろ若僧と晩成先生との間の差異をきわだたせる。

其の蝙蝠傘の此方は自分が握つてゐるが、彼方(むかう)は真の親切者が握つてゐるのだか狐狸が握つて居るのだか、妖怪変化、悪魔の類が握つてゐるのだか、何だか彼だかサツパリ分からない黒闇々の中を、

二分法的判断力の回復、不確かながら、その再始動である。

草庵にたどりつくと、若僧は傘の一端をはなし、晩成先生を闇に置き去りにする。その間先生は、

黙然として石の地蔵のやうに身じろぎもしないで、雨に打たれながらポカンと立つて居て、次の脈搏、次の脈搏を数へるが如き心持になりつゝ、次の脈が搏つ時に展開し来る事情をば全くアテも無く待つのであつた。

自分の身体によって刻まれる時間を、彼は生きる。この、闇の中で生きられる時間が再び先生に甦る見事さは、翻って、彼を神経衰弱に追い込んだ東京での時間の質について、改めて考えさせるだろう。田舎の小学校を出てから、様々な仕事に就きつつ大学在学中の学費を支えるだけの貯金を蓄えた「困苦勤勉の雛型其物の如き月日」が、いかに効率優先の生活であったか。そのような生活を流れる時間は、いうまでもなく機械時計によって刻まれる均質的時間である。闇は、空間的比喩として把握される価値の遠近法を失効させただけでなく、この均質的時間も同じく

内側から破裂させた後に（雨の音の中に、個人史を超えた、一国の歴史の一コマまでが包含されていたことを想起されたい）、あらためて脈搏つ身体のリズムにそくした、生きられた時間を始動させたのである。晩成先生は老僧の住む坊に招じ入れられ、六畳敷位の一室を与えられる。フト気づいて時計を出すと、時計の針は三時少し過ぎを示している。先生はそれに驚く。次いで秒針がチ、チ、チと音を立てているのに気づく。そして驚く。

するど戸外の雨の音はザアッと続いて居た。時計の音は忽ち消えた。眼が見てゐる秒針の動きは止まりはしなかつた。確実な歩調で動いて居た。

もはや均質的時間は自明のものでも絶対的なものでもない。それは新鮮な驚きとともにしかと先生に認識される対象であり、いわば〝もう一つの時間〟として、先生に受け入れられたのである。

さて、いよいよ晩成先生本人が画を観る番となったようだ。

その画は、「七八尺ばかりの広い壁」を「何程も余さない位な大きな古びた画の軸」で、「何だか細かい線で描いてある横物」である。ランプを掲げて詳しく観ると色々な彩色の使われた「美はしい大江に臨んだ富麗の都の一部を描いたもの」と分かり、「かつて仇十州の画だとか教へられて看たことの有るものに肖た画風」であること、「春江の景色に併せて描いた風俗画だナ」ということを、先生は判断する。

以上の情報をもとに、本文中の画中の描写を幾らかでも充たしそうな中国絵画を考える時、まず浮かんでくるのが『清明上河図』である事は誰しも認めるところだろう。

『清明上河図』は、春分の日から十五日目、すなわち四月五日から六日頃を清明節と名づけ、郊外に遊び、墓参をし、春陽を楽しむ人々の様を描いたもので、もとは北宋の首都開封を貫流する汴河の両岸に賑わう都城の盛況を、五メートル余りの画巻としたものである。[10] その最古の例は張択端筆とされるものであるが、今日本に伝わるのは明代趙浙筆本、仇英（太倉の人。字は実父、十洲と号した）筆本などで、明・清代の『上河図』は開封から蘇州を想定した情景に変容しているという。画巻全体のうち、郊外から次第に河を右から左に上り、城門近く賑いも増すあたり、それが晩成先生の観ている場面ではないだろうか。

『清明上河図』にいささかこだわりたい理由は、語り手が「美はしい大江に臨んだ富麗の都」と語っていた点を特に重視したいからである。例えば、石倉美智子は晩成先生の恢復について「『婆さん』、『住持』、画中の船頭というような〈自然人〉たちと出会ったことで、その神経衰弱は治療されたのである。」と述べているが[11]、画中の船頭を〈自然人〉と呼ぶのは多少問題がある。今日の都市という言葉の持つイメージにはそぐわぬかも知れないが、彼はまぎれもなく「富麗の都」の住人、同時代では世界有数の大都市の民だからである。そこには、楽隊の先導する花嫁行列、屋外に材木を組んで架設された芝居小屋、辻占い、穀物屋、骨董屋、薬屋、植木屋、様々な旅芸人、渡り商人、受験生や観光客などなど、都市を活気づけるあらゆる階層・年齢の人々が描かれていたのではなかったか。晩成先生に向かって「オーイッ」と呼びかけた船頭も、そうした都市を構成する多様な人々のうちの一人であり、「寒山か拾得の叔父さんにでも当る者に無学文盲の此男があつたのでは有るまいか」とある通り、仮令〈自然人〉と呼ぶとしても、深く文明化される事によってはじめて生まれる類いの〈自然人〉である事を忘れてはならない（識字率が、その社会の内実をはかる指標・尺度として機能しうるのは、恐らく近代文明だけだろう）。

晩成先生は画中の船頭の呼びかけに応じて、思わず「今行くよーッ」と返辞をしようとした。彼は雑多な都市の唯中に、入ってゆこうとしたのだ。暗闇の中の雨音（一）から多様な大都市の生活世界（多）へ――しかし、その刹那、隙間風がランプの灯をゆらめかし、「船も船頭も遠くから近くへ飄として来たが、又近くから遠くへ飄として去つた」。とはいえ、先生の、そして我々の目に、春の都市のにぎわいがくっきりと焼きついて、消えることは

ない。先生は真に恢復し、自然へではなく、人間の社会へ、世俗の唯中へ復帰したといってよいのである。(12)

では、この作品の結末部はどう受けとめればよいだろうか。先生は東京には戻らなかったからである。再び学窓に其人は見（あら）はれなかつた。山間水涯に姓名を埋めて、平凡人となり了（おお）するつもりに料簡をつけたのであらう。或人は某地に其人が日に焦けきつたたゞの農夫となつてゐるのを見たといふことであつた。

4

本章の1で示唆したように、「正体恢復の処方箋」に関する読解をある程度了えた今、都市／田舎の対立図式とこの作品との関係についてやはり付言すべきであるようである。

大室幹雄に『清明上河図』を記号論的に読み込んだ魅力的なエッセイがあるが(13)、その結びで彼はこの都市／田舎の問題に触れ、次のように書いている。

たしかに、賢者は農村に住むというのが伝統的中国の美しいイデーであった。しかしこのイデー自体は農民のものではなく、あくまで都市の住民に属していた。これは悲しい矛盾である。そしてこの矛盾は現実の都市にそのまま露骨に噴出したのであって、歴史上の汴京もそれから免れていたわけではむろんない。しかしこの画巻のうえでは矛盾は弁証法的にみごとに解決され、「人間的な風景」が創造されたのだ。この虚構の解決がどれほどすばらしいかは、清明上河図の都市について、「未来都市は……中国の絵画『春の祭』（清明上河図のこと

―引用者）に示された性格をもつようになるであろう。変化ある景観、種々の職業や文化活動、さまざまの個性の人間が可能にする無限の順列、組合せである」というルイス・マンフォードの評価が、わたしたちのとはやや違う視点からだが、物語っているといえよう。

「この虚構の解決」というのは、大室に拠れば、『清明上河図』における〈道〉である。画巻の中の〈道〉は、汴河にゆるやかに沿いつつ、右から左へ向かって、広々とした田園地帯から郊外、そして都城の内部までを結んでいる。この〈道〉を、通常の画巻の見方に逆らって視線を左から右へ移してゆけばどうなるか。農村から都市に向かう通常の流れを、周縁から中心へ、自然から文化へといった対立項とも置換可能だと解釈すれば、当然、〈道〉を逆にたどるまなざしは、都市・中心・文化から農村・周縁・自然への流れを現出させる事になる。

この画巻にあっても、道はやはり相互に異質な二つの世界を結合しているのであり、この結合において都市と農村とを形成する人間の生の力がたがいに還流しあっていて、道こそその生の流れの端的な表出なのだ。

これにつけ加えて大室は「画巻の上部に平行して流れる汴水は側面からより深い、直接的なメタファとしてそれを明かしているだろう。」と言っている。確かに、『清明上河図』という名はそれ自体で、前半『清明―』が〈日常時・郊外から都市への人の流れ／清明節・都市から郊外への人の流れ〉と、後半『―上河図』が〈右から左へ上る視線の流れ／左から右へ下る水の流れ〉と、いわば二重の「還流」構造を内蔵している。だとすれば、『清明上河図』において、大室言うところの〈道〉は、露伴のあの「一大坩堝」としての都市の機能に、相似てはいないか。

大器晩成先生を神経衰弱にした東京は、こうした理想の都市の機能を少しも果たしていない。そこはあくまでも田舎のアンチテーゼに過ぎず、成金と出世の機会に豊富な事のみを売りものとする、根本的に貧しい東京である。そこに通ずる〈道〉の流れはあくまでも一方的で、何ら「還流」構造を持たない。そこから「新物質」としての新しい人間・新しい生き方は生まれてこないのだ。先生の精神的恢復が、立身出世主義の硬直したパースペクティブの打破を必要とするものだったとするならば、その延長線上にはかならず、このような貧しい都市／田舎の対立図式の克服が来なければならないはずである。先生が観た画中の都市は、先生の暮していた東京であってはならず、まさに大室幹雄が、そしてルイス・マンフォードが夢見たような「未来都市」でなければ、無意味なのである。

晩成先生が呼び掛けようとした、あの多様性としての現実は、都市と田舎の古い固定関係とは無縁な、新しい関係をそこに作り上げてゆく為の、礎石である。先生は、画の中から抜け出した後、この礎石の上に、農夫としての新生活を築き上げていったのであろう。だから、そこに不毛な都市／田舎の図式をあてはめて、あらぬ批判を加える事は慎まねばならない。語り手は最後に、

大器不成なのか、大器既成なのか、そんな事は先生の問題では無くなつたのであらう。

と言っている。不成／既成の弁別基準が社会的に存在する事をそれとして自覚しながら、それとは別の、新しい都市と田舎の関係、新しい生き方を模索する事が、これからの先生の、そしてなにより我々自身のすぐれて現実的な「問題」なのだ、と考えたい。

注

（1）本書第十四章を参照。

（2）「『観画談』論」（専修大学大学院文学研究科　畑研究室『露伴小説の諸相』平1・3。所収）。
（3）「『一国の首都』覚え書」（「文学」昭53・11）。
（4）注（3）に同じ。もっとも、『一国の首都』の想定された読者層が、「都府の状況を形づくる上に於て恆に主動者となれる所謂有力者、優者、指導者、衆庶の仰視するところとなれる者」であった点は、考慮されていいかと思われる。
（5）竹盛天雄「『観画談』」（「解釈と鑑賞」昭54・9）。
（6）「露伴文学における華厳思想について」（「語文研究」昭41・2）。
（7）以下の記述は、ミンコフスキー『生きられる時間　2』（みすず書房。昭48・12）の「第二編　第七章　生きられる空間の精神病理学のために」に拠る。
（8）「露伴と禅」（『講座　禅　第五巻　禅と文化』筑摩書房。昭43・1。所収）。
（9）『碧巌録大講座　6』（平凡社。昭14・8）。なお、本書では「第四十則南泉如夢相似」と、別題で収められている。
（10）『グランド世界美術　第6巻　中国の美術　II』（講談社。昭53・3）の解説（衛藤駿執筆部分）に拠る。また、『清明上河図』を中心に据えながら開封の歴史的再構成を試みた書として、伊原弘『中国開封の生活と歳時――描かれた宋代の都市生活――』（山川出版社。平3・1）がある。
（11）注（2）に同じ。〈自然人〉による治癒という読解の帰結は、当然次のようになる。「神経衰弱が治った後は（中略）現実の社会に対していわばまったくの没交渉となり、現実社会に関わっていく意欲は喪失されたかのようである。」。
（12）この解釈を、二重の〝観画体験〟という本稿のとらえ方にそくして敷衍すれば、以下のようになろう。晩成先生という画中の人物は、さらに奥の、もう一枚の画の中に入ろうとした。だが、それは合わせ鏡によって表出されるような無限の領域（画の中の画、その中の画……）を目指したわけではない。画の中の画として先生が観たものは、（象徴的な意味ではあれ）現実であり、従ってその時、二重化された〝観る人〟・つまり読者と先生は、実は顔と顔を向かい合わせていたのだ、と。そうだとすると我々読者は、美しい中世都市（象徴としての現実）を見つめる先生のまなざしに正面から出会う事を通じて、自分たちの周囲をとりまく二十世紀末社会の住環境（本当の現実）の醜悪さを、先生が入ろうとしたあの都市との差異という形で、あらためて思い知らされる事になる。
（13）「回想の道――『清明上河図』の記号論的な楽しみ」（『アレゴリーの墜落』新曜社。昭60・5。所収）。なお、引用文中のルイス・マンフォードの評語は、『歴史の都市　明日の都市』（新潮社。昭44・1）図版説明64からのものである。

第十四章 『望樹記』——暮らしの領分

1

大正期の幸田露伴の代表作『運命』[1]が、時代を超絶するその姿勢ゆえに傑作たりえていたとすれば、『望樹記』はそれとは対照的に、彼が時代と共に生き、生活の時々に考え、感じた事の記録、或いはそうした事実をもとに作られた作品である。生粋の江戸っ子露伴は、変貌を続ける近代の都市・東京を、一体どのように生きたのだろうか。『望樹記』の初出原題は『ケチ』、雑誌「現代」の大正九年十月創刊号及び十一・十二月号に載り、単行本『龍姿蛇姿』(昭2・1)に収録の際、現行題名に変更された。この点について塩谷賛は次のように述べている。[2]

題はのちに改められて「望樹記」となるが、それは単行本に改めて出されるとき「観画談」と並べるのに同じような題に換えたのであろう。内容の楽な書きかたから言っても原題の「ケチ」のほうがよかったと私は思う。

題名変更の事情は恐らく塩谷の推測する通りであろう。[3]原題『ケチ』の方がよかった、という意見については、川村二郎から激しい反論が出された。そのエッセイ「観察から幻視へ」[4]はしかし、『望樹記』かそれとも『ケチ』かという問題もさる事ながら、この作品における時代批評性をどう評価するかという、より重要な問いを提起していると思われるので、まずこの題名をめぐる川村のエッセイの内容を確認しておく。

『ケチ』を良しとする根拠は、一見したところ明らかである。その冒頭、

「年をとるとケチになる。」

此言葉は誰から聞いたのか、また何時おぼえたのか、其由来が甚だ不明であるが、何でも其由来が忘れられたほど遠い過去に、そして其由来が思ひ出されぬほど不注意に受取つた言葉に相違無い。

と、その末尾、

年をとるとケチになる。こんな下らぬ淡いことを楽んでゐられるのである。自分は自分で笑ひながら自分からの評語を自分へ受取つた。「年をとるとケチになる。」そしてとねりこを心頭から放下した。

との二つをつなげて見れば、この作品が「年をとるとケチになる」（以下〈ケチ〉と略記）をめぐる物語である事は誰しも認めるだろう。川村が言うのは、その先の事である。川村は、〈ケチ〉にまつわる物語を全体の枠組に当たる事を認めつつも、その枠組中に据えられた考証的・批評的論述が「額縁の中の画のようでありながら、いつの間にか額縁をはみだし」、それとは別箇の「小宇宙」を形成している、という。その具体例として指摘されているのは、隅田川の治水政策に抗議する「時務論的批評」中、東京下町一帯の地名考証から、江戸数百年間の風景の変遷がほんの一筆で描き出される一節である。その「奇妙に悠久の感触をたたえた、無時間的といってもいい風土の展望」

を可能にしたのが、「時務を見据えながら、時務に接しつつそれと無関係に存在するある不易なものをも同時に見てしまうヴィジョンの力である。」と、川村は主張する。

『望樹記』全体をしめくくる主題があるとすれば、それは、時世の移ろいに対する感慨とでもいうことになるだろう。（中略）この統一が、要するにささやかな自足を意味するにすぎない静的な調和を達成するかわりに、とはつまり、あの冴えないライトモチーフ（〈ケチ〉を指す……引用者注）に要約されてしまうかわりに、博識と想像力の働きによって内部に作りだされた象徴主義的な空間から、たえず隠微な刺戟を与えられつつ、実質的な規模の大きさをある力動感とともに感じさせる、まさしくその点に、この作品が「ケチ」ではなくて「望樹記」でなければならない理由がある。

確かに「象徴主義的な空間」――或いはそれを可能にする「ヴィジョンの力」――がこの作品に力動感を与えているという読みは、魅力的である。何よりこれは『観画談』[6]をも視野に入れうる点で有効性を持つのだが、しかし一方で、作者みずから「一々皆真に其物有り、其人有り、其景致、其の情感有つて、而して写し出した」（注3）というこの作品に対する解釈としては何とも抽象的に過ぎる、という印象も拭いきれない。川村の言葉を借りて言えば、「観察」によってもたらされる「時務論的批評」部分、「実務の世界についての深い洞察」そのものの深さと意義を、まずもっと検証すべきではないか。川村はこれら「観察」の領域に注目しつつも、結局「観察から幻視へ」の視点に固執するあまり、それらを「時世の移ろいに対する感慨」といった甘ったるい「統一」に収斂させてしまったように思われる。「ヴィジョン」の広大さを称揚する前に、「ヴィジョン」の何たるかを少しでも明らかにするためにも、本稿は「時務論的批評」の内実にこだわってみたいと思う。

さらにまた、以上のような川村の読みが、「『望樹記』でなければならない理由」になるというのも納得できない。川村は明確な説明を省いているようだが、そもそも『ケチ』と『望樹記』という題名の違いは、作品解釈上何らかの意味を持っているかどうか。私見に拠れば〈ケチ〉を「冴えないライトモチーフ」とするのは誤りであり、題名変更に本質的意味は認められない。そこで、この問題からまず入り、次いで「時務論的批評」の検証を行う。

2

先に引用した冒頭部分を見ていただきたい。ここで〈ケチ〉という言葉が問題化されている理由（それは同時に反復される理由でもある）は、その由来が不明である事実にある。語り手にとって、つき合いが長く自然なものであるにも拘らず、むしろそれゆえに由来の定かでない、この〈ケチ〉の語は、彼の意識の中で明確な位置づけを拒み、語り手との間に疎遠な関係を保ち続けている。そして語り手は、この、記憶の中に由来不明のままに居座っている言葉の、自分に対する疎遠さそのものを、まるでいつくしむかのように書くのである。

或時何ぞの拍子に、また此「年をとるとケチになる」といふ言葉が聞えた。そこで寸時を我知らずに割いて一応其言葉と自分との交渉を考へて見た。しかし誰から何時聞いたのか分らなかつた。もつとも余り立派でない生活をしてゐる佐藤さん加藤さんも、系図をたゞして見れば天之児屋根命の裔であつたり、辺鄙の土民でも儼然として皇胤に出づるものがあつたりするやうに、此言葉でも、濁り川、其の水上をたゞして見れば萩の下露篠の露、岩下清水苔清水の清い流で、多くの人が偉大である高明であると尊崇してゐる人の言葉から系図をひいてゐるものかも知れない。

この言葉も元は立派な人の言葉であったかもしれない、という唯それだけの事を言うために、平凡人の系図の話と水系に関する言説が比喩として語られている。ここに或る言語の過剰を感じるとすれば、それはこの一節を、〈ケチ〉の由来を探るという主題の下に統括されたものと見、比喩はあくまでも主題を補強・修飾する為のものととらえるからである。実はここには、そのような語の主―従関係は存在しない。平凡人や水系に関する言説は比喩としての役割を装いながら、〈ケチ〉と語り手との間の懸隔から生まれ出てきた、独立の物語なのである。語り手は〈ケチ〉の由来を探ろうとするそぶりを見せながら、自分と〈ケチ〉の隙間から様々な言葉をつむぎ出してゆく。語り手自身の若き日の「むだ口友達」との交友、そして前半の中心的話題である「お婆さん」の話と、そこから生まれ出てくる言葉は次第に大きく複雑な内容を構成してゆき、物語としては未発のままの平凡人・水系の言説との違いは歴然としているかに見えるけれど、それらはいずれも〈ケチ〉の由来探究の過程で招喚された、という意味で、その作品における機能は同一なのである。なにしろ招喚された物語がどんなに複雑になっても、語り手と〈ケチ〉の関係は少しも変わらないのだ。

其中（うち）お婆さんとの条は、記臆が辿れば辿るだけ分明になつて来るが、此言葉の発頭のところは考へれば考へるほど不明になつて、むしろ其の朦朧たる霧の中に、何かの神祠の千木か鳥居か、仏寺の山門か堂の屋根でも見つけるやうに古い歴史上の学者や詩人の言を見出して、そしてこれから出て居たのであつたと云つて悦びたいやうな気がするのみである。

「お婆さん」の記憶がいくら「分明」になっても、一向に縮まらぬ自分と〈ケチ〉との間の隔たり。この一節に、お望みなら象徴的な「小宇宙」を読み取る事も出来よう。山中、一人の男が霧の中をさまよい歩き、古社か古寺を彼方に遠望する物語である。それは例えば『観画談』のような、作家の空想の産物なのか、それとも過去の体験の記憶、或いは中国伝奇小説の一断片でもあるか、いずれにしても作品の枠組を難なく乗り越える、まさに無時間的な空間といっていい風景が、ここには織り込まれている。だが、こうした読みを促すのも、比喩が単に比喩である事に留まらない、この作品の特異な言葉の在り方に因るのである。

〈ケチ〉の語は、この作品において言葉がどのような原理に基づいて機能しているかを明らかにする。言葉は、使用者の使用目的に奉仕する従順な存在、或る意味を伝達する透明な存在ではない。それは使用者の意識との間に常に隙間をつくり、その疎隔から別の言葉を、差異を生産する。そして招喚された言葉・物語は各々が対等に向き合い、作品（全体）という名の下での序列化に抗するのである。川村のように〈ケチ〉を「ささやかな自足を意味するにすぎない静的な調和」としたのは、この言葉の意味内容にひきずられての読みにすぎない。問題なのは意味ではなく、語り手との懸隔から差異を生産するというその機能的役割なのである。『ケチ』という題名が含意するのは、このような言葉の在り様である。

この点に着目すれば、もう一つの題名『望樹記』から導き出される言葉の在り様も、『ケチ』と全く同質である事に気づくはずである。ここでも樹そのものが問題なのではない。「ハテ何といふ樹だらう。」という疑問、語り手と樹の間に生じた隔たりの意識が、彼に嵐の事を思い出させ、「市治」批判を行わせる契機となっているのである。[7]では、「とねりこ」と名が判明し、この疑問が解消してしまった後はどうか。その在り様は次の一節に明らかである。

輪廻といふことも応報といふことも、有ることと考へた方が事実に近い。翌日になつて朝食に対(むか)ふまでは、隣のとねりこの姿も眼に入らなかつたし、との字も思出しもしなかつたが、膳に対ふと、昨日自分の世界にはとねりこは無かつたと想つた。けれども偶然にも、イヤ然様ではございませんでした、こゝに居りましたとばかり躍り出したとねりこがあつた。一つは何でも西洋ものの翻訳でお目にかゝつたとねりこ、一つは自分が何の書かで自分から出会(でくわ)したとねりこであつた。是がとねりこだから宜しいが、人の怨念なんぞであつたら何様であらう。

（傍点引用者）

傍点部分におけるように、「とねりこ」は語り手に不意打ちを仕掛け、意識の統御から自由な他者性を守っている。その在り様は、作品の冒頭近くで〈ケチ〉の語もまた「此処にかういふものが控へて居りました」と名乗っていたのに、全く等しい。〈ケチ〉と「とねりこ」の機能的役割は、同質であり、互換可能である。

これが、『ケチ』と『望樹記』という題名の間に質的差異は無い、とする理由である。従って前者から後者への題名変更も、塩谷賛の想像したような外的事情のみによる説明で、満足すべきである。観察から幻視へ、ではなく、他者としての言葉と語り手の懸隔より生まれ出た、回想や、観察や、社会批判や、幻視や、考証や……が、この作品の構造といっていい。

今の引用でもう一つ注意しておきたい事がある。語り手が「輪廻」といい「応報」といって、自覚・認識しているものは、そこから仏教的含蓄を拭い去れば、まさに言葉の、自我の統御からの自由・他者性だ、という点である。言語の他者性を、世界観的語彙によって承認する語り手、という彼の属性は、この作品の時代批評性の意義を考える上でも、重要な手掛かりとなるはずである。

3

以下に考察するのは、〈ケチ〉・名前のわからぬ樹・「とねりこ」と、語り手との間に存する各々三つの隙間から出てきた、比較的まとまった三つの物語である。

第一、〈ケチ〉との関連でひき出されてきた「お婆さん」の話を、時代批評性の観点から読む時、まず注目すべきなのは、彼女の生活技術者とでも称すべきその在り方であろう。「お婆さんは、手足も達者なれば口も達者」で、糸屑や反故紙から銘撰やら紙布やらを織り出し、それに「江戸子式に気短でチョッピリと、まるで小さなノシ位」の談話を付けて人にほどこす。「若い時の潑溂たる生活を聞知ってゐる」語り手は、この事業規模の狭小さには「臣従道徳」といった言葉を想起したりもするのだが、それが彼の「お婆さん」への敬意を損うわけでは、勿論ない。

一般に露伴の作品には、女性が母性＝自然の領域に属した存在とされる、いわゆるオートナー・パラダイムは無縁である。ここでも「お婆さん」の生活技術者としての在り方は、あくまでも文化的であり、それが語り手の尊敬する理由となっている。そしてその文化の質において、彼女の在り方は、露伴その人――娘・幸田文が伝える偉大な生活人としての露伴の面影を宿している。

篠田一士によって「廊下のふき掃除から天体にいたるまで、すべてをひとつのまなざしで収斂できる」「生活人」(8)と称えられた露伴のこの側面は、しかし、従来の露伴研究史において不当に無視されてきたように思われる。透谷が「想を旨と」し「主観的心想を重んずる」作家と評して以来(9)、露伴文学はほとんど常に理想主義的、脱俗的、幻想的側面が強調され、かつ評価されてきた。本章1・2で検討した川村二郎の『望樹記』についての論も、恐らくこうした研究史の動向と無縁でないのである。だが露伴の文明批評の根本に据えられているのは――対象が大正時代ならばより一層――案外その「生活人」としての倫理・規範意識だったのではないか。例えば、大正期に入ってから書かれた評論をまとめたものとしては最初の論集である『修省論』[10]中、「生活の空実疎密」[11]の次の一節で問題とされているのは、充実した生活をおくる技術と知識の有無なのである。

今や実際生活に空疎な人が次第に其の数を増して来て居はすまいか。空樽が転がつたやうに歳月を経て居るも宜いが、一旦忽然として空谷に墜つるやうな時に遭ふのを免れ無いといふ事が起りはすまいかと危ぶまれる。願はくは自他共に今少し実際生活に空疎ならぬやうに有り度い。ゴブラン織やセーブル陶器の名を知つて居て、自分の着て居る物の名も知らず、手にして居る湯呑の佳不佳も知らぬのが、今の人の通弊である。古くは釈迦基督より近くはオイケンやベルグソンの説を批評などしながら、夫は妻の扱ひ方を知らず、妻は夫の不機嫌を癒すことをも知らぬのが、今日の通弊ではあるまいか。

山本健吉は、こうした露伴の批評原理に注目した数少ない評論家である。彼に拠れば、露伴の知の在り方は「幸田家で身につけた一種の生活伝承による教養が底に存在した」「生活万般にわたる、きわめて高い程度の訓練」である。それは「ロア（伝承知識）」と呼ばれうるものであって、近代のサイエンスはその一部に過ぎない、という[12]。そういえば「生活の空実疎密」で露伴が批判してやまなかったのも、サイエンスそのものではなく、その「骨書（ほねがき）」だけを子供の頭に詰め込もうとする、学校制度であった。

社会全般の人智は大に進んで居る。然し鰻鱺（うなぎ）の頭や骨ばかりを食はせて呉れるやうな教育を受けて、一般人民は道理で気は強いが、多くは歴史上や地理上や思想上の鰻鱺の頭と骨とに食傷して居るのみで、其の腴（ゆ）を食つて居るところには行かぬ。（中略）詰らぬことでは有らうが、も少し実際生活に空疏で無く歳月を経る習慣を与へたら何様で有らう。学校生徒は汽車で運ばれて居る旅客のやうなものである。実際生活に没交渉な習慣は教育上から与へられて居るので、生長しても其習慣は容易に改められぬ。そこで実際生活に没交渉な空疏な人は非常に多くなる。

恐らく、露伴のこうした評論に窺われる問題意識と、「お婆さん」の物語は関係が深い。否『望樹記』の全体が、塩谷賛の言う「内容の楽な書き方」どころか、実際生活に通暁した者と、それに没交渉であるにも拘らず或いはむしろ没交渉であるからこそ社会を大きく変えていった者との、対立と抗争の物語なのである。なにしろ第一の物語の主人公「お婆さん」にしてからが、語り手のところへ来る直前に、しっかり喧嘩をしてきているのだ。

「お婆さん」は普段から往来で鼻緒の切れた人を見掛けた時の為に下駄の前つぼを用意している。今しもその親切を実行し了った時、「やすい洋杖（ステツキ）薄ッ髭」の二人連れの男の一人から『御安直な慈善かうゐサネ』と評される。

もう一人が振顧つて見て、『フン』と云つて、『慈善でもないサ、ト言つて義俠といふほどでも無しカ。ハ、ハ、。』『ハ、ハ、』と行つてしまひました。かうゐッていふのは何です。」

「おこなひといふことです。しかし失敬な奴ですネ、お年寄に対して……」

「へヱ、年寄で無ければさげすんで貰つても丁度いゝのですか。」

と余気猶盛んにお婆さんは其時の忌々しさを吐く。同情せずには居られ無い。

「慈善かうゐ」は「実際生活に没交渉な空疏な」言葉である。だから「お婆さん」には分からない。一方、男達には「お婆さん」の心遣い――資源の有効利用とそれを可能にする再生技術、また因習にこだわらぬ彼女の闊達さなどの意義は分かるまい。同じく分からないという、そのどちらに非があるかは明らかであるが、しかし学校化され、「実際生活」に根ざした正常な判断力を徐々に奪われつつある社会では、笑われるのは「お婆さん」の方なのである。語り手は、極当たり前の理屈を述べて、彼女をなぐさめるしかない。

「誰にむかつてだつて、御安直だなんて、侮蔑の意味を含んで居ます、失敬千万な。田圃中の泥濘路(ぬかるみ)かなんぞで其奴の鼻緒がきれて弱つた時、ヒョックリお婆さんに出遇はせて、お婆さんの親切を貫はせてやりたい。」

「お婆さん」と男達の対決が、「泥濘路」においてこそ真に行われるだろう、というこの言葉は、一老婆へのなぐさめを越え、また「時世の移ろいに対する感慨」などに収束される気配を微塵もみせることもなく、より熾烈な別の物語を誘い寄せる契機となる。東京の下町一帯がいわば「泥濘路」となって、「市治」の領域に両者の対決が持ち越されるのである。そこでは「お婆さん」のあの「忌々しさ」が、語り手に乗り移る。

4

春もたけなわの或る日、語り手は隣家の庭に丈高の樹を見る。「ハテナ、芽出しの早い樹である。一寸おもしろい樹であるが、何の樹であつたらう」、――このフトした疑問から、暴風雨・「市治」批判へと進む、第二の物語が始まる。

「去年の雨の無いあらし」[13]は建築物等の被害に比べて庭樹や農作物への被害が大きかった。強風で海から運ばれた塩気が植物に付着し、それがいつものように雨で洗い流されなかったからである。多くの樹木が倒れ、「今でも猶其痕跡を遺し留めて、生存してゐる檜などでも其の樹頂は枯れ、其の樹枝の南面部は明らかに傷痍を存してゐる」。ところが「其の風に対して自から衛る妙巧の態度が著しく予の意を注(とど)めしめた」のが、今目前にある樹である。

とはいえ東京市中の一般の樹木が「皆衰残の状にある」原因は、一時の塩風のみではない。ここで語り手は「市治の故」の指摘に入る。その一は、市外地の戸数の激増、その二は工場増設による大気汚染、そして語り手が何より強調するその三は、地下水の停滞による樹根の生長阻害である。

　東京市が隅田川下流に埋立地を造ったり、河口の面積を狭くしたりして顧みぬ結果は、海をして其干潮の時に当つて河水を収容する働(はたらき)を十分ならしめぬに至るので、隅田川の水面は二十余年前に比して幾分か高くなつてゐる。

東京地先の自然な南進傾向は、江戸の地名考証からも認められる（『望樹記』の構成原理に従って、この考証部分を論旨から独立させてみよう。そうすれば、「無礙(むげ)円融の観に入って未生(みしやう)以前の古を考へるまでも無く、東京の水添ひや川辺の地名を考へれば直(すぐ)に分ることであるが、隅田川近くの須崎は洲崎であつたに相違無く、隅田は洲田(すだ)であらうし寺島は一寺夙(はや)く立つた島形の処であらうし、〈中略〉中川裾の砂村でも、市接続地の洲崎でも皆其名は其土地をあらはして居る。是等を観れば是等の地は何様して出来たか分つてゐることで、又其土質を視れば長い〳〵間に砂流れ泥澱(どろよど)みて肥沃の地を成したことも想はれる。即ち自然の摂理のみが行はれてゐた永い〳〵間は、河口は今よりも遥に北に在つて、そして其幅は驚くべく濶くて、小さな三角洲は勝手次第に沢山存在し、春日秋夜の大干潮には底を見せ、大満潮には汀蘆渚蓼を呑むやうな細い流が、本澪以外に其等の洲の間々を網のやうに流れてゐたことであらう。それが又永い〳〵間に漸々に南方へ遷つて、北方又は高い土地から次第に田とされ住地とされるやうになり、鎌倉時代足利時代から大に開け、江戸時代から愈々開けたのであらう。」といった一節を、「奇妙に悠久の感触をたたえた、無時間的といってもいい」物語と称える、川村二郎の読みが成り立つ事は今さら断るまでもない）。だが、限られた人智に、起こりうべき事態の全てをあらかじめ予測した上で自然を改造する能力は無い。人為的な東京地先南進は隅田川の水位上昇をもたらし、その為に下町は従来出水せぬ所まで洪水に見舞われるに至った。さらに河水面上昇は「近傍地の雨水下水等を搬び去る働」を鈍らせ、樹木は「終に地表の僅々のところの上根で生きて居るやうな情無い」目に遭う仕儀となった、と語り手は説明するのである。

今日この説明に対して我々が成すべき事は、これを地盤沈下現象の非常に早い証言として読む事である。地盤沈下は普通、以下のように説明される。地層は砂礫層と粘土層が交互に堆積してできており、地下水は水の動きやすい砂礫層から汲み上げられる。しかし採水量が地下水補給量を上回ると、砂礫層の水圧が下がり、砂礫層をはさむ上下の粘土層から水が絞り出される。この時砂礫層自体の体積の変化は微小だが、粘土層の体積は絞り出された水量の分だけ縮む。この縮みが、地盤沈下である。(14)

鈴木理生は、当時隅田川一帯に見られたという地盤沈下現象を次のように述べる。(15)

最初に気づかれたことは、地下水汲上げ用井戸のパイプが年に一〇センチ単位で、はじめの地表から抜けだす現象だった。次は下水の排水がわるくなったことだった。そのうちに水郷地帯の水路の水面がぐんぐんと上昇しはじめ、堤防を必要としなかった水路に堤防が築かれるようになり、橋と水面の間隔が縮まり舟が橋の下

> をくぐれなくなるようになった。

右の記述は、『望樹記』で挙げられていた隅田川周辺の諸状況に、ほぼ一致する。ただその原因は、語り手の言う河口埋立てというよりも、その埋立地に建てられた工場による大量の地下水汲上げにあったのである。

だが、我々は語り手の説明の不備をあげつらうよりも、以上のような諸現象を明確に指摘し、それらを統一的にとらえようとした姿勢を評価すべきである。それこそまさに「実際生活」に根ざしつつ、有機的・全体的な知識体系をめざす、山本健吉のいう「ロア」の本質に他ならないからである。（ちなみに、住民の間では徐々に気づかれていた地盤沈下が実証されたのは関東大震災後の水準測量時[16]、その原因が地下水の汲上げに因るものと結論が下されたのは、昭和五年に至ってからという[17]。）

語り手にとって、その及ぼす影響も考えずに河口を埋立て、工場を林立させるのは苦々しい限りであった。彼の怒りは、みずから招いた洪水を防止する為と称して始まった、荒川放水路の新設に至って、頂点に達する。

荒川放水路とそれに並行する新中川の建設は、直接には明治四十三年に東京下町を襲った大洪水[18]を機に、翌四十四年から大正十三年にかけて行われた。「莫大な費用と労力とを捨てゝ、膏腴の土地を新らしい川を造る為に掘鑿」するこの計画は、語り手に言わせれば「何の事は無い本来の尿道を問(つか)へさせて置て別に手術をして腹部に小孔をあけて其処から膀胱へ護謨(ゴム)のカテテルをさし込むやうなもの」にすぎない。なるほど「医術」も「施政」も巧妙になったものだが、

> 然し医術は進歩しても死といふことを絶無にすることは出来ないから、土木が進歩しても施政が進歩しても水害が起つたとて是非は無い。（中略）時々水害が起るのは地面の洗濯だとでも思つて、「あきらめる心の底はむ

ごい也」で、一寸いやな気はするが、まあ皺くちゃ面にならぬ道でがなあらう。然うも片づけて置かねば、常習性不平狂といふ病名でも頂戴して、巣鴨へでも生埋(いけうめ)にされることだらう。

この一節は、結局のところ変わりゆく時世に諦念と観照を以って対するしかない語り手の位相を伝えるものだろうか。否、我々はこの種の言葉の濁し方に「歌舞伎の捨て台詞などの口頭表現が今に伝へてゐる、権力から遠い、江戸時代伝来の民衆の感情表現の型」をみた寺田透に倣い、「濁しながらも抹殺して、言はなかつたことにはしなかつたところに、その思ひの深さ[19]」を探るべきなのである。

荒川放水路は江東地区を、かつての郊外の行楽地・近郊農村から、工場とその労働者の生活の場に急変させた。語り手がいみじくも〈川＝尿道〉の医療的比喩を用いていたように、それは一見、洪水防止という住民サービスを装っていた。しかし人々の住環境の保全・健康を守るはずの放水路は、実は「工業国の発想[20]」に立った、国益重視の政策の所産だったのである。これを実現させるのは、抑圧や強制とは別種の権力、安全・健康・教養等を提供するという名目の下で、個人の住環境に始まって身体や内面にまで介入・操作しようとする、全く新しい権力である。先の「お婆さん」の話は、こうした権力に従順な人間（それは又、空疎な実際生活を生きるがゆえにたやすく国益といった抽象的問題にとびつく人々である）と、自分の生活は自分で賄おうとする人間との争闘だった。そしてここで用いられた「生埋(いけうめ)」の語は、知の在り方の根本から管理しようとする不気味な権力に対する、語り手の深い憤りを示す。この権力は、自らの提供するサービスを拒む者には、真理の名の下に野蛮・無知・狂気といったレッテルをはりつけて排除するのを、常とするのである。

ここで再び『修省論』から一節を引用したい。以上のような権力が行使される社会体制についての、露伴のコメントである（「生産力及生産者[21]」）。

今を古に比すれば、今の資本者は古の王なのである。今の社会の個人は古の専制国治下の民なのである。古の専制国主と今の資本者との差は、たゞ剣を以てすると貨幣を以てするとだけである。大は世界の大勢より小は一国内一地方内の実状に至るまで、皆此の専制政治は行はれて居るのである。資本の力が法律を作り政治を動かし、そして政治法律が資本の力を増長させる。科学の力はまた恰も古の宗教が君主に利益した如くに、今の資本の力ある者に利益する。是の如き馬鹿々々しい事は有る可き訳はない。社会は社会の社会だ。個人は資本の奴隷たるに甘んずべきでは無い。

資本のための社会、「実際生活に没交渉な空疎な」言葉を操る似非紳士に生活技術者たる「お婆さん」が笑われる社会は、かつて露伴が用いた呼称に従うなら、〈無法〉の世といいうるのである。[22]

5

樹の名は、「隣園の管理を托されてゐる老槖駝（ろうたくだ）」の御陰でたちまち「とねりこ」であると分かった。第三の物語は語り手と、この「とねりこ」の間から生まれ出てくる。

「お爺さん」に拠れば、とねりこは棒杭のようにされながらも田の畔に立って居る「馬鹿ッ木」である。そんなとねりこに関心を寄せる語り手に、「お爺さん」が「日頃胸中に慨然たるもの」をこめて次のように述べた時、彼の心境が第二の物語で「生埋（いけうめ）」の境地を吐露した語り手のそれに限りなく近づいているのは明らかである。

「何でも好いものは弱くて、悪い者は強うございます。お宅の菊でも好いのは弱くて、薔薇でも牡丹でも好いものは消え易いではございませんか。いやなことですナア、向島もとねりこの世界になるなんて、冗談にもそんな事を仰しやるのは。」

だが語り手は、世間には「強いものが好いもので弱い者が悪いものだ、といふやうに云ふ人もあるから」などと言って、「お爺さん」への同調を避け、この作品の展開原理である差異性を保つ。語り手は、自分達の時世への詠嘆で作品が覆われてしまうのを警戒するかのように、「とねりこ、とねりこと、とねりこを心の歯で嚼みながら」食事を採る。すると、フト「秦皮といふ字」が浮かんでくるが、それでも彼ととねりこの繋がりは杳として分からない。そして翌朝、「イヤ然様ではございませんでした、こゝに居りました」と躍り出たとねりこが、「西洋ものの翻訳」と「何の書かで自分から出会(でくわ)した」事を告げるのである。以下、アッシトリーや淮南子にまつわる考証では、とねりこがその時代その土地の人々の間で如何に利用されてきたかを具体的に挙げる。それはそのまま人間ととねりこの、深々とした交渉の歴史である。語り手がとねりこを引っかいて「真青な、緑竹翡翠の色」をした膚を嘗めたり、金町松戸方面の畔に立つとねりこの、「生杭」にされた「スチリット行者のやうな」姿を実地に見るのは、この歴史の反復であり、又それへの参入でもあるだろう。

蓮實重彦は、「大正的」言説の特質を「印象的な標語」の周辺を旋回し続け、事実の分析＝記述へ向かうこと稀な、その「抽象性」に求めた。「分離よりも融合を、差異よりも同一をおのれにふさわしい環境として選びとり、曖昧な領域に『主体』を漂わせたまま」の「大正的」言説は、具体的対象を避けるべくあらかじめ置き換えられた「問題」と戯れ続ける、という。(23)『望樹記』の語り手が、自らの裡に由来の不明な、他者としての言葉を見出した時、彼は、再び自己意識の中にそれを融合させるのではなく、むしろ自分からひき剝してその隙間を広げ、また起源を確定して自明な同一性を持った意味にその語を還元するのでもなく、むしろそこから様々な差異と対立を呼び起こしたのであった。そして他者としての言葉をめぐって展開されたこの物語が、例えば、「地盤沈下」として「問題」化される以前の、現実の諸現象を総体として明るみに出そうとしたのでもあった。してみれば、この作品の真の批評性は、「市治」批判における事実の分析＝記述以上に、「大正」的言説に抗して言葉の他者性をいつくしんだという、語り手のあのふるまいそのものにこそある。

既に引用したように、とねりこは作品末尾で、再び語り手の無意識の領域に解き放たれる。と同時に語り手は、今まで他人事だとばかり思っていた〈ケチ〉＝「年をとるとケチになる」という言葉が、まぎれもなく現在ただ今の彼自身をも包み込んでいた事に気づき、その事実を朗らかに承認するのである。しかしそれは彼がこの言葉に拘束されていた事を何ら意味するものでは無い。「絶えず一つの歴史的な言語と誓約し、この誓約の下に、語る自由な歴史的な存在者として解放される」[24]のが、人間の本質的な在り方だからである。

いろ〳〵の樹が皆弱つてゐる。何を植ゑても地が悪くなつてゐる。育ち得るものは梣樹（とねりこ）位である。馬鹿ッ樹でも何でも梣樹がはびこる世となるであらう、榛の樹さへも碌に育たぬやうになつてゐるのだから。と錯雑した下らぬことを考へたりなんどしたが、悲観したのでも何でも無い、実は梣樹一本で数日の余閑を楽んだのであつた。

明快な現実認識と、「生埋（いけうめ）」的状況の中からでさえ豊かな知の悦びを得る、したたかな老いの智恵を顕賞し、『望樹記』は終る。これが、青ざめた自我に閉じ込められ、さまざまな「問題」と虚妄の絶望に戯れ続ける煩悶青年に向けての、露伴のメッセージであった。

注

（1）初出「改造」（大8・4創刊号）。
（2）塩谷賛『幸田露伴』下巻（中央公論社。昭43・11）。
（3）『龍姿蛇姿』序に、「観画談は全く幻境から取出し来つたものである。世おのづから是の如きの情、是の如きの人もあるべしとして描いたものである。世に真に是の如きの人、是の如きの事が存して、而して後に記したものでは無い。望樹記は一々皆真に其物有り、其人有り、其景致、其の情感有つて、而して写し出したものである。」とあり、両作品を一対のものとして配する意図があったのは明らかである。
（4）「文学界」（昭46・1）『銀河と地獄』（講談社。昭48・9）所収。
（5）初出雑誌に則して、『望樹記』の構成をまとめると、十月号に載ったのは由来不明の〈ケチ〉の語とそこから導かれた「お婆さん」の話。岩波版全集第四巻（昭28・3）では三一一頁〜三二五頁。十一月号分は名の分からぬ樹への関心から「暴風」と「市治」の話まで、同全集三二六頁〜三三九頁七行目。樹名「とねりこ」と判明し、その東西にわたる考証を経て〈ケチ〉の語に戻るのが十二月号分で同全集では三三九頁八行目から末尾までである。『望樹記』の名に対応した内容といえるのは、〈ケチ〉で枠付けされた全体のうち十一・十二月号部分に当たる。
（6）初出「改造」（大14・7）。
（7）これは初出では十一月号部分だが、この号を独立したものとして見ると、その構造は前号に全く等しい事に気づく。十月号で〈ケチ〉の由来への疑問が冒頭と末尾に据えられていたように、十一月号の冒頭と末尾にも樹名への疑問が据えられ、この二つの疑問が各号の物語枠となっているのである。
（8）対談「紅葉・露伴・鏡花――近代文学史のもう一つの基軸――」篠田一士・三好行雄（「国文学」昭49・3）。その篠田の発言。
（9）「伽羅枕及び新葉末集」（「女学雑誌」。明25・3）。
（10）『修省論』（東亜堂書房。大3・4）。これと並び称される『努力論』（東亜堂書房。明45・7）は、いわば明治期露伴の批評活動を締め括るもので、両者の性質は全く対照的であるように思われる。本書第十二章参照。
（11）初出「実業之世界」（大1・12）。

(12) 山本健吉「露伴の『雑学』の根底にあるもの」（「文学」昭53・11）。

(13) 「去年」について、他の箇所には「一昨年の創痍」「一昨年の空ッ風」ともあり、疑問がある。作中年代を作品発表年（大9）とすれば、恐らくこれは「一昨年」即ち大正七年が正しい。同年九月二十四日に東京を襲った台風の性質が本文の記述に合致するからである。「気象集誌」第37年第10号（大7・10。大日本気象学会）の「雑録彙報」に「九月二十四日東京に於ける気温の急昇と塩風」（重富剛策筆）という記事があり、これに拠ると「終日狂暴を擅にせる強烈風は海水の泡沫を吹き上げ此塩風の為めに沿岸の草木は勿論市内の街路樹の風上に面せる部分は日を経るに従ひ全部暗褐色に変じたり」といい、また被害範囲は「利根川畔の布佐（東京湾よりの直距離約六里）より遠く龍ケ崎附近」に及んだとある。雨量は午前八時に二十ミリ程度の雨があった他は終日ほとんど零ミリを記録している。また、『東京日日』九月二十六日に「上野の樹木は将棋倒し／人家の被害は少し」という見出しの記事あり、本文の記述の確かさを裏付ける。

(14) 以上の記述は土質工学会編『土のはなしⅠ』（技報堂出版。昭54・3）の熊井久雄・他の執筆部分に拠った。

(15) 鈴木理生『江戸の川・東京の川』（日本放送出版協会。昭53・3）。

(16) 注14の前掲書。

(17) 注15の前掲書。

(18) 露伴は、この明治四十三年の大洪水を上流域の森林乱伐と関連づけて、「大川流之助（おほかはながれのすけ）」と「皮嵩文明（かはだけふみあきら）」の争闘に見立てた、エコロジカルな少年文学『水之助自伝』（「実業少年」明45・7）を書いている。

(19) 寺田透「露伴の考証」（「文学」昭53・11）。露伴の史伝『平将門』（大9・4）の末尾についてのコメント。

(20) 注15の前掲書。

(21) 初出「実業之世界」（大3・2〜4）。

(22) 本書第六章参照。

(23) 蓮實重彦「『大正的』言説と批評」（「批評空間」№2。平3・7）。

(24) 関曠野『ハムレットの方へ』（北斗出版。昭58・11）。

第十五章　『雪たゝき』――花田清輝に倣って

1

本章はまず、花田清輝による『雪たゝき』論、或いは卓抜な露伴論ともいうべきエッセイ「男の首」を紹介・要約する作業から始めよう。(1)

「男の首」は、「群像」一九五七年五月号に載り、同年十二月刊行の単行本『大衆のエネルギー』に収められた。題意は、幸田露伴の晩年の小説『雪たゝき』(昭14・3、4。「日本評論」)に触れて、その末尾に出てくる男の首の主が、誰であるかを問題としているところに由来している。

足利末期、十代将軍義材に代わって義澄を擁立しようとする細川政元の陰謀の為に、主君畠山政長を失った木沢左京ら家臣団は、政長の遺児尚慶を守立てて畠山家再興を願っている。或る夜、木沢は偶然堺の富商臙脂屋の娘の姦通事件の証拠をにぎる(上)。当時の堺は乱世にあって大商業地として殷賑を極め、納屋衆と呼ばれる有力商人による自治が行われていたが、臙脂屋はその頭株である。彼は娘の召使から姦通事件を知り、娘の救済を決心する(中)。臙脂屋は木沢に、事件を内済にしてくれるなら彼ら家臣組織による主家再興の企てに援助を惜しまないと申し出る。しかし木沢はこれを拒絶する。損得にひき廻されるのは嫌だというのだが、組織のリーダー遊佐河内守をはじめとする仲間の懇請に圧され、遂に心ならずも申し出を承諾する。そして彼らが企てを実行した夜、臙脂屋のうちに一箇の首が投げ込まれる。「京の公卿方の者で、それは学問諸芸を堺の有徳の町人の間に日頃教へてゐた者だつたといふことが知られた。」(下)。――これが『雪たゝき』のあらすじである。

さて、この首の主は誰か？　これが花田清輝の問題提起だが、答え自体は、すぐに出てきそうである。いうまでもなく、臙脂屋の娘の不倫の相手だ。現に、幸田文はそのように読んでいたし[(2)]、また花田のこのエッセイによれば、島尾敏雄も花田と『雪たゝき』を論じ合った中で、「露伴は、前近代的な作家だから、姦通によってはじめた物語を、姦通にたいする『審（さば）き』をつけないままで、おわらせるようなことはない」という前提に立って、男の首を姦夫のものと断定した、という。ところが花田本人は、「姦通など露伴にとって問題ではないのだ」と言い、男の首を、木沢左京のものであると主張するのである。

答え自体はすぐ出る、と言った理由は単純で、畠山政長の一家人にすぎない木沢左京を「公卿方の者」とするのはなんといっても無理だろうからである（花田は、先のあらすじ紹介の最後に引用した一文のうち「学問諸芸を云々」の部分を指して、「しかし、その男は、木沢左京であっても、いっこう、さしつかえない。なぜなら、かれもまた、その娘の夫の知り合いであって、案外、夫のほうの家庭教師だったかもしれないからだ。」と強弁しているが、あえてその前半の語に触れないのは、自説の無理を十分に承知しているからであろう[(3)]）。恐らく、花田の主張は、戦略的なものにすぎず、それは次の二つの効果をねらったものである。第一、首は確かに姦夫のものだろうが、この事実をそのまま素直に受け入れることは、不倫とそれへの懲罰の物語といった風に、作品を矮小化してしまう危険をはらむ。だからまず、首の主は姦夫ではない、と主張する必要が生まれるのである。第二、そして更に、首の主は木沢左京である、と主張することによって、木沢と彼をとりかこむ人々との間にある、政治的緊張に我々の目を向けさせようとする。ひとくちにいえば、花田清輝は男の首を問題化することによって、『雪たゝき』を倫理的作品から政治的作品に読みかえようとするのである。

では、その政治的緊張とはどのようなものであるのか。少々長いが、花田の文章をそのまま引用する。彼が注目するのは、専ら、木沢と組織のリーダー・遊佐河内守との間の対立である。

遊佐河内守は、議論するわけでもない。ふとった大きなからだを折りまげて、お辞儀をしながら、木沢左京にむかって、臙脂屋の言い分をききとどけてくれと頼むだけだ。そして、相手が承諾しても、かくべつ、うれしがるふうもない。すこぶるビジネスライクに万事を処理していく。にもかかわらず――いや、むしろ、それゆえにこそ、かれには、なにか一座を圧倒するような重量感があるのである。たぶん、こういう人物は、いささかも感情を浪費することなく、みずからの事業にとって障害になるような人間を、つぎつぎに粛清していくにちがいない。わたしには、木沢左京のようなうるさがたが、早晩、彼の手によって、息の根をとめられてしまうであろうことは疑問の余地のないことのようにおもわれた。すでに、『雪たゝき』の最後の場面においても、両者の内心の闘争は、一触即発のところまできていたのではなかろうか。木沢左京が、姦通をした娘の夫の知り合いである以上、いつまた、だだをこねはじめるかわからないから、遊佐河内守が、彼を粛清して、臙脂屋のために、ながく禍根をたってやるのは、わたしには至極、当然のことのような気がしてならない。なぜなら、そうすることによって、遊佐河内守は、政治的には反対派を抹殺し、経済的には、ブルジョアの援助を期待することができるからである。木沢左京が臙脂屋の面前で斬られなかったのは、遊佐河内守が、反乱が成功するまで、かれを生かしておいて利用しようとおもったからにすぎない。

木沢左京は、組織の目的が今や達せられようという時に、資金源となる臙脂屋の申し出を「此事は此事、左京一分の事。我等一党の事とは別の事にござる。」と言い切る男である。なるほど、このような理屈は、組織にとって許しがたい危険なものであるに違いない。遊佐河内守は、まさに何も喋らない——木沢の理屈を一切無視して、ただ皆に向かって木沢に謝るよう命じ、自分もまた頭を下げるだけだが、それは彼が、部下に対して「一分(いちぶん)の事」すなわち各人個々の倫理観なり社会観なりの存在する余地を、そもそも認めていないからである。組織メンバーに個人としての思想的主体性を容認することは、仮令それが組織の掲げる理想に合致していたとしても、その理想への主体的献身・理想との自己同一化が、現実の組織の在り方への批判や無視の傾向を生む可能性を許すことになる。彼にとって、部下は、組織の一分子であればよく、またそれに尽きるべきなのだ。だから遊佐の目から見れば、左京と論争して「損得利害、明白なる場合に、何を渋らるゝか、此の右膳には奇怪にまで存ぜらる」と言う丹下の態度も、その発言がこの場の雰囲気にどう影響し、それが組織の利益にどうつながるか、という一点を除けば、何の関心も呼び起こさないだろう（しかし、この一点に限って、遊佐は丹下の人柄からこうした出すぎた態度を予測し、期待していたふしが見られる）。「損得利害、明白なる」や否やは、組織が判断する事柄であって、組織分子の口出しすべきものではないからである。

要するに、木沢自身が「早晩」「息の根をとめられてしまう」かどうかは副次的な問題にすぎない。組織的なるものの体現である遊佐河内守が、組織の掲げる目的・理想をあくまでも主体的に奉じようとする木沢の個人としての自由や尊厳を、無惨に押しつぶしてしまう物語が、花田の問いかけによって、あぶり出されたのである。

2

このテクストの表層には、幾つかの政治的立場や主張が、激しくぶつかり合いながら、並び立っている。そしてそれらの対立のどれにも明確な解決は与えられず、対立が対立のまま、宙づりにされているのである。緊張が続き、擬似的解決は拒絶されている。そしてそのゆえに、テクストを終息させるものとして、別の質の解決、不倫をめぐる一つの決着が、末尾に据えられたと考えられる。「男の首は、いまだにわたしには、誰の首であるか、さっぱり、わからないくらいだ。」と、いささかわざとらしくつぶやきながら、花田清輝はこの仮りの決着・封印をひきはがして、『雪たゝき』を、政治的テクストとして解放した。では次に、遊佐河内守と並んで、木沢と激しく対立し合った、臙脂屋の存在は、何を意味するのかに、目を向けてみよう。

花田に拠れば、いわゆる「反抗的人間」である木沢に対して、臙脂屋は「協力的人間」と呼ばれる。そしてこの対立は、「平野謙流の推理を試みれば」『雪たゝき』のような作品と並行して『渋沢栄一伝』(昭14・5)を書いてしまう作者の、二面性の表れと「みればみれないこともない」という。いささか古風な正義派にして体制内保守派の露伴――いまだに、克服されたとはいいがたい文学史上の露伴像である。しかし、その上で花田は、この両者を手玉にとる徹底した合理主義者遊佐河内守の存在に注目する事で、より大きな、意外にも政治的な露伴像を提示してみせたわけである。それはよい。だが、虚心に作品を読む限り、臙脂屋を単なる「協力的人間」として済ます事は出来ない。

花田の分析は、ほぼその(下)に集中しているのだが、その(中)で、堺の情勢などと並んで、堺の自治を支える納屋衆の社会的責任の強さや自主独立の精神などが長々と論じられる条は、およそすべて、臙脂屋の人格と行動に圧縮・体現されて、(下)に受け継がれているのである。(下)での木沢と臙脂屋の論争は、この点をふまえて読まれねばならない。

木沢が、臙脂屋に言う。

其の損得といふ奴が何時も人間を引廻すのが癪に障る。損得に引廻されぬ者のみであつたなら世間はすらりと治まるであらうに。

これに対し、臙脂屋はまず、彼の人間認識・社会認識を、論の前提として示す。すなわち、

先づ世間の七八分までは、得に就かぬものは無いのでございまするから、

その上で、第一に、得に就いたとしても、そうだからといって得を確実に手に入れられるとは限らない。第二に、得に就かず、「損得に引廻されないやうな大将」に就いたとしたら、彼らは当然少数派であるから、敗北は目に見えている。つまり、損得に引廻されても、損得に超然としても、所詮「世の中は面倒」な事に変わりはなく、決して世間はすんなりと治まりはしない。彼は損得を超越した思想や信条が、社会を治める特権的な解決策となりうることを認めない。しかしまた、損得のみで渡ってゆける「世間」であるとも考えてはいないのだ。(4)

自らの信念を恃むことあつい木沢は、そこで、臙脂屋の認識するところの人間そのものの存在を、否定する。

癪に触る。損得勘定のみに賢い奴等、かたツぱしからたゝき切るほかは無い。

これは特定のイデオロギーに凝り固まった、テロリストの言といっていい。臙脂屋は、この木沢の言葉に向かって、たたき切ろうにも、少数派は力及ばねば負けるだけ、と自説を繰り返し、結局「律儀者の損得かまはず」は、死ぬか、「世を思切つて、僧になつて了休となるやうな始末」、どちらにころんでも世間は優れた人材を失うだけで世の為にはならぬ、と説得する。個人の利害や信念にではなく、社会の福利に、臙脂屋の価値観の根拠は置かれている、

といえるだろうか。
最後に、彼は貿易商としての豊かな体験から、次のように、世界の多様性と価値の相対性を説く。

物さしで海の深さを測る。物さしのたけが尽きても海が尽きたではござらぬ。今の武家の世も一ト世界でござる、仏道の世界も一ト世界でござる、日本国も一ト世界でござる。が、世界がそれらで尽きたではござらぬ。高麗、唐土、暹羅国、カンボヂャ、スマトラ、安南、天竺、世界ははて無く広がつて居りまする。こゝの世界が癩に触るとて、癩に触らぬ世界もござらう。（中略）何といろ〳〵の世界を股にかける広い〳〵大きな渡海商ひの世界から見ませうなら、何人が斬れるでも無い一本の刀で癇癪の腹を癒さうとし、時節到来の暁は未練なく死なうまでよと、身を諦めて居らるる仁有らば、いさぎよくはござれど狭い、小さい、見て居らるゝ世界が小さく限られて、自然と好みも小さいかと存ずる。

この言葉に対して、木沢は「大きくにツたり」と笑って娘の不倫をほのめかす事で、臙脂屋との議論を打ち切るだけである。テロルの論理は、ブルジョアの健全な自由の論理に破れた、かに見える。

3

人間の弱さを承認し、それを前提として考え行動する臙脂屋にとって、不倫を犯したとはいえ可愛さに変わりはない娘の為に、自分の知力のすべてを傾けて出来うる限りの事を企てるのは、当然である。そこには、何のためらいも無いはずである。

彼の策謀は、二つの鈴の音に、恐らく暗示される。

一つめの鈴の音は、木沢宅に臙脂屋が訪れてまだ間もない頃、二人の間で損得論が交わされる前に、聞こえてくる。

> 突然として何処やらで小さな鈴の音が聞えた。主人も客も其の音に耳を立てたといふほどのことは無かったが、主人は客が其音を聞いたことを覚（さと）り、客も主人が其の音を聞いたことを覚つた。客は其音が此家へ自分の尋ねて来た時、何処からか敏捷に飛出して来て脚元に戯れついた若い狗の首に着いてゐた余り善くも鳴らぬ小さな鈴の音であることを知つた。随つて新に何人（なんぴと）かが此家へ音づれたことを覚つた。

この時やって来た幾人かは、以下二人の損得論争を、障子の向こう側で聞くはずである。そして、臙脂屋が世界の広さとその多様性に談及んだ時、再び「狗の鈴の音しきりに鳴りて、又此家に人の一人二人ならず訪ひ来れる様子」が、主人と客に知れる。二人の会話は、姦通事件をめぐって、時の有力者細川政元の没義道ぶり[5]など時局についての話題を迂回しながら、核心に近づいてゆく。姦通の証拠つまり木沢が持ち去った娘の夫愛用の笛を返してくれれば何でもしよう……

> 如何様にも御指図下さりますれば、仮令臙脂屋身代悉く灰となりましても御指図通りに致しまするが……

木沢は、「いやでござる。」を繰り返すばかりで全く同ずる気配を見せない。が、ちょうどうまい具合に二人の話を障子の向こうで立ち聞きしていた侍丹下右膳が、みごとにこの餌にひっかかるのである。障子を開けてとび出してきた丹下と臙脂屋の間で、資金援助の話は木沢をさしおいてトントン拍子で進み、すっかり丹下を味方にひき入れた時、木沢の顔にいつも浮かんでいた、「何処からか仮りて来て被つてゐる仮面では無いかと疑はれる、むしろ無気味な」笑い、あの「にツたり」がすっかり消えうせる。そして争いは、木沢と丹下の間で――つまり組織内部の問題に移行し、自然に争いの最終判定権が遊佐河内守にゆだねられる格好となってゆくのである。

結末近く、遊佐河内守以下家臣一同が障子を開けてズラリと居並ぶのは、いかにも芝居めいて、わざとらしい印象を受ける。例えば武者小路実篤は、

都合のいゝ処に都合のいゝ人物が出てくる。その点が劇の形式のやうに思はれる。立ち聞きしてとび出してくる処は小説らしい形式とは思へない。もし小説だつたら、皆がぐるになつてゐないとかう言ふ偶然はつかひたくない。(6)

と言っているが、しかし、ここに指摘された通りに、「皆がぐるになつて」いたと考えてはどうだろうか。つまり臙脂屋と遊佐河内守があらかじめ謀って木沢宅で会するように仕組んだとするのである。ただし「皆」はこの二人が確実であって、他の部下のどれだけが含まれるかは想像の限りではない。丹下は何も知らされぬままに連れて来られたと考えた方が、木沢とのやりとりの自然さから見て、適当かと思うが。

臙脂屋は、かねてから木沢と昵懇の了休禅坊と会って木沢の「御気象も御思召」も調査済みという周到さである。そして願いがかなえば「不日了休禅坊同道相伺ひ、御礼に罷出ます」と人を動かして望みを達しようとする手もちらつかせている。さらに、木沢らがクーデターを計画中である事もほぼ承知していたらしいのは、先に引いた「御指図下さりますれば、仮令臙脂屋身代悉く灰となりましても云々」という大仰な口ぶりから察せられるだろう。だ

とすれば、次に臙脂屋の考えそうな事は、組織のリーダーに直接会って、援助の約束とひきかえに、組織の命令として部下木沢を思い通りに動かす事である。再三願いを拒絶された臙脂屋は、「低い調子の沈着な声」で木沢に言う。

おろかしい獣は愈々かなはぬ時は刃物をも咬みまする、あはれに愚かしいことでござります。人が困じきりますれば碌でないことをも致しまする、あはれなことでございまする。

こうした嚇しも、遊佐以下組織のメンバーが障子の向こうに控えている事を承知の上でのパフォーマンスととれば、「処世の老練と、観照の周密と、洞察力の鋭敏」を語り手に称えられた臙脂屋の口から出たとしても、決して不自然なものではない。鈴の音の意味あり気な描きぶり、そして何よりも、遊佐一行が主人への取りつぎを一切させずに、黙って家に上がりこみ、木沢らの会話をただちに盗み聞きし始めたのは、臙脂屋と一行の間で既に暗黙の了解があった事を証しだててはいないだろうか。

自分の願いを、組織内部の問題にすり替えて、その決定権を遊佐河内守に握らせてしまえば、もはや臙脂屋に都合の悪い結果が出よう気遣いはいらない。軍事組織のリーダーと、社会の福利の擁護を公言してはばからないブルジョアは、ひとりの女の不義を媒介として、手を組んだのである。その結果は、御家再興とはいえ、要するに血にまみれた、凡庸なクーデター事件をまたひとつ、下剋上の世につけ加えたにすぎない。

4

『雪たゝき』は発表当初から、二・二六事件に代表される軍部のテロリズムに対する露伴の批判の書という受けとめ方があった。発表の一ヶ月後、早くも辰野隆が、露伴との対談の中で、次のように発言しているのは有名である。

辰野　私は「雪たゝき」を読みましてね、丁度二・二六事件ですね、あの時代の二・二六事件だなと思ったのです。（中略）それで二・二六事件を頭に置いて先生が畠山記を御覧になつて、はゝあ成る程と、直接お考へにならなくても、なんだか関係、因果をお考へになりまして、何か機縁になりまして、ああいふものが出来たのぢやないかと、一寸思つたんでございます。甚だ勝手がましい推測で恐縮ですが。

露伴　大変に貴方は買つて下さつたが、なにそれほど儂は…[7]

また、比較的最近の研究から、これと同系列の発言を挙げるならば、徳田武の次の一節がある。

露伴が木沢に託して表わした応仁・明応期の表裏甚しい世相への憤懣は、同時に露伴の昭和十年前後のテロリズム横行する世相への批判に通じるものであった、といってよかろう。露伴が木沢を通して表わした道義は、ほかならぬ露伴の現代にも該当する道義であった。すなわち、露伴は「雪たたき」という仮作物語に託して昭和十年代の世相への批判を記したのであった。[8]

ろう。

『雪たゝき』と同時代との関わりという問題を考えるならば、当然右のような従来からの読みを検討する必要があろう。

そこで、後者から考えてみたいのだが、徳田が、露伴の時代への批判を、木沢を通して読み取ろうとしているのは、やはり単純というしかない。すでに注4で触れたように、木沢のような、面倒で複雑な世の中を一直線的に単一原理で解決してしまおうとする態度は、『日ぐらし物語』以来、露伴が攻撃し続けてきたものである。


もとよりとげ〳〵しい今の此世、それがしが身の分際では、朝起きれば夕までは生命ありとも思はず、夜を睡れば明日まであたゝかにあらうとも思はず、今すぐこゝに切死にするか、切り殺さるゝか、と突詰め〳〵て時を送つてゐる。殊更此頃は進んでも鎗ぶすまの中に突懸り、猛火の中にも飛入らう所存に燃えてをる。癪に触るものは一ツでも多く叩き潰し、一人でも多く叩き斬らうに、遠慮も斟酌も何有らう。


この木沢の言葉から窺えるのは、抱いている理想の内容は兎も角、明らかにテロリストの心情に近く、テロリズム批判といった類いのものでは到底あるまい。

また、前者の「あの時代の二・二六事件だな」という感想は、そのまま受けとめてしまうと、遊佐河内守はじめ組織の全員を皇道派将校と見做してしまう事になりかねないが、むしろ皇道派・木沢に対して遊佐河内守は陸軍統制派、臙脂屋は後になり先になりつつも結局は軍部の大陸侵略に加担した財閥などと見立てた方が、作品の構造を──単純化は免れないにせよ──より明らかにしうると思う。

いずれにせよ、この作品の登場人物の誰それを、作者の主義主張をダイレクトに代弁する者として読む事は出来ない。強いて言えば臙脂屋の言が作者のそれに近いようにも思えるが、彼の言葉は、所詮は木沢から笛を取り返す目的で語られているにすぎない。なるほど彼の、世界の多様性と価値の相対性を受け入れる国際的感覚はすばらしい。だが、本当に臙脂屋に「見て居らるゝ世界が小さく限られて、自然と好みも小さいかと存ずる」とうそぶく資格があるならば、娘の不義に断固たる態度をとることも出来たかも知れない。しかし彼はそうしなかった。木沢に見事に切り返されてしまう所以である。しかも資金援助の申し出は、結果的に（論破したはずの）木沢の皆殺し的論理と行動を支持し、協力することにつながるのである。臙脂屋において、言葉と行動はバラバラである。かといって、まともな言葉を何一つしゃべらなかった遊佐河内守の存在は、単に不気味であり、また、言葉と行動の一致した木沢のような存在がもたらすのは、せいぜい血にまみれた姦夫の首くらいのものであろう。この作品を政治的に見る限り、結論は宙づりにされていると書いたのは、以上の事態を指す。

武者小路は、この作品に登場する人物が、二人の女も含めて皆「理想化」されていると書いている。[9] 確かに読んでいる間はそのように感じもするが、読み了り、その行為やら言葉やらを反芻してみると、登場人物それぞれの、あざやかに浮かび出たはずの相貌は、にわかにぼやけてしまう。そしてぼやけたイメージの上に、作品冒頭の、あの巣を焚かれ、窟をくつがえされた「哀れな鳥や獣」の姿が重なってゆくのである。或いはこれが、露伴文学の持つヴィジョンの力というべきか。

注

（1）この高名な評論家による、しかも単行本に収められ、著作集・全集にも収録されたエッセイを、今さら紹介に及ぶのは、露伴研究史で全くこれに触れるものがないからである。花田の政治的・戦略的露伴像は既成の露伴像をゆさぶる豊かな力を持つ。

（2）『ちぎれ雲』（昭31・6）所収の「片びらき」参照。
（3）周知のように『雪たゝき』は、『足利季世記』中の「畠山記」にある「雪タ、キノ事」を典拠としているが、もとよりそこに首のエピソードは無い。博覧をもって知られるこの評論家が、この点の確認を怠るとは考えにくいのだが、「たとえ『足利季世記』になんとかかれていようとも、わたしには、素直に自説をひるがえすつもりなど、さらさらない。」と書くのは、彼の読みが、いわゆる実証主義的読解とは異なるレベルの正しさを求めているものであることを、示しているのである。
（4）従って、木沢と臙脂屋の対立は、この作品の成立時を遠く隔たる、まだ作家が二十代の頃の作品の、次の一節、「どうも凡人は困りますよ、社会を直線づくめに仕たがるのには困るよ。（中略）天地は重箱の中を附木で境ツたやうになツてたまるものか。兎角コチン〳〵コセ〳〵とした奴等は市区改正の話しを聞くと直に、日本が四角の国ではないから残念だなどと馬鹿馬鹿しい事を考へるのサ」（『日ぐらし物語』明23・4）における、「コチン〳〵コセ〳〵とした奴等」と「ねぢくり博士」の対立の、はるかな延長線上に位置している。
（5）細川政元の没義道ぶり―特に飯綱の法への熱中については、露伴は既に『魔法修行者』（昭3・4。「改造」）で詳しく語っていた。花田清輝との関連で付言すると、そのうち、九条植通のエピソードを花田は『鳥獣戯話』（昭37・2）に活用する。好村冨士彦は『真昼の決闘』（昭61・5）の注の（8）で、吉本隆明の『共同幻想論』と花田の『鳥獣戯話』における、飯綱の法に対する扱いの違いに触れて、「花田の方がこの幻想のうちにひそむ真の人間解放的な力を洞察していたといえないだろうか。」と述べているが、これは花田が露伴から受け継いだ視点に他ならない。
（6）『幸田露伴』（昭25・4）。
（7）「対談」（昭14・5月17日、赤坂錦水に於ける辰野隆との対談。雑誌「革新」同年7月号に載る）。
（8）「都賀庭鐘と幸田露伴――二つの「雪たゝき」――」（「明治大学教養論集」昭55・3）。
（9）注6に同じ。

第十六章 『幻談』——終わりの作法

1

昭和十三年九月、露伴は雑誌「日本評論」に『幻談』を載せ、ひき続き同誌に『雪たゝき』(昭14・3、4)、『鵞鳥』(同・12)、『連環記』(昭16・4、7)を寄せた。[1] これらの作品は、発表順通りの形で単行本『幻談』(日本評論社刊。昭16・8)にまとめられたのだが、彼の長い小説家生活に最後の光芒を添えることとなったこの傑作群の、いわば出発点に位置する小説『幻談』の始まりは、次のようなものであった。

斯う暑くなつては皆さん方が或は高い山に行かれたり、或は涼しい海辺に行かれたりしまして、さうしてこの悩ましい日を充実した生活の一部分として送らうとなさるのも御尤もです。が、もう老い朽ちてしまへば山へも行かれず、海へも出られないでゐますが、その代り小庭の朝露、縁側の夕風ぐらゐに満足して、無難に平和な日を過して行けるといふもので、まあ年寄はそこいらで落着いて行かなければならないのが自然なのです。

避暑の手立てとして決まり文句のように何気なく挙げられた「山」「海」の語が、そのまま、続く『アルプス登攀記』からの一挿話の紹介と、水死体の釣竿をめぐる本題への導入になっているのは言うまでもない。この登山の記録を紹介する一節と釣りの話との、明らかな対照性については、我々読者は意識的にならざるをえないが、冒頭部分はひとまず両者を示唆する「山」「海」の語を一括りにして、「この悩ましい日を充実した生活の一部分」にしようとする、或いはせざるをえない、現役の人々に必要な銷暑の手段として挙げていることを、はじめに確認しておきたい。というのも、そうした現役の、活動期にある人々との対比において、語り手は自己の在り様を「もう老い朽ちてしま」った者と表明しているからである。彼は、自分のような老人は、「小庭の朝露、縁側の夕風ぐらゐに満足」する術（すべ）を以て、残された時間を送った方が無難だろう、と言う。これまた決まり文句にも近い、老人＝語り手のこの自己限定の身振りは、ごく自然に、釣りの話の主人公・小普請入りした旗本武士の在り様を先取りしている。一方は生理的条件およびそれに伴う自己制約（年寄は年寄らしく）によって、他方は武家社会の制度的制約の下で、という違いはありながら、両者は共に、死によって終わりを告げられるまでの時間を、限られた仕方で、無難無事に、できることなら美的に、すごしたいと考えている者である（旗本にとって釣りは、活動的な生活を維持してゆくための息抜きといったものではない）。既に始まってしまった〈終わりの時間〉を生きるには、どのような心がまえ・智恵・技術が必要なのか。――冒頭部分で語り手は、この作品が、いわば〈終わり〉の作法をめぐる物語であることを、ほのめかしていたのではないだろうか。以下、こうした観点から、水死体に遭遇した旗本武士の話を読んでゆこうと思う。しかし、その前に、話のマクラのように据えられた山の話に少し触れておかなくてはならない。

山の話、これは先に述べたように、ウインパー著『アルプス登攀記』に拠っている。[2] マッターホルンの初登攀をクライマックスとするこの書の目次を見ると、「初登攀」「初登越」の文字がずらりと並び、〈終わり〉といったテーマとは、一見何の関係もないようである。むしろこれは〈始まり〉の物語であって、両者に関係があるとすれば、それは例えば、山＝垂直性、海＝水平性といった、鮮やかな対照性である。そしてこの垂直性／水平性は、生／死の分割の仕方の差異として、両作品に表される。語り手の要約を見よう。[3] マッターホルン初登攀に成功しての下山の途中、二番手が足をすべらせ、先頭にぶつかり、二人一緒に落ちてゆく場面である。

> 二人に負けて第三番目も落ちて行く。それからフランシス・ダグラス卿は四番目にゐたのですが、三人の下へ落ちて行く勢で、この人も下へ連れて行かれました。ダグラス卿とあとの四人との間でロープはピンと張られました。四人はウンと踏堪（ふみこら）へました。落ちる四人と堪へる四人との間で、ロープは力足らずしてプツリと切れて終ひました。丁度午後三時のことでありましたが、前の四人は四千尺ばかりの氷雪の処を逆おとしに落下したのです。後の人は其処へ残つたけれども、見る〳〵自分達の一行の半分は逆落しになつて深い〳〵谷底へ落ちて行くのを目にした其心持はどんなでしたらう。

ここでは、生と死は、文字通り垂直線上に、「堪（こら）へる」者と「落ちる」者として分割される。生と死の境界線は残酷なまでに截然と引かれるのである。これに対して、海の話では、生者も死者も共に、夕暮れ時に薄暗がりの海の上を漂いつつ、ふと出会い、別れる。そしてまた再会……したのかしなかったのか、不明なままに終わってしまうのである。生と死の境界は、かならずしも明確ではない。だからこそ、〈終わり〉をどう生きるか、どこで区切りをつけるか、という問題が浮上してくることにもなるのだが、山の話では、仲間が「谷底へ行くのを目にした其心持」にそれは凝縮され、生き方という形で問題化されはしないのである。

しかし、そうであるにも拘らず、単に海の話との対句的美しさといった観点からだけで、山の話が作品に導入されたわけでは、恐らくない。この点を明らかにするために、語り手が「それは皆様がマッターホルンの征服の紀行によつて御承知の通りでありますから」と言っていたのに従って、語り手が触れていない『登攀記』の次の箇所を参照してみよう。[4] その序文で、ウインパーはこう書いている。

マッターホルンに、私が心をひかれたのは、その雄大な姿のためであった。この山は、すべての山のなかで、殆んど完全に登攀不可能だと思いこまれていた。山に経験のあるはずの人たちの間ですら、そう思われていた。私はこの山から撃退されるたびに、いっそう決意を新たにして、来る年も来る年も、機会あるごとに登攀を企て、その頂上へ登りきるか、さもなければ真実登ることができないのだということを証明してみせようと、ますます決心を固めていったのであった。
（傍点引用者。以下同じ）

ここには、精神主義的な要素は何もない。彼はただ、マッターホルンというこの上もなく具体的な現実に対して、自分に何が出来、何が出来ないかを明らかにしたいのである。そしてその美しい「決心」が空言でなかったことは、初登攀に成功した事実より、むしろあの十字架の幻影に対する、彼の態度によって証されると思う。語り手の要約では、ウインパーと他のメンバーの態度の違いがはっきりしないので、ここも、岩波文庫から直かに引用しよう。十字架の幻影が彼らの前に現れる。

私たちは呆然として眺めていた。殆んど肝をつぶさんばかりであった。もしタウクワルダー親子が、最初にこれを見つけたのでなかったら、私は自分の感覚を疑ったことであろう。タウクワルダーたちは、これは遭難事故と、何か関係があるのだと言った。私は、しばらくたってから、これは私たち三人と何か関係があるのかもしれないと考えた。しかし私たちが動いても、その幻影にはなんの変化も起こらなかった。幻影の形は、少しも動かず、そのままの姿であった。それは恐ろしく、そして不思議な眺めであった。

十字架の幻影の出現を、近接する死と関連づけ、それに宗教的・神秘的意味を加えようというそぶりをみせるタウクワルダー親子とは対照的に、ウインパーは、これをひとまず光学的現象と考え、その原因を探ろうとするのである。[5] そしてその考えが及ばないことを証明した後で、他に残されたふるまい、すなわち幻影への恐れと不思議さを抱くのであった。マッターホルンに対してであれ、正体不明の幻影に対してであれ、自分に出来ることと出来ないこととの区別をはっきりさせること、そのような仕方で彼は、現に彼の目の前に見えるもの（事実）への畏敬の念を表明する。これがウインパー的行為である。語り手は、山の話のしめくくりに、「古い経文の言葉に、心は巧みなる画師の如し、とございます。何となく思浮めらるゝ言葉ではござりませぬか。」といっている。言うまでもなく、この一節は『幻談』の最後のシーン――得体の知れないものが昨日と同様流れてくる場面――の解釈に関わってくるが、その際、ウインパーの以上のようなふるまいが示唆しているのは、「心」が描いた「画」の不思議さの前に立ちどまり、安易にそれを死者と、或いは〝死〟をめぐる物語と結びつけるな、というものなのではないだろうか。〈終わり〉の時間は、直接的にであれ象徴的にであれ、〝死〟に近接している。しかし、〝死〟をめぐるどんな物語ともさしあたりは無関係に生起してくる〝生〟の時間である。『幻談』は、恐らくそのような時間の、人間にとっての意義・可能性を明らかにしようとするテクストなのである。

2

主人公の旗本武士は、諺で「本所の小ッ旗本」と言われるような身分で、有能ではあったけれども、川柳に「出る杙が打たれて済んで御小普請」と詠まれる境遇そのままに小普請入りをさせられ、今は「閑なものですから、御用は殆ど無いので、釣を楽みにしてをりました。」という人物である。人物の説明に、あえて諺・川柳が用いられ、非役になった事情も、「どうも世の中といふものはむづかしいもので、その人が良いから出世するといふ風には決つてゐないもので」云々と、いかにも御座なりなのは、勿論これから語られることが、非役になってから先のことだからである。我々も、先のことだけを丁寧に読んでゆけばよいのだが、ただその際、小普請入りするまでの旗本の半生が、語り手によって諺と川柳と紋切型表現の裡に封じ込められてしまったことは、我々に一種の制約を課している。我々は幕藩体制の内側で彼がどのような煩悶なり抵抗なりを経験したかを知らない。だから彼がおとなしく小普請入りした事実だけから彼を体制内的と評しても不毛である。しかしまた、後述する自由のヴィジョンは、小普請入りという設定と無関係ではありえないから、これを政治的価値ないし理想として積極的に評価することもナンセンスだ――要するにこのテクストを政治的に、少なくとも直接そのように読むことは慎まねばならないのである。

さて、語り手はこの旗本が、もっぱら「ケイヅ釣」を楽しんでいることを告げ、それから、いかにも寄り道だがという調子で、「ケイヅ」そのものの説明と、「ケイヅ釣」とはどのような釣りであるか、を語る。

このうちまず、「ケイヅ」そのものの説明について、

系図（けいづ）を言へば鯛の中（うち）、といふので、系図鯛を略してケイヅといふ黒い鯛で、あの恵比寿様が抱いて居らつしやるものです。イヤ、斯様に申しますと、ゑびす様の抱いてゐらつしやるのは赤い鯛ではないか、変なことばかり言ふ人だと、また叱られますか知れませんが、これは野必大と申す博物の先生が申されたことです。第一ゑびす様が持つて居られるやうなあゝいふ竿では赤い鯛は釣りませぬものです。黒鯛ならあゝいふ竿で丁度釣れ

ますのです。釣竿の談になりますので、よけいなことですが一寸申し添へます。

とある一節は、後に水死体を登場させるための伏線として、重要である。既に、塩田聡が指摘している通り[6]、黒鯛との関連でここにひき出された〈エビス〉には、一般によく知られる福神・商業の神の他に、「水死体」「漂流物」の意味があり、また作品に登場してくるその「水死体」が、次のように描かれていたからである。

もう一寸一寸に暗くなつて行く時、よくは分らないが、お客さんといふのはでつぷり肥つた、眉の細くて長いきれいなのが僅に見える、耳朶が甚だ大きい、頭は余程禿げてゐる、まあ六十近い男。

まさに、〈エビス〉様そのものである。塩田はさらに、露伴の史伝『太公望』（昭10・7。「改造」）を援用して〈エビス〉の起源を蛭子尊とする説・八重事代主尊とする説の両説を紹介し、「水平的他界」とつながる〈エビス〉の古代神のイメージを想定した。

塩田論文は、水死体の〈エビス〉的造型の指摘、『太公望』という重要なテクストを『幻談』に招き寄せている（その重要性については後述）点で貴重なのだが、これらの指摘の上に立って、次のような解釈を下す時、本章の読みとは大きくズレてゆく。

この水死体は、〈日本古来の神の死んだ姿〉であり、それがこの旗本の未来の姿と重ねられるのだ。ここで、資本主義の発展に従って、エビスが、（少なくとも江戸のような大都市にあっては）海の神である古代神としては死を迎え、福神・商業神へと移り変わっていくことと、旗本という階層が、封建制の衰弱の中で〈余計もの〉となり衰えていくことを、合わせて考えていくことが出来るのではなかろうか。

この解釈に対する基本的な疑問は、まさにこれが塩田本人の指摘した〈エビス〉神の多義性に矛盾するだろう、ということである。

〈エビス〉神の多義性について、波平恵美子に拠って補足すれば、[7] それは、漁業の神、海上交通の神、交易の神、農業の神として信仰されているばかりでなく、多様なものが「エビス」という同一の名で呼ばれている、という。主なものをまとめると、

一　夷社、戎社、恵美須社、などという社名の神社で祀られる神。蛭子命、事代主命など、記紀を依りどころとする神々。

二　同じく神社で祀られる神だが、記紀に拠らず「蝦夷（えみし）」の祀った神。

三　漁の際、浜に打ち寄せられたり、網にかかった石などをエビスと言って祀る。漁のはじめに目隠しをされた若者が海中の石を拾ってきて、エビスの御神体として祀る場合もある。

四　鯨、イルカ、サメ、フカ、また「アジカ」「トロ」などと呼ばれる海獣を、エビスと呼び、あるいは祀る。鯨の胎児、サメの死骸を、エビスと称することもある。

五　生きている人を「エビス」と呼ぶことがある。村組織の役職の一つで、隠居をしていない人の内、最年長の一人を呼ぶ。また船に船霊を入れる女性。また、被差別民がエビスと呼ばれた例がある。

六　御神体として祀るのではないが、鰹の大漁の時そのうちの一匹をエビス様に供え、魚そのものをエビスと呼ぶ例がある。サケを撲殺する時の掛け声として「エビスッ」と称える例がある。

七　水死体を「エビスさま」と呼び、豊漁をもたらすものとして祀る。

波平は、このうち水死体を「エビスさま」と称し福分あるものとするのは「海の彼方に至福の世界があり、海からの漂着物には福分があるとする信仰、あるいは他の世界から訪れてくるマレビトは幸いをもたらすとする信仰の一部として解釈する」だけでは、水死体を扱い、またエビスとして祀る際に、様ざまなきまりや禁忌があることを説明できない、とした上で、穢れた存在である「水死体を『エビス』と信じて拾い、それを祀るという、極めて不可解な信仰もエビスが元来穢れをその属性として持っている神だと考えれば当然のことであり、納得のできることと受け入れることができる。」と結論づけている。(8) 要するに〈エビス〉神は、本来的にきわめて雑多な内容を呼びよせるようにできている、穢れを属性として持つ神だ、というのが波平の説である。これに従うなら、水死体のイメージとの接合から直ちに「古代神」の「死」を読みとろうとする塩田の読みはいささかナイーブにすぎるということになろう。

むしろ『幻談』というテクストにおいて、〈エビス〉神は旺盛に生きている、というべきである。水死体は我々にもなじみ深い〈エビス〉神のイコンそのままに、いかにも他界につながっていそうなたそがれ時の海からやってきた。しかもケイヅ釣りにピッタリの竿を旗本にもたらし、その竿を使えば「釣れるは、釣れるは、むやみに調子の好い釣に」なったのであるから、豊漁もたらす福神のイメージも健在なのである。(9) 恐らく、こうした〈エビス〉の福神のイメージは、「まことに綺麗事に殿様らしく遣つてゐられる釣」と言われるケイヅ釣の世界に、水死体を介入させる必要から、一種の洒落として、利用されたにすぎない。厭わしい水死体に、いわば防腐剤をほどこすとでもいった意味合いから、その役柄に最もふさわしい〈エビス〉の福神イメージが重ね合わされたのであろう。

しかし塩田は、神は死んだという観念的な（民俗学風の？）物語へのこだわりから、神の死の後の海は、「他界性」

を失い、「都市近郊の遊興の場」に「堕落」した、と説く。そのようにとらえると、そこで毎日釣りをして憂さをはらす旗本は「衰弱した有閑階級」、その暮らしぶりも「江戸後期の疎外の状況」とされるのは当然ということになる。

確かに「衰弱した有閑階級」の一員だったに違いない。しかし、その旗本が、明らかに盛りを過ぎたひとつの時代の片隅で、ケイヅ釣りを通じてどのような〝生のかたち〟を営んでいたか、が問題なのである。

3

次に「ケイヅ」の説明に続く、「ケイヅ釣」についての語り手の長い説明を聞こう。

ケイヅ釣といふのは釣の中でも又他の釣と様子が違ふ。

例えば「キス釣」は魚のお通りを待って釣る「乞食釣」、「ボラ釣」は、第一ボラそのものが上等の魚ではない、釣れる時は担わなくては持てない程獲れ、「風の吹きさらしにヤタ一(いち)の客よりわるいかつかう」をして釣らなくてはいけない。それは、「もう遊びではありません」。

これに対して「ケイヅ釣」は、「その時分」は川で釣るのと海で釣るのと二通りあった、といい、まず川釣りの方から説明してゆく。それは手釣で、指先に神経を集中させ、「脈鈴」に耳を傾ける、繊細な世界である。「併し今では川の様子が全く異ひまして、大川の釣は全部なくなり、ケイヅの脈鈴なんぞといふものは何方(どなた)も御承知ないやうになりました」。本所住いの旗本は、海釣りをする。長四畳の部屋の天井のように苫を葺き、広々とした座敷のような舟に茣蓙を敷いて、その上に敷物を置いて「胡坐なんぞ掻かないで正しく坐つてゐるのが式です」。魚が来るのを待つ間、茶の好きな人は玉露、酒の好きな人は泡盛や柳蔭といった夏向きのものを飲み、「上下箱といふのに茶器酒器、食器も具へられ、一寸した下物、そんなものも仕込まれてある」といった具合だ。そして、こういう調子のところへ、魚がかかる。

> 竿先の動いた時に、来たナと心づきましたら、ゆつくりと手を竿尻にかけて、次のあたりを待つてゐる。次に魚がぎゆつと締める時に、右の竿なら右の手であはせて竿を起し、自分の直と後ろの方へその儘持つて行くので、さうすると後ろに船頭が居ますから、これが攩網をしやんと持つてゐまして掬ひ取ります。大きくない魚を釣つても、そこが遊びですから竿をぐつと上げて廻して、後ろの船頭の方に遣る。船頭は魚を掬つて、鉤を外して、舟の丁度真中の処に活間がありますから魚を其処へ入れる。それから船頭が又餌をつける。「旦那、つきました」と言ふと、竿をまた元へ戻して狙つたところへ振込むといふ訳であります。ですから、客は上布の着物を着てゐても釣ることが出来ます訳で、まことに綺麗事に殿様らしく遣つてゐられる釣です。

欲望なしに〝生〟がありえないように、客もまた魚を獲ろうとする欲望を抱いているのは無論である。しかしその欲望は、魚をひき寄せはするが、自分の手元まで持ってくるわけではない、自分で釣りながら、釣ったものをそしらぬ気に後ろに控えている者に渡す、という様式化されたふるまいの下で、そのふるまいの中の魚と同じように、あって無きが如くに扱われ、白日の下にさらされることで限定づけられるのである。そしてこの「ケイヅ釣」の作法の傍らに、先に名の出た『太公望』の一節を置いてみたいのだ。

『太公望』では、その冒頭部分で、えびす神の起源談議を行ない、えびす様を八重事代主命様とすれば、抱いている「赤い鯛は鱸といふことになつてしまふ。ハ、、、。」と笑って、くだくだしい詮議を打切った後、章をあらためて、次のように語る。

　八重事代主命と徳川慶喜公とは日本有つてよりこのかたの好い方であつて、いづれも聰明絶倫で、負惜みのしかみ面(つら)に筋を膨らませたり、自棄(やけ)のやんぱち眼(まなこ)に稜(かど)を立てたりするやうなことをせず、時運の行掛り上、どうしても起つて来る筈の禍乱を最小限度に止めてしまはれたのである。事代主命は鱸釣を楽まれ、慶喜公は海鯽(けいづ)釣を好まれ、明治の長い歳月を公は駿河湾で釣の糸の細く撓やかに送られたのであつた。此の二方の釣客、――といつては失礼か知らぬが何れも譲り与へる側に立たれたのに比べて、おもしろいことは太公望といふお爺さん釣師は奪つて取る側に立つたしたゝか者で、しかも涎垂らしのぬる〳〵党のやうにまご〳〵へこ〳〵するでもなく、まるで錬れた釣師が膝を動かすことも無くて巨きな魚をあげて仕舞ふやうに、天下を取つて周に贈つたことである。釣師だつたのだから、洒落者は洒落者だつたに相違無からうと想はれるが、又一風変つた洒落者である。

「日本有つてよりこのかた」は大いに割引いて受けとる必要があろうが、「何れも譲り与へる側に立たれた」事代主命と慶喜を、釣客の本来あるべき姿として称えているのは、確かである。これに対して、太公望は「奪つて取る側に立つたしたゝか者」で、釣師としては「一風変つた」奴――本来の姿からはずれた存在、とされる。では、「譲り与へる」姿勢をあくまでも守りつつ、現象的には魚を「取る」釣りというものを行なうにはどうすればよいか。この矛盾（?）に、先の引用で示されたケイヅ釣の作法は、まさに応えてくれるわけだ。

　ケイヅ釣は「殿様らしく遣つてゐられる釣」であり、また他の箇所にも「大名釣と云はれるだけに、ケイヅ釣は如何にも贅沢」などという表現があったのだが、ここでその具体的な形象として、徳川幕府を終らせた将軍・徳川慶喜の像が選ばれている点に着目したい。幕府のその〈終わり〉が実際のところ、政治的に適切なものであったのか、単にふがいないだけであったのか、は問題ではない。語り手は「譲り与へる」側に立ち、さらにその後の長い余生・〈終わり〉の時を、「釣の糸の細く撓やかに送られた」見事な釣客として、慶喜を称えているのである。

そしてこの〈生〉の作法は、もしそういってよければ、ひとつのユートピアを描き出す。『幻談』に戻っての、次の一節——

万事がさういふ調子なのですから、真に遊びになります。しかも舟は上だな檜で洗い立てゝありますれば、清潔此上無しです。しかも涼しい風のすい〱流れる海上に、片苫を切つた舟なんぞ、遠くから見ると余所目から見ても如何にも涼しいものです。青い空の中へ浮上つたやうに広々と潮が張つてゐる其上に、風のつき抜ける日蔭のある一葉の舟が、天から落ちた大鳥の一枚の羽のやうにふわりとしてゐるのですから。

語り手は「清潔此上無しです」「涼しい風の——」と、あたかも釣人と一緒に舟上の人となっているかのようである。その一方で、「遠くから見ると——」と、岸辺から沖合を眺めやっているようでもある。そして最後の「青い空の中へ——」の一文では、もはや語り手の位置はどことも定めがたい。遠い昔の思い出や夢の記憶にしばしばあるように、語り手は舟を遠望しながら、同時に、舟の中に正坐して、風に吹かれつつ釣り糸をたれているのである。この、自由の感覚、至福のヴィジョンは、先に触れたように、いかなる政治的価値とも結びつかない。だが、個人が個人として自立するために必要な満足感についての自分なりのイメージ、とでもいおうか、そのような意味の幸福の理想として、これ以上のものが必要であることもあるまい、と思う。

ケイヅ釣りは、こうした至福の時間を招き寄せるための、厳密な作法なのである。そしてそれは、何かを「譲り与へる」心のかまえを必要とする。そのかまえは、世の変遷に当たっては、新しく始める側よりは、終わり、去りゆく側にこそふさわしい。青空と風のなかで海に浮かぶ小舟と共に一枚の羽根に化する時——それは、見事に〈終わり〉を迎えうる者に許された特権的時間なのである。

塩田は、ケイヅ釣を説明する、以上の長い記述について「この作品のリアリティを高めると同時にモノマニアックな印象を与え、後に見られるように、水死体の竿への執念や旗本の竿への執着の伏線ともなっている。」と述べているが、それは恐らく誤読であって、旗本はこうした「譲り与へる」姿勢を本分とする釣客の在り方から、何程か逸脱することによって、水死体の竿に手をかけるのである。

4

旗本が水死体に出会うまでの経過は、徹頭徹尾、消極的であり受け身的である。それは旗本が、正確にケイヅ釣人として、ケイヅ釣りの本来を維持したまま、水死体に出会うための、必然の設定である。

二日間さっぱり釣れない日の続いたその夕暮れ時、なまじいに客が「ケイヅ釣に来て、こんなに晩くなつて、お前、もう一ケ処なんて、そんなぶいきなことを言ひ出して。もうよさうよ。」と言うので、一層、船頭の吉は「全敗に終らせたくない意地」に凝る。この、普段と同様の、主人の「いき」と吉の「意地」が、二日間坊主という状況の中で、逆に、二人を逸脱へ誘い寄せるというわけである。吉は、今日までかかったことの無い、恐ろしいカカリのある場所に主人を導き、その結果、主人の竿を駄目にしてしまう。主人は「帰れつていふことだよ」と笑って言って、「双方とも役者が悪くないから味な幕切を見せたのでした」。普段と同じ、見事な〈終わり〉。しかし、これから始まるのは、仲々終わらせるのがむづかしい話である。
そういう話にふさわしい、絶妙の舞台が、まずしつらえられる。

客はすることもないから、しやんとして、たゞぽかんと海面（うみづら）を見てゐると、もう海の小波のちらつきも段々と見えなくなつて、雨ずつた空が初は少し赤味があつたが、ぼうつと薄墨になつてまゐりました。さういふ時は空と水が一緒にはならないけれども、空の明るさが海へ溶込むやうになつて、反射する気味が一つもないやうになつて来るから、水際が蒼茫と薄暗くて、たゞ水際だといふことが分る位の話、それでも水の上は明るいものです。

客はジッと、この始まりも終わりもさだかでない、境界がすべてぼやけてゆくかのような光景を見ている。そこへ、「葭か蘆のやうな類のもの」にも見える、おかしなものがヒョイと出ては引込みながら流れてくるのである。吉は「客の心に幾らでも何かの興味を与へたいと思つてゐた時」であったから、

客にかまはず、舟をそつちへ持つて行くと、丁度途端にその細長いものが勢いよく大きく出て、吉の真向を打たんばかりに現はれた。吉はチャッと片手に受留めたが、シブキがサッと顔へかゝつた。

竿は、吉の不意を衝き、彼に思慮分別の動きだす少しの間も与えず、彼の掌の中に入り込む。一方、旗本は、竿の根の方に目をやって、それが水死体の持ちものであることに気づく。当然それまでの旗本の生活信条からして、「ヤ、お客さんぢやねえか。」と、「放してしまへ」と言わぬばかりの声を、発する。吉の竿に対する関心をよそに、

「そんなこと言つたつて欲しかあねえ」、「詰らねえことをするなよ、お返し申せと言つたのに」と繰り返すのも、旗本の一貫したところから発せられた声である。ところが、吉が竿をグイと引き、死体が旗本の座の直ぐ前に出て来たために、竿はその姿を旗本の目の前に現すことになった。

　今手元からずつと現はれた竿を見ますと、一目にもわかる実に良いものでしたから、その武士も、思はず竿を握りました。

なるほど旗本も吉と同様、竿を握ったのは「思はず」ではある。しかし、いかなる思慮分別にも先立って竿を手にしてしまっていた吉と、旗本との差異は、恐らく重要である。吉が「旦那これは釣竿です、野布袋です、良いもんのやうです。」という時、吉は、いつもの吉である。吉の普段の在り方が変わりようもない早さで、竿は彼の手の裡に入り込んでいたからである。これに対して、旗本はいつもの、あのケイヅ釣人にふさわしい、拒絶の態度を再三表明した後、まさに思慮を尽くした後に、竿を握ったのである。そしてどうなったか。

　持たない中（うち）こそ何でも無かつたが、手にして見ると其竿に対して油然として愛念が起つた。

吉は、長い船頭生活の連続として、彼に許された社会的役割行動の延長として、つまりあの主人をおもう「意地」と矛盾せぬ限りで、いい竿だ、と言っているにすぎない。だが、旗本は違う。小普請入りして、これから続くであろう長い隠居生活――いわば長い〈終わり〉の始まりを耐えるべく選ばれた、ケイヅ釣人としての生き方は、この竿に、拒絶の意志表示をしたのだ。この後に、起こった「愛念」であることに注意しなくてはならない。

「どうしような」と思はず小声で言つた時、夕風が一ト筋さつと流れて、客は身体の何処かが寒いやうな気がした。捨てゝしまつても勿体ない、取らうかとすれば水中の主が生命(いのち)がけで執念深く握つてゐるのでした。

魔がさした、ということだろうか。結局、旗本は竿を握っている水死体の指の骨を「ぎくり」と折って、竿を水死体から奪って取った。旗本の「愛念」と、水死体の「執念」――いわば死によっても中断・終わることのできなかった欲望のかたち――とが、「ぎくり」の音の中で、混じり合ったのである。

翌日である。雨が「しよ〳〵」降ってい、ここ二三日の不漁の原因も判明して、尋常な時間が流れる。この、落着いた時間の中で、主人と吉は、昨日水死体から奪い取った竿を詳しく調べる。野布袋の質の良さ、巧みな小細工、段々細にした糸の工夫など、――こうした吟味を通して、二人は死者の生前の在り様を、再構成し、追体験してゆくわけだ。

二人はだん〳〵と竿を見入つてゐる中(うち)に、あの老人が死んでも放さずにゐた心持が次第に分つて来ました。

しかし、こうした作業を通して成立する〈共感〉は、昨夕、舟の上で旗本に起こった「愛念」と水死体の「執念」との〈共振〉とは、明らかに異なる性質のものである。語り手がここで、唐の詩人・温庭筠を話題にし、「好の道なら身をやつす道理でございます。」というコメントをつけ加えているように、語り手は旗本の「愛念」も水死体の「執念」もひっくるめて、文化的コンテクストの裡に位置づけ、いわば文化の力によって両者に強引に〈終わり〉を与えようとしているかのようである。というのも、〈終わり〉はもともと時間的な拡がりに対して、恣意的な区切りの線を引くことであり、仮令〈死〉が確実に待ちうけているにせよ、その手前で、人間が示す自由に由来する行為という意味で、自然のうちに根拠を持ってはいない。しかし、だからこそその区切りは、区切りとして機能するために、社会化され、制度化され、そしていわば文化の厚みというものを通じて承認されていなければならないのである。ここで文化的コンテクストが導入されたのは、旗本がこれから自己の自由を賭けて示さなければいけない〈終わり〉の身振りに、例えば釣客気質といった、参照すべき文化的了解をあらかじめ提供しておくためだったかも知れない。

雨が上がり、午後から二人はいよいよまた釣に出る。「無論その竿を持つて、」。――水死体＝〈エビス〉神話の力は、竿を通して、旗本に「釣れるは、釣れるは、むやみに調子の好い釣」をもたらし、昨日と同じ夕暮れ時になるまで彼を帰さない。江戸の町の方に燈が「チョイ〳〵」見える頃、吉が「浮世絵好みの意気な姿」をみせながら舟をこいで家路に向かう、その時、「東の方に昨日と同じやうに葭のやうなものがヒョイ〳〵と見える」。

残された以下の結末部は、この作品が、なぜ「〈幻〉談」であって「〈怪〉談」ではないのか、をきちんと説明できなければ、恐らく決して理解することはできないだろう。当の作中人物たちが、〈幻〉と〈怪〉の間でゆれたからである。

まず彼らが見たものをもう一度確認しておけば、それは「薄暗くなつてゐる水の中からヒョイ〳〵と、昨日と同じやうに竹が出たり引込んだり」している様である。これに対する吉の反応と、それについての語り手のコメントが、次の部分である。

が、吉は忽ち強がつて、

「なんでえ、この前の通りのものがそこに出て来る訳はありあしねえ、竿はこつちにあるんだから。ネエ旦那、竿はこつちにあるんぢやありませんか。」

怪を見て怪とせざる勇気で、変なものが見えても「こつちに竿があるんだからね、何でもない」といふ意味を言つたのであつたが、船頭も一寸身を屈めて、竿の方を覗く。客も頭の上の闇を覗く。と、もう暗くなつて苫裏の処だから竿があるかないか殆ど分らない。

この時、吉は何に対して「強がつて」いたか。勿論それは、昨日の水死体がまた出たのではないか、という不安である。だから「こつちに竿がある」かどうか、が問題になる。船頭も客もそのことを確かめようとするのは、二人がこの不安を共有していることを示す。竿がこちらにあれば、あの「ヒョイ〱」とみえるものの下に、あの水死体はいないはずだ――しかし、この不安は、つまるところ、水死体には死んだ後にも竿への「執念」が残っていて、そのためにうかばれないでさまよい漂う、といった定型的発想（すなわち「怪談」）の圏内に生ずるものにすぎない。死者は生前の「執念」に従って生者をおびやかし続ける、これは死をめぐる安手の物語である。もし「執念」を持ち続ける死体が向こうにいて〈怪〉、「執念」の対象＝竿がこちらにあるというのならば、竿を返せば死者は満足し、消えてくれるだろう。作品はこうした死をめぐる物語に回収され、「怪談」として、終わってしまうだろう。吉も客も、確かにこの「怪談」の圏内になかば足をすくわれている。実は我々読者もまた、ぼんやりとこのような発想にとらわれつつ、この作品を読んでいるのである。

ところが、読者はその一方で、結末にどうしてもわりきれないものを感じている(10)。それは、こうした〈怪〉（＝向こうにいて、「執念」を持ち続けている死体）そのものが、この作品の結末部分のどこにもいないからである。

却つて客は船頭のをかしな顔を見る、船頭は客のをかしな顔をみる。客も船頭も此世でない世界を相手の眼の中から見出したいやうな眼つきに相互に見えた。
竿はもとよりそこにあつたが、客は竿を取出して、南無阿弥陀仏、南無阿弥陀仏と言つて海へかへしてしまつた。

竿がこちらにあるのなら、当然「ヒョイ〱と見える」ものは昨日の竿とは別のものである。ならば、その下にあるものも（あればの話だが）昨日の水死体とは別の何かである。仮令それがまた水死体であったとしても、昨日の、あの水死体では決してないのだから、「怪談」的想像力においては、客は竿を返す相手がいないことになるのである。作品はこの事実を明確に記す。これは作品が「怪談」として読まれることをはっきり拒絶していることを意味している。

ではなぜ、旗本は竿を「海へかへしてしまつた」のか。「ヒョイ〱と見える」ものに心をおびやかされたからである。ただ、本人たちも誤解したように、彼らがおびやかされたのは、それが、昨日の水死体かもしれないから、ではない。

「ヒョイ〱見える」ものは、明らかに水死体ではないものである。しかし、水死体と竿の奪い合いをした昨日のことをまざまざと思い起こさせる〝何か〟である。この時の二人のしぐさに注目しよう。彼らは「此世でない世界を相手の眼の中から見出したいやうな眼つき」を互いにさしむけたのではなかったか。つまり、客をおびやかすものは、むこう側ではなく、こちら側にあるのだ。それが、昨日竿を見て突然起こった「愛念」であるのは、いうまでもない。彼の「愛念」とは、死者の「執念」と同化してしまった欲望、生者に反復されることによっていつまでも存続してゆこうとする欲望の、おぞましい在り様である。これがこちら側にある限り、単なる葭であれ何であれ、昨日の出来事を反復・再現する〈幻〉として、彼をおびやかすだろう。「心は巧みなる画師の如し」。この作品が『幻談』と呼ばれる所以である。

問題は、こちら側にある。それはまさしく、この作品が死をめぐる物語ではなく、生の物語である証拠である。死者と同化し、病み、反復しか知らない欲望は、捨て去るしかない。旗本は、竿を手離す。〈譲り与へる〉側にみずからの位置をもどし、〈終わり〉という〝生〟の時間の作法に則って、反復に終止符を打ったのである。[11]

注

（1）これらの作品の成立前後の事情については、下村亮一『晩年の露伴』（経済往来社。昭54・5）に詳しい。
（2）露伴がみたのは、浦松佐美太郎訳の岩波文庫版（初版・昭11・5）である。
（3）この要約には、登頂に成功した七人を八人とし、登攀時の人の順序を人物紹介時の順序通りとする、などの誤りがある。特に人数の誤記は、以下の引用箇所にでてくる「落ちる四人」と「堪へる四人」（本当は三人）の対句的効果にひきずられた為だろうか。
（4）ただし筆者が引用したのは、同文庫の改訂版（昭40・7）からである。
（5）この引用部分の、語り手による要約では、ペーテル父子とウインパーの区別がなされていない他、「十字架は我々の五輪の塔同様なものです」とか「今のさきまで生きて居つた一行の者が亡くなつて、さうしてその後へ持つて来て四人が皆さういふ十字架を見た」などと、事故と幻を結びつけようとしたペーテル父子の態度に近い記述がある一方、ウインパーのふるまいも注釈つきで正確克明に要約されており、語り手の関心の持ち様をどちらか一方になぞらえることはできない。この曖昧さ・まどわしは、山の話が、全体のマクラで、従って読者の関心を魅くことが第一義であることと無関係ではないだろうと思われる。それはまた、結末部におけるまどわしと同質である。
（6）「『幻談』へのいざない」（専修大学大学院文学研究科　畑研究室『露伴小説の諸相』平1・3。所収）。ちなみにこれは、現在のところ唯一の、『幻談』についてのまとまった作品論である。
（7）「水死体をエビス神として祀る信仰：その意味と解釈」（「民族学研究」第42巻第4号。昭53・3）。

（8）同論文で波平は、地域によって水死体を喜んで拾う漁師から打ち捨てて行こうとする漁師まで、かなりの差異があるとして、「その差異を、水死体をエビスとして祀る信仰の変遷、あるいは『信仰の堕落』として解釈することもできようが、それはまた、この信仰が元来持っていた多様な面のうち、ある地域では一つの側面が、別の地域では他の側面が強調されていると解釈することもできる。」と述べている。

（9）旗本は水死体から釣竿を奪い取ったわけだが、〈奪う〉〈盗む〉といった行為もエビス神とは縁が深い。漁村では、不漁が続くと他村からエビス神の本体を盗んでくることが慣習化していて、なかば公然と行なわれることもあるという（『日本民俗文化大系　8　村と村人』小学館。昭59・6。その第四章の二「儀礼的盗みとムラ」高桑守史執筆部分を参照）。

（10）篠田浩一郎は『幻想の類型学』（筑摩書房。昭59・9）で、『幻談』の結末部分について「話が合理によって理解できなくなるのは、まったく、最後の上述の一節（「怪を見て――」以下の部分を指す。引用者注）による。」といっている。

（11）露伴が、近代的欲望の特徴を、諸個人の身体性から離床し、制度の裏付けによって自動化された、終わりなき増殖性に見ていた点については、本書第六章参照。

［付記］

※その後、川西元「『幻談』論」（「国語と国文学」平10・3）、吉成大輔「幸田露伴『幻談』論考」（「青山学院大緑岡詞林」平13・3）等が書かれた。

初出一覧（　）内は原題

序章（「〈政治小説〉と露伴」）……………………………………東京大学「国語と国文学」平15・11

I

第一章（「露伴はどこで生まれたか」）……………………岩波書店「図書」平16・9
※その際に削除した部分を、復活・追記。

第二章・第三章（「露伴の出発―〈法〉転換期の青春像」）……学習院大学「国語国文学会誌」平1・3
※その前半と後半の部分を、それぞれ独立・追記。

第四章（「『風流仏』論―近代の〈奇異譚(ロマンス)〉」）……………東京大学「国語と国文学」平3・3

第五章（「『対髑髏』の問題―煩悶の明治二十三年へ」）……………「日本近代文学」平4・10

第六章（「露伴の明治二十三年―博覧会と恐慌の間で」）……岩波書店「季刊 文学」平5・10

第七章（「『封じ文』前後」）…………………………………藤女子大学「国文学雑誌」平9・12

第八章（「『辻浄瑠璃』論―〈国会時代〉前期の露伴（上）」）……藤女子大学「国文学雑誌」平10・3

第九章（「『いさなとり』論―〈国会時代〉前期の露伴（中）」）……藤女子大学「国文学雑誌」平10・12

第十章（「『五重塔』論―〈国会時代〉前期の露伴（下）」）……藤女子大学「国文学雑誌」平11・5

II

第十一章（「釣人　露伴―〈安楽〉をめぐる政治／文学」）……岩波書店「文学 隔月刊」平17・1、2

第十二章（「『努力論』『修省論』覚え書」）…………………藤女子大学「国文学雑誌」平12・7

III

第十三章（「『観画談』における恢復―露伴と都市」）………藤女子大学「国文学雑誌」平7・3

第十四章（「『望樹記』論―大正期露伴の批評活動」）…………立教大学「日本文学」平4・12

第十五章（「『雪たゝき』覚え書―花田清輝に倣って」）……藤女子大学「国文学雑誌」平6・3

第十六章（「『幻談』―終わりの作法」）…………………………藤女子大学「国文学雑誌」平8・3

あとがき

本書・第I部の主題を一言で要約すると、〝東アジアにおける共和制の可能性について〟といったところだろうか。日本近代文学の出自を考える時、自由民権運動とその思想的影響を抜きにすることはできない、というのが私の立場である。従って、私にとって興味尽きないのは、北村透谷、中江兆民、宮崎滔天といった人々なのだ。幸田露伴の場合、自由民権運動との関連は、あったとしても間接的なものにすぎない。が、そうである分だけ、もし両者のつながりを明らかにすることができれば、日本近代文学史の再考に寄与するところも幾分かはあるかと思う。

露伴のわかりにくさは、透谷のように二十代で死んでしまわず、また兆民・滔天のように早々と日本に見切りをつけてもしまわずに、帝国憲法体制の成立から終焉までとその大半が重なる八十年の生涯を見事に生き抜いたことによって、いっそう複雑なものとなった。例えば、天皇制に対する態度如何、といった点だけを摘出して論じられれば、彼の文学は思想的に不徹底であるとか、あいまいだとかいった批判を甘受せねばならぬこととなるだろう。だが、その手の批判は、露伴や漱石・鷗外などに向けるよりも、まずもって象徴天皇制下の社会を──皇室の人々から人権を奪い、その人格を傷つけ続けながら──平然と暮らしている私たち自身に向けるべきだ（たとえ一握りの例外的な人々についてでさえも、その人権侵害には断固として敏感たろうと努める原則を貫くことは、どれだけ〝国民の道徳心〟の涵養に役立つことか）。後世の者が目指すべきことは、露伴らがこの近代社会で達成した生の可能性をより正確に理解し、そしてそれを未来に開いてゆくこと、と私は考えている。第II部・第III部は、ささやかながらそうした試みの一つである。

本書第五章で、私は現在流布している『対髑髏』本文の不備を強調した。その後、明治二十三年版を底本とする

『対髑髏』本文が——私の拙い注釈付きの形で——岩波『新日本古典文学大系 明治編22 幸田露伴集』に収められた。『対髑髏』に関心をお持ちの方は、今後は是非この岩波・新大系版に拠っていただきたい。また、右の注釈の仕事の過程で、本書第六章（一三五頁）に引用した『大珍話』（明23・8〜10）の一節「尺度（ものさし）を護謨（ゴム）にて」云々と同一主旨の文章が『毒朱唇』（明23・1）にもあったことに気づいた（岩波・新大系版の二四一頁）。ところがさいきん、徳富蘇峰にも「すべて如何なる法律も護謨質（ゴム）ならざるもの、ほとんど稀なり」（「国民之友」明23・2）という類似の表現を用いた言があるのを、坂野潤治氏の『明治デモクラシー』（岩波新書。平17・3）で知った。明治憲法における〈主権〉の所在をめぐる論争中での発言で、たとえ条文にどう書かれていようとも、法は適用の仕方次第でうまくやればよい、という主張の由。蘇峰が肯定的に用いている同じ表現を、露伴は全く逆の意味で用いていたわけである。蛇足ながら——。

また本書は、二三の注などで明記した部分のみならず、叙述全体にわたって、思想史家・関曠野氏の資本主義論および民族論を下敷きにして構想されている。この点について、付記しなければならないことがある。いささか私事にわたるが、どうかお許しいただきたい。

私は登尾豊先生（学部）、前田愛先生（修士課程）、十川信介先生（博士課程）の下で学んだ。露伴研究、明治文学研究を目指す者として、これ以上の学的環境は望みえない。わが身の幸運を心から感謝している。

その立教大学の修士時代、或る日ゼミの始まる前に、前田先生が、

——この間、関曠野という人の『ハムレットの方へ』という本を読んで驚いた。

とおっしゃった。前田先生は、『ハムレットの方へ』と『プラトンと資本主義』（共に北斗出版）を書いた著者は絶対に日本人であるはずがないと考え、出版社に電話をかけて、関曠野というペンネームのイギリス人は、本当は誰で

あるか教えろ、といった内容の問い合わせをしたのだそうである。ここまで聞かされては、いくら怠け者の学生でもさすがに多少の興味がわいて、私も関曠野を読んでみた。そうして、やはり驚いた。単純な私はすぐさま先生に、
——幸田露伴を、関曠野が『ハムレット』を読んだように、僕も読んでみたい。
といった。前田先生の御返事は、当然ながら、
——そんなこと出来るはずありません。
だった。

確かに、出来なかった。しかし、結果はともかく、本書の由来がこのようなものであったことを、記しておきたい。

最後になったが、本書の刊行にあたって、翰林書房社長・今井肇氏に紹介して下さった十川信介先生と、こころよく出版を引き受けて下さった今井氏に、深く感謝申し上げたい。

ありがとうございました。

二〇〇五年　歳晩　　　関谷　博

なお、本書の出版に際し藤女子大学研究奨励助成による二〇〇五年度出版助成金を受けた。

【著者略歴】

関谷　博（せきや　ひろし）

1958年生。学習院大学大学院博士課程中退。

藤女子大学教授。日本近代文学専攻。

共著に『新日本古典文学大系　明治編22　幸田露伴集』（岩波書店）、『透谷と現代—21世紀へのアプローチ』（翰林書房）。

論文に「透谷と国境」、「『雪紛々』について」他。

幸田露伴論

発行日	2006年3月9日	初版第一刷
著　者	関谷　博	
発行人	今井　肇	
発行所	翰林書房	
	〒101-0051 東京都千代田区神田神保町1-14	
	電 話　(03)3294-0588	
	FAX　(03)3294-0278	
	http://www.kanrin.co.jp	
	Eメール● Kanrin@mb.infoweb.ne.jp	
印刷・製本	シナノ	

落丁・乱丁本はお取替えいたします

ISBN4-87737-221-0